四十
我就廢

亞莉珊卓·波特 著
Alexandra Potter

楊詠翔 譯

獻給所有曾一笑置之的人

「那些我因她們的力量和優雅而敬愛的女子，並不是因為爛事總會船到橋頭自然直才變得如此，而是因為爛事就是會發生，而她們想辦法搞定。即便她們要在上千個不同的日子中以上千種不同方式搞定爛事，她們仍是安然度過了，這些女子是我的超級英雄。」

——伊莉莎白‧吉兒伯特（《享受吧！一個人的旅行》作者）

前言

　　嗨！歡迎收聽《**四十我就廢**》podcast，本節目是專為所有曾懷疑過自己他媽的怎麼會落到這步田地，還有為什麼人生總不如想像**那般**發展的女子所開設。

　　這個節目也是為了所有曾經檢視自己人生，並發現這一切都不在**人生計畫**內的人，還有所有曾覺得自己漏接了一球、錯過一次機會，並在身旁所有人都在做無麩質布朗尼時，仍想盡辦法理出頭緒的人而開始的。

　　但我要事先聲明：我並不是要假裝自己是任何方面的專家，我不是生活風格家，也不是網紅，不管那到底是什麼。我在這裡也沒有要業配或是賣東西給你，還是要告訴你應該怎麼做，因為老實說，我自己也沒有任何頭緒。我只是某個在充滿完美Instagram帳號的世界中，掙扎著想認同自己一團亂的生活，並覺得自己有點像個廢柴的人而已，更糟的是，還是個四十幾歲的廢柴。我只是某個讀到勵志小語只會覺得焦慮，而不覺得受到鼓舞的人。我也不想試著達成什麼新目標，或設下更多挑戰，因為人生本身就已經充滿挑戰了。而且我也不會感到 # **感恩知足**跟 # **人生勝利**，大多時候只覺得 # **不知道自己他媽的在搞什麼**還有 # **我能上網Google嗎？**

　　這就是我開設本節目的理由……實話實說，反正對我來說是這樣。因為《**四十我就廢**》這個節目是關於發現自己身在四十歲錯誤的那一邊，遭遇各種麻煩和爛事，結果只是領悟到事情沒有按照預期發展。這個節目是關於爛事發生時究竟發生了什麼事，並且依然可以一笑置之。關於誠實和實話實說，也和友

5

情、愛、失望有關。和各種不會得到答案的大哉問有關，也與當你覺得自己已經差不多完蛋了，卻仍能重新開始有關。

在這些以真情告白形式進行的集數中，我會和你分享所有壞事和好事，我會聊聊覺得自己不夠好、困惑、孤單、害怕，還有在最不可能的地方找到希望和快樂，以及為什麼再多的名人食譜和磨碎的酪梨都救不了你。

因為覺得自己是個廢柴並不代表你**就是**個魯蛇，而是因**為其他人讓你這麼覺得**，這些想法來自於想要符合所有成功標準，並達成所有目標……還有你失敗時會發生什麼事的壓力和恐慌。尤其當你發現自己在同溫層之外的時候。因為從某種程度上來說，在你人生的某個層面上，當身旁所有人看似都很成功時，你很容易就會覺得自己是個人生失敗組。

所以，如果還有其他人也擁有上述的感受，那麼本節目很可能會讓你不再覺得那麼孤單。

因為現在我們有兩個人了，而兩個人就成了一群人。

一月

我的人生到底他媽的出了什麼錯

元旦

我他媽是怎麼來到這裡的？

不是**這裡**的那個這裡，現在是一月，灰濛濛和陰沉似乎永遠不會結束，會一直持續下去的月份。充滿令人鬱卒的藍色星期一、失敗的新年新希望嘗試，還有被各種網紅「新的一年！新的刺激計畫！」貼文洗版的Instagram動態，這不會讓我覺得**#受到鼓舞**，並想要點開他們的運動影片或是唬爛文（抱歉，我是說勵志文啦），而是帶來反效果，讓我癱回沙發上，手上拿著一包家庭號的起司球覺得**#有夠飽**。

不，我說的這裡指的是我生日快到了，我就快要變成**四十幾歲**了，而一切都不是我以前想像的那樣。我的意思是，這一切是怎麼發生的？就像我在某個地方忘了轉彎一樣，彷彿有個目的地寫著「四十幾歲」，而我的朋友和我全都朝那個方向前進，一手拿著青春，另一手拿著夢想，滿心期待，人生充滿各種可能性。有點像是你去度假的時候踏出飛機，走下那些移動的通道，咻一聲把你和其他人一起帶走，跟著指示來到行李認領處，渴望看看那些拉門另一側究竟是什麼東西。

只不過後方並不是巴哈馬群島和熱帶棕櫚樹，而是「四十幾歲的目的地」，由一個愛妳的丈夫，可愛的小孩，和一棟美麗的房子組成。咻咻咻。後面是成功的事業、摺疊式的廚房門、Net-a-Porter的精品衣物。咻咻咻。後面是感到快樂和滿足，因為人生就是成功，所有事物都條理分明，你也正處在自己一直以來夢寐以求的位置，再加上一個充滿**#我有夠感恩**和**#活出最棒人生**的Instagram帳號，一切就完整了。

這一切並不是，我再重複一次，並不是 **＃我是從哪裡開始出錯**，還有 **＃我的人生到底他媽的出了什麼錯？**

我盤腿坐在床上，環視我的房間，注意到角落的紙箱還有兩個沒打開的巨大行李箱。我依然還沒整理好家當，我盯著這些東西，試圖喚起我的熱情，然後再度躺回枕頭上，這可以等。

我的目光反倒落在床邊桌上的新筆記本，今天才剛買的，根據我正在讀的某篇文章，快樂的祕密就在於寫下每日的感恩清單。

「透過寫下所有你覺得感激的事，你會覺得更正面，並停止負面的思考模式，進而改變你的人生。」

我伸手拿來筆記本，接著拿起一枝筆翻到第一頁，盯著空白的紙張，腦中也一片空白。

「如果你需要來點靈感，可以從以下幾件事開始：

我正在呼吸。」

是在跟我開玩笑嗎？呼吸？要是這東西不在我的清單上，那我和死了沒兩樣，這跟感恩還是有差別的。

我完全不覺得受到鼓舞。

「如果你不知道要寫什麼，也不要擔心，就先從一件小事開始，然後慢慢累積到一天五件事。」

好喔，OK，反正我就先寫下出現在我腦海裡的第一件事。

一、我的飛行里程數

好吧，這或許**不一定是**文章作者心裡想的那種感恩和情緒上的感受，但是相信我，我上星期飛回倫敦時，有這麼多飛行里程數真的是讓我他媽的有夠感恩。

過去十年我都住在美國，其中五年和我的美國未婚夫住在加州。我愛加州，永不止息的陽光，一月還能穿夾腳拖。我們

投入所有積蓄的小小複合式咖啡店兼書店提供美味的早午餐，還有好幾面書牆。快樂的我當時戀愛中，已經訂了婚，準備要結婚，未來就像糖果色的旗幟在眼前鋪展開來，一切都會有好結果，和我一直以來希望的一樣。

　　但接著我們的生意失敗，還帶著我們的關係一起陪葬，然後砰一聲全都變回一顆南瓜。我不會嫁給王子，也不會和我們可愛的孩子跟領養的討喜狗狗從此一起過著幸福快樂的日子，而是必須收拾好我剩下的人生，用光我所有的飛行里程兌換升級，然後從大西洋上方一路哭回來。媽的，要是我必須破產又心碎，那也是要在一張附有起司盤和免費迷你酒吧無限暢飲的大床上才行，真的是謝謝哦。

　　在我塞滿琴酒、起司、蘇打餅的腦中，已經計劃好要回到倫敦，租一間自己的公寓，在裡面裝滿香氛蠟燭，然後讓我的人生再次重回正軌。我的簽證已經快要過期，而我也需要一個新的開始，讓我不會不停想起我不再擁有的一切。再加上老爸也慷慨出借我一筆錢，讓我重新站穩腳步，我的美國夢已經結束，是時候該回家了。

　　但是自從我離開後，一切都物換星移。我很快就發現房租已經變成兩倍，不，是變成平方倍才對。而我那些有客房和便宜紅酒的單身朋友們也早就不見了，我們以前會一路喝到清晨，大聲告訴彼此那男人是個徹頭徹尾的混蛋，妳跟他分手剛好，還有**不要害怕**！還有很多時間！同時一邊列出一長串名人列表，她們都比妳還老，還是都想辦法遇上了真命天子，擠出一個嬰兒，還登上《OK!》雜誌談論在**一切都太遲之前** *怎麼奇蹟產子。

---

*又稱BITL（Before It's Too Late），以前指的是三十九歲，然後漸漸變成四十二歲，現在指的則是妳在好的打光下看起來還過得去的任何年齡。

現在我所有的女性朋友都已經結婚，她們的客房充滿嬰兒、上下鋪、搖籃曲貼紙、還有一杯杯藥草茶跟晚上九點半前上床睡覺。這表示我只剩兩個選擇：來杯洋甘菊茶沙發衝浪，或是搬回家和**老爸老媽**住。

注意，別搞錯我的意思，我很愛我爸媽，但這從來都不是我**人生計畫**的一部分。我二十幾歲和三十幾歲的時候，對未來的想像絕對沒有包括單身跟超過四十歲還要睡在我的舊房間裡，就算老媽已經把單人床換成雙人床，並用成套的Laura Ashley床頭燈重新裝飾也一樣。

我的舊房間是為了和很快會成為帥氣老公的美國未婚夫一起回家拜訪時用的，是為了讓我們和臉頰紅潤的孩子在鄉下度過放鬆的童年聖誕節。是為了讓老爸老媽照顧他們心愛的孫子，我們則是趕往某間太貴的精品飯店，裡面的迷你酒吧上裝飾著電燈泡，有機菜單提供草飼的這種肉或那種肉，還有力道總是不夠大的馬殺雞。

二、客房出租.com

其實是我的摯友費歐娜告訴我這個網站的，而**她**又是從她的保母那裡得知的。

「妳應該試試看，妮兒！聽起來好像很有趣！」費歐娜從卡拉拉大理石流理台的另一端開心說著，我們在她剛翻新的開放式廚房，我全身癱軟、心情沮喪、時差還沒調好，手上拿著一杯又淡又難喝的藥草茶。她人非常好，願意在我飛回倫敦後接濟我幾天。

費歐娜總是覺得我的人生聽起來很有趣，從她安穩又開心的家庭生活角度看來，很可能就是這樣吧，有點類似當你不是真的身處其中的那個人，那麼高空彈跳、住在一個五坪半的地

方、把頭髮染成紫色，看來也總是非常有趣。

不要誤會我的意思，我的人生某些部分確實曾經很有趣沒錯，只不過現在並不有趣。

「那也是一種說法啦。」我頂了回去，並朝我五歲的教女伊姿投去一抹微笑，她正在吃有機燕麥粥。就我本人而言，我腦中還有其他詞彙可以形容這個狀況，只是妮兒阿姨可不能說出萬惡的髒話。

「妳的教女也覺得聽起來很有趣，是不是啊，親愛的？」費歐娜熱情詢問，幫自己拿了一個碗，並加進幾把新鮮藍莓、一些奇亞籽、一大坨麥蘆卡蜂蜜。

我愛費歐娜，我們從大學時代就是朋友了，但她和我住在截然不同的宇宙中，開開心心和成功律師大衛結婚，現在在西南倫敦過著舒適的中產階級生活，有兩個上私立學校的可愛小孩、品味絕佳的設計師住宅、一頭經過專業髮型師巧手設計的時髦金髮。

生小孩之前，她的博物館策展人工作讓她可以全世界走透透，但長子路卡斯出生後她就放棄了一切。她的人生現在充滿無數的學校活動、重新裝潢房子、安排前往五星級景點的美好家庭假期，還有做皮拉提斯。

而此時，她在**我的人生到底他媽的該怎麼辦星球**上：

「妳可能會遇見一些非常有趣的人啊。」

她真的非常善良又正向，害我根本不敢告訴她穿著睡衣遇見有趣的人這個想法會讓我起疹子，我不想和陌生人共用冰箱，或是天殺的共用同一間浴室。我們年輕時這是很有趣沒錯，但現在一點都不有趣，而是讓人沮喪、枯燥乏味、還有點可怕。我是說，我可能會被某個怪胎室友在床上謀殺，然後分屍成一小塊一小塊，撒在外面的天竺葵上。

四十多歲女子分租公寓遭逢厄運
她的人生曾看似前途無量，震驚的父母表示，
他們期待至少會有個孫子抱。

　　我說出我的恐懼，但費歐娜輕快地吐槽我，她的保母說這很不錯，而且她也因此認識了不少新朋友。我沒有指出她的保母是個來自巴西的二十幾歲女生，所以當然會很不錯，所有事情在那個年紀都很不錯，特別是如果妳又長得跟費歐娜的保母一樣。

　　「來嘛，我會幫妳一起找。」費歐娜說，抽出她的iPad並關掉John Lewis百貨的官網，不到幾秒她就興致勃勃滑過各種照片，彷彿在線上血拼一樣，嚴格來說她也是在血拼沒錯，只不過不是要買精緻檯燈或喀什米爾羊毛沙發套，而是要幫她人生跌落谷底的可憐朋友找個地方住。

　　「噢，妳看！我找到了！這地方超完美！」

三、亞瑟
　　那間房間是愛德華時代的樓中樓，位在林蔭繁茂、以鄉村氛圍和家庭生活著稱的倫敦郊區里奇蒙，我原先希望住得比較靠近市區，而且盡量不要和有小孩的家庭同住，但這間房間還沒有人租，我也負擔得起。此外，我到現場看房子時，房間看起來甚至比照片裡更大，還有個小陽台。只是有個小小的缺點。

　　「這裡就是共用的浴室。」

　　公寓的屋主兼我可能的未來房東愛德華帶我看完臥室後，在浴室門邊停下腳步。

　　「浴室要共用？」

　　「別擔心，我馬桶坐墊都會放下來，這是生活公約之一。」

他開起玩笑，打開門並拉下電燈繩。

至少，我以為他是在開玩笑，直到我在水槽邊看見他放在漱口杯裡的牙刷。我的心一沉。

「好，還不錯。」我試著不要想起我在加州的套房，要記住，一切都會很有趣的，會像《六人行》裡演的一樣，只不過我們都已經四十幾歲，我看起來也一點都不像珍妮佛·安妮斯頓。我逼自己擠出一個燦爛的微笑，我可以的。

「所以，妳有任何問題嗎？」

愛德華看起來比我還老，一頭黑色捲髮在太陽穴附近已經開始變灰，戴著方框眼鏡，但我有點懷疑他年紀和我差不多。這件事現在很常發生在我身上，真的超級詭異，我閱讀有關中年人的文章時，會覺得好像是在講我的父母或其他人，接著突然發覺，等等，我的年紀就是中年人！但這怎麼有可能？我看起來完全不像啊，至少我不覺得。

難道我看起來像嗎？

「呃……那還有其他生活公約嗎？」我跟著他走回廚房時也開了個弱弱的玩笑。

「有啊，我幫妳印出來了，妳可以看看。」愛德華打開某個抽屜，拿出一本活頁簿遞給我。

「噢。」生活公約大概有二十頁，還有一堆重點段落，「天啊，還真多規定。」

「我覺得把一切都說清楚比較好，妳不覺得嗎？這樣就不會有誤會的空間。」

我隨意掃過幾行，就是一些很平常的事，比如音樂不能太大聲、保持整潔、彼此尊重、記得鎖門。

「還有一個部分是有關愛護地球和節約能源。」

「嗯，對，當然了。」這點我們都有共識。我過去五年都住

在加州，開著一台 Prius，負擔得起的時候就買有機食品，還用各種竹子做的環保袋裝雜貨。「我超環保的。」我告訴愛德華。

「所以請記得離開房間就要關燈，用淋浴取代泡澡⋯⋯」

「不能泡澡？」我胸口一緊。

「淋浴五分鐘消耗的水量大約是泡澡的三分之一，所以相較之下更為環保。」

「是的，當然囉。」我點點頭，他是對的，他當然是對的，但我們已經不在有旱災的加州了，我們在雨永遠下個不停的英格蘭，去年我爸媽家還淹了兩次水。

「而且我建議妳也不要去動溫度控制器的開關。」

我直覺地把身上的外套裹得更緊，冷死人了，就算在室內也是，我碰碰暖氣葉片，冰到不行。

「就算在一月也是嗎？」

我是說，你他媽的，誰在一月不開暖氣的？

「暖氣設置在十二・五度，這是最環保的溫度。」

我就是在這個時候覺得**去他的**，自從和美國未婚夫分手後，**去他的**已經變成我新的處世原則，事實上還比**幹他的**好，因為不需要出那麼多力。

「了解，真是太感謝你了，我還有幾間房要去看⋯⋯」

人是有極限的。OK，所以我的人生一團亂，一切都沒結果，時間已經快沒了，但好事就是沒有發生在我身上。我還站在外面，等著專屬於我的幸福快樂的日子，不管那到底是什麼。我不是某人的老婆，不是某人的媽媽，也不是什麼平步青雲的**職場女強人**，根據某份我不願意提到名稱的報紙，這就是所有**到了特定年紀**的女人之所以落入這步田地的原因。我是個失業的圖書編輯，把所有積蓄投入到失敗的生意中，也把自己的關係一起賠上。（針對這點，可不可以來個人告訴我為什麼沒

16

有所謂的**職場男強人**存在？）

　　我不會在我可愛的廚房裡打果汁、烘焙、烹飪健康又營養的食物，主要是因為我現在**沒有**廚房，也沒有自己的家，而且，老實說，反正我就是個廢人。我他媽的完全不懂英國脫歐是在搞什麼，而且我也根本不在乎，我沒有練習正念冥想，也不做瑜伽，媽的，我甚至碰不到自己的腳趾，而且我也沒有半個充滿記錄我完美人生千讚照片的社群帳號。

　　「很高興認識你。」我朝門口移動。

　　「事實上，還有另一件事……」

　　我做好心理準備。

　　「我週末的時候不會待在這裡。」

　　我停下動作，「不好意思，你說什麼？」

　　愛德華這時接著告訴我他已婚，還有一對雙胞胎男孩。他結婚了？他肯定是注意到我的目光射向他空無一物的無名指，於是說了些把婚戒忘在家裡浴室水槽的鬼話。家裡指的是鄉下，他們「為了上學」搬回去，但週間他會待在倫敦，以節省通勤開銷。「我會在週五早晨離開，週一晚間才會回來，所以這段時間妳可以獨享這個地方。」

　　先等一下，我快速算了算，這代表我只需要和他一起住三天而已？可以獨享整間公寓整整四天？

　　「除了亞瑟之外。」

　　「**亞瑟？**」

　　一聽到牠的名字，一隻毛茸茸的巨大動物跑進廚房，搖晃著同樣巨大的尾巴，差點把我撞到一旁。

　　「亞瑟，坐下。**坐下！**」

　　亞瑟毫不理會，繼續興奮地往上跳，口水流得我全身都是，牠的主人則忙著和牠搏鬥，試圖讓牠坐下。

「我太太蘇菲會過敏，所以牠和我一起待在這。」愛德華氣喘吁吁說著，「不過因爲週末時牠也會和妳一起待在這，所以房租也會依此調整。」

我看著愛德華，他的眼鏡歪歪斜斜，運動衫上沾著白色的狗毛，狗毛在室內到處飛舞，把廚房變成一個巨大的狗毛雪球，他的袖子同時快速消失在亞瑟的嘴巴之間。

「嗯，非常好，那我什麼時候可以搬進來呢？」

四、我沒有死於失溫

出於小小的奇蹟或之類的事吧，總之我的房東要去滑雪，他週末從肯特開車上來找我，帶著鑰匙和亞瑟，然後又趕到希斯洛機場，準備飛到瑞士韋爾比耶和家人一起慶祝新年。他前腳一走，我馬上把溫度控制器開關調到二十四度，所以現在一切都又棒又溫暖，我只穿著內衣褲躺在床上，幾乎可以假裝自己回到加州。

一想到這件事，我的雙眼就充滿淚水，不，我不要再去想這個，我已經好幾天沒哭了，我也不想再次開始哭。

我用力擤擤鼻涕，看看亞瑟，牠睡在窗戶旁邊的地毯上，然後又將目光轉回我的筆記本，我的感恩清單還要再補上一件事，才能完成一天五件事，但我已經累了，我還在和時差奮戰，再也想不到任何事，於是便把筆記本放回床邊桌。這就是大家爲什麼將其稱爲每日習慣，我很確定我明天一定會覺得更正向、更有精神。

沒錯，今年我要完全扭轉我的人生，新的一年新的開始等等，事實上，到了**明年**的這個時候，我的感恩清單應該會類似下面這樣：

我要感恩的有：

一、我可愛的丈夫，他每天都會用鮮花和驚人的性愛告訴
　　我他有多愛我。

二、依偎著我們的小小奇蹟，她的存在會告訴驕傲的祖父
　　母，她媽可不是什麼終於用光時間的四十幾歲廢柴。

三、一個步步高升的成功職涯，提供成就感和六位數的年
　　薪，我會把錢花在我在雜誌上看到的美麗衣物，而不
　　是花好幾個小時在eBay上尋找比較便宜的替代品。

四、一個值得發在Pinterest上的家，可以為我所有朋友
　　舉辦許多超棒的成年人晚餐派對，他們會為我對室內
　　裝潢的絕佳品味，還有變出美味營養食物的能力感到
　　驚嘆，並開玩笑稱我為「家事女神」。

五、一種充滿力量和平靜的感受，來自穿著我全新的
　　Lululemon行頭做瑜伽，並且知道我終於得到我應
　　得的，不會孤身一人穿著報紙鞋死去。

隔週五

天啊，今天是我生日。

記得你以前還真心**期待**生日到來的時候嗎？你起床後會又開心又興奮，準備穿得超辣去跑趴？凌晨兩點，生日派對在某個地方的夜店結束，和所有朋友一起猛灌伏特加，然後在某個老兄的耳邊醉醺醺地大喊：「幹，我二十六歲了！我真的有夠老！」

現在我真的**是**老了。

今天我起床時覺得自己已經喝光所有伏特加，我伸手要拿鬧鐘響起的手機時，在床邊的全身鏡瞥見自己的手臂，讓我頓時驚覺：時候到了，事情發生了，手臂也該是時候有點贅肉了。

大家都對邁入四十大關大書特書，但是事實上四十歲根本沒什麼大不了。四十歲很簡單，四十歲不過是場盛大的派對和一件新的洋裝，四十歲仍離你的三十幾歲咫尺之遙，一切感覺起來跟看起來都沒什麼差別。但接著一夕之間發生了某件事，突然間你就**四十幾歲**了，而事情開始變得……嗯，我該怎麼說才好呢？

鬆弛可以是個形容詞，變皺則是另一個，**又皺又鬆**，聽起來就像某種洋芋片的新口味，或是某間你最愛的酒吧，可惜兩者都不是，這是一件發生在你身上的怪事，而且你並不喜歡。你拿出暑假時最殺的比基尼，然後開始認真思考是不是該改穿一件式了；你發現一根灰頭髮，**卻不是從頭頂上長出來的**，這真的是天底下最詭異的事。

時間感覺就像在加速，而且快沒時間了，你開始往回看，

試著搞清楚你是怎麼走到這步的，而不是向前看，老實說這讓你嚇得魂飛魄散，你已經一頭衝過中間點，**這還是如果你夠幸運的話**，而且一切都和你在危險的夜店朝著陌生人耳邊大喊時所想的完全不一樣。

但是或許所有人到了這個年紀，生日來臨時都是這麼想的。話雖如此，從大家在臉書上的照片看來，我並不相信。他們到柯茲窩舒適的小屋過週末，家庭自拍照裡所有人都掛著同樣的笑容，穿著同樣的防水長筒靴，甚至連拉布拉多都是。對於這種事怎麼有可能發生在自己身上，他們看起來一點都不震驚或不知所措，反而就像某種出現在 J Crew 型錄裡的模特兒。

老媽和老爸是第一個打來的，他們祝我生日快樂。

「所以妳有從其他人那邊聽到任何消息嗎？」老媽在老爸唱完生日快樂歌就跑去菜園之後問我。

老媽在釣我。我仍然不知道美國未婚夫之後發生了什麼事，只知道婚禮取消，還有我要搬回倫敦。

「呃……現在才早上七點半，時間還有點早。」

「加州現在幾點？」

我就知道。

「晚上十一點半，晚我們一天。」

「真的嗎？」

我住在美國的這幾年，老媽和老爸從來沒有搞懂過時差，對話總是以「那邊現在幾點？」開始，並以我告訴他們之後的震驚反應作結，我永遠都在大半夜被 FaceTime 電話吵醒，因為我當然不可能把手機關機，**以免真的出了什麼事**。這是等你到了某個年紀會發生的另一件事，就像磁極互換，在父母替你擔心了好些年之後，輪到你為他們擔心，就像有小孩一樣，只不過我跳過了可愛嬰兒的階段，現在兩個小孩一個七十歲，一個

七十二歲。

「所以妳的生日在加州還沒到，是吧？」

可憐的老媽，我覺得她還緊抓著這次分手不是定局，婚禮很快就會續辦的希望。

「對，還沒到。」

「噢，太好了，」她聽起來鬆了一口氣，「所以妳要怎麼慶祝呢？」

「我會和朋友去喝一杯。」

「嗯，聽起來真不錯。」

「對啊，能夠見見大家、聊聊近況一定很不錯。」

「因為妳知道的，妳爸爸和我有點擔心妳……」

「媽，我沒事……說真的，妳不需要擔心，等我處理好這邊的一些事，馬上就會回家待幾天。」

「那就太好了。」

「好啦，媽，掰囉——」

「我想到我要跟妳說什麼了！」

你知道某些字對不同人來說具有不同意義嗎？嗯，「掰」這個字對我媽來說並不代表對話結束，恰好相反，這代表的是另一個全新話題的開始，她通常會跟我聊某個我不認識的人死了，那個人跟哪個我同樣不認識的人怎樣怎樣，還住在哪個我真的從來沒聽過的人隔壁。

我做好心理準備。

「如果妳真的要回來看我們，記得事先跟我們說一聲，因為我們在做 Airbnb。」

我盯著手機，不可置信。

「Airbnb？」

「對啊，我沒跟妳提過嗎？妳爸和我看了一個相關節目，決

定來試試看，我們用的是妳的舊房間，訂房的人超多。」

所以這就是全新成套Laura Ashley床頭燈的用處。

「這星期有一對可愛的年輕夫婦入住，絕對是來度蜜月的！」

所以就是這樣，就在你覺得人生已經不可能再更慘的時候，總是會發現有一對新婚夫妻在你的舊房間打炮，讓你跌落新的深淵。

「那理查的舊房間勒？」

「嗯，他比較常回家看我們啊。」

我氣得咬牙切齒，這是在我的傷口上灑鹽。理查是我弟弟，而且他根本不會犯錯，他住在曼徹斯特，和一夥朋友開了一間精釀啤酒新創公司，每隔幾星期他就會帶著好幾袋髒衣服和一個新女友回去看我爸媽。理查已經三十九歲了，他說他還沒有準備好要定下來，但沒有任何人為他擔心。小老弟理查，他是個男人。男人不一樣，沒有什麼BITL。

「好喔，我真的必須掛電話了。」

「當然了，妳一定很忙，晚點聊吧，今天要開心哦！」

放下手機後我覺得有點愧疚，我並不是真的需要掛電話，不是說我有什麼很要緊的事，比如送小孩去上學或是去上班。我思考了一下我的職涯，再來換成試著不要去想。自從我搬離倫敦，到出版社的紐約辦公室當全職圖書編輯已經過了十年。那是個絕佳機會，時機也再好不過，我那時剛結束一段關係，渴望換個地方，於是全心投入新工作，也專心在紐約找人約會。

但五年過去我依舊單身，而且很快失去遇見真命天子的希望。所以當我在酒吧遇見一名帥氣的黑眼大廚時，我就跟隨他和我的內心來到我們訂婚的美國西岸，兩人都辭掉工作，搬去洛杉磯西北方的小鎮歐海，開設我們小小的複合式咖啡店兼書

店。我爸媽既高興又擔心，因爲我雖然有了未婚夫，卻放棄了一個好工作，我爸要我謹慎一點。

但我根本就沒有謹慎的心情。我那時已經年近四十，遇上了真命天子，我們就要結婚、生小孩、共度餘生。一同創立自己的事業更是錦上添花，結合了我對書的喜愛和他對食物的熱愛，我們孜孜不倦努力打拚，想讓一切成功。所以就算半數的事業在一年內就會倒閉又怎樣？我們會屬於另外那百分之五十。

而且有那麼幾年，我們也真的是那另外一半，但上漲的房租、冗長的工時、迅速見底的積蓄、各式各樣的其他因素最後終於敲響喪鐘，事業和我們的關係都是。所以我身在此處。

#單身失業四十幾歲

我的手機發出通知聲，是我朋友荷莉，荷莉嫁給亞當，有個三歲的小孩奧莉薇亞。

我們今晚不能去了，保母生病了！☹☹ 抱歉！！之後再打給妳。生日快樂，今晚好好享受！啾啾啾啾

手機再次發出聲音，這次是我十八歲時在羅馬的青年旅館認識的麥克斯，那年夏天我們一起在歐洲當背包客，現在他和蜜雪兒結婚，已經有三個小孩，還有一個在路上，但我們仍是好朋友，我甚至是他長子佛萊迪的教母。

生日快樂史蒂芬斯！我完全忘了今晚有班親會，如果我不去，蜜雪兒會把我雞雞剪掉，下週來我們家吃飯吧，M

兩個人來不了，還剩一個。

一小時後費歐娜打來。「妳一定會殺了我……」

# # #

結果最後所有人都取消了，這也沒什麼，我完全理解，總是會發生這種事，忙碌的家庭生活什麼的，只不過，嗯，如果我說我一點都不失望，那我就是在說謊。

噢，我是在騙誰啊？我真的超級難過，但不是針對我的朋友們，而是對我自己的處境，所以我出門進行治療。

血拼的那種治療。

我一踏上主街，心情馬上就好了起來。如果有件亮粉色連身衣，可愛的小袖子只到肩膀高度，那誰還需要親密伴侶帶他們到浪漫的餐廳吃頓燭光晚餐？而且要是我真的能找到一件讓我看起來不會顯胖的白色緊身牛仔褲，還會需要小孩替我做我只會永遠貼在冰箱上的生日卡片嗎？如果有一雙爸媽寄給我的生日禮金負擔得起的美麗糖果條紋色細高跟鞋，就算我失業，也沒有自己的家，那又怎麼樣？

不過在倫敦一月冷死人的天氣，我要去哪裡才能穿白色緊身牛仔褲、亮粉色連身衣、細高跟鞋，我就不知道了。此外，我其實也沒有真的試穿任何一件，因為隊伍實在排得太長了，但我後來從主街搭公車回家，邊看向窗外，邊愉快地啜飲著鋁罐裝的琴通寧時，便決定誰在乎這些煩人的細節啊，生日禮物什麼的就是這樣。

我腦中確實短暫閃過或許一切就是這麼開始的念頭。上一分鐘還是你的四十幾歲生日，你到Zara血拼，想買幾件衣服，並在大眾運輸工具上享受一點愉悅的雞尾酒；接著在你意識到之前，你就開始從紙袋中拿出威士忌痛飲，然後一切就結束了。

25

我突然覺得自己就像《列車上的女孩》，只不過我是在公車上。

我的天啊，但是至少我沒有要開始謀殺各個前任。

我想起美國未婚夫並挖出手機，**什麼都沒有**。

我興高采烈的心情就這樣崩塌，眼淚刺痛我的睫毛，我憤怒地眨眨眼，把手機塞回口袋，然後把手伸進購物袋。

去他的，我打開另一罐雞尾酒。

我要感恩的有：

一、我媽還有她為我做的所有事，我很期待可以找個時間回去待在我的舊房間。

二、Zara，雖然牛仔褲我拉不上膝蓋，亮粉色連身衣在我身上看起來也超醜。

三、想出先調好琴通寧，然後放在小巧鋁罐裡的某個天才。

四、我靠在他肩膀上睡著還流口水，並在我坐過站前叫醒我的陌生人。

五、我手上沒有螺絲起子，還有我的前任住在八千公里之外。

隔天

我的頭感覺就像要爆開一樣。

就這樣了：我永遠都不要再喝酒。我要過無酒精一月。好吧，是有點晚了沒錯，畢竟一月已經過了一個星期，但亡羊補牢總比完全不補好，對吧？

對吧？

所以，昨晚的計畫是待在家裡，然後試著幫自己準備精緻的生日晚餐，只是等我回到家的時候，想成為家事女神的願望已經離我而去。這對一個單身的人來說實在太困難了，還有，琴通寧的酒力開始消退之後，一切也都變得有點哀傷。

所以我改成帶亞瑟出去晃晃，我還沒有機會好好探索我住的新社區，我們曲折穿過亮著街燈的陌生街道。回到倫敦的感覺有點怪，這完全不像我記憶中的倫敦。我去紐約之前，在某間店的樓上租了間公寓，正好就在市中心，四面八方都有車聲、噪音、汙染。但里奇蒙是更安靜的郊區，擁有成排正面平整的整齊鄉村式房屋，還有美麗的維多利亞風格露台及棋盤式街道。

我經過時，目光也拂過所有不同的窗戶，就像翻閱一本繪本。在每間房子裡，我都瞥見家庭生活的縮影，樓上窗邊為洗完澡的小女孩梳頭的母親、沙發上抱在一起看電視的情侶，螢幕映照出他們的臉龐、背著背包的男子關上前門，身後伴隨「爸爸回家了！」的叫聲。

我停下腳步。如果有什麼比喻可以形容我的人生，那就是這個：我站在外頭，看著裡頭的每個人，看著所有和樂家庭生活

的愜意景象，我微微顫抖，把羊毛帽往下拉蓋住耳朵。實際上我真的是站在寒冷的外頭。

但是……

好吧，所以本著實話實說毫無保留的精神，我有段真心話想要自白。

即便有一部分的我非常渴望這一切，另一部分的我卻也非常害怕。那個在日記裡發誓絕對不要變得跟父母一樣的我；那個就著手電筒燈光在被窩下看書，幻想熱情的戀愛和前往遠方的我；那個下定決心活出不平凡的人生，充滿自由、刺激、冒險跟**某種特別事物**的我……

亞瑟的彈性狗繩把我往後拉，我轉身看見牠蹲在某間大房子前的車道，正在拉一坨超大的屎。

所以此時此刻的我正在撿狗屎。

我試著不要再去想更多比喻，並把戴著手套的手伸進狗屎袋，開始把屎舀起來，我用「舀」這個字是因為亞瑟的腸胃一直都不太好，所以永遠不會只是把屎撿起來這麼簡單，而是真的要把屎從柏油路上刮起來。我強迫自己不要吐出來，屋主這時出現在窗邊，他和亞瑟都站在原地看著我。我發誓人狗關係中的這個層面一定出了什麼非常嚴重的問題，如果外星人登陸地球，他們會覺得誰是主人啊？反正一定不會是人類就對了。

我繼續刮狗屎……有了，我覺得我應該全都搞定了……我用iPhone的手電筒照著車道檢查。請看，成年人大房子的屋主先生，我看起來可能是個廢柴沒錯，但我可是個非常負責任的人！我心中湧起一絲勝利的感覺。

接著隨著光束從柏油路面移到狗屎袋，又出現一股噁心的厭惡感。

夭壽。狗屎袋破了！我的手指直接插在屎裡面！我聖誕節

時買的其中一只漂亮喀什米爾羊毛手套上面現在全是狗屎，我用力把袋子扔掉。他媽的！靠北！幹！

我大可以大哭一場，直接躺在地上大哭，這個念頭還真的有閃過我腦中。我都可以想像屋主叫他在廚房的老婆一起來看：「親愛的，我們的車道上躺著一個全身沾滿狗屎的陌生女子，正在歇斯底里大哭，隔著雙層玻璃我沒辦法聽得太清楚，但我覺得她好像是在說什麼今天是她生日怎樣的，或許我們應該報警，她會嚇到孩子們的。」

只不過，亞瑟有其他想法。牠看見一隻松鼠，吠了一聲就跟了上去，帶著我一起衝下人行道，我緊緊抓著狗繩保護自己珍貴的性命，最後牠當然是沒抓到松鼠，松鼠消失在樹上，亞瑟站在樹下瘋狂亂吠。可憐的亞瑟，我確實為牠感到有點抱歉，你可能以為牠現在應該已經學會了，但是同樣的道理我又是花了多少年才學會，當某個男人突然搞消失，不再回你電話，照三餐瘋狂傳訊息給他也是不會有用的。

道理還蠻類似的，算是吧。

我們轉身掉頭回家，我已經開始在腦中想像放熱水泡澡，拿著iPhone上床，滑過各種日落和大家晚餐吃什麼的照片，這時我在街角的某間酒吧聞到一股炸魚薯條的香味，好吧，畢竟今天可是我生日呢。

#　　　#　　　#

酒吧裡有幾個當地人在默默喝酒，我把亞瑟綁在角落的某根桌腳，接著跑去洗手，並到吧台點了一杯紅酒和一份炸魚薯條。五分鐘後我重新出現時，心裡半是期待牠會把整張桌子拖過酒吧，不過牠卻安分地坐在原地，讓一個戴著毛線帽的小男

孩搔耳朵。

「牠喜歡這樣。」我露出微笑。

男孩抬起頭，像是自己做了不該做的事被抓到。「噢，牠是妳的狗嗎？」

我正要回答不是，亞瑟是我房東的狗，但我突然改變心意。「是啊，牠是我的狗沒錯。」

「牠叫什麼名字呢？」

「牠叫亞瑟。」

小男孩的笑容更大了，露出一顆缺牙。「跟亞瑟王一樣嗎？」

「沒錯，」我點點頭，盯著亞瑟，牠坐在那裡讓小男孩摸頭，看來確實散發著王室氣息，考量到這裡是誰做主，很顯然不是我，這似乎也是個不錯的形容詞，「跟亞瑟王一樣。」

小男孩聽了眼睛一亮，雙手深深埋進亞瑟的毛中，「我也想養隻狗，但媽媽不讓我養，她說我只能養倉鼠。」

「嗯，倉鼠也可以很好玩啊。」

他看起來不太相信，「但倉鼠不是亞瑟王。」他回答。

「對，確實不是。」我承認。

「奧立佛，終於找到你了！」

一名男子的聲音讓我們兩人都抬起頭。

「我還在想你跑去哪了呢……」

男子從酒吧另一邊走來，看起來像是剛從外頭進來，他身穿羽絨夾克，圍著厚圍巾，手上戴著手套，一頭黑色短髮，就像是奧立佛的翻版，所以這一定是他爸了。

奧立佛興奮地抓著他的袖子，「猜猜牠叫什麼名字！牠叫亞瑟王耶，跟我們看的電影裡一樣！」

「他沒有打擾到妳吧，有嗎？」

「不，不……完全沒有。」

他的眼睛真美，是褪色牛仔褲的淡藍色。

「那就好，」他微笑，然後朝他兒子眨了眨眼，「來吧，我們遲到了。」

他很帥，以爸爸的標準來說。

「搔牠耳朵！牠很喜歡！」

他盡責地蹲下，拿下一只手套並搔搔亞瑟的耳朵，亞瑟很享受這樣的關注。「那你覺得現在會換牠搔我耳朵嗎？」他扮著臉發問，將頭歪向一邊，讓奧立佛一陣爆笑。

「好啦，快來吧你，我們真的該走了，不然你媽會殺了我，她在電影院等我們。」

「再見，亞瑟士……掰掰。」奧立佛對我們倆揮手。

「再見，」我也揮手，「好好享受電影。」

「謝謝妳。」他爸露出微笑，牽起兒子的手。

我看著他們一起走出酒吧，有那麼一刻，我多麼希望自己就是那個在電影院等待的幸運女子，不只是因為他們看起來超可愛，父子手牽手，也因為我無法不去注意他牛仔褲下的身材曲線有多讚……

天啊，妮兒！

這完全出乎我預料，這是我在美國未婚夫之後第一個注意到的男人，更不要說我還覺得他很吸引人。接著則是他已婚的失落，這就令人遺憾地**不**怎麼意外，因為在我這個年紀，好男人都已經死會了。

但是這在我傷痕累累的靈魂深處也點燃了一絲希望的火苗，或許，只是或許，我也還沒玩完呢。

> *我要感恩的有：*
>
> 一、我的紅酒，實在有夠好喝，導致我又多點了兩杯。
> 二、亞瑟知道回家的路。
> 三、布洛芬止痛藥。
> 四、昨晚的回憶片段，否則我就不會想起在這一團狗屎鬥
> 　　的混亂中，我把噁心的狗屎袋和手套丟在原地，這樣
> 　　我就得再回去卑躬屈膝地道歉，並把東西拿回來。
> 五、社區裡還沒有出現我的「懸賞」海報*。

*不過爲了以防萬一，我還是會戴頂帽子。

週日午餐

今早我在WhatsApp的群聊通知聲中醒來，是我的朋友們邀我到市區一家義式餐廳吃午餐，遲來的生日慶祝之類的。

讚哦！啥時？

荷莉
十一點半可以嗎？奧莉薇亞兩點要睡午覺。

麥克斯
佛萊迪要先去踢足球，我們最快一點才能到。

費歐娜
十二點到兩點要去游泳社團，但之後我都可以。

我有點想說我三點要睡午覺，這不是說謊，因為我還沒完全擺脫討人厭的時差，但我保持沉默，讓他們在午睡、游泳課、足球間喬出一個時間。根據WhatsApp傳出的通知聲，脫歐談判似乎顯得輕而易舉。

我們終於達成共識，開心的我跳起來沖澡，我真的很期待跟大家見面，但亞瑟看著我準備出門時，我突然為把牠留在家感到有點內疚。

「別擔心，我不會出門太久啦。」我向牠承諾，在牠用大大的棕眼看著我時搔搔牠的耳朵。

我動身進城。自從回來倫敦後，我都還沒人模人樣的外出過，所以我好好打扮了一番，甚至還穿上高跟鞋，畢竟是我生日嘛，雖然遲了幾天。但是等我來到義式餐廳，在門外看到一

堆雙座嬰兒車，還有個標示寫著樓下有兒童遊戲區時，心裡稍微沉了一下。不要誤會我的意思，我很愛小孩，但我期待一個比較……

我打開門，喧囂的噪音迎面而來……**安靜的地方？**

有個服務生出現拯救我，帶我到我們的位子，我點了一瓶紅酒，幫自己倒了一大杯。

「超美正妹壽星！」

我抬頭看見費歐娜拉著孩子衝過餐廳，她撲到我身上，給我一個大大的熊抱。「很抱歉星期五必須取消，我很過意不去……」

「別擔心，沒事啦，我知道妳很忙。」我邊說邊回抱她。

「我完全忘了答應安娜貝爾要幫忙她處理邀請的事……」

「安娜貝爾是誰？」

「她是伊姿新學校的一個媽媽，負責籌辦某個大型慈善募款會。」

「那聽起來比我的生日還重要很多耶，」我大笑，「隨便啦，總之我很高興你們今天都可以來。」

「我也是，所以，妳怎麼樣？」

「老了。」我笑了笑。

她大力拍了我一下，「亂講！妳看起來和二十五歲時一樣。」

費歐娜是個甜心，但她也已經開始要把東西拿在手臂長度之外，瞇著眼睛看了。我的視力現在應該也有點模糊，但這不是什麼壞事。我的理論是，我們的視力之所以會隨著變老衰弱，就是為了讓我們不會清楚看見自己。

「伊姿，把我們的卡片給妮兒阿姨。」

穿著一對仙女翅膀的伊姿跳到我大腿上，用圓圓胖胖的手

34

指把卡片塞給我。

「謝啦，仙女。」我露齒一笑，把卡片打開，「哇，是整齊的手寫字呢。」

「我可以看嗎？」她撥開眼前的金色捲髮，她的雙眼又大又圓，擁有世界上最長的睫毛，金髮散落在雙頰，伊姿的皮膚和桃子一樣，完全不怕清楚檢視。是說她也才五歲而已啦。

「謝謝妳，伊姿。」

「也要謝謝路卡斯，你有帶禮物嗎？」

七歲的路卡斯緊抓著他的火柴盒汽車，彷彿餐廳裡的每個人都想要偷走他的玩具，他搖搖頭。

「噢，不，一定是還放在廚房桌上。」費歐娜嘆了口氣，看著路卡斯，「你是不是忘記帶了，親愛的？」他點頭，路卡斯話不多，跟他爸一樣。

幸好那一刻大衛剛好停好車進來，手上揮舞著一個包得很漂亮的盒子，他在後座發現的。費歐娜送的禮物總是非常棒，我們剛認識時，兩個人都和對方一樣窮，當時我們的必備禮物就是香氛蠟燭，但她嫁給大衛之後，事情就有了改變。她在很多方面都還是同一個女孩，但現在她的禮物變成來自那些昂貴的精品店，我甚至從來不敢踏進去，因為只要我一走近，所有東西都會同時從鉤子上掉下來，店員則會對我擺臭臉，反正我一臉看起來就是負擔不起任何東西的樣子。

「天啊，哇，這也太美。」我拿出一條柔軟到不行的喀什米爾羊毛圍巾時倒抽一口氣，「妳不需要破……」

「妳喜歡嗎？」

「何止喜歡？我**愛死**了！」我尖叫出聲，給她和孩子大大的擁抱。

費歐娜看起來也很開心，「這是在安娜貝爾的店買的，她幫

我挑的，她的品味超棒，我等不及要介紹妳們倆認識了，妳一定也會愛死她！」

「我也等不及了。」我微笑，但再次提到她的名字讓我感到一絲不悅。我克制自己。圍巾眞的很美。少荒唐了我。

「看，大家都到了！」

我的煩惱全都煙消雲散，餐廳門打開，荷莉、亞當、奧莉薇亞一家人還有麥克斯、蜜雪兒跟他們的三個孩子同時抵達，接下來的五分鐘我們都在親吻彼此的臉頰、互相擁抱、討論大家的孩子都長得這麼高了，還有能夠再次見面有多麼讚。

因爲眞的很讚。眞的，世界上沒有任何事比得上和老友重聚，你就只是接續先前的話頭，彷彿對話只是暫停了一下；但事實上我們自從上個夏天以來就沒有再見過彼此，而且有很多近況要更新，新的房子、新的升遷、新的孩子。

「第四胎，我們一定是發瘋了！」麥克斯和蜜雪兒笑著說，在番茄辣椒斜管麵上方相視而笑。亞當則試圖透過把披薩上的義大利香腸給大衛，拐到免費的法律建議，有關他們打算在法國購買的度假小屋。費歐娜和荷莉打開堆得跟塔一樣、裝滿米餅和藍莓的特百惠保鮮盒，食物很快四處亂飛。

我又點了另一瓶紅酒。

「所以妳過得還好嗎，妮兒？」

服務生收走我們的餐盤，孩子們由受到老爸新iPhone賄賂的佛萊迪監督，前往樓下的遊戲區之後，餐桌終於安靜下來。

「有什麼新鮮事嗎？」荷莉問。我當初是在倫敦打工時認識她的，我們很快就在微波馬鈴薯和Excel表格之上熟了起來。荷莉把她整齊的黑色鮑伯頭塞在耳後，殷切地從餐桌另一端看著我。

我猶豫了。我唯一要更新的近況就是一紙破碎的婚約、一

間租來的房間，還有我最近失業，內容無關新的升遷和新的孩子那類的。

「我想聽所有跟那間咖啡店有關的事……」

「婚禮計畫進行得如何呢？」

「妳什麼時候要飛回去？」

我的朋友們朝我轟炸各種問題，我鼓起勇氣，準備告訴他們我的近況。我跟費歐娜說的時候逼她發誓保密，我覺得自己真的是失敗透頂，但他們是我認識最久的朋友，一定不會對我指指點點的。

那是我自己的工作。

「反正啊，你們也知道，就是這樣，我開玩笑說我忘記打包婚戒時，並不是在開玩笑……」我停頓，思考到底該怎麼說，然後一股腦說出來，「我們分手了，我已經搬回倫敦。」

餐桌周圍充滿震驚的臉龐。

「妳知道這件事嗎？」荷莉質問，盯著費歐娜，費歐娜滿臉通紅，趕緊把臉藏到酒杯後。「妮兒，妳怎麼不告訴我呢？」

「我現在就在告訴妳了，不是嗎？」

我不想提醒荷莉，每次我想打給她的時候，她總是都很忙。荷莉大概是某種神力女超人，要不是帶著奧莉薇亞去參加什麼活動，就是在為另一場鐵人三項準備，或是衝去她當主任的醫院開某場重要的會議，每天都要處理各種生死存亡的大小事。她是這麼成功、條理分明、**又有能力**，我不想用我可悲的分手故事打擾她。

「別跟我說是因為另一個女人。」麥克斯說。

「麥克斯！」蜜雪兒倒抽一口氣，用力拍他的肩膀。

「你又怎麼知道不是因為另一個男人呢？」我反擊。

「幹，他有另一個男人哦？」

「麥克斯！」全桌都對他大叫，大衛還朝他丟餐巾。

相信麥克斯，他總是在開玩笑。

「妮兒不需要告訴我們理由是什麼。」蜜雪兒瞪著她的老公說，她身高可能只有一百五十公分，但絕對從她嬌小的西西里祖母那邊繼承了兇悍的拉丁脾氣，這有時會很嚇人，麥克斯看起來也龜縮了。

「沒事啦，沒什麼大不了的。」我撒謊，試著一笑置之，「反正就冷掉了嘛。」

「在加州冷掉嗎？」荷莉繼續逼問。

這讓我會心一笑，雖然我內心還是覺得可憐兮兮。

「唉，他跟妳分手真他媽太白癡了。」麥克斯真誠地表示。

「他的損失是我們的收穫，」費歐娜補充，輕捏我的手，「我知道伊姿一定會很開心可以更常看到教母。」

「佛萊迪也是，」蜜雪兒說，「只要妳不介意在足球場邊凍僵的話，他真的有夠沉迷。」

「我迫不及待了。」我微笑。

「他不是**沉迷**，他很有天分，」麥克斯糾正，「跟他老爸一樣，妳也知道要不是因為我膝蓋受傷，我是可以成為職業足球員的……」

「齁，麥克斯，好了啦！不要再講那個膝蓋故事了！」全桌再次爆氣，對話也無縫轉移到取笑麥克斯，他堅持要不是因為膝蓋不夠力，他本來會比貝克漢還猛，而且老實說，這也確實比我災難般的感情生活還有趣很多啦。

接著孩子回到座位，然後送上一顆插著蠟燭的巧克力蛋糕，大家開始唱「生日快樂」，並大吃蛋糕，蛋糕還真的蠻好吃的。之後大衛在任何人注意到之前便慷慨地結了帳，我們彼此告別，他們把自己塞進車裡，費歐娜和麥克斯跟我道歉，因為

車子坐不下所以不能順路載我一程。

「我們要往反方向，不過我們可以把妳放在地鐵站？」荷莉提議。

「沒事啦，別擔心，我要走走路才能消化這塊披薩。」我微笑揮手，他們開走，伴隨暖氣的轟隆聲。

我一個人站在人行道上，突然覺得四周極度安靜，這就是孤身一人的另一件事：回家的路上沒人可以講八卦，不能一起嘲笑亞當新留的山羊鬍、回憶伊姿對服務生說的蠢話，或是思考大衛去年的獎金到底領多少。

或是在你大笑的時候從另一頭看著你，眼神裡寫著「我愛你」，沒有別的理由，就只因為你是他的愛人。

我機械化地檢查手機，沒有任何訊息。

好吧，嗯，也沒理由站在這裡等到凍死。

我圍上美麗的新圍巾，戴上一只手套，啟程往地鐵站走去。

我要感恩的有：

一、我可愛的朋友們。

二、我們選的餐廳，因為這樣我就可以也和他們所有的孩子一起慶祝生日，其中兩個是我的教子，我根本沒有好好看過他們，真的很有趣。

三、樓下的兒童遊戲區（專供一不小心**太**有趣時使用）。

四、利口樂喉糖，大吼大叫讓我喉嚨超痛。

五、亞瑟，牠在門邊歡迎我回家。

溫度控制器開關大戰

我的天啊，他回來了。我的房東，溫度控制器開關守護者。公寓快**冷死人**了。

從他週一回來之後就是這樣，原來這就是愛德華抵銷他們一家四口搭飛機去韋爾比耶碳足跡的方式。他週一凌晨回來，不過我沒遇見他，因為我早就包在被窩裡用筆電在 Netflix 上看《王冠》。

我超愛這部影集。從我還是個小女孩時就沉浸於黛安娜王妃和她的蓬蓬罩衫，現在則是迷上瑪格麗特公主，四處走動、喝酒抽菸、和地位配不上她的男士約會。我年輕的時候就是這樣，雖然我擔心我現在可能比較像女王了，叉起雙臂站著，身穿開襟毛衣和舒適的鞋子，一臉不滿。

努力對抗低溫的我犯險來到廚房，想弄點東西吃，除了看《王冠》之外，我前幾個星期還把時間花在寫電子郵件轟炸各個從前的舊識，打聽（尋求）有沒有工作。我不敢相信都已經一月中了，我卻還沒整理好行李，或幫自己找個工作，或想辦法把自己從人生失敗組變成人生勝利組，我真的需要向前看了。

聽見房東的鑰匙插進門鎖時，我正把一些麵包丟進烤麵包機，亞瑟也聽見了，快跑到前門。除了在他早上急匆匆出門時講幾句客套話，他回來後我們還不算真正打過照面。這星期他每天都很晚回來，那時我已經上床了，但今晚他提早回家。

「潘妮洛普，嗨。」他滿面春風，拿著布朗普頓摺疊自行車走進廚房，亞瑟跟在他後面，愛德華一直堅持用全名叫我。

「嗨，愛德華。」我微笑，我試過叫他愛迪，但他完全不買

帳。

「妳適應得還好嗎？」

「很好啊，」我禮貌回應，「還有一些行李要整理，是說……
那你的旅程還好嗎？」

「超棒，一切都很完美。」

他安全帽下的臉龐已經全曬黑，雙眼周圍的兩個大白圈除
外，一定是因為滑雪護目鏡的關係。如果他是我朋友，那我一
定會笑他，但他不是，所以我沒有這麼做。

「不錯啊。」我尷尬地在廚房中島的另一頭扭扭身子。

「妳會滑雪嗎？」

「不會耶，不算真的會，只滑過一次，那次是學校去戶外教
學。」

「噢，真可惜。」

對話陷入泥沼，我轉身回到烤麵包機旁。這整件事真的是
超級奇怪，兩個人一起住，都四十幾歲了。我們就在這，兩個
全然的陌生人，有各自的人生，沒有任何共通點，除了我們現
在都住在同一個屋簷下以外。而我現在想想，我的關係來到盡
頭時的感覺也像是這樣。

「這裡感覺就像三溫暖，妳開了暖氣嗎？」

我抬頭看見愛德華脫下安全帽和反光夾克，目光射向溫度
控制器開關。

「我連碰都沒碰。」我出聲抗議，瞬間回到和爸媽一起住的
青少年模式。我臉上開始冒汗，我超不會說謊。

確認完溫度控制器開關還是設定在北極後，他的表情看來
很放鬆，同時繼續脫下層層衣物，直到剩下一件T恤。而我則
是站在原地，看起來就像在易捷航空的櫃台試圖避免被超收行
李托運費，於是把整個行李箱的衣服都穿在身上。

　　男人和女人總是不斷爲了溫度控制器爭吵到底是爲什麼？整個成長過程中，我都記得我爸每個冬天是怎麼搖身一變，成爲溫控器警察史蒂芬斯總督察，不斷巡視溫度控制器，把刻度往下撥一格。只要他一出門上班，我媽就會再把溫度控制器往上調兩格，就這樣來來回回，持續我整個童年。

　　「我覺得妳的吐司好像燒焦了……」

　　愛德華的聲音打斷了我的思緒，我衝回烤麵包機旁，看見機器冒出一團煙霧。「靠北！」我迅速按下取消，煙霧警報器同時開始大聲作響。

　　「別擔心，讓我來。」

　　我把吐司的焦屍從烤麵包機弄出來，邊看著我的房東拿茶巾搧掉警報器旁的煙霧，並打開一扇窗戶。

　　「謝啦。」我露出道歉的微笑，準備把燒焦的吐司丟掉，重新再烤新的，愛德華卻阻止了我。

　　「我來吃，我愛燒焦的吐司。」

　　「眞的嗎？」

　　「我們住在法國時，蘇菲對吐司上癮，她當時懷著雙胞胎，我總是在幫她烤吐司。」

　　我覺得自己態度軟化。看吧，他眞的是個好男人，他不是故意要讓房客凍死的。

　　「你之前住在法國哦？」

　　「對啊，蘇菲是法國人，我們就是在法國認識的，男孩們開始上學後我們才搬回來。」

　　「雙胞胎現在幾歲了？」

　　「十五歲……還會一路長到二十五歲，」他微笑，露出一口因爲沾滿燒焦吐司而變黑的牙齒，「再也不是我的小男孩囉。」

　　「你週間一定很想念他們。」

「對啊，」他點點頭，接著聳聳肩，「雖然我不確定他們是不是也想我，他們忙著把頭埋在手機裡，很可能根本沒發現我已經離開了。」

那瞬間我為他感到有些抱歉。他坐在吧台椅上，吃著我燒焦的吐司，對他來說一定也一點都不好玩。在辦公室度過漫長的一天，騎腳踏車回家，發現有個陌生人在你的廚房裡，還引發火災警報。

一陣寒風從敞開的窗戶吹入，我打起冷顫，事實上，忘了吐司吧，我真的太冷了。

「那麼，晚安囉……」我把麵包扔回冰箱，拿了幾罐琴通寧（我買了一堆存貨），然後迅速走回樓上。我要在我溫暖的羽絨被下方度過剩下的夜晚，豪飲琴酒，邊想像我就是瑪格麗特公主本人。

我要感恩的有：

一、亞馬遜的一鍵下訂，因為我的手指頭都凍僵了。

二、我的新電毯。

三、琴酒和瑪格麗特公主（順序不重要）。

收件者：卡洛琳・羅賓森，蕭波音特出版社
主旨：編輯計畫

親愛的卡洛琳：

　　希望妳順利收到這封信！距離我們上次聯絡已經過了一段時間，我前段時間都住在美國，並在那邊工作，但我現在回來倫敦了，正在尋找刺激的新計畫。如同妳在我們一起工作時所知，身為編輯，我擁有各式各樣的經驗和技能，如果有機會能夠到妳的出版社一展長才，我會非常開心。另外我也有些有趣的構想，很樂意跟妳聊聊，請告訴我什麼時候方便去電，或是我們可以一起喝杯咖啡也好？
　　期待收到妳的回信。

　　祝好，
　　潘妮洛普・史蒂芬斯

收件者：潘妮洛普・史蒂芬斯
自動回覆：編輯計畫

　　卡洛琳・羅賓森－佛萊契目前正在休產假。

去他的這週日

自從和美國未婚夫分手，我就開始害怕週末來臨。

還在交往時一切都不一樣，我以前總是很期待一起躺在沙發上看電影、喝紅酒的週五晚上，週六咖啡店打烊後去找朋友，還有週日，嗯，週日總是我的最愛。我們會早早起床，騎腳踏車去當地的小農市集，帶回一袋袋新鮮食材，他會在廚房裡變出新料理，我則是在花園慵懶地看書，並履行我官方試吃員的職責。

現在每當週五晚上即將來臨，我就又必須獨自面對另一個週末。真有趣，我以前以為孤獨是種只會影響老人的東西，比如坐在扶手椅裡的虛弱老太太，而不是某個四十幾歲，有一百四十七個臉書好友的人。

我試過揪人，但一如往常，每個人都有計畫了。麥克斯和蜜雪兒要去拜訪麥克斯的父母。荷莉和亞當因為活動跟一個當地教會的牧師很要好，自從了解私立學校的學費有多貴之後，無神論者亞當突然就「得到」了信仰，跟他們當地的教會小學「獲英國教育標準局評為傑出」一點關係都沒有。現在我所有的女性朋友都在講這個詞，用的還是跟她們以前留給「他開敞篷車」相同的那種興奮迫切語氣。

至於費歐娜，她和大衛則是受邀到安娜貝爾和她老公克萊夫的新家參加晚餐派對。安娜貝爾不僅會籌辦慈善募款會，對喀什米爾羊毛圍巾有絕佳品味，顯然還是世界上最棒的女主人。我不是在忌妒，嗯，可能有一點啦，但也只是因為她看來也把偷走我最好的朋友加進她一長串的成就清單裡。

                    ＃　　　＃　　　＃

　「妳要去認識一些新朋友才行。」

　我打FaceTime給住在洛杉磯的朋友麗莎，時間是晚上八點，而我已經穿好睡衣。我坐在床上，看著手機螢幕，她的臉很靠近鏡頭，背景是明亮的藍天和陽光，雨滴咚咚咚地打在我的窗戶玻璃上，我突然很懷念過去的人生。

　「去交一些新朋友。」她繼續說。

　「我有很多朋友啊。」

　我迅速振作起來，要是有條電毯，誰還需要正向的陽光跟在夾腳拖裡曬黑的腳啊？

　我堅定地把溫度控制器從一調到三。

　「他們全都結婚生小孩了，妳需要單身的朋友，去參加活動……」

　「妳是說，像是去找個工作？」

　麗莎趕蒼蠅般揮手把這番話拍走，「妳只是先休息一段時間而已，妳必須練習保持耐心。」

　我知道她是對的，但是搬回倫敦所費不貲，而且雖然我爸借我的錢還不少，卻也不可能永遠撐下去：我正在練習恐慌，不是耐心。

　「不對，妳需要的是認識一些志同道合的人……」

　「我才不要做瑜伽。」我打斷她。

　麗莎是個超屌的瑜伽教練，才剛從哥斯大黎加帶完一團瑜伽旅行回來。我們是在我剛搬到洛杉磯時認識的，當時我熱切想融入當地的生活方式，於是報名了一堂她的課程。幸好她不討厭我，我們之後便成了朋友。今晚是我回到倫敦後我們第一次有機會敘舊。

　　她大笑出聲,「甜心,如果他們看到妳做瑜伽,沒人會想跟妳當朋友。」

　　「真的是 Namaste 感謝妳哦。」

　　「去參加讀書會怎麼樣?」她開心提議。

　　我心一沉,讀書會簡直就是中年婦女的代名詞。但我突然發覺,**我就是個中年婦女**。

　　「妳和布萊德如何?」我改變話題。

　　布萊德是她的瑜伽教練同事,也是分分合合的男友,雖然最近是分比較多啦。

　　她聳聳肩,「他說他很困惑。」

　　「困惑什麼?」

　　「他到底想不想要一段認真的關係。」

　　我真的搞不懂麗莎看上布萊德哪一點,她有趣、善良、聰明,擁有那種辣到你會哭的瑜伽身材,加上她還是個千禧世代,她才剛滿三十歲!這代表在這場戀愛大風吹中還有很多空位,所以完全沒必要跟一個沒安全感的蠢蛋約會,而且那個男的還戴著佛珠想裝成靈性先生,卻一直想要霸凌她和控制她。

　　Namaste。

　　「我們的伴侶治療師說他有親密問題要解決,」麗莎看起來頗為尷尬,「我知道妳在想什麼。」

　　「我在想什麼?」

　　「妳覺得我是個白癡,還有我應該離開他。」

　　「妳不是白癡,他才是白癡。」

　　她露出感激的笑容,「嘿,我想到了!要不要去試試看銅鑼浴?妳會遇到一堆有趣的人。」

　　「我會嗎?」我懷疑地問。

　　「倫敦一定也有這種……」

　　但在她能上網google之前，我的手機跳出一則訊息，來自我的一個記者老友沙迪克。我點開訊息。

　　史蒂芬斯，妳的信跑到我的垃圾信件匣了！
　　有空打給我，我有個工作要給妳。

生死無常

「你要我寫死人的事？」

我們今早在沙迪克辦公室附近某間職人風咖啡廳見面，多次擦洗的木桌、黑板、剛出爐的布朗尼放在一旁，每個人都能咳嗽或打噴嚏在上面。

沙迪克停下動作，不再吃他的炙烤哈羅米起司薄餅。「呃，這也算是某種寫訃聞的規則啦，妮兒，當事人一定要是死人。」

我認識沙迪克已經快要二十年，他是我剛搬來倫敦時的其中一個室友，當時他還是某個小報的菜鳥記者，現在則成了某個週日大報的生活版主編。

「我們先前配合的自由撰稿人剛轉去旅遊版，所以我馬上就想到妳。」

我笑了笑，雖然不確定是不是要把這當成稱讚。

女服務生在我們之間放下兩杯馥列白咖啡，沙迪克的泡泡上有個小小的愛心，我的則沒有。

「我沒有心。」

「蛤？」沙迪克吃完薄餅，啜了一口咖啡。

我覺得厄運籠罩，這是個徵兆。我完蛋了，再也沒有愛，只能期待死亡。

我看著他一口喝下愛心，甚至沒注意到，也是啦，他幹嘛要注意？沙迪克不用尋找宇宙中的徵兆，他婚姻美滿，有兩個可愛的孩子，事業也很成功，不管用什麼標準來看，他都是人生勝利組，我敢打賭他甚至不會看每日星座運勢。

「噢，沒什麼啦。」我馬上回答，搖搖頭露出尷尬的微笑，

「眞的很感謝你想到我。」

「所以妳有沒有興趣？」

「當然有興趣，」我點點頭，「但你確定我的經驗適合嗎？我是個圖書編輯，不是記者。」

沙迪克打消我的顧慮，「基本上就是把一個人的人生濃縮編輯成一千字，妳一定會做得很好，而且啊，寫訃聞的好處就是永遠不會沒工作。」他興高采烈地補充。

「現在我想起來我們爲什麼會這麼要好啦。」我微笑。

「而且不管怎樣，我都欠妳一次。」

「你有嗎？」

「要不是妳，我就不會和派崔克在一起了。記得妳當時在我看不出來的時候，是怎麼跟我說他是我這輩子發生過最美好的事嗎？」

我的思緒回到二十年前，沙迪克和我夜復一夜坐在我的蒲團上，靠一瓶瓶便宜紅酒和一包包萬寶路淡菸一路聊到凌晨。沙迪克正是在其中一次對話向我出櫃，雖然我當然早就已經知道了，就像我也知道他愛上了我們當地酒吧的那個害羞藍眼愛爾蘭酒保。

我露出微笑，「你當時只是需要推一把而已。」

他把信用卡遞給女服務生結帳，接著從椅背拿起夾克，「是啊，我現在也是在推妳一把。」

＼　＃　　　＃　　　＃

我們談好稿費，雖然不多，但加上老爸借我的錢和我便宜的房租，還夠我過日子，所以我現在人在地鐵上，準備進行我的第一場採訪，去拜訪某位知名劇作家的遺孀。他的訃聞原定

下週刊出，但報社決定改做成二月的一整篇專題報導，所以我
希望能夠多了解一點沙迪克口中所謂的「人生」。考慮到文章的
主題，這個用字有些諷刺，不過顯然訃聞搞砸的風險便在於很
容易變成一長串無聊的人生成就清單。

至少我不用擔心這件事，按照這種成就累積的速度，我的
訃聞應該可以直接寫在一張便利貼上。

地址就在波多貝羅附近，一棟漆成紫丁香色的高窄房屋。
爬上前門階梯時，我邊演練自我介紹：「很遺憾妳痛失親人……
也很感謝妳願意撥空跟我聊聊……」我在地鐵車程中快速讀過
沙迪克提供給我的一些資料，從各方面看來，蒙蒂．威廉森都
算是號人物，他和太太一起活出精彩的人生，周遊世界各地，
認識許多名人。我湧起一股緊張刺激的感受，確定她一定有很
多超棒的故事可以分享，不過我還是要多多注意，老太太已經
八十幾歲了，又剛失去丈夫，她很可能相當脆弱。

而且還有重聽，可憐的傢伙，我按門鈴按了好幾分鐘，
卻沒有獲得任何回應後這麼想著。於是我大力敲門，腳步聲出
現，接著門猛然打開。

「哈囉，我是妮兒．史蒂芬斯，是來這裡採訪的……」

「不好意思，妳敲門敲很久了嗎？我在畫畫，邊聽我的
podcast。」

如果說我以為會是個脆弱、扭著雙手、拖著腳步的寡婦
來迎接我，那我還真是大錯特錯，站在我面前的是一名精力充
沛的高挑女士，厚重的灰髮剪成時髦的鮑伯頭，塗著紅色的口
紅，身穿濺滿油漆的吊帶褲，以及用亮片裝飾的帆布鞋。

「不用妳說，我知道妳想像中的是個穿著喪服，還把頭髮染
黑的老人。」她對我的表情一笑，「我比較喜歡有點精神，妳不
覺得嗎？」

　　站在她面前的門階上，我覺得我已經開始喜歡上她了。

　　「抱歉，我忘了我的禮貌，來，請進吧……」她把門開大一點讓我進去，並伸出一隻瘦骨嶙峋的手有力地和我握手，她的手指上戴滿戒指，「很高興認識妳。」

　　我綻放微笑，「我也是。」

我要感恩的有：

一、沙迪克，他不僅給了我工作，同時也把我從地獄拯救　　出來，不然我就必須躺在毯子下面，讓銅鑼在我耳邊　　狂敲一小時。

二、蒙蒂‧威廉森的遺孀，她實在有夠讚。

三、星巴克的咖啡師，為我做了回家途中喝的拿鐵，如果　　有個微笑的熊貓臉，誰還需要愛心啊？

二月

#社群軟體大封鎖

死因：保守

OK，這不完全是我會稱爲**夢想工作**的工作，不會有人說「我長大後想寫些跟死人有關的事」，但我們就坦蕩蕩面對吧，某些世界上最迷人的人現在掛了，而某些最無聊的人卻還活著，我清楚知道我比較想寫哪些人的事。

時間是週五晚上，我沒有出門，而是坐在書桌前爲我的第一篇訃聞進行最後潤飾，這比我原先以爲的還花了更久一點的時間，因爲我被吸進名爲Google的漩渦中。前一分鐘我還在研究蒙蒂·威廉森的劇本，接著我就開始google「敗血症的跡象」，因爲我的手肘起了發癢的疹子，或是搜尋起「狗可以吃蘋果嗎」，因爲亞瑟趁我不注意時從廢紙簍幹走了蘋果核。

總之，已經快寫好了，我按下iPhone上的錄音，內容是前幾天的採訪，蒙蒂遺孀的聲音填滿我的房間……

「麻煩妳叫我蟋蟀。」

「跟那個運動一樣？」

「跟昆蟲一樣，」她大笑，「其實我叫凱瑟琳，這是我小時候的綽號，後來就一直跟著我了，我丈夫總是說我跟蟋蟀一樣吱吱喳喳。」

蟋蟀就住在那種你想像中劇作家會住的屋子，書架從地板延伸到天花板，上面放著超級多書，塞滿所有可用的角落和縫隙，牆上掛著相片和裱框的劇院海報、遠行帶回的裝飾品和藝術品、一副部落面具、繪有裝飾的牆板、異國風地毯，整體有點混亂的感覺，好像住在這裡的人過著一種即興演出的生活。

而我們的採訪也不需要劇本。

「來，請坐，當自己家。」她說，我跟著她來到我們要進行採訪的客廳。

我看向四周尋找椅子，但所有家具似乎都蓋著濺滿油漆的布料。

「那張畫布下面有個沙發。」

「妳在粉刷家裡？」注意到四周擺放的好幾把梯子和好幾桶油漆後，我突然發覺，「我以為妳說的畫畫，指的是在畫油畫或水彩。」

「老天，當然不是，」她爽朗地大笑，「房子剛好需要重新粉刷，於是我想擇期不如撞日。」

我不知道哪一點讓我比較訝異，是一個八十幾歲的老太太站在梯子上拿著滾筒，還是她心情竟然這麼愉快，她丈夫才剛過世呢。

「我總是想把這間房間漆成黃色，但蒙蒂從來都不接受，妳比較喜歡哪個顏色呢？」她指著牆上的兩坨顏色樣本，「左邊的是大黃蜂黃，右邊的是托斯卡尼陽光黃。」

「嗯……我覺得我比較喜歡大黃蜂黃。」

她看起來頗為開心，「英雄所見略同，誰不想坐在漆了這麼棒名字的油漆的房間裡呢？」她露齒一笑，然後消失到廚房去煮茶和拿餅乾。「是對我們都好吃到超級糟糕的巧克力餅乾哦。」

#　　　#　　　#

我第一眼就喜歡上蟋蟀，她說話直接、不拘小節，隨著採訪進行，她也拿出舊相簿，並以她丈夫璀璨生涯的各種八卦和軼事招待我，還在對話間灑下各個劇場和影視明星的大名，就像仙子撒下粉末。布幕放下後，人生並不總是光鮮亮麗，尖酸

56

的評論、財務困難、癌症，他一路掙扎到人生終點，還有他過世時她的鬆一口氣和內疚，那些組成真實人生的東西，那些不會放在相簿裡的東西。

「我是在我放棄再度墜入愛河的想法時遇上蒙蒂的，非常出乎意料，我那時已經快要五十歲了，以為輕率早已離我而去。結婚生子躲避著我，或者說事實上是我在逃避？」她露出微笑，雙眼閃爍著淘氣的光芒，我驚覺比起她知名的已逝丈夫，我對蟋蟀本人遠遠更感興趣。

「你們倆是怎麼認識的呢？」

「我以前是個演員，不是很好的那種，我必須補充，我已經體會過熱情奔放的風流韻事和注定不會有結果的戀情，我曾經訂婚過好幾次，有一次甚至都買好婚紗，我依稀記得是件可怕的織品……」她聳聳肩，思緒回到過去，「幸好新郎解救了我，讓我不用穿那件天殺的衣服，他在婚禮前幾天坦承自己已婚，當時這種事可是會引發軒然大波呢。」

她開懷大笑。

「不過這就是變老的其中一個優點：在時間的濾鏡之下，最糟的事常常都會變成最好的事。」

我想起自己告吹的訂婚，幾十年後我真的能一笑置之嗎？

「在那之後我決定這輩子就這樣了，愛情不適合我，我會養隻貓，然後拿起中提琴……」

「為什麼是中提琴？」

「為什麼不呢？」

我露出微笑，「為什麼不？」似乎是個很棒的人生哲學。

「我相當開心。但幾個月後我去試鏡一齣戲劇，遇上蒙蒂，然後一切都消失了。某種程度上來說也算是很幸運，因為我後來發現我對貓嚴重過敏，音準也不太準。要加茶嗎？」

　　所以我們喝了更多茶，隨著二月微弱的陽光讓路給黃昏，蟋蟀也告訴我，即使夫妻倆在一起超過三十年，但他們直到七十歲才正式結婚。「而且完全只是因為蒙蒂的健康狀態惡化，而他想要避免所有後續的稅務麻煩，我們在紐約結婚，簡簡單單，只有我們兩人。我記得當時心想，任何在市政廳的階梯上看見我們的人，一定都會覺得我們看起來像是一對老夫婦，我的頭髮都灰了，蒙蒂拿著助行器，但我覺得就像再度回到十八歲。妳知道的，雖然我常常覺得他傻……」

　　她聲音淡出，彷彿回到市政廳的階梯上。

　　「妳有沒有覺得其他人很傻過呢，妮兒？」

　　我因聚光燈來到我身上結巴了一會。

　　「有啊。」我點點頭。

　　「然後呢？」

　　「而他一點都不覺得我傻。」

　　她的目光迎向我，「我可愛的女孩啊。」

　　她的語氣如此善良，讓我都快哭了出來，我一直都在壓抑，戴上勇敢的表情，說話輕佻，試圖看淡所有事，因為只有這樣我才能面對發生的事，因為我害怕要是我一開始說，我就會當場崩潰。但是她沒有詢問細節，我相當感激，而我也不需要跟她說任何細節，只要告訴她我最近剛和美國未婚夫分手，搬回倫敦重新開始就好。

　　「而且我已經四十幾歲了。」

　　「那又怎樣？我都八十幾歲了呢。」

　　我忍不住笑了出來。

　　「不要擔心變老，要害怕的是變得無趣才對。」

　　不知為何，我完全無法將蟋蟀和無趣兩字聯想在一起。

　　「變老的唯一問題就是妳會失去朋友和愛人，」她繼續說，

「他們會在妳周遭死去，一個接一個，失去蒙蒂非常痛苦，但我們相遇前我已經過了大半輩子，我們真的在一起後，他也是個工作狂，常常不在家。我漸漸也習慣他不在了……從很多方面來說，失去我的女性友人更為難熬……」

她站起身，從邊桌上的收藏抽出一張照片。照片上有四名女子，全都坐在躺椅上，臉上掛著笑容，黑頭髮的那個很顯然是年輕版的蟋蟀。

「她們是我的好姐妹。」她盯著她們一段時間，然後一一指出每個人，「這是烏娜，她是我最好的朋友，我們曾一起在倫敦當室友，每天都會聊天，有時一天還會聊上好幾次。維若妮卡是我在演戲時認識的……我們從前每週三都會去看午場表演。希西則是在蒙蒂常去寫作的當地圖書館工作，一開始我超級吃醋，妳懂的，我以為他會迷上她，畢竟她那麼美，」她微笑，「但我們後來成為非常好的朋友，她總是會和我分享她愛讀的書……」她音量變低，陷入回憶，「她們總是陪伴著我，我十分想念她們所有人。」

聽著蟋蟀說話，我發現我們以一種有趣的方式擁有某種共通點，我了解她的感受，我的朋友沒有過世，她們只是結婚生子，但我也很想念她們。

「但還是不要談這些難過的事吧。」她搖搖頭，把照片放回去，「我確定我已經占用妳太多時間了。」

「別這麼說。」我抗議，不過時間真的晚了。我感謝蟋蟀願意受訪，我們告別時，她叫住我。

「是說，就是烏娜告訴我千萬不要加入保守派娘子軍的，」她興高采烈地揮手，「她說她們會殺了妳。」

我要感恩的有：

一、Google上針對「該問寡婦什麼問題？」的五千兩百五十萬筆搜尋結果。

二、了解雖然死亡和繳稅一樣無可避免，但是也不會死於保守。

三、我不會得敗血症。

不速之客

　　和蟋蟀聊過後，我下定決心絕對要見到我的朋友，於是約了費歐娜在遊樂場見面。大衛帶路卡斯去上柔道，所以這是個敘舊並試著好好聊聊的好機會，就在滑下溜滑梯和埋在沙坑裡的空檔間，和所有好教母做的一樣。

　　天氣頗冷，還下著雨，所以我穿了好幾件毛衣，還有一件我最近在又一把雨傘開化後，出於絕望買下的便宜防水夾克，夾克是綠色的塑膠材質，讓我看起來就像穿著你會拿來裝花園垃圾的那種綠色垃圾袋。

　　我也在樓梯下的衣帽間找到一雙愛德華的綠色舊防水長筒靴，靴子有點偏大，濺滿他以前漆圍籬時噴到的木餾油，但還是比我的運動鞋或是似乎是我唯一從加州帶回來的夏季夾腳拖好多了。

　　我衝出家門時，外套和靴子啪啪作響，剛好瞥見我在鏡中的倒影，心裡有些懷疑。我很快安慰自己，誰在乎時尚啊，我只是要去遊樂場找我最好的朋友，並和可愛的教女一起在沙坑裡玩耍而已，是會有誰看到我？

　　我胡亂套上羊毛帽，急忙趕往地鐵站。只要我不要淋濕就好，這才是最重要的事。

\#　　　\#　　　\#

　　「看，那是安娜貝爾耶！」

　　三小？

　　她穿越當地遊樂場的迷霧，宛如女神般出現，完美的古銅色化身，穿著Moncler外套、緊身牛仔褲、Le Chameau威靈頓雨靴。我看著她以慢動作滑向我們，孩子像紅海一樣分開，身旁是個縮小版的她，顯然是她的女兒，還有一隻穿著Barbour菱紋外套的法國鬥牛犬，順從地跑在她身邊。

　　她熱情親吻費歐娜的雙頰，然後轉身以一種通常會保留給發現沙拉臭酸的可怕好奇打量著我。

　　我覺得戰爭已在某處靜靜展開。

　　「這是我朋友妮兒。」費歐娜說，迫不及待介紹我。

　　「嗨。」我從伊姿把我埋進的沙坑中抬頭打招呼，並微微揮手。

　　「我聽說過妳好多事。」安娜貝爾微笑。

　　微笑也很完美，就跟她身上所有事一樣。

　　「我也是。」我笑回去，站起身來，拍掉一坨坨濕沙，安娜貝爾的女兒跑過去和伊姿打招呼。

　　「克萊門汀，親愛的，不准跑進沙坑裡。」安娜貝爾嚴厲命令，然後甜美地補充，「媽咪不想要妳弄得髒兮兮的。要不要去玩跳房子呢？看起來很好玩耶。」

　　伊姿一臉無聊盯著我，我知道她在想什麼，跳房子看起來一點都不好玩，把妮兒阿姨埋在濕濕的沙坑裡才好玩，「去吧，妳可以晚點再埋我。」我低聲說，對她眨了眨眼。

　　「可以連頭一起嗎？」

　　「當然可以連頭一起。」我承諾。

　　伊姿開心微笑，兩個女孩盡責地一起跑過遊樂場。

　　「我真是太高興妳們終於見面了，」費歐娜在我加入她們時熱情表示，「我一直跟安娜貝爾說妳以前怎麼在美國經營那間超棒的咖啡店。」

「呃，我是不會說那間店很棒啦。」我臉色一沉，費歐娜露出驕傲的笑容讓我覺得有點尷尬。

「噢，就是妳必須收掉的那間嗎？」安娜貝爾投來同情的目光，「真是可惜啊。」

「對啊，就是那間沒錯。」我有點生氣。

「我知道經營一家店有多困難，好多店都倒了。」

好吧，我只是太敏感了，她是出於好意。

「安娜貝爾開店前曾經營一間非常成功的室內設計公司，」費歐娜熱切補充，「或許她可以給妳一些建議，幫忙妳重新開始。」

「謝啦，不過……沒關係，我不覺得我需要。」我露出客套的微笑。

「明智的選擇，」安娜貝爾點頭，「就像我常和我老公克萊夫說的，成功真的能辨別良莠。」

我仍在微笑，因為需要花點時間理解，稍等一下，誰良誰莠啊？

難道我是雜草嗎？

「不過要是妳需要一些穿搭建議，我會很樂意提供。」她繼續說，目光掃過我的穿著，並啜了一口豆漿拿鐵。

「安娜貝爾的品味超好。」費歐娜繼續說，絲毫不以為意。

「妳的意思是，妳覺得我穿得不夠時髦嗎？」我頂回去，忽略安娜貝爾的鄙視，並做出一個讓費歐娜爆笑的表情，「還記得我以前在葛拉斯頓伯里音樂祭穿的垃圾袋嗎？」

「天啊，我怎麼可能忘得了？我也穿了一個。」她哈哈大笑。

「我們用掉了一整捲！」

「我那整個週末都泡在泥巴裡，我把衣服拿回家給老媽洗時，她大概洗了十次吧……」

「我媽把我的東西全部都扔了！」

我們倆都爆出笑聲，陷入回憶。

「是說費歐娜，妳一定要找個時間過來，到新泳池裡游個幾趟，」安娜貝爾打斷我們，「伊姿一定會很喜歡的。」

費歐娜的笑聲停止，轉向她的朋友。

「安娜貝爾一家剛搬進一間有戶外游泳池的房子。」她替我解釋。

「不會有點冷嗎？」

安娜貝爾看著我，就像我是個徹頭徹尾的智障，「那是溫水游泳池。」

「哦，對，當然了。」我點頭。

跟我的電毯一樣。

「那是一定要去的啦，伊姿肯定會很喜歡，」費歐娜說，「她現在游得很不錯。」

「也帶妳的比基尼來吧，來場好姐妹聚會。」

「當然好啊！」費歐娜朝我大笑，「聽起來是不是很有趣啊，妮兒？」

我盯著安娜貝爾，她不自在地扭扭身體。費歐娜可能沒看出來，但我跟安娜貝爾都清楚知道這個邀請可不包括我加一。

「當然也歡迎妳來囉，妮兒。」安娜貝爾補充，勉強擠出笑容。

「聽起來超棒！」我說。

我當然是在說謊，穿著比基尼站在完美的安娜貝爾身旁根本一點都不棒，也不有趣，但我知道我們相處融洽對費歐娜有多重要。

「看吧！我就知道妳們兩個一定也會變成好朋友！」費歐娜說，安娜貝爾和我交換了一個鄙夷的眼神，費歐娜張開雙臂圍

住我們，給我們一個團體抱抱。

我要感恩的有：

一、來到一個不在乎自己看起來像某種垃圾車會在週二收
　　走的東西的年紀。

二、把持住自己，沒有嗆安娜貝爾把她的游泳池塞進她屁
　　眼裡吧。

三、我的教女，因為：

　　A：她在我推她盪鞦韆時讓我會心一笑。「再高一
　　　　點，妮兒阿姨，**但不要這麼高。**」這句話讓我整
　　　　個嚇爛，但她在鞦韆以時速六十公里衝向柏油路
　　　　時，仍像隻鬣狗一樣大笑。

　　B：她讓我了解，我應該就是要以這種方式來面對
　　　　這可怕的中年危機，在我衝向單身、破產、膝下
　　　　無子、一件式泳裝、更年期潮紅、即將變灰的頭
　　　　髮，並在時間快速流逝，撞上名為一切都太遲了*
　　　　的柏油路前，仍像隻鬣狗一樣大笑。

＊又稱 TL，如果你沒有在 BITL 之前他媽的好好振作，這就是在前方等待你的悲慘命
運，是讓你夜不成眠的恐怖怪物，就像床底下的可怕生物一樣，只是這個怪物手上還有
可怕的填充物跟肉毒桿菌。

洗碗機大戰

事情是從什麼時候開始變得這麼複雜的？

我洗好碗盤後，小心翼翼放到洗碗機的架子上，接著開始整理餐具。刀子刀刃朝下放在前面，叉子朝上放後面，茶匙放右邊……或是，等一下，還是茶匙要放前面才對？我猶豫了一下，試著想起來，然後互換位置。以前我買來之後總是隨便亂扔，亂七八糟，碗盤一起亂放，各種餐具也都亂丟。

但再也不是這樣了。

我拿起一把巨大的菜刀，尋找要放在哪裡。那是我過去的人生。當時我**還有**個人生，包括一間房子、一個未婚夫、一部我他媽愛怎麼放就怎麼放的洗碗機。

「那些刀子不用放到洗碗機裡，潘妮洛普。」

我抬頭看見愛德華站在門口，剛結束他進辦公室前去上的大清早瑜伽課。他穿著運動服，臉上掛著不認同的表情。我還穿著睡袍，感覺像個妓女。

「這樣刀刃會鈍掉，妳必須分開另外用手洗。」

他走向我，開始檢查洗碗機的內容物。「不對，酒杯應該放在這邊。」他開始分解我堆的東西，根據他自己嚴格的規則重新擺好，同時一邊碎念。「比較小的保溫杯要放這裡，看到了嗎？」

我盯著還拿在我手上，刀刃有十五公分的菜刀。相信我，我真的很想砍他，事實上，過去這個月我有好幾次都差點要謀殺我的新房東。

「也別忘了要把洗碗機調到節約模式，節省能源。」他繼續

教我，然後上樓沖一個二十秒的溫水澡。

「好哦。」我擠出微笑。

雖然老實說，受到永無止境的挑釁後，我實在很想殺人。

訃聞一則

倫敦傳奇劇作家、啟發一整個世代
和妻子之愛的蒙蒂・威廉森

我的第一篇訃聞上報了！我興奮地打給老媽。

「妳記得那個知名劇作家和劇場導演蒙蒂・威廉森嗎？」

「嗯，這名字我沒什麼印象耶。」

「他寫了《沒有人在聽》？」

「老實說，妳爸爸和我不常去劇場，自從他上次看《獅子王》看到睡著，還開始打呼之後……」

我窮追猛打，「妳一定知道他，他有點算是花花公子，在搖擺的六〇年代和所有有名的模特兒約會過，接著和一個名叫凱瑟琳・法拉的女演員結婚。」

「是嗎？說實在的，最近我的記憶力就跟篩子一樣，等一下，我問問妳爸……菲利普！**菲利普！**」在背景叫了好幾聲之後，我聽見她和老爸解釋，然後：「沒有耶，他也沒聽過，怎麼了嗎？」

直到這時，我才發現我花了五分鐘在跟她說一個她根本不認識、從來沒見過、和她同樣不知道的人約會、寫了一齣她真的完全沒聽過的劇本、還過世了的人。大家說的是真的，我真的變得跟我媽一模一樣。

幸好老媽不計較，還衝出去買了幾份報紙驕傲地和左鄰右舍分享。而我突然間被一波罪惡感襲擊，寫一篇基本上和死人有關的文章，還感到很興奮，是不是哪裡錯了？用別人的悲傷

賺錢，我的意思是說，仔細想想就會發現有點糟糕。

但接著我收到一封來自蟋蟀的電子郵件，告訴我她有多愛那篇文章，我又是怎麼完美捕捉蒙蒂的本質，還有這對她摯愛的蒙蒂來說是個多棒的禮物，所以我心情好了不少，我甚至還敢說我頗為驕傲呢。

不和平分手

一開始當我決定離開洛杉磯搬回倫敦時，我還擔心我會後悔。我腦中有個景象，我會一直哭，並在臉書上跟蹤前任。不過這一切都是屁話，因為我根本就沒哭過半次，而且也不怎麼上臉書。

好啦，這**不完全**正確。我是有哭了幾次，並瞧瞧他的頁面，但反正他也從來沒更新，所以看著一張他二〇〇九年去泰國玩水肺潛水的舊照實在也不會得到什麼，只是提醒我他穿潛水衣有多好笑，他的髮線從那之後又退了多少，讓我頗為開心。

如同你能看出來的，我還沒達到和平分手的境界，我不知道那些好萊塢名流是怎麼做到的，但是真的會有人相信那些媒體聲明嗎？所有那些繼續當好朋友、還很愛彼此、很興奮可以繼續珍惜和喜歡對方的屁話，但這次是從遠處這麼做。大家都知道實際上的意思應該是：**他上了保母、她整形上癮、當我們終於停止自拍後，我們發現根本無法忍受彼此，而且沒有任何濾鏡可以拯救我們。**

或是試試看這句：**他不再愛我，所以我離開了**。這可能會是我們的媒體聲明，只是在我們的情況中，一切都千真萬確，而且讓人非常難過。現在我知道為什麼大家會說分享一段美好的旅程，只是不是和彼此分享。這是因為大家都想要快樂結局，就算你們都已經要分手了，還是沒人願意承認他們很傷心、生氣、心碎，還有人生很難。

太遲了，我躺在床上登入臉書，盯著他的照片。

就算穿著那件讓他看起來像隻懷孕海豹的荒謬潛水衣，某

部分的我仍然愛他。

　幹。

死因：鬆餅

　　二月是個有點憂鬱的月份，毛毛雨一直下，風颳個不停，天空總是灰濛濛的。我的毛衣都穿到起毛球，因為我他媽從來沒脫下來過。我試圖在公車站躲雨時，滑過某個超模在白色沙灘上的比基尼自拍照。

　　「這女人已經超過五十歲了！她是怎麼辦到的？」我問不久之後打給我的蜜雪兒，她問我下個月能不能幫他們帶小孩，因為麥克斯生日到了。

　　「我不知道耶，但她是個好榜樣，搞不好她吃很多沙拉吧？」

　　「冷得要死誰想吃生菜啊，我想來點療癒食物！」

　　這當場解釋了我為什麼不會穿比基尼自拍，永遠不會。

　　「我也是！我今晚一定要吃爆鬆餅。」

　　「什麼鬆餅？」

　　「今天是鬆餅節啊，妳忘了嗎？」

　　我是忘了沒錯，徹底忘了，但我現在湧上一股淋著熱麵糊和檸檬糖漿的喜悅，這就是我**確實**喜歡二月時待在英國的其中一個原因。

　　「感謝妳提醒我，不知道我的房東有沒有平底鍋？」

　　「妳的新房東怎麼樣啊？他人好嗎？」

　　「我們正在展開溫度控制器和洗碗機大戰。」

　　「聽起來就像結了婚的夫妻，」她大笑，然後克制住自己，「抱歉，我不是故意要這麼白目的……」

　　「沒事啦，這沒什麼。」我讓她放心，也讓自己放心。

我在背景中聽見小孩的聲音,「他們超級興奮,因爲可以甩鬆餅,」蜜雪兒表示,「他們還抽籤決定誰是第一個,佛萊迪當然都沒有參加,我只希望我今年準備了夠多熱麵糊,去年他吃了五個鬆餅……」

佛萊迪大叫打斷她,「**六個啦!**」

「我猜我今年應該可以打敗他,這就是懷孕最棒的優點之一,想吃多少鬆餅就吃多少。」她大笑。

「那我的藉口是什麼呢?」我開玩笑說,但心中一時湧起一陣酸楚。我們的人生大相逕庭,蜜雪兒的家庭生活和樂融融,婚姻美滿,大腹便便待在可愛的家裡,我突然覺得前所未有的孤單。

「所以妳確定可以來幫我們帶小孩嗎?」

「沒錯,當然沒問題,可以花點時間和我的教子相處……」

「再次感謝妳,妮兒,晚點聊啦。」

掛掉電話後,我開始尋找平底鍋的蹤跡,就算只有我一個人又怎樣,有更多的鬆餅可以留給自己囉。我在櫥櫃後面找到鍋子,然後跑到街角的商店買材料開始做麵糊。

小時候鬆餅節是我一年之中最喜歡的時光,老媽通常會負責把平底鍋弄熱,然後我們輪流翻面,我弟理查擁有完美的鬆餅連續後空翻絕招,我的則會掉得到處都是,不過最後還是會回到平底鍋裡,這是家裡的經典笑話。

「妮兒今年會扔到哪去呢?」老爸以前常會笑我,麵糊總會噴得廚房到處都是。我覺得史上最扯的一次是,有次麵糊黏到天花板上被燈烤焦,老媽瘋狂尖叫,以爲屋子會陷入一片火海。想像一下,死因:鬆餅。

結果最後我發現,只剩我和亞瑟的時候,鬆餅節其實也沒那麼好玩,牠盯著我的一舉一動,希望我會失手,這樣就能

從廚房地上把鬆餅吃掉。但我還是戰到最後一兵一卒，只需要解開牛仔褲最上面那顆扣子而已，還在思考要不要繼續吃第四片。這時我聽見鑰匙插進鎖孔，愛德華下班回家。

我突然手足無措，廚房跟被轟炸過沒兩樣。我鼓起勇氣，他走進廚房，身穿反光自行車服，拿著摺疊式自行車，像隻獵犬一樣吸吸鼻子，「妳在煮什麼啊？」

「我在煎鬆餅……」我指著平底鍋。

「原來如此，今天是懺悔星期二，」他放下自行車，脫掉安全帽，「嗯，我好多年沒過了。」

我本來以為他會因為混亂的廚房訓我一頓，所以有點困惑。

「法國人沒有鬆餅節嗎？」我想起她老婆蘇菲。

他點點頭，「他們有聖蠟節，不過當然是可麗餅啦。」

所以這就是法國女人不會變胖的原因，她們吃的甚至都是苗條版鬆餅。

「但蘇菲不吃，她想維持身材。」

我決定也不要吃第四片鬆餅。

「妳會介意我……」他指著那一大碗麵糊，「聞起來很好吃。」

「噢……不會啊，我當然不介意，你請便。我是可以幫你煎一片，但我怕我的翻面技術太爛。」

「不用麻煩，這一直都是我的強項，打了那麼多年網球，反射神經很好。」愛德華捲起袖子，舀起麵糊，小心翼翼倒在鍋子邊緣，直到蓋滿整個表面，並變成金褐色，然後手腕專業地一扭，把鬆餅拋到空中，完美落地。「登愣！」他露出大大的微笑，表情都亮了起來，我大吃一驚，我從沒看過他的這一面。

「哇賽，超猛。」我鼓掌了一會兒，他向我鞠躬。

「來，換妳試試看吧……」

「眞的不用沒關係，我不覺得你會希望天花板上出現麵糊。」

「我以前曾經教人打過網球，來，我來教妳……」他又倒進另一勺麵糊，然後轉眼間便開始爲我上起鬆餅翻面課。經過起先幾次失敗的嘗試後，其中一坨麵糊不知道爲什麼還弄得整個電熱水瓶都是，但各位看官，想不到吧，我還眞的成功了一次，麵糊穩穩落在平底鍋上，史上頭一遭！誰想得到呢？

我要感恩的有：

一、賜我鬆餅的耶穌。

二、我的房東愛德華，不僅在我的鬆餅節活動加一，還建議在鬆餅上鋪上 Nutella 榛果醬和棉花糖，比那些加上藍莓、低脂優格、讓我便祕的奇亞籽的無麩質版本還好吃**超**爆多。

三、不用清理蜜雪兒的廚房。在她後來傳給我的照片中，看起來一點也不像和樂融融的家庭，反而比較像是來自恐怖片《普特尼鬆餅大屠殺》的場景。

四、永遠不用穿比基尼自拍，我最後總共吃了七片，簡直就是隻豬。

五、睡衣的彈性扣子。

情人節

　　我覺得按照目前的情況，今年我最好還是忽略情人節，甚至假裝情人節沒發生，而這只代表一件事：**社群媒體大封鎖。**

　　幸好我從來都不是情人節的大粉絲，念書時我算是進度比較慢，沒有太多仰慕者，不管是暗戀或是明著來。但我還有我爸，他每年都會寄卡片給我，上面用他的字跡簽著「以深情的一吻封上」，而我每年都會假裝不知道是誰寄的。

　　隨著我逐漸長大，也收過各種卡片和花束，但我總是覺得一切都太假掰了，談戀愛當然不是只為了太貴的鮮花和高級餐廳吧？

　　幸運的是，美國未婚夫和我抱持同樣的心態，所以某年我們決定不要管情人節了，我們彼此相愛，不需要在特定的某一天證明，但他還真的給我直接忽略。

　　「妳幹嘛難過？妳不是說這都是商人的狗屁玩意。」

　　「是沒錯，但我不敢相信你甚至連張卡片都沒買給我。」

　　「但妳跟我說不用管啊。」

　　「對，但你不應該**真的**忽略啊。」

　　「那妳怎麼沒跟我說？」

　　「因為我以為你知道！」

　　「知道什麼？我女友講的話都讓人搞不懂！」

　　「不要再大吼了！」

　　「我沒有大吼，妳才在大吼！」

　　老實說，也難怪男女之間會出現溝通障礙，就只因為女生**說**了些什麼，並不代表她真的這麼**覺得**。假如是這樣，如果有

個男的問女生發生什麼事了，而她回答「沒什麼」，那就是真的沒事。但事實上並不是這樣，她其實是因為各種理由不爽他，而他最好趕快想辦法搞清楚，要不然就會有麻煩，還有廚房裡各種摔爛的鍋碗瓢盆。

總而言之，就像我說的，今年我處在情人節封鎖狀態，這其實相對簡單，因為我在家工作，不用進辦公室，但最後卻是大排長龍的銀行讓我大失敗。你有試過在排隊時進行社群媒體大封鎖嗎？我試著進行正念冥想大概兩分鐘吧，然後就舉白旗投降開始滑過無數美麗花束的照片、「低調」的放閃貼文、潦草寫在沙灘上的甜言蜜語。

最後我徹底陷入焦慮。但我只是在耍笨，就算沒人送花給我又怎麼樣，我是個堅強獨立的女性！所以我本著**去他的**精神決定去酒吧，毫不懷疑裡面一定充滿濃情蜜意的情侶，而我將孤身一人，但我拒絕像某個維多利亞時代的小說人物一樣躲起來，我會帶亞瑟一起去。

還有一本書，帶本書總是會讓事情更好。

結果酒吧相對冷清，多數情侶都選擇去太貴的餐廳，只有東一對西一對零零散散，除了吧台後方的幾顆心形氣球和一款情人節限定的香檳調酒之外，我都身處頗為安全的領域。為了替自己壯膽，我甚至以挑釁的心態點了那杯調酒，然後去找座位坐下。

我在角落看見一張熟悉的臉龐時才剛坐好，是我上次在這遇到的那個帥爸，我感到一股興奮的顫抖，同時為自己上了淡妝並梳了一下頭髮而鬆了一口氣，他很顯然已經死會，我卻還是湧起某種驕傲。情人節還孤身一人的熟悉尷尬感試圖湧上，但我堅定地將其壓下，沒什麼好丟臉的。

我將注意力轉移到書上，開始閱讀，但帥爸就在咫尺之遙

實在很難專心，他坐在某張桌子前，我看不見他的同伴，一定是他老婆。我偷偷摸摸伸長脖子想一探究竟，我很好奇她長什麼樣子，確定她肯定非常美。他看起來是那種有個漂亮老婆的人，他們的小孩也很可愛。他往我這裡看了一眼，幹，我迅速轉開視線。

「妳的情人節調酒。」酒保說，幫我上酒。

「謝謝。」我微笑，調酒棒上有一顆切成心形的大草莓。

此刻我才開始覺得自己是個白癡，而不是什麼獨立的單身女性。我迅速吃掉草莓，然後往前傾，試著離開帥爸的視線，一則訊息從手機裡跳出來：「以深情的一吻封上。」我露出微笑，是老爸一如往常在祝我情人節快樂。

我想起去年情人節，在那番有關忽略的爭吵之後，美國未婚夫替我做了煙花女義大利麵，聽起來可能沒什麼，除非你吃過真正好吃的煙花女義大利麵，而他做的是世界上最好吃的。食譜來自他的義大利祖母，吃起來鹹鹹甜甜，麵條很有嚼勁，可以完美黏在牆上，這段回憶讓我笑容滿面。

天啊，**我好想他**，這個想法朝我襲來，又快又猛，就在我的胃裡。我在想他是不是也想念我，我會不會時不時出現在他腦中，就像他也會出現在我腦中一樣，還是他已經放下了，而我只是個遙遠的回憶？

但還是不要談這些難過的事吧。

蟋蟀的聲音浮現在我耳畔，我在想她是不是也覺得今天很難熬。那次採訪後，我們便開始互通電子郵件，我決定回家之後要快速寫封信給她。說到這個，我迅速大口喝光我的情人節調酒，是時候回家了，我不需要向任何人證明任何事，特別是不用向我自己證明，我起身牽起亞瑟的狗繩，接著轉向門口……

「不好意思……」

然後直接撞上帥爸。

「噢，抱歉。」

還是是他撞上我？

「對不起，我撞到妳了嗎？」

他拿著一杯啤酒和一杯紅酒，我注意到他灑出了一點。

「不，完全沒有，沒事，眞的，只是這個老傢伙……」我在亂講話，我眞的在亂講一通。

「是亞瑟王，對吧？」

「不，我是妮兒。」

靠，那杯調酒眞的很烈，直接衝到我腦門，「抱歉，我以爲你指的是……」我閉上嘴巴，這樣最安全。

「嗯，很高興認識妳，妮兒，我最好趕快閃人……」他指著他在角落的桌子。

「好的，我也是。」

「或許下次見啦。」

「好，或許吧。」

「掰掰，亞瑟王。」他微笑，眼角皺起，他的眼睛眞的很美。

我回以微笑，而我正是在轉身離開時注意到他拿著啤酒的手，他沒有戴手套。

他也沒有戴婚戒。

我要感恩的有：
一、我眞的有需要大聲說出來嗎 ??? 帥爸一定是單身！

隔天

或是Ｂ：有外遇。

幹，我在想他會不會眞的是這樣，搞不好這就是他之所以躲在沒有人看得見的角落，不，他不可能，有這種眼睛的人不可能。

或是Ｃ：搞不好他跟王室成員一樣，選擇不戴婚戒。（當然除非你是哈利王子。）

或是Ｄ：我完全看錯手，因爲我實在喝得很醉。

眞相時刻

「他可能已經離婚，只是在和前妻吃晚餐。」幾天後，麗莎
在我出去遛亞瑟時打給我。

「那天是情人節欸。」

「搞不好離婚過程眞的很和平？」

麗莎是個不會被這種小細節嚇唬的人。

「可能很和平，也可能很怪。」

「妳應該樂觀一點。」

我在公園的某棵樹下徘徊，想辦法讓訊號好一點。

「這裡不是加州。」

她無視我，「所以妳喜歡他囉？」

「我不認識他，但是……嗯，他是我第一個注意到的男人，
自從……」我沒有說完這句話，我不需要，因爲麗莎知道所有細
節。

「妳需要開始約會。」

我不敢相信我在進行這種對話，幾個月前我的人生都安排
得妥妥貼貼，現在所有事都天翻地覆，我再次回到倫敦。我感
覺一顆雨滴滴在我臉上，於是抬頭望著天空，烏雲開始聚集。

「太快了。」

她馬上回話。

「這樣至少比一切都太遲之前好吧。」

加一

　　我決定麗莎是正確的，我必須更努力嘗試走出這一切，所以幾天前我開始著手進行。

　　「去看演唱會？」我無預警衝到她家後，費歐娜從廚房中島另一端猶豫地問。

　　「是八〇年代的復出演唱會！」

　　費歐娜和我還是青少年時，超迷各個八〇年代大團，但是我們一直到在新生週把頭髮往後梳、戴著領巾、穿著吊帶褲同時出現在某個化裝舞會，才發現我們共同的熱愛，她扮的是香蕉女皇的莎凡，我扮的則是戴西午夜舞者的凱文。我發現許多我們喜歡的藝術家復出展開巡迴時超興奮的。

　　「什麼時候啊？」

　　「這星期六，猜猜怎麼著？我幫我們倆弄到兩張票了！」

　　這可以補償她這些年來送我的所有書和蠟燭，費歐娜**愛死**這些樂團了。八〇年代最紅的幾個明星要來表演了，她一定會開心到飛上天。

　　出現停頓，我突然懷疑起我的一頭熱，我應該先確定好的。

　　「噢妮兒，我是很想去，但我那晚會很忙。」

　　「就連勞勃・狄尼洛在等妳也沒空嗎？」我開起玩笑，試圖隱藏我的失望。

　　「抱歉，只是我那天要去薩伏依飯店。」

　　「噢，哇，這麼潮！」

　　「是啊，很潮吧？」她同意，「就是我一直跟妳說的那個安娜貝爾籌辦的慈善募款會。」

我的熱情一瞬間像氣球消風。

「安娜貝爾？」

「對啊，她老公的公司訂了一桌，但他必須出差，所以她問我要不要加一⋯⋯」

「哦，對，當然了。」

「抱歉啦。」

「噢，別擔心，沒什麼啦，我知道我最後一刻才邀妳，我只是以為⋯⋯」我聲音變小，我覺得很傻。我在想什麼？我們要跟十八歲一樣再穿吊帶褲還有把頭髮往後梳嗎？費歐娜再也不能說走就走和她迫不及待的白痴老朋友去看演唱會鬼混，她必須去薩伏依飯店參加某個時髦的慈善募款會，**和安娜貝爾一起去**。

「要不要問看看荷莉呢？」她提議。

「她有喜歡八〇年代的音樂嗎？」

「大家不都喜歡嗎？」

「別擔心，我確定我會找到某個想要免費加一的人。」

只不過我找不到，我所有朋友都已經有計畫，或是臨時找不到人顧小孩。我確實想過自己去，我以前住在紐約時很喜歡一個人去看午場電影，但是一個人去看演唱會，跟著某些我年輕時的金曲一起唱感覺是不同的事，所以我最後決定轉賣票券，並接受我大概要損失一百英鎊的事實。

接著我有了個主意。

#　　　#　　　#

「我已經好幾年沒去看流行演唱會過啦！」

我們走進場館時蟋蟀興奮地看向我。

「希望妳喜歡這種音樂。」

「我已經開始喜歡上了！我在Uber上下載了《這才是我說的八○年代精選輯》，並在來這裡的途中聽了好幾首，沒有聽我的podcast。」

「那真是太好了。」我欽佩地說。

我在最後一刻邀請蟋蟀，只剩幾個小時就要開演，我原本準備到eBay上把我的票賣掉，但突然想起蟋蟀告訴我現在她的朋友都過世了，沒有人可以和她一起出去玩，所以在衝動下寄了封電子郵件給她。她秒回我說她很樂意出來，接著馬上搭計程車來找我。

「我最喜歡的是維也納那首，我和蒙蒂以前很愛去那裡聽歌劇……」

現在我有一百萬個問題想問她，但她已經跑去吧台點酒了。我們接著走到座位，如果我曾擔心過蟋蟀沒辦法搞定階梯，那是我多慮了。她大步跨上階梯，最棒的是，她仍然穿著那件濺滿油漆的吊帶褲，因為她收到我的信時還在粉刷，沒有時間換衣服，她看起來完美融入周遭。

「我的天啊，這還真好玩，對吧？」

「沒錯。」我回應，加快腳步跟上她。我已經很久沒覺得這麼好玩過了，我看向四周鬧哄哄的觀眾，每個人都滿心期待，觀眾有老有少，但沒有人像蟋蟀這麼老，不過她看起來非常從容，事實上，我甚至不確定有人注意到她。

「妳跟妳的男人會一起去看演唱會嗎？」

「不會，伊森不喜歡現場表演，」我說，然後發現這是我第一次有辦法說出他的名字，「他總是在抱怨現場聽起來沒那麼好，還是在家聽專輯比較棒。」

「而這一點，親愛的，就足以讓妳不要嫁給他了。」她微笑，雖然我心裡一陣酸楚，還是跟著露出微笑。

「我們有很多不同的地方。」我承認。

「差異可以造就婚姻，也可以摧毀婚姻，那些妳一開始很愛的差異，常常會成爲五年後妳想謀殺他的原因。」

我爆出大笑，這是我第一次能夠真心笑出來。

她不耐煩地在膝蓋上敲敲手指，「所以他們什麼時候才要開始表演呢？」

「我不確定耶，應該很快吧。」

「真是太棒了……」她雙眼圓睜，拿出手機開始拍照，然後朝我靠過來，「我們要不要快速自拍一張？」

「**自拍？**」

「就是像這樣幫自己拍照啊。」她天真地解釋，把手機拿在我們面前喬角度，「笑一個！」

結果我們在等待演唱會開始時拍了一堆自拍照，同時天南地北地聊天，從蒙蒂的故事跟有一次他們拿到票可以去看一個新樂團，但他們從來沒聽過這個樂團，於是跑去看電影，「結果那是披頭四欸，妳敢信？」到她正在聽的新 podcast，「我最喜歡的是真實犯罪節目」，還有她想去 V&A 博物館看的一個展覽，「我不知道妳有沒有興趣，但我是會員，所以可以免費多帶一個人……」

這真的是個嶄新的體驗，雖然我很愛我的朋友們，但我實在不太能加入他們的育兒、老公、家中裝修話題。在我的生日午餐上還出現了學區話題，就像個黑洞把每個人都吸進去，直到服務生用磨碎的帕馬森起司和巨大的胡椒研磨器拯救我們。

接著室內燈光暗下，換成閃光燈亮起，突然間我這輩子最愛的其中一個樂團就登上舞台，勁歌熱舞，蟋蟀也嗨到直接站起來，後面有幾名觀眾請她坐下，但她只是有禮地回答：「親愛的，如果我坐下，可能就再也爬不起來啦。」接著繼續開心地扭

動身體。

好樣的她，八十幾歲已經自動獲得在演唱會跳舞的權利。

同時我卻沒那麼勇敢，繼續被後面那排觀眾朝我背後投射的雷射般目光釘在座位上。說實在的，怎麼有人可以來看演唱會然後**不想跳舞啊**？我想起年輕時那個追星的自己，房間牆上貼著海報，還把頭髮往後梳，要是她看見我坐在原位，她會怎麼想呢？

就是這樣，**去他的**。

隨著樂團開始表演某一首經典名曲，我跟上蟋蟀的腳步跳起身來，四十幾歲的我也有跳舞的權利啦。

> *我要感恩的有：*
> 一、一個美好的夜晚。
> 二、蟋蟀沒事，她跳舞時不小心跌倒，把手上的紅酒灑得我們後面那個雞掰女人全身都是，一切當然只是意外，完全不是早有預謀，我不知道那個女的在說什麼。
> 三、載我回家的 Uber 司機凱文，因為我雖然自己覺得回到十八歲，但我仍然不是十八歲，跳舞讓我的背痛得要死。
> 四、八〇年代。

刪除聯絡人

　　我今天把伊森從手機裡刪掉了。我本來滑過聯絡人準備打給某個人講工作的事，他突然就出現在那：伊森·德盧卡、美國未婚夫、前任、傷了我心的男人。

　　不過當然，聯絡人資訊沒寫這麼多，只有他的名字和他的號碼，我記得他把資訊輸入到我的手機裡，當時我在某間酒吧慶祝某個同事的生日，但計劃要早早離開，我很累，想回家，直到其他人說服我留下來再喝一杯。

　　這時門滑開，這不就是他們在說的嗎？那種改變你一生的瞬間決定。

　　要是我沒有待久一點，就不會認識我同事的黑髮朋友，他姍姍來遲，因為才剛從加州飛來，而那再喝一杯也不會變成再喝好幾杯，他也不會跟我要電話，我也不會因為剛走出一段短暫的戀情，發誓遠離男人而拒絕。他不會就這麼硬把號碼輸入到我手機裡，我也不會大笑然後心想：「我喜歡這傢伙。」

　　我會離開酒吧，回家睡覺，人生就這麼照常繼續。

　　但一切確實都發生了，而且隔天我做了一件很不像我會做的事。

　　我打給他。

　　伊森一開始常常逗我笑，他寫好笑的電子郵件給我，並在我們可以FaceTime的時候告訴我廚師人生的古怪糗事。他看待人生的方式很奇妙，就像他是透過跟所有人都不一樣的鏡片觀看。但他的觀察也頗為入微，他能以一種獨特的方式看見人們自己看不見的特質。他看見我的特質。

　　這非常強大，讓我覺得自己甚至不需解釋就被理解，擁有了這樣的連結。我曾經在某個地方讀到，兩個人之所以在一起便是要感覺自己不再孤單，不是說實際上，而是在情感上。這就是我愛上伊森時的感覺，就像我向其他人隱藏的那部分又反射回我身上，在所有糟糕的約會、錯誤的男人、無法修成正果的感情之後，我終於找到某個**懂**我的人。

　　但是五年可以發生很多事，你可以從覺得快樂到不行，變成覺得自己永遠不可能再感到快樂；從相信你們會一起面對，到發現你們是獨自面對；從酒吧裡一個帥氣的陌生人把自己的資訊輸入到你手機裡，充滿企盼的美好刺痛，到某個雨天的某間咖啡店，你按下編輯，滑到螢幕最下方，直到在底部找到你要的東西，用紅字寫著：**刪除聯絡人**。

　　五年間一同經歷的時刻和創造的回憶，你以為你們會攜手共度的一輩子，只要用拇指輕輕一點，噠，就全都消失了。

> *我要感恩的有：*
> 一、美好的回憶，即便我不禁希望將這些回憶也能這麼容易從我心中刪除就好。
> 二、亞瑟的毛，讓我可以把臉埋進去，然後吸乾我所有的眼淚。
> 三、手機不會再跳出煩人的「可用儲存空間將滿」訊息，因為我把手機裡所有伊森的照片也都刪了，證明了不管事情看起來有多爛，總會有一線希望的。

三月

#復活節兔兔震撼彈

人生大哉問

三通未接來電和蜜雪兒一則有關顧小孩的語音留言把我吵醒，我睡眼惺忪看了看時間，甚至都還沒早上八點。

「妮兒，妳在哪？我已經花了好幾個小時找妳！」

我回撥給蜜雪兒，跟她確認，不，我沒有忘記要過去幫忙帶小孩，對，我會準時六點四十五分抵達。我本來想說我還在床上，但聽完她在早餐前完成的一長串任務後，我決定還是不要這麼說。

不只是蜜雪兒熱愛告訴我她有多忙而已，大家都一樣，好像有場新的比賽，比的是誰才是最忙的。「你最近如何？」、「忙到炸裂！」、「我也是！根本發瘋了！」對話花在比較緊湊的行程表和滔滔不絕永無止境的待辦清單，不過多數時間我們都只是互傳訊息，因為老實說，誰有空真的當面講話？

我想知道的是，忙碌從什麼時候開始變成是件好事？塞爆的行事曆從什麼時候開始變成衡量成功的標準？這是不是表示我已經落後了，因為自從失去一切以來，我目前**沒有**要特別趕去哪，只是躺在床上思考麥克斯的生日，並懷疑我怎麼可能已經有朋友要邁入五十大關了？**五十歲耶**，這怎麼**有可能**？五十歲是你爸的年紀，是電視上因為禿頭把頭髮往中間梳，領帶品味奇差無比的政客年紀。

五十歲是中年人！（我的意思是**真正的**中年人，不只是**感覺上的**中年人。）

我再重複一次，五十歲不是某個你在十八歲的夏天和他一起搭火車環歐的人，還一起睡在沙灘上，因為你把住在青年旅

社的錢全都花在午夜時在西班牙階梯痛飲的稻草瓶奇揚地紅酒上，心想「人生不會比這還爽了」。

事實上，我也不確定後來的人生是不是真的有比那還爽，我現在負擔得起更好的紅酒，但都不像那瓶便宜的奇揚地一樣好喝。而且，除了我在加州時花了一大筆錢買的丹普床墊和匈牙利鵝絨被之外，我睡過最棒的覺也是在沙灘上睡在蛀得破破爛爛的睡袋裡。

所以答案到底是什麼？

我不知道，老實說，我真的不知道答案是什麼，不管是針對這個問題，還是人生現在似乎正不斷拋給我的許多其他大哉問。但我很確定我必須要起床，泡點咖啡，為這星期的訃聞做點功課，這就是自由撰稿人的人生之類的，然後還要去遛亞瑟。今晚我去顧小孩，並把所有孩子都送上床後我會再好好想想，到時我就會有很多時間可以坐在沙發上看電視思考人生，等我不那麼忙的時候，哈哈。

驚喜派對

　　我到底是在想三小？已經過了午夜，而他們**仍然**拒絕上床睡覺！這簡直是場惡夢，我在尖叫和大吼中幾乎聽不見自己的想法，至於為什麼坐在沙發上，呃，是在哈囉？我才剛花了五小時在樓梯上上下下追小孩。

　　我累死了，事實上，是已經崩潰。不只如此，也因為他們已經從擁有老派花朵名字，像是蘿西和麗莉的可愛五歲和六歲小孩，變成不斷要求迪士尼電影並把黏土丟得到處都是的駭人怪物。就連迷人可愛，去年我來的時候蜷縮在我臂彎裡，還跟我說他想娶我的佛萊迪，都變成了一個小屁孩，堅持爸媽允許他熬夜看《浴血黑幫》，直到「老人們」回家。

　　佛萊迪才十歲欸。

　　同時我感覺自己就像是百歲人瑞。我什麼都沒吃，頭髮裡有黏土，耳朵嗡嗡作響，我點的外賣已經涼了，因為我實在太忙，天啊，又是這個字，我忙著把三個小孩趕進浴室。當時我還不知道，像是「去刷牙」這麼無害的句子會造成多大的創傷，我只不過轉過頭兩分鐘，就到處都是牙膏，浴室的鏡子看起來像一幅傑克遜·波洛克。

　　我絕望地打給老媽。「堅定一點就對了，」她在被我吵醒之後這麼建議，「不要接受他們說不，小孩需要知道誰才是老大。」

　　好喔，OK，這真是太荒唐了，我曾經爬過大峽谷，開過洛杉磯的高速公路，還在我祖父葬禮上當著一大群人的面致詞，我一定能成功把三個小屁孩弄到他們的上下鋪上吧？

　　於是我硬起來，把他們拖到樓上的臥室，無視途中所有

93

哀號、咆哮、抗議，我再也不是有趣的教母了，而是可怕的教母，他們恨我，麗莉甚至還踹了我。我把他們送上床後一走下樓，他們就再度跑出來，我必須再把他們拖回樓上，就這樣上上下下，上上下下，我感覺自己完全不像老大，而是他媽的約克老公爵。

在這一切混亂的中途，我的手機跳出通知，是蜜雪兒傳訊息來確認一切沒事。

完全沒事！孩子們很快就睡著了，我正在看電視☺

這當然全都是在扯謊，這裡根本一團亂，完全陷入無政府狀態，但我不想破壞麥克斯的生日，或是承認我的哄睡任務完全失敗。或許我沒成為媽媽是有原因的：我一定會廢到爆。

最後，在動用賄賂之後（麗莉和蘿西各獲得五鎊，佛萊迪得到十鎊，還讓我想起以前是別人要因為顧小孩付我錢，而不是相反才對），我終於把他們都送上床，等到我清好浴室，他們也已經睡著，我則撲通一聲臉朝下躺在沙發上。

剛好來得及聽見開門聲。

我馬上坐直，並假裝正隨意翻閱一本擁有漂亮屋子的室內裝潢雜誌（根本是在傷口上灑鹽）。度過開心夜晚的麥克斯和蜜雪兒進門，哈哈大笑，腳步搖搖晃晃，麥克斯喝醉了，倒在我旁邊的沙發上，蜜雪兒則表示：「這個寶寶壓到我的膀胱了！」然後衝上樓解放。

「所以，我猜祕密妳也有參一腳吧？」喝醉的麥克斯在蜜雪兒消失後露出微笑。

我已經鬆了一口氣，狂點 Uber 應用程式，根本沒有注意聽。「什麼祕密？」

「驚喜派對啊。」

我從iPhone上抬頭，**有個驚喜派對？**

「但我以爲你們是去吃晚餐，就只有你們兩個。」我差點快說不出話來。

「我也以爲，都私底下偷偷來齁？」他大笑，拍拍鼻子，試圖眨眼，卻反倒閉上雙眼，「謝謝妳幫我們顧小孩，妮兒……真的很謝謝妳……妳眞是個好朋友……」

我要感恩的有：
一、沒有黏土的臥室，可以在精疲力盡、傷痕累累、飢腸
轆轆、身上貼滿貼紙後倒頭就睡。
二、沒有小孩，所以我明天可以忙著睡到中午。
三、足夠成熟和睿智，不會因爲我沒受邀參加派對就覺得
受傷或生氣，而是以優雅和理解接受事實。

WhatsApp 對話紀錄：費歐娜

我真不敢相信週末發生的事！

你是？

妮兒啊！

妳不是費歐娜嗎 ???

對，抱歉，我沒戴眼鏡
等等，我看看
噢！妳跟誰去約會嗎？

沒有！☹

蜜雪兒請我幫忙顧小孩，因為是麥克斯的生日，

然後猜猜怎麼著？

怎麼了？

我後來發現她幫他辦了個驚喜生日派對！

對啊，我知道

而她沒有邀我！！

等等

妳怎麼知道的？

費歐娜正在輸入訊息……

妳還在嗎？

費歐娜正在輸入訊息⋯⋯

費歐娜 ???

我們星期六有去

三小 ?? 我現在打給妳。

未接語音來電，九點二十八分

妳幹嘛不接！

我在派跟拿鐵

哪 ??

皮拉提斯
抱歉，自動選字

還有誰去派對？

就幾個朋友⋯⋯

荷莉和亞當有去嗎？

有

我塔媽的真不敢相信
塔媽的
煩欸
蜜雪兒幹嘛不邀我 ??!!

派對不是蜜雪兒辦的

什麼？

是安娜貝爾

安娜貝爾！

費歐娜正在輸入訊息⋯⋯

蜜雪兒請我推薦餐廳，所以我問安娜貝爾，
因為她知道所有最潮的地方，
她推薦這間超棒的墨西哥新餐廳，
她也認識老闆，所以她訂了位⋯⋯

費歐娜正在輸入訊息⋯⋯

是她提出可以邀幾個他們的朋友一起過來當成驚喜，
我覺得這是個很棒的主意！
妳知道麥克斯有多愛派對，而且是他五十大壽耶！

不敢相信我錯過了 ☹

她說她有邀妳，但妳都沒回她信

什麼信？

我把所有人的信箱都給她了，
還是妳的掉到垃圾信去了？

等等，我看看
沒有

也太怪了吧！

嗯，是啊

我應該先跟妳說的，
但妳說妳要去幫麥克斯和蜜雪兒顧小孩時，

我以為妳早就都知道了，真可惜

　　　　　　　　　　　　　　　嗯

等我跟她說妳從來沒收到邀請，
安娜貝爾一定會很難過

　　　　　　　　　　　　　　是喔

她人超好，又很大方，
甚至結了帳當成她送的生日禮物，麥克斯不可置信

　　　　　　　　　　　　她人真好

嘿，我該走了，教練一直在瞪我，晚點聊
啾啾啾

　　　　　　　　　　　　　　啾啾

我要感恩的有：
一、沒有失控。
二、沒有罵安娜貝爾是個臭鮑魚。
三、派跟拿鐵，對，真的，這絕對不是自動選字。

99

恐懼

　　醒來後恐懼就在等著我，就像徘徊在走廊的校園惡霸，準備好撲上來，我甚至在睜開眼睛前就能感覺到，重拳像打結一樣緊緊纏在我腹部，厚重的靴子壓在我的胸口上。

　　恐懼上次來拜訪我已經有段時間，那時我在家，躺在床上，身旁是伊森，他睡得很安穩，我卻從來沒有這麼清醒過。熱浪襲擊加州，整間房間除了一台電扇之外又熱又幽閉，我全身赤裸躺在黑暗中，聽著他的氣息，試圖在穩定的韻律中尋找慰藉卻失敗。那是去年的今天，我記得，因為就是我們去醫院的那天。

　　那次恐懼狠狠痛打了我一頓，讓我好幾個星期都覺得遍體鱗傷，我沒有告訴任何人，更不可能告訴伊森，在我根本不知道那是什麼的情況下，實在很難形容我的發作，更糟的是，我還覺得我無法擊退恐懼很可恥，我怪自己軟弱又可悲，全都是我的錯。

　　有些人會把這個惡霸叫作焦慮或憂鬱，其他人則將其稱為恐慌症發作，許多人也將其形容為那隻怎麼趕都趕不走的著名黑狗，但我就只是稱其恐懼，一股無名的恐怖，把我嚇個半死，因為這不像分手後有點沮喪，或是因為都三月了天空還是一直灰濛濛的而覺得煩躁。

　　恐懼會讓你癱瘓，掐著你的喉嚨讓你無法呼吸，讓你的心跳在耳中怦怦作響，跳得又大聲又快，讓你覺得你快死了，而某部分的你也真的想去死，這就是為什麼會這麼可怕。因為恐懼痛打你一頓後，會換成你把自己扁得更慘，是你骯髒的小祕

密，而我已經保守了好幾年。

我第一次遇上恐懼是大一時，我記得自己因為第一次離家又嗨又興奮，所以抵達後發現有個可怕的怪物在等著我讓我相當震驚，就在課堂結束後的陰影中徘徊，準備好在半夜的交誼聽撲上來。

我害怕到沒辦法告訴我父母，我不想讓他們擔心，或是承認發生了什麼事，反而是試圖忽略，一段時間後，恐懼一定是覺得無聊，於是離開去尋找其他可憐的靈魂下手，我在好幾年之後才再次和其重逢，恐懼在我工作時和我來個不期而遇，我試著跑去洗手間躲避，一邊大哭。而現在，多數時候恐懼都不再理我。

直到今天。

我繼續躺在原位一會兒，希望恐懼離開，我原本希望搬回倫敦後可以永遠拋下，不會有轉寄地址，但恐懼現在找到我了，不大幹一場是不會放棄的。**只不過我也是**，我召喚出勇氣，丟下羽絨被，因為要是說我真的了解什麼事，那就是絕對不能向惡霸屈服，而恐懼正是最可怕的惡霸。

我要感恩的有：

一、超濃咖啡、來自一隻狗狗的愛、就算是在最可怕的日子也永遠沒有拋棄我的幽默感。

二、知道明天就是新的一天。

小老弟

　　明天就是母親節，所以我傳訊息給我弟理查，提醒他記得打給老媽，結果他反而打給我。

　　「幹，完蛋了，我忘了。」

　　「我知道。」

　　「妳怎麼知道的？」他指控。

　　「因爲你每年都會忘記。」

　　「妳有寄卡片給她嗎？」

　　「有。」

　　他發出哀號。

　　「還有一些花。」我再補一句，超爽。

　　我把手機拿開耳邊，因爲他哀號得更大聲了，他每年都會搞這齣，就連我還住在美國，必須搞定討厭的郵寄事宜，並因爲時差而必須在破曉時試圖打給當地的花店，我每年都還是會寄卡片和花。而他每年都很方便地「忘了」。

　　「妳有說是我們兩個一起寄的嗎？」他繼續抱怨，雖然完全知道我總是會在和花一起送去的卡片上放上他的名字，這是爲了老媽，不是爲了他。

　　「姐？」我沒回答時他疑惑地問。

　　我考慮了一下這次讓他嘗嘗厲害的想法，然後放棄。「當然有。」

　　「我就知道妳一定會的，」他開心表示，我可以聽見他在電話另一頭笑出來，「所以妳要來過復活節嗎？」

　　我心稍稍沉了一下，復活節，又是一個大家都會和另一半

還有小孩一起過，我則必須回父母家，一個人睡在舊房間的家庭節日。

「我還不確定，你呢？」

「我會回去，還會帶娜塔莉一起。」

「誰是娜塔莉？」

「我女友啊！」他聽起來很受傷。

「我以爲她叫瑞秋。」

「我們分手了，她超瘋的。」

「爲什麼男人總是說他們的前女友是瘋子？」

「或許是因爲她們眞的是……」

「所以這表示伊森也會說我發瘋了嗎？」

「瘋到不行啊。」他開玩笑表示，然後意識到我其實不像他一樣覺得很有趣。「妮兒，我很抱歉……有關伊森的事，老媽有跟我說婚禮取消了。」

「她超想了解所有細節的。」

「我知道啊，她想得要死。」他回答，我可以感覺到他在電話另一頭微笑。至少在我們父母這件事上，我們總是有共識。

「但是實話實說，他本來就有點混蛋。」

「我以爲你蠻喜歡他的耶？」我驚訝地說。

「我不得不那樣講啊，你要嫁給這老兄欸。」

「你說他很有趣。」

「是沒錯，但有趣跟人很好不一樣吧，是吧？」

我陷入沉默，想起伊森，他在外總是這麼迷人風趣，但只有我才能看清笑話後的那個人。

「或許你是對的。」我承認，可能是我這輩子第一次。

「唉唷，妳還好吧？」他大笑，我也跟著笑，但老實說，我也不太確定是怎麼樣了。

母親節

　　我一直覺得人生有點像是某種障礙賽，你一跨過某個障礙，前方總會有另一個在等著你，而最近的障礙似乎是以一個又一個商業節日的形式接踵而至，讓我想起那些我沒有的東西。

　　上個月是情人節，這個月則輪到母親節，我醒來發現社群被各種花束、床上早餐托盤、亮粉閃閃發光的可愛手作卡片洗版，每一樣都很可愛，但讓我覺得有點格格不入和比不上別人。

　　即便我心裡偷偷懷疑沙發上一定會搞得到處都是亮粉，還會有很多恐慌的爸爸不知道該怎麼在感恩的媽媽得到應得的賴床時娛樂小孩。

　　為了讓心情好一點，我打給自己的老媽，她因為收到花非常興奮，「就像我和理查說的，妳真的不需要這麼做。」她在電話另一頭開心地吱吱喳喳，而我試著不要湧起熟悉的煩躁感，想到我弟早就打過去了，搜刮所有功勞。這不是在比賽，我必須提醒自己。

　　「那妳有收到我的卡片嗎？」

　　「沒有耶，妳什麼時候寄的？」

　　「上週，靠，一定是寄丟了。」

　　「噢，沒關係啦，」她安慰我，然後補上一句，「我有收到理查的。」

　　「妳收到**理查的**？」

　　「對啊，他寄給我一張那種線上會動的，真的很聰明，而且就像他說的，這樣對環境更好，比較不會浪費。」

　　我一定要殺了我老弟。

「所以妳要來過復活節嗎，還是妳工作太忙了？」

我湧上一股罪惡感，我依然還沒去看我爸媽，我一直在找藉口不去，不是因為我不想看到他們，而是因為我不想面對老媽的疲勞轟炸跟老爸的溫馨叮嚀，這會同時讓我生氣又想哭。

「嗯，事情是這樣的……」我開始解釋。

「我只是想確定一下，因為有很多人來問 Airbnb 的事。」

我的罪惡感瞬間蒸發，「妳想要出租我的房間？」我還以為是因為她想看看女兒呢。

「是啊，復活節是我們的旺季之一，」她回答，接著繼續告訴我那對蘇黎世老夫婦的事，他們透過電子郵件變得滿熟。「……我跟她說我是安德烈‧波伽利的粉絲時，她說他九月會去蘇黎世表演，而且他們多兩張票！」

老媽的聲音興奮得喘不過氣來。

「所以我在想，如果妳沒有要來……」

「我當然要回去。」我在我的房間被訂走之前打斷她。

「噢，太好了！」她熱情地說，但我發誓我在其中察覺一絲若隱若現的失望，老媽早就煞到安德烈‧波伽利好幾年了。「全家再次團聚一定會很棒，已經超久沒有這樣了。」

其實有，上個夏天，我和伊森飛回來慶祝老媽的七十大壽，理查和我為她辦了個驚喜派對，主要是我負責籌辦啦，理查則供應精釀啤酒。我們所有的朋友和親戚都來了，我穿了一件新洋裝，整晚都在炫耀伊森和我的婚戒，粉碎我少數幾名年老親戚對我性向的質疑（「畢竟她住在美國，你也知道的……」）。

我們請了個DJ，播的全是老媽最愛的歌，我記得自己離開伊森去上洗手間，回來時看見我爸媽隨著法蘭基‧維里和四季樂團舞動，老爸記得整首〈無法不看你〉的歌詞，老媽開懷大

笑、滿臉通紅。我記得看著他們，心裡為他們一同創造的所有事物感到驕傲，甚至包括我那個喝了太多自家精釀啤酒，醉倒在玫瑰叢裡的白痴老弟，我也想要跟他們一樣。

但當我越過房間看著伊森，心中不知為何就是知道我們永遠不可能如此。

六個月後我便搬了回來。

我又跟老媽聊了一會，然後掛掉電話，之後她寄了一張花束的照片來。花束很美，就跟我朋友上傳的所有母親節花朵、卡片、禮物一樣，但這確實讓我思考了一下，我的位置究竟在哪？

我的意思是，如果我不是媽媽社團的一員，那我又是屬於哪個社團呢？

#　　　#　　　#

「妳應該要創立自己的社團，」蟋蟀開心提議，在我們繞過轉角時緊抓她的紫色紳士帽緣，一陣強勁的東風差點把帽子吹走，「我會是妳的第一個社員。」

時間到了下午，我們正走下主街，兩人之間提著一個裝滿書的藍色IKEA袋子。我掛掉電話後就打給蟋蟀，因為知道她不會和我其他朋友一樣，忙著和丈夫跟小孩慶祝這天，而且她的母親幾年前也過世了，我想她今天一定很難熬。

她接到我的電話很開心，不是因為這天很重要，而是因為她找到「幾本」蒙蒂一直沒有還給圖書館的書，需要人幫忙一起拿回去。多數圖書館週日都會休館，不過這間有開。

「我們快到了嗎？」我調整提袋子的姿勢，袋子原本劃過我的手心，我不像蟋蟀戴著有內襯的皮手套，「哈洛德百貨買的禮

物」。

「已經不遠了。」

「這東西重達一噸！」我看向蟋蟀，她年紀可能是我的兩倍，但她有那種老派的耐力，不是來自任何運動，而是來自不會抱怨、把事情搞定的教養。

「我們到啦！」她在一棟維多利亞式的紅磚建築前停下腳步，台階往上通向入口，我們把袋子放在人行道上，稍微喘口氣。

「我以為妳說就只有幾本書？」我吐出一口大氣，感激地伸展手指。

「妳知道，事情是這樣的，蒙蒂從來都不懂跟圖書館借書的基本規則，那就是應該要還書。」

「還用妳說！」我往下看著袋子，裡面的書可以裝滿一個大小適中的書架，「大部分都是精裝書耶。」我注意到。

「他不喜歡平裝書，他總是說喜歡精裝書在手中的觸感。」

「嗯，他說得很有道理。」我同意，彎下身拿起其中一本書，感覺非常珍貴，但不是以實際價值來說。「我有一台Kindle，但就是不一樣，我想念我的書，我大部分都留在美國了……可是把書寄過來實在是太貴了。」我用拇指撫過頁緣，「我把很多東西都留在美國。」我補上一句感想。

蟋蟀投來同情的目光，我擠出一個微笑，她悲傷的理由比我還多很多，假如她能保持愉快度過這一切，那麼我也能。

「妳知道嗎，我們第一次約會時蒙蒂就是帶我來這。」她抬頭看著建築說。

「什麼？到圖書館嗎？」

「他說我應該見見他的初戀，他覺得我應該知道自己是和誰競爭。」

　　我站起身，仔細聽她說話，「妳確定妳不是在說妳朋友希西嗎？」

　　看來我逗笑蟋蟀了。「相信我，我真的想過。我記得他牽著我的手爬上階梯，而我心想搞什麼啊？我們終於爬上二樓後，他帶我來到最遠的角落，在一排拱窗附近，並向我介紹他最愛的莎士比亞，一整個書櫃，都是他的作品……」

　　她停了下來，陷入回憶。

　　「他還是個小男孩時就常來這裡，當時他父母經濟拮据，買不起書，這是他的夢想萌芽之處。後來他長大成人，並成為知名劇作家。」

　　我們一起凝視著建築雄偉的正面。我在想，這些年間還有多少人穿過大門，又催生了多少故事。

　　視線往下時，建築外頭立著的一個告示牌吸引了我的注意力。我往前走，接著皺起眉頭，「妳有看到這個嗎？」

　　蟋蟀瞇起眼睛，搖了搖頭，「我沒有帶閱讀眼鏡，上面寫了什麼？」

　　「圖書館要閉館了……要都更之類的。」

　　蟋蟀表情一垮。「所以終於發生了啊……有人說這裡會改建成豪華公寓，我知道蒙蒂很難過，他說社區需要一間圖書館，而不是沒人負擔得起的公寓。」

　　「他們不能做點什麼嗎？」

　　「當地有個試圖拯救圖書館的連署，但議會說他們必須縮減預算。」

　　我隔著她厚重的冬季外套捏捏她的手臂，我們默默無語好一陣子。

　　「唉，我們還是該進去還書了吧？」幾秒後我開口。

　　「我已經準備好支票簿了。」她拍拍手提包，臉上露出哀傷

的笑容。

我們一人提一邊，把袋子舉在我們之間，「天啊，就像在提一具屍體。」我大聲表示。

天啊……我剛剛是在講什麼……

我一臉恐懼地盯著蟋蟀，她也盯著我，接著我們一起爆出大笑。

#   #   #

圖書館員以捏捏手腕和真摯的慰問原諒蟋蟀，大家都喜歡蒙蒂，也都很想念他。她指著蒙蒂以前常坐的位置，就在角落的某張書桌。

少了蒙蒂，一切都不一樣了，她說。

是啊，沒錯，蟋蟀回答。

我向後退，不想打擾她們，假裝對一本工程書籍很有興趣。有個戴著耳機的年輕男子坐在蒙蒂的位置用筆電，渾然不覺對面正對他的窗戶，人生就這麼繼續，一定得這麼繼續，只不過……

只不過世界怎麼可以就這麼繼續轉動，少了他們還是一切照舊呢？時間繼續流逝，從你看見他們的最後一刻開始，你就離他們越來越遠，他們退到你的過去，你則往未來前進，隨著他們的聲音褪去，回憶逐漸模糊，你們之間的距離也越來越遠。

「我報名了一堂美術課，妳想一起來嗎？」

我猛然回到現實，我剛剛是在想蒙蒂，還是在想伊森呢？

「謝謝妳的邀請，但我不會畫畫。」

「胡說，每個人都會畫畫。」

我們轉身離開，開始走下通往出口的階梯。

「不是，說真的，我真的不會畫畫。」

「妳沒學過世界上不存在『不會』這個字嗎？」

以前老師這麼說時，我總是很討厭，開口想要反駁。但接著我停了下來，畢竟我也沒有其他事要做。

抵達一樓後我把門推開，我們走到街上。「好吧，但我不能待太久，我還要回家餵亞瑟。」

規則一：永遠都要有落跑條款。

蟋蟀停下來轉向我，「謝謝妳。」

「妳還沒看到我的畫呢。」我微笑。

「我不是在說美術課，我是說剛剛在樓上，在圖書館裡。」她回頭看著建築，「這比我想的還難，妳陪我一起來代表我不是一個人。」

「噢，這沒什麼啦。」

「不，這非常重要。」

蟋蟀再次轉向我，目光直直對著我。「我說妳應該創立自己的社團時是在開玩笑，但裡面也包括不少實話……妳知道，我在成長過程中一直是某種局外人，我的家教十分保守，但我對服從非常感冒。我父母送我去天主教學校，但我永遠不覺得自己屬於那裡，我不信神，反正不是他們的神，我有朋友沒錯，但我無法融入……」

她停頓，沉浸在回憶中。

「接著我在偶然間找到了劇場，並發現自己並不孤單，世界上還有和我一樣的人，格格不入又奇怪，卻很棒的人、鼓舞我和挑戰我的人、了解我的人……妳想知道這一切最棒的是什麼嗎？」

我點頭，留神傾聽。

「就是我終於找到自己……而在過程中，我找到另一種不同

的信念……這麼說有道理嗎？」

我盯著年齡是我兩倍的蟋蟀，突然湧起一股親密感。「當然有，超有道理的。」

她露出微笑，眼周的皺紋讓她的臉龐生氣蓬勃。

「我試著要說的是，妳必須找到和妳一樣的人，妮兒。」

我要感恩的有：

一、世上所有做得非常好的超棒媽媽們，包括我自己的超好老媽，她為我犧牲了這麼多，不只是免費的安德烈‧波伽利門票而已。

二、以其他方式展現的所有母愛，包括照顧、支持、愛。

三、一名八十幾歲的寡婦，讓我了解你可以在最意想不到的地方找到同道中人。

四、熬過今天。

赤裸裸的事實

等你到了我的年紀，你會開始覺得人生已經沒什麼東西能讓你感到驚訝。我的意思是，你已經見識過大風大浪了，對吧？

但這是錯的，我真的是**大錯特錯**。

昨天離開圖書館後，我和蟋蟀搭上Uber，去上她的美術課。美術班位在一間舊倉庫中，建築擁有大片拱窗，側邊還有一座如蜘蛛網般垂下的黑色金屬逃生梯，聞起來有松脂和顏料的味道。頭上的日光燈為我們領路，我不知道該期待什麼。

「哈囉，妳怎麼會在這！」

但絕對不是再次撞見帥爸。

「噢……嗨！」我花了一會兒才認出他。

「妳不幫我介紹嗎？」蟋蟀插話。

「抱歉，對，這位是蟋蟀。」我說，然後發現自己根本不知道他的真名。

「我叫強尼。」他微笑化解我的尷尬。

「很高興認識你。」她說，伸出一隻手，我發誓她是在撩他，「你也是來上課的嗎？」

「是的，那就裡面見啦，我要先搞定幾件事。」他走向廁所。

「好啊，沒問題，」我說，想不到更好的台詞，「裡面見。」

蟋蟀當然想知道他的所有事，所以和老師談完報名課程，並在畫架後方找到多的空位之後，我便告訴她所有我知道的事，雖然也沒有很多，但已足以讓我的注意力從房間中央的躺椅上轉開，接著我突然發覺。

「妳沒跟我說這是人體素描課。」我不滿地說。

「妳又沒問。」她聳聳肩。

我四下尋找強尼，但他一定是還在廁所，我掃過幾張面孔，尋找可疑人物，但畫架後的所有人都非常嚴肅和認真，青少年般的傻笑威脅著準備要出現。

你年輕時沒人跟你說過這個吧，是不是？在這所有看似無聊的老人體內，仍跳著一顆年輕的心，同樣的事也讓他們覺得有趣。

我拿起一支鉛筆，試著讓自己鎮定下來。少幼稚了我，只不過是具裸體。接著模特兒走進來，我簡直不可置信。

我的天，模特兒是強尼，是帥爸！

我們目光交會，然後他脫下袍子。

#　　　#　　　#

「**然後勒？**」麗莎從我的筆電螢幕上瞪大雙眼盯著我。

「嗯，我不知道該看哪裡才好。」

「妳在跟我開玩笑嗎？我一定會知道要看哪裡！」

時間是凌晨兩點，我睡不著，於是打 FaceTime 給麗莎，八小時的時差有時也是有好處的。

我大笑，想起他脫下袍子，全裸靠在躺椅上的那一刻，再說避免眼神接觸啊。

「所以，他是個人體素描模特兒？」

「很顯然他只是兼差。」

結束之後，我試著催促蟋蟀趕快離開，因為我實在太過尷尬，不知道要是遇上**穿著衣服**的他到底要說什麼，但蟋蟀已經從老師那邊得到資訊。

「那他其他時間在做什麼？」

「我不知道，我沒有問問題，我忙著素描他的屁。」

麗莎笑著發出哼聲，彷彿我們回到了洛杉磯，在咖啡店閒聊，只是她背景窗外的藍天和陽光提醒了我，我們之間隔著八千公里遠。

「我只能說妳真好運，我已經很久沒看到裸體了。」

「布萊德呢？」

「我們分手了。」

「又分？」

「這次是永遠分手。」

她以前就這樣說過，但某個東西促使我現在相信她。

「我很遺憾。」

「不，妳才沒有。」

「對啦，妳是對的，我沒有，」我承認，「不過，妳還好吧？」

「此時此刻，還可以啦。」她點點頭，「一切都好。」然後她微笑，「那妳呢？」

我停下來思考，而就這麼一次，我沒有悲傷地想起過去，或是擔心地衝向未來，就只是待在此時此刻。

「很好啊，」我點頭，「此時此刻，一切都好。」

我要感恩的有：

一、獲得比手作亮粉卡片和床上早餐更棒的東西，＃全裸帥爸。

二、像麗莎這樣的朋友，提醒我要享受當下，因為當下就是我們真正僅有的。

神說要有光

愛德華還在繼續和我抗戰洗碗機跟溫度控制器，但他現在又加上第三個抱怨：不隨手關燈。

「我不懂妳為什麼不能在離開房間的時候隨手關燈。」他抱怨，跟著我進入廚房後隨手關掉走廊的燈。

「因為我等下可能會回去啊。」

愛德華因為這個邏輯皺起眉頭。

「妳覺得開關是幹什麼用的？」

我無視他，「我希望把檯燈留著。」

「我注意到了，所有鄰居也都是，我沿街騎腳踏車回家時，房子就跟聖誕樹一樣亮。」

我拿起電熱水瓶準備泡杯茶時縮起下巴，「我不喜歡待在黑漆漆的房子裡。」我轉開水龍頭，嘩啦嘩啦的裝滿水瓶。

「但妳一次只會出現在一間房間裡。」他生氣地爭辯。

「要喝茶嗎？」

「好，謝謝。」

我按下電熱水瓶，然後從架子上拿了兩個馬克杯，丟進兩包茶包，我賭他不敢說半句用茶壺和只丟一個茶包的事。

「很恐怖耶。」

「**很恐怖？**」他看著我，就像我發瘋了一樣，「客廳是要怎樣才會很恐怖？」

「你沒看過電視上演的那些真實謀殺案嗎？好像總是發生在自己家裡耶。」

「然後留盞檯燈就能拯救妳嗎？」

他從流理台另一頭盯著我，把頭髮往後撥，以免遮住眼睛，我發現他頭髮留很長了。

「這樣我就能看見入侵者。」

「然後呢？妳要用檯燈砸他頭嗎？」

「嗯，芥末上校用燭台就有用啊。」

他綻開微笑，終於。

「妳是認真在說妳一個人待在房子裡很可怕嗎？」他說，態度軟化下來。

「沒啦，也不是。」我承認，從冰箱拿出牛奶。「特別是現在還有亞瑟陪我，我只是喜歡把燈留著，就這樣。我的意思是，不是什麼事都有合理的理由，對吧？」

我盯著愛德華，但是根據他困惑的表情判斷，這個想法對他來說顯然很新穎。電熱水瓶煮沸跳起，我裝滿馬克杯，再把水瓶放回原位。

「那是另一回事。」

不會吧，現在是怎樣？我把茶包壓在馬克杯側邊。

「可以麻煩妳用完電熱水瓶後也關掉嗎？」

「已經關了啊。」

「不，我是說牆上的開關，這會消耗能源跟浪費錢，而且這樣比較環保。」

「愛德華，這只是個電熱水瓶。」我把牛奶加進茶，遞給他其中一個馬克杯。

「一點一滴都算數，所有廚房用具都一樣。」他繼續說，手上拿著茶繞著廚房，關掉開關。

「是啊，因為電子鐘一定也會讓我們碳足跡爆增。」我在他關掉微波爐時這麼說。

他瞪了我一眼，但我發誓我在他眼中看到一絲興味。

116

「是說，復活節的時候。」

不只是他，所有人都在講復活節。

「我們該拿亞瑟怎麼辦呢？」

「我要去看我父母。」

「妳能帶牠一起去嗎？」

我本來要說好，接著想起他不斷抱怨溫度控制器、洗碗機、電燈，於是突然倔強了起來。

「真的不行，我沒辦法，你必須自己帶牠。」

「但妳說妳週末會照顧牠的。」

「這是國定假日，這不一樣。」

我和愛德華彷彿展開一場狗狗監護權之戰，我們在流理台邊面對彼此，馬克杯在手。

「你兒子們難道不想看到亞瑟嗎？他們一定很想念牠的。」

愛德華突然看起來不太自在，「他們是很想念，但一切就是很難。」

現在換我心情差了，愛德華一定很難熬，亞瑟、他老婆的過敏、所有事。「好啦，亞瑟可以跟我一起回去。」

他於是露出微笑，「謝謝妳。」

「沒問題的。」

我拿著茶走出廚房，並記得在離開時隨手關燈。

「嘿！」

他在黑暗中叫我時，我綻放微笑。

受到鼓舞

擁抱你的新生活！不要回頭看！每一天都是另一個改變你人生的機會！沒有半件事確定時，所有事都是可能的！

誰不喜歡每日小語呢？特別是用優雅的打字機字體寫成，還套上濾鏡。雖然老實說，大家越常發勵志小語，我就越擔心他們。

以下是幾句我今天的勵志小語：

擁抱一間冷死人的屋子！

不要殺了你的房東！

每一天都是另一個看《宏觀設計》節目的機會，並發覺在某座山腳下興建他們建築師設計超棒綠建築的情侶，歲數只有你的一半！

沒有半件事確定時，所有事都可能會大爆死！

但我最喜歡的還是以下這段：

擁抱你的幽默感，不要太認真看待自己，每一天都是另一個大笑的機會，不要大哭，而當沒有半件事確定時，只要幽默看待每件事，事情他媽就不會那麼可怕，阿們！

美好週五

　　我走到尤斯頓火車站，準備搭車去我父母家時，確信今天一定會是個很棒的一天。我會和家人度過美好的復活節假期，我和老媽會進行一堆母女情深的對話，不會涉及我的分手或其他人的孫子，我弟不會惹我生氣，老爸會買個復活節彩蛋給我，一定都會很棒的。

　　理論上來說。

　　迎接我和亞瑟的是連假的混亂，我們必須擠過人群，才能搭上往卡萊爾的火車。我們幸運訂到座位，但當我發現我不小心幫我們倆訂到有桌子的座位時心情一沉，因為設計這些桌子的人腦中明顯想的是陌生人會和旁人共享空間的烏托邦，而不是被生意人的手肘跟巨無霸筆電卡在窗邊，還有纏得我全身都是的充電線。對面則坐著一對年輕情侶，他們喜歡凝望彼此的雙眼，男的還會從女的臉上撥去看不見的頭髮。

　　同時我收到費歐娜的訊息，她在科茲窩享受美好時光，大衛和她帶孩子去人生第一場露營旅行。不過根據各種熱帶雨林風淋浴間、白色羽絨床、火堆旁大捆現成乾草的照片判斷，這和我兒時露營旅行的潮濕外套還有整坨黏在平底鍋上的焗豆應該是不太一樣的經驗啦。

　　我望向窗外，外頭風景已經從城市轉換成鄉村，接著看看手錶，車程還有好幾個小時，於是我決定戴上耳機。我下載了一個蟋蟀狂推的podcast，把頭靠在車窗上，按下播放。

#　　　#　　　#

換了幾次車之後，我們終於進站，外頭正在下雨，霧從高地飄下來，我在窗上凝結的水氣抹出一個洞向外看。加州突然間變得好遠好遠，甚至很難相信加州真的存在。在地球另一頭的某處，伊森剛起床，拉開我們臥室窗戶的窗簾，看著外頭的藍天和沙漠陽光，就像那些有分割畫面的老電影一樣，一邊是他，另一邊是我。

噢，**去他的**。

就在我的思緒開始蜿蜒走下一條非常危險的道路時，我抓起附輪子的行李袋和亞瑟的狗繩，花了一番功夫走到月台上。無盡的藍天和陽光都過譽了，至於所有沙漠熱氣也都已經老掉牙啦。

傾盆大雨全力朝我襲來，我堅定地走向出口，我寧願選擇新鮮空氣和英國鄉下，所以就算我濕到骨子裡又怎樣？可憐的亞瑟差點被吹到鐵軌上又如何？一切都很美好，我非常感恩，世界上再多標記都無法形容我有多愛我超棒的新生活。

老爸在外頭等我，坐在他的舊荒原路華裡，引擎還沒熄火。

「哈囉，親愛的。」

「嗨，爸。」

我們彼此問候，彷彿我們昨天才剛見過面一樣。北方人就是這樣，快速抱一下，沒什麼講究，但看見他我的心情都好了起來。

「妳沒說妳要帶這一位啊。」他說，指著已經跳進後座的亞瑟，「妳媽一定會很擔心她的地毯。」

「我知道。」

我們互看一眼，然後一陣爆笑。

「好吧，至少這樣我就不用睡狗屋了。」他大笑，幫我開門，讓我爬進車裡。座椅都裂開了，聞起來有泥濘靴子、手捲

菸、山地泥土的味道，我用力吸了一大口。

然後我們便沿著蜿蜒的小路一路搖搖晃晃開回家，向後流逝的風景美麗又熟悉，湖區和我離開時一樣沒變，除了四季遞嬗，這裡不會有什麼改變。真有趣，我年輕時曾經很討厭這點，現在卻撫慰了我。

「所以……妳過得怎麼樣啊？」

又糟、又爛、心都碎了、擔心受怕。

「還行。」我聳聳肩。

擋風玻璃上的雨刷嘎吱嘎吱地左右晃動，清出一個小小的三角形區域讓老爸看路，我這邊的雨刷沒有在動，我不記得曾經有動過。我盯著老爸，看著他握著方向盤的強壯雙手，老爸有雙巨大能幹的手，我因此想起我從來不喜歡伊森又短又細的手指。

「那妳的生活費還好嗎？」

「很好，謝謝關心。」我扯謊，我只是稍微過得去而已。寫訃聞的稿費不多，老爸借我的錢也不可能撐一輩子，不過現在才三月，時間還早。

「見到你真好，爸。」

「見到妳也是，親愛的。」他盯著我，一手移開方向盤，在我膝蓋上輕輕捏了一下，「我的小女孩再次回家真是太好了。」

\#　　\#　　\#

我一走進廚房，老媽馬上說我變瘦了，然後打開電熱水瓶，把餅乾罐塞到我面前。

「拿兩片。」她下令，「妳瘦到快被鬼抓走了。」

「媽，我很肥好嗎！」我抗議，但她無視我，然後朝我推來

一包消化餅。

　接著她看見亞瑟，開始尖叫。亞瑟本來在外頭的花園聞來聞去，後來跑進屋子裡，跳進廚房，滿地都是泥濘的腳印，各種。

　「這是亞瑟。」我說，在牠撲向餅乾罐前抓住牠的項圈。

　「妳養了隻狗？」

　「這是我房東的狗，說來話長。」

　狗毛到處亂飛，我已經可以在老媽剛刷乾淨的廚房地板上看到泥巴印，我迅速把亞瑟趕到走廊，並且聽見廚房裡大聲的低語，「我是說，我在問你，菲利普，一隻狗！還是一隻又大、又髒、毛茸茸的狗！」老爸正試圖安撫她，幾分鐘後，他出現在走廊上。

　「只要不要讓牠接近檸檬蛋白霜派就好了，」他警告，「那是妳弟的最愛，她特別做的。」

　「理查回來了嗎？」

　「還沒有，最後一刻突然有些急事。」

　我覺得有點不爽，他睡過頭都這樣說，一定是。

　「我要去菜園一趟，妳怎麼不去跟妳媽聊聊呢？我知道她超想跟妳好好聊聊近況。」

　「換句話說，她有一百萬個問題要問我。」我抱怨。

　「喂，不要對她這麼苛刻，她沒有惡意，她只是擔心而已，大家都蠻震驚的。」

　「我不想讓你們擔心。」

　「我們是妳父母，這就是我們的工作。」

　「對不起。」

　我現在覺得很糟，我在遷怒老媽，這不是她的錯。

　「妳在道歉什麼呢？」

「所有事，我知道媽很期待婚禮。」

「別傻了，」他微笑，摸摸我的頭髮，「這不要緊，我們只想要妳快樂。」

「妮兒？」媽從廚房探出頭來，「水滾了。」

我躊躇不前。我試著不要一直糾結原本我下一次回家應該是夏天和伊森以新婚夫婦的身分回來，我們本來計畫在加州辦一場小型婚禮，只有家人和朋友，然後環遊不列顛群島當成蜜月的一部分。我的心都揪了起來。

「其實，我在想我應該帶亞瑟出去散個步。」媽的表情一垮，但我無能為力，我只是還沒準備好。

「好吧，不要太晚回來，晚餐很快就好了。」

#　　#　　#

幸好雨已經停了，我沿著河邊走，邊扔樹枝給亞瑟撿。牠會衝進冰冷的水中，彷彿在洗熱水澡，我們接著掉頭穿越村裡。回到家後，我在車道發現一台亮晶晶的新車還有我弟，他兩腳翹在咖啡桌上，正在吃一片超大的檸檬蛋白霜派，老媽則在他身邊碎碎念。

「哈囉，理查。」

「妮兒。」他咧嘴一笑，但並沒有站起來。

「車道那台是你的新車嗎？」

「對啊，我才剛買，妳喜歡嗎？我不知道該買奧迪還是BMW，所以選了荒原路華。」

「哇，你一定賣了很多啤酒。」

「我們訂單爆量，根本供不應求。」他笑著說。

「你現在不要工作得太累，」老媽警告，撫平他的頭髮，「你

123

需要保留體力。」

他盡責地點點頭，「嗯，這派真好吃，媽……還有嗎？」

他吃下最後一口時，媽露出驕傲的笑容。「但晚餐已經快煮好了。」她微弱地抗議，然後收走理查的盤子，消失在廚房中。

「只要一小塊就好喔，」他在她身後舒服的沙發裡喊道，「我不想破壞我的食慾。」

他捕捉到我的表情。

「幹嘛？」我用腳踹他時他抗議，然後開始大叫，實在太過大聲。

老媽迅速出現，手上拿著另一片超巨檸檬蛋白霜派，「好了，你們兩個，快停下來。」

「她先開始的。」理查抱怨，我瞪了他一眼。

這一定會是個漫長的週末。

天花板上的一陣腳步聲和房門打開的聲響打斷了我們。

「我以為爸跑去菜園……」我話說到一半便停了下來，有個棕髮正妹出現在客廳門口。

「一切都還好吧，親愛的？」老媽問她。

「都很好，謝謝妳。」她微笑，「我只是去梳洗一下。」

所以這一定是娜塔莉了，我弟的新女友。「嗨，」我也微笑，「我是妮兒，理查的姐姐。」

「理查跟我說了妳很多事。」她露出緊張的笑容。

「我不確定我會喜歡，」我露齒一笑，看著我弟的眼睛，「不過，既然這樣的話，也該換我來跟妳說說他的事啦……」我準備開始，但他用抱枕扔我。

前門碰一聲關上，老爸回來了，這是老媽的指示。他去洗手時，她帶我們走進已經擺好晚餐的狹小餐廳，我注意到她拿出她最好的銀器，而且沒有平常隨意放在餐桌中間的廚房紙

巾，現在竟然換成了餐巾。

桌上放著一個巨大的魚派，上方烤成棕色，還有好幾碗熱騰騰的蔬菜，老媽不喜歡分食物。老爸同時從冰箱拿出紅酒，開始倒進每個人的酒杯。

「我們今天要敬什麼才好呢？」他倒好後問。

「敬全家團聚。」老媽說。

「也敬你媽的魚派。」他補充，我們全舉起酒杯。

「噢，菲利普，你真是的。」她碎念，但我看得出來她真的很開心。

敬酒結束，我正準備喝一大口紅酒，但我弟從他的椅子上站起來，開始用餐刀輕敲他的杯緣。

「事實上，還有另一件事。」

我抬頭盯著他，期待他要說某種笑話，但他的表情超級嚴肅，他清清喉嚨，我突然發現我弟很緊張。

「娜塔莉和我有些事要宣布。」

媽開始發抖。

這是開玩笑吧，他們才在一起，怎麼？三個月而已吧？

但娜塔莉，我現在才發覺，剛才一直把開襟毛衣袖子拉下來遮住手指的娜塔莉，突然露出她的左手，一顆鑽石閃閃發光。

老媽發出一聲尖叫，她跳起身來，環抱理查和娜塔莉。「天啊，這是真的嗎？你們要結婚了！噢，這真是太棒了。」老爸則是一陣祝賀，還不斷拍他們的背。

我有點震驚，在旁邊觀察了一會兒，接著輪到我了，我擁抱他們兩人及道賀。好吧，所以雖然有點快，但他們看來非常快樂，我也替他們感到開心，我當然是囉。我迎上老爸的目光，他露出支持的微笑，我發誓我這輩子沒有這麼緊張過。

「但是還有更多消息！」

125

說真的，我前面都還好好的，直到理查拋下震撼彈。

#　　#　　#

所以我的小老弟要當爸爸了，我依然有點不可置信。我的意思是說，我為他們感到開心，真的，老媽和老爸看起來也很高興，他們的第一個金孫之類的，只不過……我躺在我的舊房間，突然悲從中來，在黑暗中淚如雨下。

我讓眼淚滑下，把頭埋在枕頭裡，直到感覺潮濕的舌頭在舔我的手，然後開燈發現亞瑟站在床邊，悲傷的目光尋找我的雙眼。

「嘿，小子，我沒事啦，真的，我沒事。」我安慰牠，拍拍牠毛茸茸的頭，覺得受到療癒，直到牠終於心滿意足回到角落的毯子。

我拿起書來看，但沒辦法靜下心來，我無法專心。我的手機發出聲音，是來自荷莉和亞當的訊息，他們在西班牙，祝我復活節快樂。我回覆他們，然後開始滑動態想要轉移注意力，但就算只是看著那些完美的生活，都讓我覺得更孤獨、更格格不入。我當然知道一切都上了厚厚的濾鏡，經過精心編輯，但我還是沒找到那個可以把我的舊房間變成鄉間四房屋子，或是把亞瑟變成一個愛我的老公的濾鏡。

於是我跑去拿起耳機，準備聽 podcast，並在過程中注意到床邊桌上的小告示，告訴我 Wi-Fi 密碼，並感謝我沒有在室內抽菸。

然後突然間有什麼東西啪一聲斷了。幹，去死吧，什麼設計師設計的照片牆、設計師品牌衣服、美到可以登上 Pinterest 的家，那些什麼白色沙灘、瑜伽姿勢、和帥氣老公在夕陽下散

步的鬼東西，我很抱歉，但老娘真的受夠了。

我的耳機線全都纏在一起，我開始解開，先前感到的所有悲傷都變成挫折感。

應該有個人來撥亂反正才對，某個人需要告訴大家當爛事發生，而且人生沒有照你的預期發展時，究竟發生了什麼事，尤其是當你的人生看起來一點都不像這樣。我放棄解開耳機線，決定只戴一邊就好，我打開手機上的podcast應用程式，講真的，應該有人來錄一個有關四十幾歲廢柴人生的podcast才對。

事實上……

正準備要按下播放的我停下手邊的動作，**這個主意還不錯**。

我要感恩的有：

一、給我復活節彩蛋的親愛老爸，證明巧克力真的是復活節的一線曙光。

二、我的podcast主意，明天我就來上網查查，找出要怎麼做才能開始，就算沒人要聽又怎樣？我只是想要抒發一下。

三、那個會成為我新姪子或姪女的奇蹟，我一定要當最酷的阿姨。

四、Wi-Fi密碼和禁止吸菸。

四月

誰才是愚人？

愚人節

　　好，所以我要來個實話實說。我並不是眞的單身、分手、超過四十歲，回到我父母家的舊房間，只有一隻腸胃脹氣的狗和我作伴，吃剩下的走味復活節彩蛋當早餐，並覺得自己在這稱爲人生的東西上**完完全全**失敗。

　　天啊，絕對不是。我其實婚姻幸福，和我超棒的丈夫還有兩個可愛的小孩住在一間漂亮的大房子裡，事業平步青雲，性生活也很美滿，固定運動，練習正念冥想，穿著最流行的時尙服飾，還在我忙碌的行程中抽出時間把一切發在Instagram上，每天都喝精力湯，並記得要呼吸。

　　因爲呼吸想當然非常重要。

　　最後，但顯然同樣重要的還有：無時無刻都他媽超快樂。

　　愚人節快樂！！！

我要感恩的有：

一、我的幽默感。

二、我弟忙著結婚生小孩，不想再對我開「好笑」的玩笑，前幾年最後都無可避免導致他指控我「看不見其中有趣之處」，我則是想殺了他。

三、《廣角鏡》時事節目的義大利麵樹收成報導，這是史上最棒的愚人節玩笑，並爲假新聞帶來全新定義。

四、巧克力，我有提過巧克力了嗎？

復活節週一

　　我跟我弟小時候最喜歡的遊戲是剪刀石頭布，我們會玩上好幾個小時。遊戲規則非常簡單，簡單到日本科學家甚至都能教黑猩猩玩（不是說我覺得黑猩猩很笨，正好相反，我覺得牠們比很多人類都還聰明，但這就是完全不同的話題啦）。

　　以防你住在石頭下面與世隔絕（絕對沒有雙關），剪刀石頭布這個遊戲就是玩家同時伸手比出以下三個手勢之一：「剪刀」（伸出兩隻手指）、「石頭」（拳頭）、「布」（張開手），並用簡單的規則決定贏家：「石頭砸剪刀、剪刀剪布、布包石頭」，如果兩個人出一樣的，那就是平手。

　　我幹嘛跟你講這些呢？

　　因為你可以把同樣的規則應用到人生中，只不過現在不是剪刀石頭布了，而是婚禮、嬰兒、告吹的婚約，而且也不再是個機率的遊戲，正好相反，在現實版剪刀石頭布中，即將到來的婚禮和新生兒每次都會贏過告吹的訂婚，無人能敵，這表示我弟顯然已經獲勝。

　　而我是個輸家。

　　從好的一面來說，沒有人再問過我任何跟伊森分手的事。事實上，自從理查宣布完消息以來，老媽似乎徹底遺忘了這件事，而是被新生兒和婚禮的喜悅沖昏了頭。她要不是一直去煩娜塔莉，和跑上跑下拿茶給我弟喝，他關在房間「忙著趕某個死線」（很明顯還包括在臉書上分享影片），就是驕傲地四處告訴大家她要當婆婆**還有**祖母了。

　　包括打來詢問她想不想因為受傷獲得理賠的保險推銷電話

都被迫自己掛斷，照理來說應該是要相反才對，所以你看吧，真的是有很多優點。

　　但老實說，開玩笑之餘，事實是聚光燈終於從我身上移開，讓我再輕鬆不過了，我最不想要的就是再去翻我失敗感情的舊帳，並和家人一起來場「究竟哪邊出錯了」的問答大會。話雖如此，我在加州已經住得夠久，知道我**到底**應該怎麼做才對，那就是敞開心胸聊這件事。所有厲害的諮商師都會告訴你這是復原的關鍵，還有只有到那個時候，你才會開始整個療傷過程，進而讓你能夠真正放下一切，繼續向前。

　　但我就是不想要。回家的那幾天，我想做的就只有忘記這一切，然後蜷縮在沙發上穿著粗糙毛衣的老爸身旁，我的頭靠在他肩膀上。我想要吃一大堆復活節彩蛋，喝一大堆甜茶，然後從我離開加州以來第一次覺得太熱，因為現在是老媽掌管溫度控制器，房子熱得像三溫暖一樣。

　　我也想要在吃早餐時拿出陳舊的家庭相簿給娜塔莉看，並發現有一次我偷拿老媽的化妝包，幫我弟塗上銀色眼影和口紅的實質證據時，差點沒有笑死。

#　　　#　　　#

　　「不可能！理查，這是你哦？」娜塔莉尖叫，瞪大雙眼看著照片。

　　理查滿臉通紅，「這不是我的主意。」他抱怨。

　　「你明明很愛！」我抗議，「你還叫我多塗一點腮紅！」

　　娜塔莉笑著發出哼聲，開心地拍打著相簿中另一張照片，「那你這張是在做什麼？」

　　「噢，那是我們家妮兒那時一直超想要條狗，但我們不讓她

養。」老爸露齒一笑，他早上沖完澡後看來精神很好，從娜塔莉肩後看著。

「她幫理查做了一對狗耳朵和一條尾巴，並用我睡袍的腰帶牽著他在客廳到處走。」

「他以前常像隻小狗一樣跟在妮兒後面好幾個小時。」媽插話，在爸在餐桌旁坐下時遞給他一杯茶。

理查瞪她一眼，繼續在一片吐司上抹奶油，對某個很自豪自己是個「玩笑大師」的人來說，當玩笑是開在他身上，他就不怎麼喜歡了。

「沒事啦，寶貝，我們只是鬧著玩的。」娜塔莉微笑，握著他的手，捏捏他的手指，我弟不爽的時候，常常會自己在那生悶氣，其他人說什麼都沒用。

「我學狗咬人總是比學狗叫還好。」他露出懊悔的笑容，親了她一下。

我隔著餐桌望著他們，要是我之前還不了解娜塔莉，現在我懂了，她好像擁有一把我們其他人都找不到、通往我弟心扉的鑰匙。

老媽走進廚房泡更多茶，老爸則拿出另一本相簿。「看看我的鬍子。」他大笑，指著一張照片，我和他站在車道上，身旁是他的舊旅行車，車上堆滿紙箱。

「先別管你的鬍子了，看看我的大波浪頭！」我倒抽一口氣，盯著照片，我幾乎已經認不出那個穿著黑色緊身褲和過大套頭毛衣的苗條女孩，臉上的妝太濃，還掛著掩飾緊張的興奮微笑。

「這是什麼時候拍的？」

「我離家去上大學那天。」

我凝視著十八歲的自己，感覺就像看著一個完全不同的

人，那個女孩挑釁地看著鏡頭，面對在她眼前開展的未來，覺得自己了解所有事，但事實上她什麼都還不懂，我對她湧起一股憐愛和油然而生的保護欲。

「吐司還有剩嗎？」

我猛然抬頭，看見老爸像個指揮家一樣揮舞著奶油刀。

「噢，抱歉，我吃了最後一片，媽說你只要吃什錦麥片而已。」理查說，吃下最後一大口奶油吐司。

老媽最近和老爸一起奉行某種健康飲食養生法，因為「她其中一本雜誌」裡有篇文章提到。我媽的雜誌在我們家很出名，也是我們家壁紙裝飾、流蘇植物掛鉤、還有一趟阿姆斯特丹城市之旅的原因，我爸在那抽了根「好玩的香菸」，然後摔下腳踏車，差點就掉進運河。

這很顯然不在當地旅遊推薦清單的「必做事項」上。

老爸臉一垮。「一個男人吃一些倉鼠的食物是要怎麼完成一天的工作啊？」他抱怨，瞪著餐桌上的什錦麥片盒，彷彿盒子真的在攻擊他。

「這些倉鼠食物對你的膽固醇很好！」

我媽的耳朵和大象一樣靈，她從廚房大喊，我們在家裡常常這麼做：在不同的房間對彼此大喊，這是我們家溝通的方式，如果你可以等到另一個人走到別的房間，然後開始隔著門板大吼，那幹嘛要在彼此共處一室時講話呢？

「而且你也沒有要工作一整天，你已經退休了。」

我媽走回餐廳，一邊揮舞著茶壺，茶壺全新的橘色手織安哥拉山羊毛保溫套散發耀眼的光芒，這是七月雜誌的贈品。

「我會讓妳知道，我在那座菜園裡工作得比以前在議會時都還更努力。」老爸一口喝光馬克杯裡的茶，從椅子上起身。「好吧，那麼，如果有人想找我，就去菜園吧。」

「你要帶著空空的肚子去？」老爸快速在她臉頰上啄了一下時老媽看來有些慌張，「那你打包好的午餐要怎麼辦？」

但他已經穿上外套走到門邊半途了。

「別擔心我，親愛的，我會沒事的。」

此時老媽臉上的表情從擔心丈夫變成恍然大悟，「菲利普．史蒂芬斯！你別想給我去沃克咖啡買培根三明治……」

大門砰一聲在他背後關上。

「你老爸眞的是！」老媽生氣地倒抽一口氣，把茶壺放在餐桌上，「他一定會害死我。」

「還不行，我們需要妳幫忙帶小孩。」理查開起玩笑。

她馬上心情一亮，對話再次轉到新生兒身上，現在最初的震驚已經褪去，我爲理查感到再開心不過了，娜塔莉眞的很美，老媽則是非常興奮。現在都還早，寶寶的預產期是十一月，但他們已經等不及想分享這個消息。

我坐著聽了一會兒，看著他們快樂又興奮的表情，但你的勇敢就是只能維持這麼久，我找了個藉口離席，而他們沒有注意到我離開。

#　　　#　　　#

大家都說美國的天空很寬闊，但湖區的天空也和任何我看過的天空一樣廣闊又壯麗，低垂的雲朵讓蒼穹更顯戲劇化，我走出家門，高地吹下的風迎面而來，讓人心曠神怡。

卽便溫度很低，來到外頭的感覺仍然非常好，我裹上好幾層衣物，開始慢慢散起步，亞瑟在我身旁蹦蹦跳跳，因全新的氣味頗爲興奮。一路上我經過幾個當地人，許多人我從小就認識，我對他們微笑、點頭、招手。

　　村莊以凝聚成一個社群為傲，但在夏季園遊會的彩旗之下，可說完全缺乏隱私，大家都知道其他人的事。我是卡蘿和菲利普古怪的女兒，那個先搬去倫敦，又搬去美國，到現在還沒結婚生小孩的女兒，聽說她還是個純素主義者呢。

　　老爸的菜園在河下游一座十二世紀的教堂旁邊，菜園名義上也是屬於教堂所有，牧師幾年前把菜園給了爸，代價是爸必須負責維護，這裡以前只是一塊充滿垃圾的空地，但他現在在這裡種些蔬菜和養蜂。他退休後迷上養蜂，說他想幫助對抗氣候變遷並保育蜜蜂，雖然我懷疑這應該和氣候變遷沒什麼關係，比較像是個擺脫老媽的方式。

　　「我幫你帶了媽打包的午餐。」

　　我發現他坐在菜園小屋旁邊的躺椅上看報紙，身旁放著當地咖啡店培根三明治的包裝紙，他聽見我的聲音時抬起頭。

　　「要是媽知道，一定會殺了你。」

　　他微笑。「把這當成我們的小祕密吧。」他把包裝紙揉成團，扔進旁邊的油桶，和其他菜園廢棄物一起等著拿去燒。

　　我露出微笑，把午餐遞給他，他馬上轉開保溫瓶，「要喝茶嗎？」

　　「好的，謝謝。」

　　我坐在他身旁的另一張躺椅上，他倒了兩杯熱騰騰的茶，遞給我一杯。接著，有那麼幾分鐘，我們就靜靜坐在那，啜飲著滾燙的液體，在馬克杯上搓手取暖，望著他的菜園，亞瑟則躺在我們腳邊。誰都沒開口，誰都不需要。

　　這是我最愛我爸的其中一點。他就只是陪伴著我，從來不覺得有壓力要說些什麼，從來不會有任何尷尬，或需要解釋，談我們的感受，或是你問我答。我們之間存在舒適的沉默，這很難在其他人身上找到。當一段關係來到無話可說的階段時，

我們總是覺得應該要感到害怕，就像我和伊森一樣，但是事實上，如果你是和對的人在一起，就什麼都不必說。

就這麼過了幾分鐘，我們喝了更多茶，老爸搔搔亞瑟的耳朵，有幾隻喜鵲往下飛，我試著不要去數牠們。

「你的蜜蜂們怎麼樣了呢？」我終於開口，目光落在菜園底端的蜂箱上。

「牠們在冬眠，天氣變暖一點前牠們不會做太多事，其實還跟我有點像呢。」他從口袋掏出一根KitKat巧克力棒，用拇指撥開一半銀色包裝紙。「雖然我有一整屋的球莖和種子要種，妳該不會剛好願意伸出援手吧？」他伸出一根咖啡色的手指。

「你是在賄賂我嗎？」

「才不是呢。」他說，擺出撲克臉。

我笑著接受他的賄賂，非常享受熱茶和融化巧克力的組合，他則消失在小屋中，並在幾分鐘後拿著各種球莖和種子重新出現，拔腿越過他的菜園。

「往這邊走。」他大叫，亞瑟和我跟著他，在成排整齊的植物間找路通過，「好，這裡應該可以。」他遞給我一把小鏟子和一把球莖，「記得種的時候鼻子要朝上。」

「什麼鼻子？」我滿腹狐疑看著他，但他已經彎下身了。

「妳知道的，植物的嫩芽。」

不，說真的，我對植物的嫩芽、鼻子、怎麼種球莖完全一竅不通，老爸一輩子都在搞園藝，但我青少年和二十幾歲時完全提不起任何興趣，我以前覺得園藝是老人的興趣，只不過現在我**就是**那個老人。我看著腳下潮濕的泥土，我穿的是最後一件乾淨的褲子，我猶豫了一下，然後彎腰蹲在他身旁。

「種的時候大概要二十公分深，間距十五公分，像這樣。」

「這些是什麼？」

「劍蘭，妳媽的最愛，剛好來得及在她生日時開花。」

「但那是八月的事耶。」

「所有人都希望事情昨天就發生……大自然可不是這樣。」

我們開始肩並肩種下植物，泥土弄髒了他的手，我們沉默又秩序井然地一同工作。做完之後，我們移動到一區空盪的蔬菜區，他交給我幾包種子。

「櫛瓜、豌豆、甜菜根……播種的時候要一排一排撒，並確認種子埋得又好又深。」

我把種子倒到手心。「很難相信這些東西會從這樣……長成這樣。」我十分讚嘆，看著手中乾燥的迷你種子，再看向包裝上胖嘟嘟的大櫛瓜照片，「感覺真是不可思議。」

「大自然教導妳要有耐心和信心，生命只是個循環，妳懂的，植物看起來也許已經死了，但總是會重現生機……」

我的目光迎上老爸半掩在茂密睫毛下的淡灰色眼睛，我們已經不是在聊園藝了。

「記住這點，親愛的，當生命把我們埋在所有心痛和失望之下，就想想這顆種子。種子需要埋在地底下才能生長，這就是魔法生效的方式，但妳必須要有信心，記住這點，耐心和信心。」

我要感恩的有：

一、當地的獸醫，在亞瑟今晚出去進行牠自己的復活節彩
　　蛋大尋寶，並狼吞虎嚥吃下村裡的孩子沒找到的所有
　　巧克力後救了牠。

二、各式名人，和我們分享他們在馬爾地夫期待已久的復
　　活節假期照片，並告訴我們如果要快樂，就必須＃停
　　止滑手機，還有購買他們的新產品，＃連結在個人檔
　　案，這提醒了我要爲我的新podcast訂麥克風並＃實
　　話實說。

三、老爸，他是那個我可以永遠依靠，不會離開的男人。

四、當一顆種子。

我的第一錄

回到倫敦，我訂的麥克風今天抵達。覺得自己非常像BBC主播的我在書桌上裝好麥克風，進行一點小測試。測試，測試，一、二、三。

所以，在做了一些研究之後，我發現錄自己的podcast其實滿簡單的，就算是對像我這樣到現在還搞不清楚怎麼用Siri，並堅定無視所有甚至比我老媽還煩、永無止境彈出來的軟體更新通知的人來說也一樣。我只需要下載一個免費應用程式，挑一個節目名稱，然後錄完第一集就好了，簡單啦！

現在我只需要想個節目名稱。我對著手機螢幕皺起眉頭，這是最困難的部分，我已經在這裡坐了好幾百年，試著想出某個非常睿智又風趣的名稱，但我卻想不到半個。我必須想出一個又酷、又潮、充滿自信、時髦的節目名稱……

基本上就是那些跟我本人完全相反的事。

去他的，反正節目名稱也實話實說就好啦。

我清清喉嚨，喝了一大口罐裝琴通寧來平穩心情，我突然覺得莫名緊張。這實在很荒謬，又不是說會有任何人真的收聽這個節目，我只是想抒發一下而已。

我輕敲了一下麥克風。

好吧，要上囉，我不確定要從哪說起，所以我決定開門見山……我按下**開始錄音**。

「嗨！歡迎收聽《四十我就廢》podcast，本節目是專為所有曾懷疑過自己他媽怎麼會落到這步田地，還有為什麼人生總不如想像**那般**發展的女子所開設。」

我緊張地再次清清喉嚨。

「本節目也是爲了所有曾檢視自己的人生，並發現這一切都不在**人生計畫**內的人，還有所有曾覺得自己漏接了一球、錯過一次機會，並在身旁所有人都在做無麩質布朗尼時，仍想盡辦法理出頭緒的人而開始的。」

還是我是唯一這麼覺得的人？或許這只是我的現實而已，我停了下來，突然充滿疑慮，但還是繼續講。

「但我要事先聲明：我並不是要假裝自己是任何方面的專家，我不是生活風格家，也不是網紅，不管那到底是什麼，我在這裡也沒有要業配或是賣東西給你，還是告訴你應該怎麼做，因爲老實說，我自己也沒有任何頭緒。我只是某個在充滿完美Instagram帳號的世界中，掙扎著想認同自己一團亂的生活，並覺得自己有點像個廢柴的人而已，更糟的是，還是個四十幾歲的廢柴。我只是某個讀到勵志小語只會覺得焦慮，而不覺得受到鼓舞的人；我也不想試著達成什麼新目標，或設下更多挑戰，因爲人生本身就已充滿挑戰了。而且我也不會感到**＃感恩知足跟＃人生勝利**，大多時候只覺得**＃不知道自己他媽的在搞什麼還有＃我能上網Google嗎？**」

我重重吞了一口口水，覺得自己信心爆棚，**去他的**，如果我是唯一這麼覺得的人，那就是吧，我不吐不快。

「這就是我開設本節目的理由……實話實說，反正對我來說是這樣。因爲《四十我就廢》這個節目是關於發現自己身在四十歲錯誤的那邊，遭遇各種麻煩和爛事，結果只是領悟事情沒有按照預期發展。這個節目是關於爛事發生時究竟發生了什麼事，並且依然可以一笑置之。關於誠實和實話實說，也和友情、愛、失望有關。和各種不會得到答案的大哉問有關，也與當你覺得自己已經差不多完蛋了，卻仍能重新開始有關。」

我現在靈感源源不絕。

「在這些以眞情告白形式進行的集數中，我會和你分享所有壞事和好事，我會聊聊覺得自己不夠好、困惑、孤單、害怕，還有在最不可能的地方找到希望和快樂，以及爲什麼再多的名人食譜和磨碎的酪梨都救不了你。因爲覺得自己是個廢柴並不代表你**就是**個魯蛇，而是因爲**其他人讓你這麼覺得**，這些想法來自想要符合所有成功標準，並達成所有目標……還有你失敗時會發生什麼事的壓力和恐慌。尤其是當你發現自己在同溫層之外的時候。因爲從某種程度上來說，在你人生的某個層面上，當身旁所有人看似都很成功時，你很容易就會覺得自己是個人生失敗組。」

我停下來，心臟撲通撲通狂跳。

「所以如果還有其他人也擁有上述的感受，那麼本節目很可能會讓你不再覺得那麼孤單。」

我深吸一口氣。

「因爲現在我們有兩個人了，而兩個人就成了一群人。」

就讓雪下吧

大自然跟人生很像，就在我以為我們終於已經和最糟的冬天告別，我可以收起所有起毛球的毛衣（現在更多毛球，更少毛衣），並平穩航向春天時，大自然就朝你丟了顆曲球。

下雪了。

從湖區回來幾天後，我某天醒來，拉開窗簾發現街道蓋上一條蓬鬆的白色毯子，又厚又重的雪花越過窗玻璃，輕輕降落在人行道上。我動也不動站在窗邊好一陣子，心中湧起一股孩童般的喜悅。

隨便塞了一些燒焦的吐司，喝了幾大口咖啡後，我帶亞瑟出門，牠馬上興奮地在粉雪上跳來跳去。城市降下初雪時總是有種魔幻感，如此浪漫，我惆悵地想著，有對情侶停下來自拍，就像雪花球裡的兩個人物。

我們穿過現在已經變成白色的公共綠地時，我聽見開心的尖叫聲，並看見穿著防水長筒靴和圓球毛帽的孩子坐在雪橇上互丟雪球，學校一定是停課了。亞瑟停下來東聞西聞時，我注意到有個小女孩躺在地上，擺出雪天使的姿勢，開心地揮舞雙臂，媽媽則為她拍照。

我低頭看著亞瑟，「我們也要來張雪地自拍嗎？」

他抬起腳，雪地變成黃色。我想了想，最好還是不要吧。

#　　　#　　　#

我們走向公園，我邊戴上耳機收聽某個podcast，我在幫

自己的節目做研究，同時也找到幾個我蠻喜歡的節目。突然間，我覺得自己就和亞瑟看見松鼠時一樣，我停下腳步，動也不動，全身緊繃。**帥爸警報**。我看見他正在過街，是**強尼**，他戴著頂毛帽，正在喝外帶咖啡，他看起來眞可愛。

　　同時我卻穿著愛德華濺滿木餾油的防水長筒靴和花園垃圾袋夾克，而且只戴著一邊手套，我看起來一點都不可愛。沒事，繼續走就好，希望他不會看到我。我低下頭，專心看著亞瑟，在牠慢下來聞某人家的門柱時用力拉狗繩，我不希望狗屎門出續集，這讓我想起我從來沒有回去找我的另一隻手套……

　　「嗨，又遇見了。」

　　我抬起頭，他就在那，站在我面前的人行道上。

　　「呃，嗨……哈囉！」我開心微笑，扯掉耳機。

　　爲什麼你總是會在看起來很糟糕的時候碰上其他人，而且**從來不會**是在你剛吹好頭髮之後？這就像某種可怕的宇宙法則。

　　「我不確定我穿著衣服妳還認不認得出我。」

　　我想不出半句俏皮話來回應。

　　「我開玩笑的啦。」他大笑。

　　「噢對，是的，當然囉。」

　　你可能會覺得到了我的年紀，我早已成爲調情專家，畢竟我一輩子都在應付男人啊，這有好也有壞。只不過面對一個我覺得非常迷人的男人，我並不覺得和那個十三歲時煞到送報童的自己有太多差別。

　　「嗨，亞瑟。」

　　亞瑟搖搖尾巴，帥爸彎腰拍拍牠，我把握機會盯著他的雙手，當起婚戒偵探，但他又戴上手套了。

　　「所以妳喜歡那堂課嗎？」

　　事後說來，我在美術課時其實有絕佳機會可以好好端詳他

的手，但姑且說我的注意力被其他東西大大吸引了吧。

「非常棒啊！」

這樣會不會太熱情了？要記得他當時可是全裸啊。

「非常有趣，」我試著澄清，「各種不同的比例什麼的⋯⋯」

現在我可以感覺到自己航向危險的領域，在談到男人的屌時，一定有某種規則禁止提到比例。

「那很棒耶，我知道有些人會非常尷尬。」

「真的嗎？」我故作驚訝。

「對啊，妳知道的，**某些人**。」他扮了個鬼臉。

我發出噓聲，翻了個白眼，「噢，我知道，老實說，**那些人啊**，他們實在有夠不成熟。」

「而且心胸有夠狹隘。」他點點頭。

「我知道，就是說嘛，」我贊同地說，「但不是我，我很開放，等你到了我的年紀，你就什麼事都看過了。」

「所以沒有事情會嚇倒妳囉，是嗎？」他露出微笑，並眨了眨眼，年輕的我可能會覺得他是在調情，四十幾歲的我則是在想這搞不好不是在眨眼，更像是在瞇眼，因為他的眼睛「惡化」了。這是個我一輩子從來沒認真注意過的詞，但這幾年變成我女性朋友們的口頭禪，而且總是以某種認命的恐懼說出口。

「不太多啦。」我大笑，雖然我不是很確定這個形象適合套用在星期五晚上在家裡包著電毯看 Netflix 的我。

「總之，我一直希望還能再見到妳⋯⋯」

「真的嗎？」我的胃縮了起來。

「對啊，」他點頭，「我有個東西要給妳。」

「你有東西要給我？」我心裡小鹿亂撞，到底是什麼東西？

他開始在外套口袋翻找，「我已經帶在身上好一段時間了⋯⋯」他掏出某個又黑又亮的東西。

我突然懂了，滿心恐懼，**拜託**千萬不要讓他拿的是我想的那個東西。

「上次見到妳時我就注意到，妳只有戴一邊……所以我找到這個的時候，就把事情串在一起……然後想通了。」他把東西拿到我面前，露出微笑。

「是我的手套。」我無力地說。

「別擔心，已經洗過了。」

我沾著狗屎的亮晶晶手套。

「謝謝你。」丟臉的我急忙從他手中接過，「我還在想我是在哪弄丟的呢……」我硬擠出一個微笑，把手套戴上，並對他揮揮手，「我想不到究竟是跑哪去了。」

「就掉在我姐家的車道上。」

殺、了、我，現在。

「哇，那還真是走運！」

「我也覺得，不是嗎？我那時送我外甥回去，在資源回收筒後面找到的。」

「你外甥？」

「奧立佛啊，你在酒吧遇過他，他愛上了亞瑟王。」

「奧立佛是你外甥？」有關我手套的所有想法突然間都煙消雲散，「但我以為……」

「他是我兒子嗎？」他大笑，「我懂，那是遺傳之類的啦。並不是，我只是有趣的舅舅而已。」

「原來如此。」我微笑，但還在消化事情的新轉折。

「對啊，反正……」他聲音減弱，對話就這麼停滯了一下子，「很高興妳找回手套。」

「噢……對，謝謝你。」我甚至不想**開始**思考手套是誰洗的，或是在窗邊看著我的人一定是他姐夫，「嗯，我該走了。」

　　我拉著等到無聊，已經在雪地裡不耐煩兜著圈子的亞瑟，牠抬頭用不滿的表情看著我，就跟我們敲門表示要用廁所時，我爸的表情一樣，呃，他會拿著週末的報紙進去裡面。

　　「那或許下次在美術課上見了？」

　　「嗯，或許吧。」

　　我用戴著手套的手和他揮手，開始把亞瑟拖過人行道。

我要感恩的有：

一、後見之明，因爲這能夠把當下看似完全丟臉的事，在幾個小時後變成和麗莎分享的爆笑趣事。

二、意想不到的快樂，來自和亞瑟一起在雪地裡蹦蹦跳跳，雖然牠的雪天使長得有點鳥就是了，因爲基本上就是牠躺在地上打滾。

三、和我弟多年來的丟雪球練習，所以當我身陷我家街上青少年間的槍林彈雨時，我知道怎麼扔一顆又硬又冰的回去反擊。

四、愛德華的自行車安全帽，在他騎車回家時讓他躲過腦震盪的命運，瞄準從來都不是我的強項。

五、我自嘲的能力，不像我的視力一樣一去不回。

六、更多我podcast的素材，我後來重聽時覺得有點尷尬，聽起來一點都不像眞正的我，而像我試著在電話上模仿上流腔調。

七、已婚帥爸現在變成單身酷舅的眞相。

一次、兩次、成交

昨天遇見強尼讓我開始思索，到了這個年紀，似乎很多東西都在「惡化」，如果不是眼睛，就是上臂……或是膝蓋……或是脖子……就像來到一場拍賣會，但商品並不是一件紅褐色的漂亮洋裝，或是一座銀色燭台，而是我身體的各式器官。所有東西很快就會一次、兩次、**成交**！

只是我也不知道是要賣去哪，但你可以很篤定他媽的絕對不會是去西班牙伊比薩半島或法國南部這種好玩的地方，可是老實說，那是我唯一想去的地方。

WhatsApp 群組：蜜雪兒的產前派對

費歐娜
提醒一下大家，記得是明天下午一點喔，期待看到妳們

荷莉
我也是，明天見

再跟我說一次地址

荷莉馬上傳來 Google 地圖位置，還標了方向。

謝啦，這是間餐廳嗎？

安娜貝爾
不是，這是我家

她就突然這樣不知道從哪冒出來，這三小？
安娜貝爾竟然在我們的 WhatsApp 群組裡？!

費歐娜
期待一下她家吧，女士們，超棒的！

安娜貝爾
別忘了帶妳們的泳衣，女士們！

人生有時候就是只能已讀而已。

產前派對

　　老實說，我一開始並不怎麼期待產前派對，我住在美國時參加了好幾次，每當我發現自己身處一群用融化的巧克力棒和尿布玩「猜大便」的女人之間時，我總是非常感激這個傳統沒有傳到英國。

　　不過就像我說的，我離開後很多事都改變了。

　　不只是愚蠢的遊戲，還有買最棒禮物的壓力，即便我總是不由自主覺得在寶寶出生前就買好禮物有點迷信。再來還有著名的尿布蛋糕，另一個我希望好好待在大西洋彼端的傳統。加上有關懷孕和寶寶的無盡談話，這當然很自然，畢竟這**可是**產前派對，但要是你沒有小孩也不想要有小孩，就很難不覺得有點邊緣。

　　昨天得知完美的安娜貝爾要在她家辦產前派對之後，簡直是幫著名的尿布蛋糕錦上添花，我當然想要慶祝蜜雪兒的寶寶，並看見她開開心心、滿心期待、受到寵愛。我愛蜜雪兒，她是我最好的朋友之一，但當你不想要小孩，也沒有小孩，而其他女人要不是懷孕就是已經當媽，在很多方面來說都會有點痛苦*。

#　　　#　　　#

*鄭重聲明：並不是所有產前派對都很糟糕，我曾在紐約上州參加過某個同事的，那就是一次非常棒的慶祝，不需要帶任何禮物或玩任何遊戲，而是為寶寶做披薩和許願。我們把願望寫在紙條上，然後丟進壁爐，當成送往未來的火花。沒錯，我知道這一切聽起來都有點嬉皮，但實際上也真的和聽起來一樣又棒又嬉皮。

　　幸好積雪已經融化了，所以我不需要動用任何威靈頓雨靴，我本來計劃要穿牛仔褲和外套，但我現在壓力爆棚，所以穿上高跟鞋和我其中一件像樣的洋裝，我甚至還嘗試用電棒捲燙了一下頭髮，但一如往常造成瀏海翹錯邊和手指燙傷，就算戴上他們附的小手套也無法倖免。

　　總而言之，一切大功告成後，我看起來還頗為人模人樣，走下樓時亞瑟甚至還對我吠，我不覺得牠認得出我。

　　我先搭公車，接著換乘地鐵到最近的站，最後一段則是用走的，但實際距離比 Google 地圖上看起來還遠很多，而且還颳著大風，我可以感覺到捲髮迅速垂下，我的心情也是。然後突然之間，房子就出現在我眼前，直直坐落在河上，由一座巨大的圍牆花園圍繞，就像某種你會在《居家與花園》雜誌裡看到的房子。

　　我按下亮晶晶的黃銅對講機，試圖不要覺得受到驚嚇，就像老媽常說的，我才不會想清理這麼多窗戶呢，而且，就算她住在這間超美豪宅，我卻還在租房子又怎麼樣？錢是買不到快樂的，記得嗎？

　　不過，有錢確實可以讓你買好幾輛名車停在鋪碎石的前院、一座溫水室外游泳池、一座角塔，**而且還是一座真正的角塔呢**，我在進了門，電動大門在身後關上時注意到。我走上車道，碎石在我腳下發出嘎吱聲，這聲音聽起來有種有錢的感覺，讓我想起參觀豪華舊宅的經驗，也就是說，當你穿著高跟鞋時真他媽的該死。

　　我拖著在 eBay 上經歷一場比價大戰才買到的心愛 Gucci 細高跟鞋，邊發出不滿的嘖嘖聲。終於抵達浮誇的前門，歡迎我的是粉紅色的氣球和一名叫作米拉的親切女士，她帶我進入鋪馬賽克磚的玄關，並客氣提議幫我放外套。

然後她就不見了，有那麼一刻我發現自己孤身一人，我幾乎差點就要拔腿逃跑。

「歡迎妳來，妮兒。」曬成古銅色的安娜貝爾出現，她打著赤腳，身穿一件粉紅色泡泡混合纖維洋裝，凸顯出她的超辣身材，讓我覺得自己穿得實在醜爆。「妳能來真是太好了。」

我緊繃地笑笑，「是啊，這次我真的有收到邀請。」

「真的是太奇怪了，麥克斯生日時我一定也有邀請妳。」

「對啊，真的很怪。不過我也沒辦法去啦，我在幫忙顧小孩。」

「原來，我也是這麼聽說的，妳真的是個很可靠的朋友，錯過那麼讚的一場派對。」

現在我知道安娜貝爾讓我想起誰了，《追殺夏娃》裡的殺手維拉奈爾。

安娜貝爾請我脫鞋，讓我覺得自己穿著絲襪的腿在她身旁實在是又短又肥，之後她帶我穿越屋子，加入其他人。這就是我想像中的景象，所有抱枕都蓬鬆柔軟，牆上塗的是品味絕佳的Farrow & Ball油漆，並點綴著昂貴的藝術品，安娜貝爾顯然不是那種會去IKEA買袋裝香氛蠟燭的人。

她最後終於帶我來到客廳，裡面的禮物堆積如山，還有更多粉紅色的氣球，跟一大群聚在一張桌子旁的女人，桌上擺滿食物，所有東西都是粉紅色的，安娜貝爾真的花了很多心思。

「來，我幫妳把禮物拿去放。」她說，伸手接過我的禮物。

我把兩袋禮物都給她，除了買東西給寶寶之外，我也買了蜜雪兒愛吃的那種特製巧克力棉花糖小點。麥克斯曾跟我說她小時候在蘇格蘭長大時常吃，到了這裡卻都買不到，但我還是想辦法找到了，我覺得自己實在很棒。

安娜貝爾看見時小小尖叫了一聲。「噢不，這可不行，」她

153

搖搖手指碎念，「太多添加物和加工了，很不好，我家只歡迎營養又健康的食物，我把這些拿去廚房，以免危害大家的健康。」

「但這是蜜雪兒最愛吃的。」我試著反駁，卻很無力，一下就被打敗。

「吃得健康非常重要，特別是妳懷孕的時候，可以吃吃看這個藜麥杯子蛋糕佐腰果椰子奶油糖霜。」

她從桌上拿了個托盤對著我，我擠出微笑，我必須和安娜貝爾好好相處，不只是為了費歐娜，現在也是為了蜜雪兒。

「嗯嗯，看起來真好吃。」我禮貌地說，拿了一個。

哇賽，真的是厲害杯子蛋糕哦，根本重達一噸。

有幾名服務生四處遊走提供飲料。「覆盆子冰沙或粉紅香檳，」安娜貝爾低聲說，「給那些沒有懷孕也沒在哺乳的人，當然也都是有機的。」

那還用說。

我拿了一杯亟需的酒精，四處尋找熟悉的臉孔，我很期待見到大家，我從生日之後就沒再見過荷莉，而我上次見到費歐娜時她和安娜貝爾在一起，所以真的很難好好聊聊。即便安娜貝爾今天顯然還是在，但她應該會忙著當主人招待大家，分身乏術，這樣我就不用和她說太多話了。

話雖如此，我卻找不到荷莉或費歐娜，蜜雪兒也在和別人講話，所以我只好和一個叫作蘇珊，最近剛重新裝潢好閣樓，以便讓她「越長越大的孩子」使用的女生，還有剛結婚，第一胎已經懷了六個月，準備進行催眠分娩的莉莎，進行有關藜麥杯子蛋糕的禮貌性對話。

「那妳呢？」蘇珊愉快地問，「妳有小孩嗎？」

聚光燈移到我身上時，我心一沉，我恨死這部分了。假如你說沒有，總是會像觸犯了什麼禁忌話題一樣，沒有人知道該

怎麼回應，大家不知道是要同情，還是要開玩笑表示你真是幸運，並抱怨一下他們家陰晴不定的青少年。相對來說，我也從來都不知道要說什麼，因為我總是覺得有壓力要解釋為什麼我沒有小孩，我不確定有小孩的女生會不會這麼覺得。基本上就是所有人都會很尷尬，所以我通常都會試著打哈哈帶過，這樣大家才不會**那麼尷尬**。

只是我今天沒什麼開玩笑的心情。

「沒有。」我微笑，掙扎著要加上某種夠恰當的補充，以讓我的回答站得住腳，我迅速摸索人生手提包裡的內容物，就像在包包裡找鑰匙，但裡面只有一紙破碎的婚約、失敗的事業、最近剛搬回倫敦，還必須跟一個徹頭徹尾的陌生人共用浴室。

「我的工作是寫訃聞。」

嗯，這就是我唯一能找到的東西。

蘇珊和莉莎有點傻眼，然後禮貌地嘟噥著「噢，很棒耶」還有「妳有沒有吃吃看炸櫛瓜？超好吃的」。

#　　　#　　　#

「找到妳了！」

吃了幾片炸物後，我察覺一隻手放在我肩膀上，然後轉頭看見是費歐娜。

「抱歉，我剛去廁所。」她微笑，給我一個擁抱，並從再一片炸櫛瓜中拯救我，「妳好嗎？」

「很高興看到妳！」我終於找到一個可以一起對可怕的巨大肉色嬰兒氣球還有跟鉛塊一樣重的杯子蛋糕大笑的好夥伴，「看得出來妳也被塞了一個。」我咧嘴一笑，注意到她手上也拿著一個杯子蛋糕。

155

「這很好吃耶，我吃了三個！妳有吃一顆那個看起來像小寶寶的可愛魔鬼蛋看看嗎？還有水果盤，裡面有切成嬰兒車形狀的甜瓜，超可愛的！」

我激動地盯著她，費歐娜是怎麼了？她通常應該都會忍不住爆笑的啊。

「而且她家是不是超棒的？妳知道那幅安迪·沃荷是真的嗎？她的沙發還是從義大利進口的，她品味真的超好超完美，妳不覺得嗎？」

她真的有點太誇張了。

「嗯，對啊，很美。」

「安娜貝爾不管做什麼事都輕輕鬆鬆，我要找她來看看我家，給我一些室內設計小建議。」

「妳家已經很美了，不需要任何建議。」

「噢，妳人真好，妮兒，但安娜貝爾說讓事情保持新鮮、跟上潮流很重要……」

我完全不敢想像安娜貝爾要是真的看到我租的房間會說什麼，太可怕了。

幸好荷莉在此時出現，她看起來像是直接從健身房來的，荷莉是少數幾個我認識真的會穿運動服去運動，而不是只是去逛超市的女生。

「抱歉我遲到了，」她微笑，直直朝我們走來，「我今天早上必須跑十公里，我錯過了什麼？」

「參觀房子和這個。」我把一個杯子蛋糕放在她手心，她的手心真的陷了下去。

「哇，裡面一定很多纖維。」

「時間到了，女士們！該來送禮物啦！」安娜貝爾拍拍手打斷我們，並要求我們圍成一圈坐下，這麼多禮物搞得蜜雪兒

看起來有點不知所措和尷尬，我們全都喝著香檳（還是說只有我？），對迷你嬰兒服發出各種讚嘆。

接著輪到我了。我早就放棄試著想出特別的禮物，而且所有喀什米爾羊毛製品都超貴，所以我幫她買了一隻可愛的小兔娃娃，還有一些我最愛用的乳液。

「噢，妳忘記把標價貼紙撕下來了。」安娜貝爾假意幫忙一把拿起禮物，並用她完美修剪的指甲把貼紙撕下來，「天啊，我都不知道TK Maxx有在賣這個牌子。」

我滿臉通紅。

蜜雪兒露出親切的微笑，「禮物都好棒，謝謝妳，妮兒。」

我也回以微笑，從我發現麥克斯的生日驚喜派對之後，我們之間就有點尷尬，而且也都還沒機會好好聊聊。

「壓軸登場，但一樣重要的還有……」安娜貝爾推進一個包裝精美的巨大禮物。

「噢，妳用不著這樣，這太貴重了……」

「哪裡的事！」安娜貝爾笑容滿面，蜜雪兒不好意思地拆開一座精緻的手工嬰兒床，嬰兒床漆成淡粉紅色，綁著成套的粉紅色蝴蝶結。「復活節時我和費歐娜在科茲窩某間小巧的精品店找到的，我知道妳一定會喜歡。」

「我以為你們是去露營？」我轉向費歐娜。

「蝴蝶結上的水晶是施華洛世奇的。」安娜貝爾插話。

「我們和安娜貝爾跟克萊夫一起去他們家的小屋。」

「喔，原來。」我點頭，但心裡突然非常沮喪。

我迅速安慰自己，她沒提到又有什麼關係？這又不是什麼重要的事，她想和誰一起去度假都行。

「妳在妳爸媽那邊還好嗎？」

通常我應該會馬上和費歐娜說理查的事，但今天有什麼東

西阻止了我。

「嗯，很好啊，」我點頭，「再好不過了。」

我找了個藉口消失到廁所，出來時聽見安娜貝爾提議大家去溫水游泳池裡泡一下水，我馬上開溜，到空無一人的巨大廚房避難，並找到我帶來的巧克力小點。我站在昏暗的廚房裡，打開其中一個，然後靠在烤箱上，將舌頭舔上甜甜的果醬內餡，並計劃怎麼脫身，這時我聽見腳步聲。

幹，死定了，**是安娜貝爾**。我把小點塞回電熱水瓶後方，然後鼓起勇氣轉過身。

「我還在想妳跑去哪了呢。」

結果是蜜雪兒。

我鬆了一口氣，「抱歉必須當個掃興鬼。」

「那我們就是兩個掃興鬼啦。」她揉揉肚子，「我才**不要**換上泳裝呢，雖然我還有兩個月才要生，但只要我跳進泳池，水一定就沒了。」

我大笑出聲，然後我們對彼此露出微笑。

「生日那天的混亂我很抱歉。」一會兒後她說。

「噢，沒事啦。」我化解她的道歉。

「不，才不是沒事呢，如果大家都去參加派對，我則和自己家的三個小孩困在一起，那我一定會超不爽的。」

「他們很棒啊，不過說真的……」

她抬起一邊眉毛。

「就是睡覺時間有點難搞而已。」

「妳不是要說他們就像惡魔轉世嗎？」

我咧嘴一笑，「嗯，我是不會覺得這麼誇張啦……」

「妳知道，我完全不知道安娜貝爾要幫麥克斯辦驚喜派對，我以為只會有我們兩個人而已……老實說，如果真的是這樣的

話，我還比較喜歡呢。因為各種孩子的事和麥克斯剛升職，我們已經很久沒有機會好好共度兩人時光了。」

我邊聽邊有種是安娜貝爾強迫蜜雪兒的感覺。

「我是說，她人真的很好，她做的所有事都是，今天的產前派對也是，我在麥克斯生日時提到前三胎我都沒有辦過，然後她馬上提議幫我辦一個，我試著拒絕，她是費歐娜的朋友，不真的算是我的，但她很堅持……」

我們兩人互看一眼，但什麼都沒說。

「我不想這麼不領情，就只是，妳也知道我，我真的不是這種人。」

當然不是，安娜貝爾才是這種人，這全都是為了安娜貝爾，為了她的豪宅，她貴重的禮物，為了成為完美的女主人。

蜜雪兒突然注意到我吃了一半的巧克力小點，「妳在吃什麼？」

我拿出我塞在電熱水瓶後面的那包，她眼睛一亮，「天啊，是我的最愛，妳在哪裡找到的？」

「我買的，但安娜貝爾說吃這個不健康，她說這個對寶寶不好。」

「聽她在放屁，我可是從小吃到大！這超營養的好不好。」

她拿了一個，撕開鋁箔紙咬了一口，接著有那麼一會兒，我們兩個就這樣靜靜站在黑暗中享受每一口，發出滿足的聲音。

「是說，我都不知道妳懷的是女孩。」一會兒後我說。

「重點就在這裡，」她露齒一笑，「妳覺得我什麼時候告訴她我們懷的是男孩好？」

我要感恩的有：

一、安娜貝爾她家超大，這表示我和蜜雪兒可以躲在廚房，並在有人發現之前把整盒巧克力小點都吃光。

二、錯過「旋轉擠奶器」之類的有趣遊戲，還有忘記帶我的泳衣*。

三、手上拿著迷你嬰兒服時沒有崩潰。

四、我最新一集的podcast，我在裡面可以坦承這一切，包括躲在廁所這樣才不會有人發現我爆哭的那部分。

*我後來在Instagram上看到安娜貝爾的泳裝自拍，忘記帶泳衣並不是意外。

扣下扳機

週日我剛好能和麗莎閒聊一下，她在開車，一如往常卡在高速公路的車陣中，她打 WhatsApp 給我，我們隨便亂聊。我詳述了產前派對，她在所有正確的時機發出抱怨，但五分鐘後我發覺她打來不只是為了閒聊，還有什麼**別的事**。

「是說，我週末遇到伊森。」

光是提到他的名字我就心跳加快，所以這就是麗莎打來的原因，我迫不及待想知道所有細節，同時卻也極度不想知道。不要問，妮兒，不要問，一定不會有好事的。

「他還好嗎？」

一陣停頓，我準備好接受衝擊。

「他遇上了別的人。」

這是一記迎頭重擊，我彷彿從空中墜落。

「我不想要妳從其他人那邊知道。」

我腦裡盤旋著一百萬個問題，我抓住其中一個。「她是誰？」

「就某個他在派對遇到的女生。」

就某個女生。麗莎說的好像沒什麼了不起一樣，但感覺卻像一顆手榴彈。

「她正嗎？」

我馬上討厭起自己。

「她不是妳，妮兒，她永遠不會成為妳。」

一股沉重的壓力壓在我的胸口，我覺得我好像快窒息了，我想放聲大哭，但這兩件事都沒有發生。

「這又不代表什麼。」

「妳怎麼知道？」我的喉嚨湧起一股痛苦，我用力壓了下去。我會度過的。我會沒事的。

「因為我在說的是妳，不是他，這對**妳**來說不需要代表任何事。」她的聲音在電話另一頭聽起來很堅決，「妳離開了，記得嗎？妳已經走出來了。」

麗莎的篤定就像我身下的一張網子，我覺得她的話在我墜落時接住了我。

「但我真的有嗎？真的嗎？」我的聲音幾乎就像一絲呢喃。

她像接力賽的跑者一樣將棒子傳給我。

「現在這就取決於妳了。」

我要感恩的有：

一、麗莎，她帶領我航過一片約會網站的汪洋，並幫我寫了我的個人檔案，雖然有點太「瑜伽」了，而且我也不確定我會不會形容自己熱愛「靈性生活」。

二、終於決定放膽一試，回去約會。伊森都已經走出來了，我也必須走出來。

三、當發現我配對到的對象年紀看起來和我爸的朋友一樣大時，沒有人聽見我尖叫。

四、起司球、罐裝琴通寧、死都要幽默的連續combo，等等，我在想我能不能把這放到我的個人檔案上？

十三號星期五

爲了發揚眞正的十三號星期五精神，我決定把自己嚇到閃尿。

我是……

A：看了一部恐怖片呢？

B：登入我的網銀，看了看我帳戶的目前餘額呢？

C：試著自拍放在約會網站的個人檔案上呢？

給你個小提示，絕對不是A。

傷慟堡壘

才過了一個星期而已，我本來以為約會帳號的信箱裡只會有風滾草淒涼吹過，不過我卻收到不少回覆。事實上，到目前為止我似乎已發展出三段關係！呃，雖然我用的是**關係**這個字，但其實是**線上關係**，因為對象都是我在現實生活中從沒見過面的男人，而且我也不確定自己會不會真的和他們見面。

還記得從前有人邀你去喝一杯或去看電影的舊日時光嗎？現在他們換成要求追蹤你的Instagram，並邀請你幫他們的臉書頁面按讚，在你察覺之前，你們就已經在WhatsApp上徹夜長談，並幫他們跟貓貓一起拍的可愛照片按讚了，貼圖滿天飛、調情的訊息傳來傳去、有趣文章的連結寄到信箱。

直到那週結束時，你已經在臉書上認識他們所有的家人，並看得到他們每天午餐吃什麼，但你還沒跟他們當面說過話，而他們也從來不想約見面，感覺就像沒有一件事是真的，只存在於你的螢幕上，只要你關上筆電或手機，就**咻一聲**全部消失，彷彿一則現代童話。

但仙杜瑞拉至少還留下一顆南瓜，這年頭你則是更可能留下一張屌照。

「一張什麼？」蟋蟀盯著我，懷疑自己是不是聽錯了。

我們約在史隆廣場的某間咖啡廳見面，坐在窗邊的某張桌子，我們已經欣賞完街景，喝完茶，並讚嘆完一輪巧克力蛋糕，一切都非常美好，但現在對話的主題轉移到所謂的**正事**上，我正在跟她說截至目前為止的約會經驗。反正是她自己先問的，而我覺得根據她對人體素描課的態度，她應該也可以接

受陰暗的現實才對。

她靠向我，「不好意思，我的聽力已經大不如前啦。」

「不，妳的聽力完全沒問題，」我向她保證，「大家就是這樣講的。」

「妳是說……？」

我把手機遞給她，螢幕上是我剛收到的訊息，她眼睛都沒眨一下。

「我們那時候這叫作暴露狂，我記得某天晚上我和希西曾遇上，就在貝克街站的月台上，真的超突然，希西當場叫他收起來。」

「他有收起來嗎？」

「我們沒有停下來確認，有輛列車進站，所以我們逃到貝克盧線上，」她微微聳了聳肩，「根本沒人想看。」

「我不懂的是，男人為什麼會覺得我們想看。」

蟋蟀啜了一口茶，「嗯，我猜有點像是我還有養貓那時候吧，提比會帶一些死掉的東西回來給我，牠會驕傲地放在墊子上，等我早上起床時發現。我知道牠的目的是想炫耀和讓我開心，但實在很噁心。」

我忍不住爆笑，「我不確定他會想要和死老鼠相提並論。」

「是啊，我想也是，」她微笑，「但看起來其實還蠻像的吧，是不是？」她瞥向我的手機，用手指捏捏螢幕放大。

我們同時做出鬼臉。

「凱瑟琳，真是愉快的驚喜啊！」

一個聲音讓我們倆抬起頭，並看見一對穿著體面的老夫婦站在我們桌邊，丈夫端著放著茶和蛋糕的托盤，妻子則提著好幾個購物袋，兩個孩子在他們腳邊嬉戲。

「萊昂諾、瑪格麗特。」蟋蟀點點頭，我發現她有點驚訝，

但很快恢復。

「妳好嗎？我們很遺憾聽見蒙蒂的消息⋯⋯」瑪格麗特率先開口。

萊昂諾迅速接話，「我們本來想打個電話的，但我們剛好很忙。」

又回到瑪格麗特，「妳也知道的。」

「當然。」蟋蟀說，露出燦爛的微笑，我覺得有點心痛，我知道蒙蒂過世後她有多孤單，這些人難道一點頭緒都沒有嗎？

「我們在報紙上讀到訃聞，真是個美好的致敬。」他們都看著蟋蟀，臉上掛著同情和遺憾的表情。

「謝謝你們，這位就是訃聞的作者和我親愛的朋友妮兒。」

「噢，很高興認識妳。」

接著便是一陣互道哈囉、妳過得如何、彼此握手，直到一切僵在原地，我可以從瑪格麗特的肢體語言看出她迫不及待想離開，但萊昂諾讓對話死灰復燃。

「打橋牌的所有牌咖都在找妳。」

「嗯，告訴大家我的電話還沒停掉，而且我也還有在打橋牌。」

萊昂諾不確定這是不是個玩笑，盯著瑪格麗特看他到底該不該笑，她快速介入拯救了他。

「嗯，或許我們可以來安排個晚餐，好不好啊，親愛的？」她看著丈夫，摸摸他外套的領子，拍掉某個看不見的線頭，然後轉回蟋蟀。「我知道大家都會很高興見到妳，凱瑟琳。」

「那真是太好了。」她露出親切的微笑。

「那麼我們該走了，我們是和孫子們一起來的⋯⋯佛蘿倫絲！席歐！」

托盤嘩啦摔碎，非常大聲，伴隨一聲刺耳的尖叫。

「真是兩個小淘氣鬼。」萊昂諾笑出聲，跟上瑪格麗特的腳步，她急忙走向甜點櫃台還有那裡的混亂場面。

「走快點，死神就要追上你們了。」蟋蟀開玩笑說，我們一起看著他們匆匆離開，「抱歉，我這樣很壞。」她轉向我補充。

「他們活該。」我回答，突然覺得很想保護她。

但蟋蟀只是聳聳肩，「他們不是什麼壞人，真的，大家只是不知道該怎麼面對死亡，這讓他們很害怕，擔心自己會是下一個，提醒了他們自己終將死去，而現在沒人想知道這件事，對吧？」

「真是太荒謬了。」

「或許吧，但現實就是如此。」

「但這太不公平了。」

「他們不是因為殘忍才這麼做，恰好相反，我發現朋友和熟人都會保持距離，因為他們不想讓你難過，或是說錯話。他們不懂的是，你的難過不是來自他們說的事或做的事，而是他們的沉默，你會覺得自己受到孤立、受到拋棄。」

聽著蟋蟀分享她的孤單，我想起我剛搬回倫敦時的感受，只能一個人過週末，除了亞瑟之外看不到半張友善的臉孔，直到我遇見蟋蟀，一切都改變了。

「他們本來可以約妳一起去打橋牌的。」我和她理論，很生氣她竟然這麼輕易就放過他們。

「我們現在不再是一對，一切就都不一樣了。一個人只會造成一群人的困擾，我們會讓電影院的座位、旅館訂房、酒吧的週日雙人烤肉套餐不知如何是好。」

我本能地伸手越過桌子捏捏她的手，我可能不是寡婦，但我知道身旁所有人都成雙成對時，只有自己一個人是什麼感受。

「這就是妳有我的理由。」我微笑。

167

「噢，妳眞是個小甜心。」她把另一隻手放在我手上，我們就這樣靜靜坐在那好一會兒，直到我驚覺一件事。

「我的手機呢，跑去哪了？」

「噢……我以爲我放著了……」蟋蟀皺起眉頭，「是不是掉到地上了？」

「沒耶。」

我們在四周瘋狂尋找，直到我看見和萊昂諾跟瑪格麗特一起坐在幾張桌子外的小男孩。他正全神貫注看著手機，滑過螢幕，彷彿在瀏覽照片，瑪格麗特此時也注意到他的舉動……

「席歐，你手上拿的是什麼？」

噢，不，神啊，拜託不要。

我要感恩的有：

一、在最意想不到之處找到友誼。

二、鼓起勇氣寄信給蟋蟀邀她看演唱會，即便當時我擔心這是個錯誤之舉，但我現在理解，付諸行動總是比什麼都不做還要好。

三、我的螢幕鎖。

超滑浴室

我有個約會！是個真正的約會，不是什麼分散風險的去喝個咖啡，而是認真的花時間去喝一杯和吃晚餐。

「這就是大家告訴你要為自己設下新挑戰時，真正的意思嗎？」我問麗莎，看向我的 FaceTime 鏡頭，揮揮我的吹風機，身後堆滿我淘汰衣物的床清晰可見。「正在努力為四十歲後的約會準備。」

她打來時我已經準備了好幾個小時，我還記得以前只需要隨便上點眼影，並套上一件 Topshop 的衣服，你看起來就會超美的時光。現在則是要花上一輩子跟一大筆錢，而你看起來還只會有一半好看。

「妳看起來超正。」麗莎鼓勵我。

天啊，閨密就是讚。

「我應該繼續去做瑜伽的。」我抗議，調整自己在鏡子裡的角度，讓她看我的行頭。我必須丟掉一半的衣物，因為太小、太短、太露，我完全贊成不要理什麼年齡該穿什麼衣服這種狗屁，但我也不想炫耀任何又皺又垂的地方。不過我仍然想要看起來很美，還有點性感，不要看起來離高領毛衣的領子只差一個下巴。我還戴了一副超美耳環。

「妳才不會去做瑜伽勒。」麗莎回答。

「妳應該要強迫我去的啊。」我抖抖手臂。

「沒有人能強迫任何人去做他們不想做的事，反正我也擔心我其他學生的安危。」她露齒一笑。

我也報以微笑，終於搞定了。

「妳唱衰完自己了沒？妳只是有點緊張，一定會很棒的，我以妳為榮。」

「真的嗎？」

「妳鼓勵了我再次開始約會，我也要去約會啦。」

「真假？什麼時候？**跟誰啊**？」

但麗莎只顧著笑，「我之後再跟妳說，妳必須把頭髮吹乾，瀏海已經開始打結了。」

我看著我的瀏海，邊緣已經開始像臭酸的麵包一樣捲起來。

我掛掉電話，把吹風機開到最大，然後用我的硬梳子開始朝瀏海進攻，結果突然傳來一聲毛骨悚然的尖叫。

這三小？

我關掉吹風機，一陣寂靜，我覺得鬆了一口氣，而且還有點蠢，一定是我的幻覺，搞不好是隔壁鄰居的電視，他們聲音總是開得太大聲。

又一聲轟然巨響。

這絕對不是隔壁的電視，我停在原地，有人在屋子裡嗎？今天是星期一，但愛德華稍早傳訊息說他要出差，明天晚上才會回來。我尋找亞瑟，但牠一定是在樓下，我也沒聽見牠吠。各種恐怖故事開始像播新聞一樣在我腦中閃過，我拔掉電棒捲，這可是可以殺人的，然後躡手躡腳打開房門。

「有人在嗎……？」

沒有回答，但是小偷通常也不會自我介紹吧？

「有人在樓下嗎？」我大叫，聲音有點顫抖。

接著突然傳出開門的聲音，浴室門猛然打開，一個人影從蒸氣中出現，全身上下只圍著一條浴巾。

「不，我可**不好**！」

「愛德華！」我倒抽一口氣。

「妳是想殺了我嗎？」他質問。

好吧，我腦中確實有幾次閃過這個念頭，但是……

我一臉震驚盯著他，他站在走廊上，上半身什麼都沒穿，頭髮溼答答的，全都捲了起來，而且他滴水滴得地板全部都是。

我迅速轉開目光，「你在這裡做什麼？」

「我剛好住在這裡，記得嗎？」

「但你說你要去出差……」我開始解釋，但他打斷我。

「我的計畫改變了，我明天一大早就要去開一個重要的會，所以我提早回來，決定沖個澡，並因此**差點摔斷我的脖子**！」

我欲言又止，嘴巴像條魚一樣開開合合。「這一切和我又有什麼關係？」我最後終於擠出這句話。

「所以妳對浴缸滑成這樣完全不知情囉？我還必須抓著浴簾保住一命呢。」

我突然想起我剛剛在浴缸裡泡完長長的澡，而且還用上了我特地買的昂貴精油，「其實那應該是沐浴精油……」

「**沐浴精油是吧？**」愛德華差點嗆到，「簡直就跟漏油沒兩樣！」

「對不起。」

「妳泡完怎麼沒清？」

「我正要去……我想說你明天才要回來……」

「這真是超級不負責任，更不要說還很危險了！」

「我說我很抱歉了。」

「是啊，這是誰幹的好事呢?!」

「你可不可以不要再對我大吼。」

「我沒有大吼！」他爆炸了，接著，似乎是突然注意到自己的脾氣，他開始深呼吸，並清清喉嚨。「如果妳下次可以再稍微小心一點……」他突然住口，打量著我。

「妳要出去嗎？」

「對……我要去約會。」我補充說明。

「噢……是這樣啊，」他點點頭，「妳看起來很美。」

「謝謝。」我發現我手上還拿著電棒捲，「你會待在家裡嗎？」我把電棒捲收到身側。

「會，我剛去上完瑜伽課，我今天想早點睡。」

「這樣的話，你可以餵亞瑟嗎？」

「當然了，」一陣漫長的停頓，「那麼祝妳有個美好的夜晚。」

「謝啦，愛德華，你也是。」

我對他微笑，但他的表情一如往常冷漠，有那麼一會兒，我們倆就這麼隔著樓梯互看，然後同時轉身，退回我們各自的房間裡。

我要感恩的有：

一、我的超棒套裝，遮住了所有我需要遮住的部位，並露出一點乳溝，再搭上一雙高跟鞋，讓我覺得自己還是很有競爭力。

二、救了愛德華一命的浴簾，不然我可能會被告過失殺人。

五月

 # 求救求救求救

五朔節

記得你還是個孩子，而「May Day」這個字還代表繞著仲夏柱跳舞的時候嗎？一切曾經如此有趣，但等快轉到四十幾歲，這個字就變成**求救信號**了。

我坐在蘇活區的某間義式餐廳裡，焦急地看著手錶。時間已過了午夜，服務生在我們身邊收拾，有個人甚至還開始拖起地，其他顧客全都回家了，我也很想回家。然而，我的約會對象還有其他建議。

「麻煩再來兩杯檸檬甜酒。」

「沒問題。」服務生點點頭，放下拖把。

忘掉在鮮豔的彩帶旁玩樂吧，現在發出的是緊急求救信號，請救我遠離我的線上約會對象。

尼克原先在個人檔案裡看起來似乎相對正常，他在一間運動公司工作，興趣列表上寫著旅行、紅酒、跑步，三項裡面有兩項我喜歡，還不賴。他在照片裡看起來也蠻帥的，沒有任何假掰的黑白大頭照或他跳出飛機跟去爬聖母峰之類的。（我完全不懂究竟有多少在玩線上約會的男人去爬過聖母峰，這好像已經成了某種約會應用程式上的必備條件，那座山上肯定擠滿了幫線上個人檔案拍自拍照的單身男子。）

另外，最重要的是，他也想要在現實生活中見面，而這很顯然也是我想要的。我來自一個老派約會的世界，你真的會打扮得漂漂亮亮離開家裡，而不只是靠在沙發上拿著手機傳裸照和我總是看不太懂的表情符號，這並不是我的語言。

所以當我走進餐廳，發現他已經在吧台等我時，可以說是

開心又緊張。我已經很久沒有約會了，在伊森之前的人生似乎模糊又難以想像，更少傷痕和焦慮，更多希望和確定，我當時年輕五歲、瘦了四公斤半，細肩帶還是我的朋友，低腰牛仔褲也是，現在則是變成我能塞進去的任何東西。

我們禮貌地親吻雙頰歡迎彼此，現實的他比照片裡稍微矮一點，鬍後水有點太濃，但他對我露出大大的笑容，馬上讓我自在了起來。

只不過……

我已經確定。我走進酒吧看見他的那一刻就已經確定：他不是我的真命天子。

「嗨，是妮兒嗎？」

「嗨，對，很高興認識你。」

我把那股感覺壓下內心深處，下定決心要給他個機會，我花了這麼久時間準備可不是為了要轉身回家的，而且，搞不好我是錯的。我的人生到目前為止已經有很多事情都搞錯了，大家總是說要相信你的直覺，他們說要傾聽自己的內心，我兩個都聽了，但瞧瞧我現在落得什麼下場：在大西洋上方九千公尺處爆哭，因為失敗的事業破產而和一個我沒睡在一起的男人共用浴室。

週一晚上站在蘇活區的某間酒吧裡，四十幾歲還在尋找真愛，並希望這件套裝腰部不要那麼緊。

「喝一杯嗎？」

「好啊，麻煩你，一杯白酒，謝謝。」

在來這裡的地鐵途中，我終於決定是時候用腦袋好好挑個男人。我這輩子因為各種理由進入關係，卻沒有任何理由特別理智。事實上，要形容我的感情生活，選擇很可能不是正確的字，這個字給人一種理性思考和慎重的印象，代表好好評估過

某個人的個性和共同興趣，而不是一連串隨機衝動的時刻。酒精還常常參了一腳，我飛起來，接著墜落，然後被掃到一邊。

　　一雙漂亮的眼睛、辦公室聖誕派對上一個喝醉的吻、我知道一定會嚇死老媽的鼻環，我的二十幾歲就這樣**咻一下**消失，更別說我的三十幾歲，我花在思考三明治內餡要選什麼的時間，都比我思考要把自己珍貴的心、靈魂、好幾年的人生託付到誰手上還久。

　　「那麼，妮兒，妳覺得那個約會網站如何呢？」

　　「你是我第一個約出來的。」

　　「真的嗎？哇，我真是受寵若驚，是個線上約會處女呢！」

　　所以要是沒有任何火花和樂趣呢？火花和樂趣可以傷透你的心，並將你引向瘋狂邊緣，會帶給你充滿腎上腺素的高峰，還有想癱在廚房地上的低谷。我從來沒吸過海洛因，但常常覺得那一定跟這樣的愛很像，這是一種癮頭，來一管之後的渴望。

　　但還是永遠不夠滿足，**你**總是永不滿足。

　　而我已經沒辦法再這樣了，高峰從來不值得之後的低谷，我的心已經醉成一片片，幾乎拼不起來，跟我的iPhone螢幕有點像，只要再摔一下就會永遠碎裂。

　　「所以，妮兒，告訴我，妳在尋找的是什麼？」

　　「蛤？你是說就人生來說嗎？」

　　「不是，我是說在伴侶身上。」

　　「呃，我不太確定……某個善良、有趣……又神智正常的人吧？」我試著開點玩笑。這感覺更像在面試，不是在約會。

　　「同樣的人生目標非常重要，妳不覺得嗎？」

　　「噢，對，當然了，這也是。」

　　我必須拋下這些浪漫的青春期想法，在一起四十年的伴侶不會講什麼激情和升起的衝動，而是會聊做出妥協，要有共同

興趣、安全感。我看著尼克，突然發覺。天啊，事情發生了，我是時候該放棄尋求化學效應，前往下個階段：**陪伴**。

我以前總是會在我媽雜誌的諮詢專欄裡讀到陪伴，中年夫妻在聊火花是怎麼消失的，而且他們不再做愛，但是至少他們有人可以一起看影集還有洗溫度控制器。

聽起來超級可怕。我當時總會忽略那些文章，就像你用聳肩和鬆了一口氣忽略爬樓梯機和擬真假牙的廣告。我太過年輕，而且忙著炒飯，不想去思考像陪伴這樣的無聊玩意。這東西只會發生在老人身上，甚至連曬成古銅色，對著冬季遊艇之旅廣告放縱大笑的銀髮夫妻也無法倖免。

但我現在也到了這個階段。幾個小時後，在某間餐廳裡，我聽著尼克跟我聊他的 Fitbit 智慧手環，給我看怎麼測量我的靜止脈搏，還有我燃燒了多少卡路里。一部分的我還在想至少他是那種會拿資源回收出去倒，也可以一起來趟遊艇之旅的人。

「妳想要的話我可以送妳一個，我有五折的折扣碼。」

「噢……謝謝你，你真是太大方了，但我不覺得我會用到。」

「我們可以一起分享數據，追蹤我們走了幾步，訂下每日目標並彼此挑戰……想想看會有多棒！我們可以一起做很多事！」

我要感恩的有：

一、終於前來拯救我的Uber司機。

二、WhatsApp，讓我們可以避免任何尷尬的電話，並讓我們好聚好散，我傳了一封客氣的訊息：「謝謝你，尼克，今晚很棒，也很高興認識你，但我不覺得我們會是一對，祝你一切順利，妮兒。」我還傳了一個笑臉貼圖。

三、尼克幾秒後傳來的回覆：「再同意不過！妳早我一步，祝妳有個美好人生。」他沒有傳笑臉貼圖，而是傳來折扣碼。

四、我勇敢又愚蠢的心，因為拒絕遷就。

五、可以自己丟資源回收。

有關失敗

所以，我在聽一個關於失敗有多重要的podcast。每週都會有一個名人受訪，談他們從失敗中學到什麼成功經驗。我超愛這個節目。因為失敗似乎是某種我很擅長的事，就像發現一個我從來都不知道自己擁有的才能，比如說會彈鋼琴或會講流利的西班牙語。

某種程度上來說啦。

我比較不能接受的是成功的部分。一份寫訃聞的工作跟一次線上約會並不會讓我翻轉人生，而且現在都已經五月了！不過，還是沒理由恐慌。我之前看過一部講船的紀錄片，其中提到船隻沒辦法突然轉向，不然就會翻船，因此需要慢慢轉過去。所以或許我應該把我的人生當成一艘需要慢慢轉彎的大船，搞不好我就像是一艘郵輪呢*。

> 我要感恩的有：
> 一、事業失敗，否則我就無法認識超讚的蟋蟀。
> 二、買房失敗，否則我就無法遇上心愛的亞瑟。
> 三、戀愛失敗，否則我就無法享受線上約會的樂趣。
> 四、我懂得諷刺。

*澄清一下，這只是個比喻，而且我在說的是速度，不是大小。

180

雨衣

　　人生全都是取決於時機。生命的誕生也是仰賴卵子在正確的時機排出，並和精子受精。談戀愛時，時機也是一切，你可以在錯的時間遇到對的人，或是在對的時間遇到錯的人。卽便是死亡，時機也非常重要。

　　所以蟋蟀在週末打給我說「我準備好要清掉蒙蒂的衣物」時，我便拋下手邊一切跑到她家。

　　因爲時機不僅對逝者很重要，對那些留下的人來說也是。

　　她在門口歡迎我，但比起平常輕快的握手，她給了我一個不尋常的擁抱，接著帶我走上巨大的主階梯，黃銅邊框固定著老舊的地毯，我們來到二樓。

　　「時候到了。」她說，推開門走進一間臥室，「我需要妳的幫忙。」

　　她已經讓一切原封不動好幾個月了，每當有人溫柔地試圖討論這個話題，她都會打斷他們。有什麼好急的呢？她只願意對我承認，看著蒙蒂的衣服掛在衣櫥裡，外套掛在走廊的衣帽架上，就會覺得很安慰。「我還沒準備好，」我提議可以幫忙她時，她總是這麼回答，「我喜歡他陪在身邊。」

　　「妳確定嗎？」我在門口停下腳步。

　　「千眞萬確。」她點頭，「我今天早上起床就知道了，我很想念蒙蒂，但留下他的衣服並不會讓他回來。」

　　她打開房間角落的大衣櫃，衣櫃塞滿五顏六色的衣服和外套，全都爭搶著空間。

　　「蒙蒂不愛整理，他從來不喜歡丟掉任何東西。」

　　我走進房間加入她，一起環視房間，兩人都因眼前的任務有點不知所措。每個桃花心木衣架上都掛著三件衣服，空心金屬衣架則掛著有墊肩的衣物，乾洗的塑膠吊牌都還沒拆。

　　「我該怎麼幫妳才好呢？」

　　「聽我說話就好。」她簡單地說，「再也沒人願意聽我說話了，所有人都喜歡告訴我該做什麼，他們覺得自己是在照顧我，但我覺得快被他們掐死了。」

　　所以這就是我的任務，我到她家，坐在床緣，然後傾聽。

　　「我把他所有衣服都留在衣架上，因為這讓我覺得他等下就要回家了。打開他的衣櫃門，看見衣服掛在這兒，可以碰到和聞到，就像他還在一樣，彷彿他下一秒就會打開門問：『我該穿哪一件才好呢？』或是『藍西裝該配哪條領帶，蟋蟀？』」

　　她停頓。

　　「這會讓我聽起來很荒唐嗎？」

　　我搖搖頭，「我的初戀男友離家去上大學時，我也留著充滿他汗味的T恤，完全沒洗，而且每天晚上都會鋪在枕頭上和我一起睡。」

　　「這才叫荒謬。」她說，然後我們都露出笑容，「妳知道的，蒙蒂總是因為工作在出差，他常會和他寫的劇一起去巡迴，離開好幾個星期……有時候甚至好幾個月。有時候我會和他一起去，剛交往時我們幾乎都不在家，總是在到全國各地不同的劇院和劇場巡迴的路上。」

　　她突然停下來，注意力被一幅三十年前的裱框劇院海報吸引，就掛在衣櫃的抽屜上方。

　　「我以前以為一切聽起來都很光鮮亮麗，但現實完全不一樣，這就是劇場的魔力：你看不見幕後發生的事，冷風颼颼的更衣間、高速公路的休息站、旅館的床跟早餐，還沒有熱水。」她

輕輕搖了搖頭，「當然在最後幾年一切都很不一樣，蒙蒂總是說他的成功和獲獎沒有改變任何事，除了不用再跑很遠，只要在西區參加首演就好。」

「真希望我能認識蒙蒂。」

「噢，妳一定會很喜歡他的，他也一定會很**喜歡**妳。」

她轉回衣櫃，用指尖拂過外套的袖子，就像滑過鋼琴琴鍵，但這是只有她才聽得見的曲調。

「他剛過世時，幾乎就像我們剛交往時重來一遍，好像他只是出去巡迴，之後就會回家了……我幾乎已經說服自己……但他永遠不會回來了，對吧？」

她現在轉向我，表情一臉嚴肅。她是這麼難過，卻試著表現得如此勇敢。

「對，他不會回來了。」我靜靜地說。

蟋蟀點點頭，身體僵住。我看見她雙眼盈滿淚水，這是我認識她以來的第一次。

「我在這段該死的糟糕時光學到的其中一件事，就是悲傷並不是線性的。妳前一秒可能還好好的，然後悲傷就這麼湧出，是那些愚蠢的小東西提醒了妳……就像我昨天去超市買東西，忽然發現自己來到餅乾走道，就站在他最愛的零食前，蒙蒂以前很愛那種太妃脆片，我從來都不喜歡，但他可以一個人吃完一整包……我於是淚流滿面。悲傷就像這樣突如其來，我永遠不能再幫他買那種餅乾了。」

聽著蟋蟀說話，我突然覺得很羞愧，這段時間我一直誤以為她的堅強和冷靜是因為缺乏感情和脆弱。她這麼忙碌又勤勞，我還以為她處理得很好，她看起來如此堅強。我以為她骨子裡比其他人都還堅毅，並因為某種原因，不受丈夫過世影響。

我完全不知道在勇敢的表情和緊繃的上唇後面，她的內心

竟如此痛苦。她的堅毅似乎屬於另一個世代，那個振作自己、整理自己、就這麼繼續過日子的世代，但現在我了解，這並不代表她心碎的程度有少去半分，她只是隱藏得更好而已。

「想像一下因為一包餅乾大哭，天知道其他顧客對我有什麼看法。」她大力吸吸鼻子，重新挺起肩膀，「好吧，最好趕快開始做事。」她說著便從衣櫃拿出一大把衣架，開始堆在床上。

#   #   #

清理某個人的東西就像翻過他們一生的剪貼簿，每樣東西背後都有個故事或是相關的回憶。

紅色絲質領帶：「有一年他打這條去參加俱樂部的聖誕舞會，規定要打黑色領帶，所以蒙蒂理所當然打了一條紅色的。這就是蒙蒂，你叫他往左轉，他偏會往右轉。」

開心果色亞麻西裝：「我們去威尼斯參加影展，去旅館的路上我們在一條小巷迷路，他在某間店的櫥窗看到這件西裝，覺得很喜歡，充滿義式風情，所以他本來買來打算在影展時穿，只是來不及改好。後來我們去馬爾米堡，他堅持穿這件去海灘，還捲起長褲，這樣就能踩踩水。蒙蒂從來沒學會游泳，妳知道的，他常說可以沉浸在自己的情緒裡就很夠了。」

手工雕花皮鞋：「他在東區有個鞋匠。蒙蒂小時候有過小兒麻痺，腳總是很痛，但他發誓那家鞋匠可以『用豬耳朵做出絲皮包』，所以光顧了超過五十年，他們甚至還有他的鞋楦呢。」

雨衣：「他在巴黎某間咖啡店撿到的，那時他才二十歲出頭，在我們相遇許久之前，但我記得他跟我說過這個故事。顯然某個人把雨衣留在咖啡店的某張椅背上，他問服務生可不可以幫忙留著，以免主人回來拿，但店家不願意，所以他便據為

己有。雖然雨衣在那幾年對他來說有點太大，但身為一個窮困的劇作家，他還是很興奮。後來雨衣則變得太小了，但他從來無法下定決心丟掉，我想是因為這讓他想起年少時光吧，想起一九五○年代巴黎那些下雨的日子，他會抽 Gauloise 香菸，坐在咖啡店在筆記本上塗塗寫寫，假裝自己是海明威。」

#　　　#　　　#

幾個小時後衣櫃便清空了。

「妳有垃圾袋嗎？我可以把這些衣服拿去慈善商店。」

「垃圾袋不行。」蟋蟀堅決地搖搖頭，「那件人字紋西裝是出自塞維街某個一流裁縫的手，還曾經穿去維也納歌劇院，絕對不能包在垃圾袋裡，就算只有一下子也不行，蒙蒂一定不會原諒我的。」

所以最後我們把所有東西整整齊齊地打包在行李箱裡，四個大行李箱，是那種老派的款式，皮革手把，沒有輪子，再加上兩個來自他軍旅生涯的大箱子。之後我們叫了台計程車，但來的不是常見的福特 Galaxy，而是台亮晶晶的巨大黑色賓士。「別擔心，價格一樣，我是第一台有空的車。」司機說，一邊幫我把所有東西放進巨大的後車廂和後座。

我去和蟋蟀告別，今天真是漫長又感傷的一天。

「還有一件事，」我們擁抱後她說，「妳可以把這些東西拿到其他社區的慈善商店嗎？我知道這聽起來很傻，但我不覺得我可以承受遇到某個穿著他衣服的陌生人。」

「當然沒問題，我家附近有很多間，我之後再把行李箱拿回來。」

「不急不急。」

司機爲我打開車門，我爬進副駕駛座。

「妳知道的，妳今天做的是一件大事，」我對她說，「妳超級勇敢，蒙蒂一定會很驕傲的。」

蟋蟀露出微笑，「嗯，他一定會很開心的。」她把最後一個行李箱遞給我，我夾在膝蓋中間，她則退回人行道上，司機準備開走。「就算已經過世了，他還是可以打扮得漂漂亮亮跟一個年紀只有他一半的正妹一起出門。」

我要感恩的有：

一、了解靜靜傾聽可以比開口說話更有力量。

二、和蒙蒂共度一個下午的榮幸。

三、時機，讓我和蟋蟀在最需要彼此時遇見。

人生很難

今晚我看了《BBC晚間十點新聞》，這應該改名爲《BBC晚間十點壞消息》才對。糟糕的頭條一個接一個，世界各地都是一片混亂，有好多人在受苦，好多恐懼和不公不義，難民危機、我們的海洋充滿塑膠、氣候變遷、虐待動物、持槍和持刀犯罪……列都列不完。但不只是頭條新聞而已，另一晚我看了大衛·艾登堡的新紀錄片，實在很難不悲觀。

生而爲人，我看見這些東西之後出現了預期中的負面情緒，恐懼、害怕、難過，但也感到羞恥，而且不只是因爲我們如何對待和我們一起住在這顆星球上的鄰居，也是因爲我自己的問題相較之下完全是微不足道。

當我安全又溫暖地躺在床上，同時卻有人正餓著肚子，或沒有地方可以遮風避雨，我怎麼能伴隨著恐懼醒來呢？當比我年輕的女生正死於癌症，變老可以說是種**特權**時，我怎麼能看著鏡子，對自己鬆弛的膝蓋感到沮喪？當我們的星球有這麼多地方遭到破壞，我怎麼能因爲無法追尋自己幸福快樂的生活而感到難過？當我們有脫歐和川普時，我又怎麼能**擔心**自己搖搖欲墜的事業和失敗的感情生活呢？

簡而言之，和許多人相比，我擁有的這麼多，我憑什麼抱怨自己的人生？

答案是我不知道。

眞的不知道。

我知道這些事都千眞萬確，但仍是擁有以上所有感受，就這麼彼此推擠著，如同人生也時常如此矛盾。一天大多數的時

間中,我都不會想到那些大事,和大多數人一樣,我只把注意力放在度過每一天,還有那些影響我生活的小事以及和我最切身相關的事。但接著我會聽說某些悲劇或是打開新聞,然後突然間我又想起來了。

我看著一名父親在記者會上痛哭,因為警方找到他失蹤女兒的遺體,或是聽說某個朋友的朋友得到某種糟糕的病,於是便對自己發誓我永遠永遠都不會再抱怨任何事了。

但我當然還是會抱怨,大家都會。

在你察覺之前,你就已經因為有人插你隊還有火車誤點生氣,或是因為心上人沒回訊息還是某個同事升職而感到沮喪,這會讓你變得很自私嗎?我覺得這只是顯示了你的人性而已。

如果說變老教會了我什麼事,那就是我**對**許多不同的事物擁有許多彼此矛盾的**感受**,而否定或壓抑任何感受都不會使其消失,情緒不一定總是符合道德,感受也不會因為羞愧就不見,壓抑和忽略這些感受只會使其捲土重來,在諮商師的椅子上囓咬你。

因為這就是我學會的事:

我可以一邊覺得不知道自己的人生到底他媽的在搞什麼,拒絕去照日光燈下的鏡子,同時一邊參加女性大遊行,像個臭婆娘那樣怒吼。我也可以為那個失去女兒的父親哭泣,並為我不認識的朋友祈禱,幾天之後繼續滑動態,並因為自己沒辦法和帥氣丈夫一起去沙灘自拍而感到絕望。我也可以邊讚嘆日出有多美,心想自己有多幸運,然後半夜伴隨著恐懼驚醒。

因為人生很難,我們也很複雜。

我要感恩的有：

一、我擁有的一切，以及總是真心覺得感恩知足＊，即便事情不是那麼順利。

二、我的最新一集podcast，我在裡面可以坦承這一切，雖然我很懷疑是不是真的有人在聽，搞不好我只是在自言自語，抒發自己內心的所有想法而已。不過也可以這麼想：至少這比去諮商還便宜。

三、搞笑貓貓影片，即便世界徹底崩毀，做什麼都失敗，仍總是會讓我露出笑容。

＊這和假掰的 # 感恩知足有很大的差別。

189

臉書不是我的朋友

　　自從搬回倫敦後，我就開始和我的iPhone一起睡。我知道這樣不好，影響腦部的藍光和電磁波之類的，還有天知道什麼鬼東西。我和伊森住在一起的時候，我們嚴格遵循電子產品不能帶進臥室的規則，但當你自己出來租一間房間，而且所有家當都塞在裡面時，情況就有點微妙了。

　　此外，這也贏過自己一個人睡覺。我和我的手機可以一起在各種應用程式裡閒晃，而Google總是很贊成。但今晚我上臉書時，看見伊森和一個派對上的女生被標記在同一張照片裡。

　　就某個女生。

　　這大大出乎我的意料，他從來不用社群軟體，我本來以為會滑過幾張和學生時代朋友的合照，以及其他人分享的搞笑影片，而不是這顆震撼彈。我的胃縮了起來，即便麗莎早就告訴過我，面對現實可能會很困難。

　　我仔細研究那張照片，她是個一頭金髮的正妹，看來至少比我年輕十歲。伊森開懷大笑，一手扶在她的腰部，他看起來很好，感覺瘦了幾公斤。真他媽的，那張穿著潛水衣的肥照呢？

　　我覺得大受打擊，徹底絕望。我沒有去派對，沒有一手扶在某個男人的腰部開懷大笑，也沒有變瘦。我在吃洋芋片、寫訃聞、去枯燥乏味的線上約會，我想起尼克和他的Fitbit智慧手環，麗莎告訴我要不要放下取決於我。

　　去他的，我登出臉書，打開約會應用程式，我有一個月的免費會員，還剩下超過一個星期，我不能只約會一次就放棄。我打開私訊，麗莎說錯了，這不是選擇，而是他媽的攸關生死。

絕望之舉

私訊：您有一則來自聖母峰先生的訊息

　　嗨，我看到妳的個人檔案，覺得妳很正！我是一個真誠的男生，在找一個真誠的女生，我喜歡戶外、宅在家、看電影、在聖母峰上自拍☺。或許妳願意一起喝杯咖啡，認識一下彼此？期待妳的回覆，M，啾

寄出：回覆：您有一則來自聖母峰先生的訊息

　　嗨，還真巧，我也喜歡戶外跟宅在家！我很樂意跟你一起喝杯咖啡，並瞧瞧你在聖母峰上的自拍照。

　　妮兒，啾

照片

　　春天似乎一夕之間綻放，經過好幾個月嚴寒的天氣和數不盡的潮濕陰冷日子後，我起床發現一片蔚藍的天空和閃耀的陽光，街道兩側的樹木開滿飄揚的粉色花朵。我推開窗戶，香甜溫暖的空氣便飄了進來，就像剛洗好的衣物，而當我伸手打開衣櫃，我拿出的是一件Ｔ恤，真正的Ｔ恤。

　　我把冬天的雙腳滑進夾腳拖，踩著輕快的步伐前往慈善商店，身上帶著最後一點蒙蒂剩下的衣物。上星期我搭計程車幾乎已經全部運完，但其中一個較小的行李箱掉在後座，司機後來才發現，他隔天就將箱子送來給我，但我一直很忙，所以現在才要拿去。

　　慈善商店的女士在我走進時認出我。

　　「又回來啦！」她看起來很開心見到我，蒙蒂的衣物顯然比晚上放在商店門口前垃圾袋裡的大多數衣物還高上好幾個檔次。

　　「只剩最後一箱。」我指向行李箱。

　　她露出大大的笑容，「太好了，謝謝妳，我們已經賣掉很多妳上週帶來的東西，已經募集到超過一千英鎊啦。」

　　「我會讓他太太知道的，她一定會很開心。」

　　「這一定是段難熬的日子，」她露出同情的表情，「我希望她知道自己是在向需要幫助的人伸出援手後，可以感到安慰一點。」

　　「當然，她一定會的。」我點頭，打開箱子拿出蒙蒂剩下的東西，我知道她只是想表達善意，才會說這些陳腔濫調。但見到蟋蟀如此心碎，我想當你深愛的人過世後，這麼做應該很難

得到什麼安慰吧。這只不過是出於必須，讓生活繼續下去，一次往前一步，吸氣吐氣。

「妳想不想檢查一下所有口袋，以防萬一？」

「應該不需要，我們已經檢查過了……」

「嗯，妳確定就好。」

她從我手上接過衣物，在空氣中甩了甩，然後掛上衣架，準備迎接新主人。我看著她拿起那件蒙蒂在巴黎撿到的雨衣，胸口一緊，轉身準備離開。

「噢，先等一下，親愛的！」女士把我叫回去，「我在內袋找到這個。」

她手上拿著一個信封，我上前接了過來。

「噢，謝謝妳，幸虧妳有檢查！」

「嗯，就放在這裡，妳瞧……」她開始給我看雨衣，「看起來可能只是個接縫，但其實是個小小的暗袋，可以塞妳的皮夾、護照、任何妳不想弄丟的重要物品。」

「原來如此，」我點頭，將信封放進我的包包，「再次感謝妳。」

她開心微笑，我向她告別，離開商店，到了外頭我才再次拿出信封仔細瞧瞧，信是寫給蒙蒂的，邊緣已用拆信刀整齊地劃開。我半是期待郵戳可能來自巴黎，裡面裝著六十年前的老情書，但從外觀看來，年代應該更接近現在，郵戳則是寫著**西班牙**。

我把信封倒過來，裡面掉出一張黑白照片，是在一棵樹下拍的，兩名男子正在擁抱。

我的心跳稍微加快了一點，這是……？

照片後面題了一行字：**蒙蒂，我會永遠愛你，帕布羅。**

我要感恩的有：

一、是我找到信和照片，而不是蟋蟀。

二、有時間思考，因爲現在要不要告訴她取決於我。

三、Google 翻譯：那句話是加泰隆尼亞文，意思是「我會永遠愛你」。

後照鏡、方向燈、開始移動

我記得我在學開車時永遠學不會怎麼超車，我的教練曾試著哄騙我把腳放上油門，準備超車，同時大喊「一切安全！」之類的謊言，但我總會堅決地留在慢車道，慢慢往前開。

這基本上就是我現在的人生寫照，我堅定地塞在慢車道上。不，事實上還更慘：我已經靠邊停在路肩，地圖攤開在方向盤上，思索我他媽到底要去哪。

我的居住安排並非完全理想，但還可以忍受。我也在約會，即便不甚滿意，仍算是在約會。我也有穩定工作，雖然薪水不怎麼優，不過加上老爸借我的錢剩下的，還夠付帳單。我知道我必須做出某些重大改變，並找出別的辦法，但目前為止一切進度都還頗為緩慢。

我今天和沙迪克聊過，他對我至今寫的訃聞都很滿意。他說我有種「搞定死人的本事」，我不知道這到底是什麼意思，所以決定當成稱讚。

問題是，我真的還滿享受寫訃聞，因為從某種程度上來說，這就像是讓已經過世的人重生。此外，我撰寫的大多數對象都已經非常老了，而我發現當老人過世時，我們常常只會覺得「也是啦，他們都已經那麼老了」，然後聳聳肩，彷彿老人不知為何和其他人不一樣，特別是在你不認識他們時。

但是當我為文章進行研究時，我發現他們也曾經年輕過，頭髮茂密、背脊挺直、對未來充滿希望，他們談戀愛、失戀、做過勇敢又美好的事，過著他們的人生，就像我們過著我們的人生。他們只是比我們早而已，就這樣，我們最後也會迎頭趕

上，而當我們真的趕上時，我很懷疑有任何人會覺得「也是啦，反正我們已經這麼老了」，然後認命地聳聳肩。

蟋蟀顯然就不這麼覺得，我也不是以這樣的角度看待她。我們週末約喝咖啡，她頭戴新的安全帽踩著腳踏車出現，帽子是鮮豔的塑膠豹紋。我們成了非常要好的朋友，她邀我下個月和她一起去V&A博物館看展覽，我還沒向她提起我找到的信封和照片，我依然不知道究竟該不該說。

至於我的朋友們，自從上個月的產前派對之後，我就再也沒見過她們了。我有和荷莉跟蜜雪兒互傳了一些訊息，但費歐娜則是音信全無，我們通常會留WhatsApp語音訊息給彼此，但前幾次她都沒聽，這實在不像她，通常勾勾都會馬上變成藍色才對。她一定是忙著處理孩子、大衛、家裡最新的裝潢，我在產前派對無意間聽她提到什麼安娜貝爾要幫她重新設計客廳。

這也沒什麼，當然沒什麼，我只是想念我們的對話，而且我真的很想念她，所有只有她了解的愚蠢話題和笑話，但她花越多時間跟安娜貝爾在一起，我就覺得離她越遠。事實上，真相是有很大一部分的我總覺得我已經失去她了，當我人在這裡，還試圖在路肩理出一切的頭緒，她已經在快車道上遠遠拋下了我。

我要感恩的有：

一、蟋蟀到都柏林參加一名劇場舊識的葬禮，這代表我有更多時間可以考慮要不要告訴她我找到的東西，我們下次見面就是下個月看展了。

二、路肩，因為有時候我們都需要靠邊停。

不是你的問題，是我

　　我和線上約會分手了。我的免費試用上週到期，我決定不要續訂。我後來又去約了幾次會，但全都非常糟糕，那些男人本身都沒什麼問題（雖然我確實比較喜歡約會對象不要一出現就已經喝醉，或是花整個晚上痛罵他們「發瘋的前妻」），所以應該是我的問題，畢竟我就是個分母。

　　問題在於，我知道線上約會造就了數千對快樂的佳偶，但就是不適合我，沒完沒了一直滑、寫私訊、試著看來可愛又性感。老實說，穿著我的睡袍在沙發上吃洋芋片，我覺得自己根本不可愛也不性感。我知道有些人很愛也很會，所有網路調情和第一次約見面什麼的，但我超爛，我徹底失敗，而且更糟的是，這讓我更想念伊森了。

　　所以我覺得我應該要繼續相信老派、人生道路交會、命運之類的東西，如果愛情想來敲我的門，那總有一天會來的。

　　我要感恩的有：
　　一、約會應用程式的停用帳號功能。
　　二、不用再繼續滑手機，因為我已經滑到快得腕隧道炎了。
　　三、不會再收到屌照。

最後一根（吸管）稻草

　　自從我的精油謀殺失敗後，我就沒怎麼遇見我的房東。開玩笑的啦，我不是**真的**試圖要殺他，雖然我今天早上真的差一點動手。我當時走進廚房要泡咖啡，抓到他一手伸在資源回收桶裡。

　　「早安。」

　　穿著睡袍和拖鞋、還在半夢半醒之間的我忽略他的動作，拍拍跑來跟我打招呼的亞瑟，然後拿起我的咖啡壺。

　　「泡泡紙不能回收。」捲起袖子的愛德華把泡泡紙從回收桶裡扯出來，就像在摸彩一樣，並朝我揮舞。

　　「為什麼？這是塑膠啊。」

　　「上面沒有回收標誌。」

　　「所以？」我壓下哈欠。

　　愛德華差點嗆到，「拜託告訴我妳真的有先看回收標誌，才確定某個東西能不能回收。」

　　「這樣太混亂了，只要是塑膠我就直接丟在回收桶裡。」我把濃縮咖啡壺裝滿水，拿了根湯匙開始舀咖啡粉。

　　愛德華看起來就像我剛告訴他我殺了我們的鄰居，他雙眼暴凸，咬緊牙關。「不是這麼做的，潘妮洛普，只要回收桶裡出現一個不可回收的物品，整個回收桶就被汙染了。」

　　我覺得我活該被罵。

　　「好吧，我很抱歉，我之後會好好看標誌。但如果是塑膠，就應該都可以回收啊。」我抱怨，把咖啡壺放上爐子，打開前面的火，愛德華則繼續從回收桶裡挖東西出來。

他無視我的道歉，開始在身旁圍出一小座玻璃罐和塑膠瓶護城河。

「還有可以**拜託**妳好好洗乾淨嗎！」

他控訴般朝我揮舞著一罐焗豆罐頭時，我可以感覺自己正在靈魂出竅，你看著自己的人生，然後心想「我對未來的想像絕對不包括**這個**」。我二十幾歲時對未來有非常高的期望。想像一下我要是能回到過去，然後告訴自己，不，我不會住在一間散落著配色成套抱枕的超棒房子裡，而是會站在別人的廚房中，還有另一個人的老公對我揮舞著空焗豆罐頭，而且這一切甚至還發生在我喝早餐咖啡之前。

「這又是什麼？」

我驚覺他正在檢視Jolen乳霜漂白劑的塑膠罐，這是我拿來處理臉上毛髮的，我從他手上一把抓下。「真的有必要這樣嗎？」

「完全有必要，潘妮洛普。」他說，看起來很開心終於獲得我所有的注意力。

「不要再叫我潘妮洛普了。」我理智斷線。

「為什麼？這是妳的本名啊。」

「因為沒有人會那樣叫我。」

「但他們應該這樣叫妳的，這年頭大家都想簡化一切。」

「呃，因為有點難念。」

「有四個音節呢。」

「沒錯。」

「如果人們沒辦法用心說出四個音節，那妳也不必費心回答他們。」

「這就是你為什麼堅持要大家叫你愛德華，而不是愛德嗎？」我叉起雙手靠著流理台，等咖啡壺煮開。

「我的名字就叫愛德華，這不是堅不堅持的問題。」

「還是要叫愛迪？」我提議，「愛迪聽起來不錯。」

他皺起眉頭，把掉到額頭上的頭髮撥回去，「我不覺得自己像個愛迪。」

我盯著他，他真的該去剪個頭髮了，他的頭髮已經開始往四面八方長，但我又有什麼資格跟他說呢？我自己也已經好幾百年沒去剪頭髮了，因為我有夠窮，我可能得試試看老媽的舊剪刀。

「好吧，我想也是，你看起來也不像個愛迪。」

他嘆了口氣，「為什麼會想縮短大家的名字啊？妳覺得有人會叫女王莉茲嗎？」

「莉茲陛下？」我大笑，「有可能哦。」

他嚴肅的表情緩和了下來，「我喜歡潘妮洛普這個名字，很適合妳。」

「我聽起來像個老姑媽，或是什麼《雷鳥神機隊》的公仔。」

「潘妮洛普女士，」他抬起一邊眉毛並挺起頭，彷彿真的在思考，「聽起來很優雅。」

「我很優雅？」

「噢，沒有，通常不是，但妳那天晚上很優雅。」

我出乎意料地覺得自己臉紅了。

「妳妝化得很好，潘妮洛普。」

「幹嘛啦，謝謝你哦。」我露齒一笑，穿著睡袍和拖鞋轉了小小一圈。

微笑出現，「我媽以前也會這麼做。」

「真的嗎？」

「對啊，我還小的時候，她和我爸總是在參加派對，他們出門時我應該要上床睡覺了才對，但我會溜出房間，從樓梯的扶

手之間偷看他們。我爸會去開車，他走了之後我媽總是會抬頭看著我，並用腳尖旋轉。『我看起來怎麼樣啊，愛德華？』她總會這麼說。」

「那你會回答什麼？」

這是他第一次對我敞開心房，我實在很想知道。

「很美，」他靜靜回答，而有那麼一瞬間，彷彿他已經離開廚房，回到了童年時光，從樓梯扶手之間偷看，「妳看起來很美，媽。」

「我打賭她現在還是很美。」

「我十二歲時她過世了，那時我在寄宿學校。」

「噢，我很抱歉。」

「沒事，」他輕快地說，「已經很久了。我爸後來再婚，蘇人非常好，對他也很好，他們住在法國。」

「這就是你遇見你太太的原因嗎？」

「對。」他點點頭。

我在等愛德華說出更多細節，但到此為止，他反而換了個話題。

「是說後來怎麼樣？妳的約會。」

「超糟的。」我做了個鬼臉。

「噢，我很抱歉。」

「沒事啦，他人非常好……如果你想要Fitbit智慧手環五折優惠的話。」

「我就蠻想要Fitbit五折優惠的啊。」

「那或許你也該去約個會。」

這讓他爆出大笑，我也不禁開心了起來，就像我終於以某種方式得到他的認同。我知道這聽起來很荒謬，但愛德華是個嚴肅的人，光是讓他露出微笑就算是個成就了。

　　我的咖啡滲透的聲音打斷了我們，他看看手錶，「我得走了，我上班快遲到了。」

　　我們一起看著地上的一團亂，還有好奇地東聞西聞的亞瑟。

　　「你要我來收拾嗎？」我提議。

　　「妳可以嗎？」他現在看來有點尷尬，「謝謝妳。」

　　他捲下袖子，到水槽洗手，然後消失在走廊上。

　　我倒出咖啡，終於沒事了。

　　他戴著自行車安全帽的腦袋重新出現在門框附近時我才剛啜了一口，「但能不能請妳一定要讀一下上面的……」

　　「愛德華，」我警告他，「閉嘴趕快去上班。」

　　他看起來很驚訝，彷彿不敢相信竟然有人敢這樣跟他說話，有那麼一刻我也有點後悔這麼直接，畢竟，他可是我的房東啊。

　　但他接著露出微笑，並且破天荒第一次真的照著我說的做。

不是垃圾信！

　　週四早上我早早起床，準備完成最新一篇訃聞，我中午前要交，但還缺了最後一點資訊，正在等人回信。我看了看信箱，什麼都沒有，於是懷疑信是不是掉進了我的垃圾信件匣。

　　我滑過垃圾信，瞥見一則來自約會應用程式的訊息：

　　您有一則來自其他會員的訊息，若要閱讀，請重啟帳號。

　　哈哈，還真的勒，就像在失戀的人面前明日張膽釣著紅蘿蔔，想要誘惑你重啟帳號，並掏出信用卡續訂，我才不吃這套。

　　不過我仍是點開了那封信，雖然看不到訊息本身，但他們提供了那個會員的照片，等等，這不是……這不是**強尼**嗎！

　　我把圖片放大，是他沒錯，是帥爸……不，我是說酷舅啦！

　　幹，我的信用卡跑去哪了？

我要感恩的有：

一、他的訊息，我飛速讀過，訊息這樣開頭：「嘿，這是妳嗎，妮兒？我們都在這網站上還真是太狂了。」接著說他注意到我的帳號已經停用，很可能表示我已經被約走了，不過要是沒有的話，回個訊息給他，最後以此作結：「備註：妳在雪中看起來超可愛！」

二、線上約會，願意在我們分手後還接納我。

三、當一個超級假掰鬼，雖然嚴格上來說，這不是和網路上認識的人去約會，因為我和強尼早就見過面了：先是在酒吧偶遇，然後在美術課上坦誠相見，還有在下雪的街道上。

四、他說我看起來很可愛！

五、他迅速回我訊息，跟我要電話號碼，然後直接打給我。

六、一個奇蹟*。

---

*又稱貨真價實的天殺超屌奇蹟，我要和在伊森之後唯一吸引我的男人，**去、約、會**。

六月

#切入正題

永遠來得及

我最近讀到一篇文章，主題是那些大器晚成的名人，顯然童書《小木屋》系列的作者蘿拉·英格斯·懷德一直到六十五歲才出版了她的第一本書。

六十五歲耶！

我一讀到這篇文章，心情馬上就好了起來，或許我也一樣大器晚成。我因為一切都還不算太遲而感到安慰，我還有大把時間可以實現夢想和理想，所以心中頗為放心、受到鼓勵。

但時間正迎頭趕上，現在只要我讀到什麼有人去跑馬拉松、開了間成功的公司、改變人生搬去托斯卡尼整修舊農舍的文章，我都會迅速查詢一下他們的年紀。

比我大五歲？看吧，永遠都來得及，不需要恐慌！

比我小十歲？我這段時間到底都在幹嘛，然後好幾天都很鬱卒。

我要感恩的有：

一、日本人三浦雄一郎，他是史上最老的聖母峰攻頂者，於二○一三年以八十高齡攻頂。

二、我從來不會想去爬聖母峰。

WhatsApp 對話紀錄：費歐娜

嗨妮兒，抱歉我之前沒回訊息，裝潢（我現在要重新裝潢整間屋子啦！）和學校的事變得有點瘋狂。說到這個，下星期是學校的運動會，妳如果可以來看伊姿賽跑，她一定會很開心，妳有空嗎？我也很開心跟妳見面！

嘿，對啊，當然了，見個面一定很棒

太好了！是說妳最近如何？

我要和強尼去約會！

誰是強尼 ???

妳知道的，帥爸啊！

費歐娜正在輸入訊息⋯⋯⋯

美術課上的裸男！

什麼美術課 ???

只不過他不是帥爸，他是酷舅

完全不懂！
下星期再跟我說吧，真是太期待了！啾啾

我要感恩的有：

一、受邀參加運動會，因為我真的很想念費歐娜和孩子們，見到他們一定會很棒。

二、朋友問我過得如何時，終於有點興奮的消息可以分享了。

三、發現費歐娜不知道強尼的事時沒有覺得沮喪，因為我們根本不常見面，也沒有因為我們不如以往親密而難過，事情總會改變，人也會改變，現在她和安娜貝爾有比較多共通點。

四、每天練習感恩，因為我必須一直不斷練習上一點。

第一次約會

　　有些陰鬱地展開這個月後，倫敦決定竭盡所能助攻我和強尼的第一次約會。彷彿剛剛洗好的天空、明亮的陽光、宜人的二十四度氣溫，這是其中一個會讓你重新愛上這座城市的完美夏日，卽便你冬天都必須關在家裡，春天也大半都對你很糟也沒關係。

　　為了慶祝這樣的天氣，我們決定在河邊某間酒吧碰面喝一杯。但所有人的想法都一樣，酒吧擠滿了人，我環顧四周，看著蔓延到戶外露台、臉上掛著笑容、手上拿著艾普羅調酒的人群，然後將目光轉回坐在木桌對面的強尼，快樂觸手可及。

　　「所以，跟我說說，妳怎麼可以還單身呢？」他正在發問，我們一起喝一瓶紅酒，而我正式決定我此刻只想待在這裡，在他身邊，穿著夏季洋裝，邊喝粉紅酒。

　　「跟像你這樣的人一樣的原因。」我回擊。

　　「因為妳還沒有遇見對的人？」他抬起一邊眉毛。

　　「你覺得每個人都會這樣說嗎？」

　　「嗯，這比說你出軌、酗酒，或上一個伴侶因為你有奇怪的性癖而甩了你還好很多吧？」

　　「確實，」我大笑，然後補了一句，「但為什麼，你有奇怪的性癖嗎？」

　　他也大笑，「有時候而已啦。」

　　「那是什麼樣的性癖呢？」我有點微醺，開始撩他。

　　「我會受只戴一隻手套的女人吸引，不知道為什麼。」

　　我咕噥，「我就這麼直直走進陷阱了，是吧？」

「我認為妳可以說是我引誘妳的。」他閃電般回覆。

「但現在我有一對手套啦,記得嗎?所以你沒事啦。」

他的嘴角因微笑上揚,「噢,這我倒是不知道呢。」他準備再倒酒,但瓶中只剩幾滴,「我覺得我們需要再開一瓶。」

「我不敢相信我們已經喝完那一大瓶了。」

「調情是很口渴的。」他開起玩笑。

#　　#　　#

真他媽的。

他一找理由消失到吧台去,我馬上衝到洗手間,我超想上廁所,但更重要的是,我超想打給麗莎,我不可置信!我感受到的化學效應,我不可能再祈求更棒的初次約會了。我一走進酒吧,強尼便微笑歡迎我,而我可能會有的任何恐懼或緊張都瞬間消失,我們之間存在一種油然而生的自在,嗯,我猜曾經看過對方的裸體,確實有破冰的效果啦。

我們一拍即合,我和他聊了一下我的童年、成長過程、編輯工作、搬到紐約,還有我最近剛從美國搬回來。我承認我告訴他的是編輯後的版本,但每個人和其他人初次見面時,提供的不都是他們一生的「精選」嗎?誰有需要聽到糟糕的B面?

他則提到小時候和姐姐一起在薩里長大,還有他以前是職業網球選手,「離溫布頓水準還很遠」,但已足夠付房子的頭期款,還拿了幾座獎盃「可以給媽媽擦」。現在則是在某間私人俱樂部當網球教練,「沒有脫掉衣服的時候啦」,他露齒一笑,夢想則是在主街開一間黑膠唱片行。強尼很風趣,懂得自嘲,又很有魅力,而且和交往兩年、剛搬回加拿大的女友分手後肯定還是單身。

「一切都好到不像真的。」我從廁所隔間打給麗莎時說。

「別再這麼悲觀了，不是所有男人都是混蛋，只有我愛上的那些是。」

「我只是有點害怕，就這樣而已，我怕再度受傷……」

我尿完尿沖水。

「我覺得我喜歡他。」

「妳是喝了幾杯？」

「兩杯紅酒。」

「再去喝一杯。」

我邊洗手邊看著自己在鏡中的倒影，幸好紅酒讓一切都緩和了下來，我覺得視線模模糊糊，不太能聚焦。我補了點唇蜜，撥撥頭髮，然後回到酒吧裡，發現強尼坐在角落其中一張柔軟的鈕扣椅背皮沙發上。

「外面變得有點冷，我想說這裡應該會舒服一點。」

他已經幫我倒好酒，我擠過矮桌坐到他身旁，光裸的腿挨著他的。

「謝啦。」我露出微笑，從他手上接過酒喝了一大口，他點了一瓶普羅旺斯粉紅酒，最淡的那種，喝起來和水一樣。

「這讓我想起我們第一次相遇，那時妳坐在酒吧角落……」

「對，我記得，那天是我生日。」

「真的假的？」

有那麼一瞬間，我希望自己沒提到這件事，我不想表現得像是自己沒朋友，但粉紅酒已經流過我的血管，而我所有的偽裝都快速溶解。「對啊，我所有朋友都很忙，所以我只好自己帶著亞瑟去酒吧，老實說，最後也還算是個不錯的生日。」我笑著回想。

「因為妳遇上了我嗎？」他開玩笑。

我翻了個白眼，「我覺得是因為炸魚薯條啦。」

他大笑，「真希望我那時早就知道，這樣搭訕妳就會比較自在，我可以直接開唱『生日快樂』搞定整件事，雖然我歌唱得很糟就是了。」

我一臉震驚看著他，「你那天是在搭訕我？」

「完全沒錯。」

「我完全不知道。」

「妳怎麼可以沒發現呢？我甚至派奧立佛去當我的使者。」

我雙眼圓睜，「這樣是剝削童工！」

「他得到一包小熊軟糖還有多一個小時的螢幕時間，他可開心的呢。」

他現在綻開微笑，並用那雙丹寧色的眼睛凝視著我，而隨著他的話語落下，我可以感覺到我的不可置信變成開心。

「我還以為你是他爸，想說你已經結婚了。」我承認。

「我？**結婚了？**」

「欸，別這麼驚訝，」我微笑，「這也不是不可能啊……」

他大笑，喝了一大口酒。

「是吧？」

「妳是在問我是不是會結婚的型嗎？」他眼中充滿興味。

我突然有點慌張，「不是，我的意思不是這樣……我是要說……」只不過現在我已經不知道我到底要講什麼了，我喝得有點太多，調情變得一塌糊塗……

「我只是在開玩笑啦。」

我用力拍了他一下。

「抱歉，我忍不住，妳願意原諒我嗎？」

「我必須好好考慮一下。」

「好吧，但不要考慮太久哦。」

「為什麼？」

接著，在我知道發生什麼事之前，他便把我拉向他，然後吻了我。

#　　　#　　　#

之後他牽著我的手陪我走回家，我記不太清楚我們聊了些什麼，只記得各種爆笑，還有所有人都會在約會網站個人檔案提到的調情「玩笑」，但我到現在都還沒體會過。

「我收回我對線上約會的所有意見，我完全改觀了。」我在我們停下腳步，讓他把運動衫套在我肩上時說，衣服柔軟又溫暖，我享受著這個簡單的舉動。單身時重要的不只是那些大事而已，很多時候你會注意到的其實是小細節，當你孤身一人，就沒有人會在乎你晚上有沒有穿暖。

「不是愛用者是吧？」

「我把帳號停用了，是收到你的訊息後才重新打開的。」

「下雪那天我就應該約妳出來的，可以幫妳省下六十鎊的會員費。」

「還有那些約會。」我可憐兮兮地補充。

「有那麼糟嗎？」

「我覺得密室逃脫的那次是最糟的。」

他大笑出聲。

「不過錯都在我啦。」

「噢，我才不相信呢。」他又朝我微笑，雖然套著運動衫，我還是感到一小股震顫傳上我的脊椎。

「那麼，我希望這次約會可以補償先前的一切。」

「嗯……」我假裝思考。

「嘿！」

「我只是在開玩笑啦。」我說，模仿他剛說的話，他大笑，我們一起爆笑。

不過我沒有說出我內心的想法：那就是這次約會已經遠超過補償，我覺得開心、年輕、無憂無慮，而且這是自從我和伊森分手以來第一次，我能夠看著另一個男人，然後覺得這可能有機會。

我喝醉了，但也沒有那麼醉就是了。

       #   #   #

「這裡就是妳家嗎？」

十分鐘後我們抵達我家門口。

「對啊……」我開始回答，但安全照明燈開啟，我們忽然沐浴在一片亮光之中。

「哇，我要瞎了。」強尼放開我的手。

「抱歉，這是感應式的燈。」我匆忙解釋，舉手遮住眼睛，沒有任何年紀的女人會想要在接近午夜、剛喝完兩瓶紅酒、約會對象就站在她幾公分外時，讓超亮的燈照在臉上的。

但事情變得更糟，亞瑟開始吠，然後……

「那是誰？」

我抬頭看向強尼指的地方，看見樓上窗戶的窗簾猛然拉開，一個戴著眼鏡的臉瞇眼朝下看著我們。

夭壽。

「那是我的房東愛德華。」我說，就像某個四十幾歲的人還在租房子，還讓穿睡衣的房東往下望著他們，是世界上最正常的事。

　　呃，好啦，他穿著某件看起來像是T恤的東西，但說真的，也可能是睡衣。

　　「原來，好吧，那我猜是時候說晚安啦……」

　　「是的，」我點點頭，目光從窗戶轉開，「我想是的。」

　　如果我說我有點失望，那也沒有持續太久，因為這時他再次吻了我，而且這次更久，他把雙臂環繞在我光裸的肩膀上時，我覺得自己像個青少年，在我父母家的門階上擁吻，不在乎誰看見我，也沒有注意到燈光最後終於熄滅，讓我們再度陷入街燈映照的輕柔黑暗中。

　　我不知道我們像那樣停留了多久。

我要感恩的有：

一、第二瓶紅酒。

二、強尼吻功高強。

三、他稍後傳來的訊息，說他有個愉快的夜晚，並約我週
　　六去吃晚餐。

四、拜維佳維他命。

學校運動會

　　我起床後心情非常好，不只是因為我跟強尼的約會，也因為我很期待看見費歐娜、伊姿、路卡斯。此外，今天又是另一個美好晴朗的日子，辦運動會再適合不過了。

　　只是對費歐娜來說就不那麼完美了。

　　我一腳剛踏出門就收到她慌亂的訊息，說她出去倒回收的時候摔倒，並扭到腳踝。

　　「沒有很嚴重啦，但現在腫得跟氣球一樣，我剛在上面敷冷凍豆子敷了半小時。」

　　「天啊，聽起來超痛的，這樣妳還能去運動會嗎？」

　　「可以，我可不能錯過，幸好車是自排的，我扭到的也是左腳踝，所以我只要先纏起來就好，但這表示我不能參加媽媽趣味競賽了，伊姿一定會很失望。」

　　「噢，太糟糕了……」

　　「所以我在想，妳可不可以代替我參加呢？」

　　「我？」

　　「只是個短跑而已……別擔心，這不像荷莉跑的那種馬拉松。」

　　「好啊，當然可以！」我想都不用想，「我願意為伊姿做任何事。」

　　「太好了，謝謝妳，妮兒，妳真是超棒的！」

　　「只是……呃……我不是個媽媽。」我脫口說出顯而易見的事實。

　　「妳是伊姿的教母，我相信這樣沒問題的。」她揮去我的疑

慮，「早上十點，可以吧？」

「好，可以……」

「OK，太棒了！噢，還有別忘了帶妳的運動鞋哦！」

　　　　　　#　　　#　　　#

　　伊姿的學校霸氣地坐落在好幾英畝的土地上，和我破爛的綜合學校時光完全是不同的世界，附近的道路停滿來參加運動會的家長的名車，停車場看起來則像是荒原路華經銷商的前院。

　　我在公車站下車，走進校門時有點小害怕，一群四處亂晃的超正媽媽歡迎我，似乎有很多比賽正在進行，而且並不是都在操場上。我感覺自己就像回到學校，只不過是以成年人的身分。我曾聽蜜雪兒抱怨過進校門時可能會發生的狀況，但現在親眼見到後，我覺得一切都有點嚇人。

　　我環顧四周，發現似乎分成好幾個不同團體：超正媽媽、受歡迎的媽媽、假掰的媽媽（就是戴著「志工」布章的那些），還有在後面亂搞的媽媽。

　　我想我應該是最後那種。

　　　　　　#　　　#　　　#

　　我看見費歐娜帶著伊姿和路卡斯一跛一跛朝我走來，我們自從產前派對以來就沒再見過面，當時一切都超尷尬，而我真的很高興能見到她，我希望今天我們可以讓一切重回正軌。

　　伊姿掙脫費歐娜的手跑向我，紅色格紋洋裝在她身後翻騰，我把她抱起來，給她一個大大的擁抱。

　　「妳要代替媽咪去賽跑！」她興奮地吱吱喳喳。

「是啊，沒錯。」我也露出開心的笑容。

「妮兒，妳真是我的救星……太謝謝妳了，」費歐娜和路卡斯從後方一拐一拐走來，對自己的困境翻翻白眼，「沒有妳我該怎麼辦才好呢？」

「就讓妳女兒徹底失望囉。」我咧嘴一笑，她用力拍了我一下，也爆出大笑。

「妳會贏嗎？」伊姿熱切地問。

「我會盡力，」我說，「那妳會幫我加油嗎？」

她哈哈大笑，並點點頭。

「但我們要記住一件事，重要的是參與，而不是獲勝。」

我們身後一道宏亮的聲音讓我轉過身，看見一個人影晃著馬尾衝向我們，從頭到腳都穿著萊卡布料。

是安娜貝爾，我心一沉，她就像頭穿著Lululemon的羚羊。

「妳們說是不是啊，女孩們？」

「是的，媽咪！」克萊門汀歡呼，跑在她身旁點頭如搗蒜。伊姿則一臉不確定，抱我抱得更緊了點。

「安娜貝爾，妳看起來真美！」費歐娜在她們打招呼時大喊，「我很慶幸我現在不用上場跑步。」

「費歐娜，妳這可憐的女人，妳**還好**嗎？」

「我好一點了。」她露出悲慘的笑容，給安娜貝爾看她纏著繃帶的腳踝。

「妳知道的，我有一個**超、棒、的**整骨師，他根本就會施行奇蹟……他馬上就會讓妳變得跟新的一樣。」

「真的嗎？噢，哇，謝謝妳，這樣就太好了。」

「當然啊，我現在就打給他。」她伸手進設計師手提包裡找手機。

「幸好妮兒願意代替我跑。」

「噢，妮兒，嗨，」她說，終於被迫跟我打招呼，「真是個可靠的朋友，總是臨危受命。」

「這就是朋友的功用。」我微笑。

臭婊子。

「妳上次提早離開產前派對。」

「對啊。」我點頭，仍然抱著拒絕我放下她的伊姿。

「我們好一陣子沒看到妳了，對吧，費歐娜？」她給費歐娜一個微笑，並往她身前靠近一小步略為調整位置，然後轉過來面向我，所以現在我們站在不同邊了，費歐娜和安娜貝爾一邊，我則在另一邊。

我發誓這絕對不是我瞎掰的。

「我都在幫忙費歐娜處理她家裝潢的事，看起來很棒，對吧？」

「安娜貝爾品味超好。」費歐娜微笑點頭。

「克萊門汀跑去哪了？噢，妳在這啊。」她轉向在我腳邊徘徊的女兒，「克萊門汀和伊姿，妳們兩個怎麼不去旁邊玩一下呢？」

伊姿終於允許我把她放下來，於是兩人一起跑過草地，朝路卡斯跟他朋友在的地方去。我也轉回來面向安娜貝爾和費歐娜，她們現在聊起燈具。趣味競賽突然變得意義重大，我不是為了第一個通過終點線而跑，是為了與費歐娜的友誼。

安娜貝爾發現我在看她，匆匆瞥了我一眼，彷彿也在掂量這個比賽，她看起來沾沾自喜、信心滿滿。

「妳要穿夾腳拖跑步嗎？」她抬起一邊眉毛，看著我的鞋子。

「沒有，我有帶運動鞋。」

「妮兒大學時是跑田徑的。」費歐娜炫耀。

「只跑了一學期而已，」我大笑，「之後我發現校園裡的酒吧，從此無法在中午前起床。」

「妳一百公尺的最佳紀錄是多少？」安娜貝爾發出挑戰。

「紀錄？我以爲這只是趣味競賽耶。」我試著開玩笑。

「我最近跑了十四秒。」

「呃，對，那已經是很久以前了……我想不起來……」

「看看妳們兩個！我都不知道妳們都這麼好勝呢。」費歐娜笑著說。

「沒有啊，不是我，我還以爲重要的是參與呢……」我開始抗議，但我們已經在移動了，而我的聲音就這麼消失在歡呼聲中，因爲爸爸的賽跑開始了。

#　　#　　#

我出乎意料撞見強尼，是在後來我和伊姿走到點心攤的路上，他帶著奧立佛，正和一些媽媽聊天，看到他我頗爲驚訝，他身邊圍著一小群人，大家都注意聽他說話，並大笑出聲，我心中湧起一股小小的驕傲跟快樂。

「噢，嗨！」

他看見我時停下來露出微笑，我感覺自己微微臉紅，想起門階上的吻。

「嘿，見到你眞好。」我微笑，他親吻我的臉頰，和昨晚有點不一樣，但我也沒有期待在公共場合重演就是了。

「妳怎麼會來呢？」他問，我察覺所有女人的目光都落在我身上。

「這是伊姿，我的教女。」

伊姿微微揮了揮手，「妮兒阿姨會贏得賽跑。」她以權威的

口吻和強尼報告。

我大笑，「她媽媽扭到腳踝，所以我代替她參加趣味競賽。」

「那我肯定是不能錯過囉。」他露齒一笑。

「嗨，我是費歐娜。」

費歐娜帶著幾瓶水重新出現，在人群中點點頭。

「這就是伊姿的媽媽，」我說，幫忙介紹，「費歐娜，這是強尼。」

「很高興認識妳。」他露出燦爛微笑，然後轉向拖著他手的奧立佛，「好啦，等一下！」他和藹地笑笑，「嗯，很開心認識妳們，費歐娜和伊姿。妮兒，晚點趣味競賽見啦。」他對我眨了眨眼，便消失在人群中。

「超帥耶！這是**哪位**？」

費歐娜興奮地看著我。

「強尼，和我去約會的那位！」我低聲說，臉龐還因為見到他而泛紅。

「**就是他啊！**我的天啊，我想知道**所有**細節……」

「我錯過什麼了嗎？」

安娜貝爾突然出現，手上拿著一瓶椰子水，看起來因為錯過介紹滿生氣，「我看見妳在和我的網球教練說話。」

「強尼是妳的網球教練？」我一陣震驚。

「他是妮兒的新男友。」費歐娜說。

「他才不是我的新男友，」我抗議，並在她笑得花枝亂顫時用手肘推了她一把，說實在的，這就好像我們又回到十八歲的大學時代，「我們只約會過一次。」我解釋，試著不要看起來像心裡感覺的一樣開心。

「還記得我們單身的時候。」費歐娜嘆了口氣，盯著安娜貝爾。

「我懂，」她微笑，接著輕輕一笑，「妳能想像**現在還**單身嗎？」

然後她伸手輕捏我的肩膀，假意支持。

我真的會殺了她。

# # #

不過不行，我必須贏得這場賽跑。

我們在起跑線上集合。我看向四周的其他媽媽，發現她們多數穿著不同款式的緊身褲和運動鞋，不過也有幾個人穿洋裝，我則是穿著牛仔褲，還有支撐力不太夠的胸罩，同時在一整個冬天的泥濘遛狗旅程之後，我的運動鞋也不再潔白，現在是人行道上口香糖的顏色。

安娜貝爾人呢？

我四處找她，但沒看到她，有那麼一刻我在想她是不是改變主意了，搞不好覺得區區趣味競賽配不上她的奧運實力。但沒有，她就在那，在起跑線上更遠處。她朝我跑來，直到和我只隔著幾個媽媽，然後拉下帽T拉鍊露出能夠炫耀她瘋狂腹肌的小可愛，我發現她開始伸展時所有爸爸都轉向她，而他們的老婆則投去惡毒的眼神。

我的心沉進我髒兮兮的運動鞋裡，我甚至碰不到我的腳趾，而且我上次跑步還是為了趕公車。我望向站在邊線的費歐娜和孩子們，他們揮揮手，露出興高采烈的笑容，然後再看回安娜貝爾，她在拉大腿肌和髖部。

大多數媽媽都在笑，並不是非常認真（雖然有一個穿短褲的媽媽看起來頗為嚇人），但是安娜貝爾迎上我的目光時，我絕對不會認錯她的眼神。

我能說的只有，你看過《神鬼戰士》嗎？

女校長拿著一面旗子出現，「好的大家，如果你們準備好了……」

出現一陣充滿期待的嗡嗡聲。

「就定位，準備好……起跑！」

我們於是起跑。

隨著我們衝下遊樂場，我腦中也播起《火戰車》的主題曲。安娜貝爾跑在前頭，像個金牌得主一樣往前衝，但我維持自己的速度，我胸部起伏，心臟怦怦作響，盡全力甩動手臂，大口將空氣吸進肺裡，只跑在安娜貝爾身後幾公分處，雙腳大力踩在草地上。

專心，妮兒，專心。

我更用力往前衝，腦中想的只有終點線，但隨著我越來越接近，終點似乎消失了，我能看見的只有我和費歐娜友誼所有點點滴滴組成的拼貼：大學第一天我看見她從車上搬下行李，幫她一起搬了好幾箱舊黑膠唱片、二十一歲生日那次她要吹蛋糕上的蠟燭，結果頭髮不小心著火，我只好往她身上倒了一大壺瑪格麗特滅火、我們去巴黎的那趟旅行，當時我們都窮到不行，只靠**法國麵包**撐了一個星期，結果吃得超胖，牛仔褲都扣不起來、葛拉斯頓伯里音樂祭的笑聲和汙濁的眼淚、她告訴我要嫁給大衛時臉上的表情、我第一次抱著伊姿，她請我當她教母時，我臉上的表情……

而現在我覺得安娜貝爾正把這一切從我身邊奪走，我不能讓她這麼做，我必須追上她、超過她，我不能讓她獲勝。

我往體內挖掘，從某個地方找到另一股力量，我察覺自己加速，以前跑田徑的那個年輕女孩回來了，隨著我逐漸接近，安娜貝爾看了我一眼，眼中閃爍著決心、不可置信、恐慌，我

們現在肩並肩了，而我正要超越她……

我不知道發生了什麼事。我突然覺得肋骨間不知道從哪邊被推了一下，把我推到側邊，我拚命想保持平衡，但撞擊力實在太大，我摔倒，往前飛，臉朝下摔在地上。安娜貝爾則在我前面跑向勝利，越過終點線，迎向歡呼的人群。

她贏了。

我要感恩的有：

一、強尼，他幫我拿了點冰塊來，我瘀青的眼睛才不會變得更糟。

二、在眾人面前臉朝下摔倒，還不覺得自己是個徹頭徹尾的輸家，因為這只是個意外，不是安娜貝爾故意撞倒我還是什麼的＊。

三、伊姿，她把平衡雞蛋趣味競賽贏得的獎牌送給我，並跟我說我是史上最棒的教母。

四、ABBA合唱團的〈贏者全拿〉，我坐巴士回家時全程都在耳機裡大聲播放。

＊她當然是撞倒我了，但這是感恩清單，不可以出現殺人之類的想法。

芙烈達會怎麼做？

「聽起來很可怕，但往好處想，還是比葬禮好，這是我最近唯一會受邀參加的活動了。」

幾天後我和蟋蟀在V&A博物館碰面，參觀墨西哥畫家芙烈達·卡蘿的展覽，展覽才剛開幕。畫家私人物品的收藏非常棒，但因為蟋蟀剛從都柏林回來，所以我們一心多用，邊閒聊邊在展間移動。我就在一櫃芙烈達色彩繽紛的墨西哥衣物前，告訴她運動會上發生的所有事。

「我想也是，」我悲傷一笑，「所以萊昂諾和瑪格麗特沒有邀妳去晚餐派對嗎？」

「當然沒有，我一個人只會讓餐桌擺設難堪，此外，瑪格麗特很可能覺得我會對萊昂諾下手。」

「萊昂諾耶？」

「講得好像因為我的丈夫過世，我就會想要別人的丈夫一樣，」她抱怨，「而且就算我真的想要，也一定不會是萊昂諾，妳有注意到他耳朵多大嗎？蒙蒂總是說他看起來像個老頭水壺。」她停下來，「瞧瞧這些漂亮的褶裙。」

「超美，」我點頭，「看看這件上面的刺繡。」

「那個安娜貝爾聽起來像個討人厭的女人。」

「是可以這樣形容她沒錯。」

賽跑後我收到幾則費歐娜的訊息，說安娜貝爾對整起事件有多沮喪，而且有多想要我的地址。「不要跟別人說哦，我覺得她是想要寄些花給妳，她非常貼心，就像那樣，她還讓我在她的按摩浴缸裡泡腳踝，甚至幫我安排去看一個超棒的整骨師，

所以我感覺好多了。」

「真棒。」我把我的地址一起回給她，不過當然從來沒有花送來過，她想派來的應該是個殺手吧。

「妳有看到這個手繪石膏胸衣嗎？」

我們來到打上燈光的玻璃展示櫃旁。

「她一定經歷了很多痛苦。」我靠近玻璃仔細端詳。

「妳的眼睛還好嗎？」

瞬間從氣質變成荒謬，「還很痛，但瘀青消了一點。」過去幾天我都躲在太陽眼鏡後面，瘀青從黑色變成紫色，現在則是黃色，「順利的話到禮拜六應該就會全消了，我那天要跟強尼去第二次約會。」

提到他的名字讓蟋蟀表情一亮，我們先前排隊上洗手間時我和她說了第一次約會的所有細節，「他要帶妳去哪呢？」

「某間精緻的餐廳吧，他想要給我驚喜。」

「真是刺激啊。」她看起來真心為我感到開心，「蒙蒂以前也會用晚餐約會給我驚喜，他總是說：『穿漂亮點，蟋蟀，我們要出門。』」她微笑，然後嘆了口氣，「我好想念他。」

我想起我包包裡的信和照片，我依然還沒跟她說，雖然我有所保留，但我原先計劃今天要把東西給她，只是現在疑慮再次出現。為什麼要冒著讓她傷心，扭轉整個印象的風險呢？這有什麼好處？

「妳知道的，我在考慮搬到比較小的地方。」她在我們走進下一個展間時說。

「搬家嗎？」

她點點頭。「我不再需要這麼大一間房子了，就只有我在裡面窸窸窣窣，感覺很傻。我在想，我應該把房子賣掉，然後幫自己買一間不錯的小公寓。」

「但妳很愛那間房子。」

「沒錯，我很愛，但裡面保有太多和蒙蒂的回憶了。」

「這樣不好嗎？」我反問。

「從很多方面來說，這樣是很好，我會很欣慰……」她停下來，然後在身邊比劃，「但人生不是一座博物館，妮兒，我不想要活在過去。」

我的抗議陷入沉默。

「我不想把我剩下的不管多少時間花在緬懷過去上，我想要向前看，新的東西、新的地方、新的冒險，不然我就只是過著失去一部分自己的生活而已。」她勇敢微笑，但臉部微微皺起，「我在那間房子裡深深感覺到我失去了他，我想念廚房盈滿他的笑聲，還有他香菸的味道……他應該只能在外頭抽菸才對，所以他會靠在落地窗邊，然後爭論嚴格來說，他是在外頭沒錯。」

聽著蟋蟀說話，我發現自己感同身受。我們的處境雖然大相逕庭，但有那麼多感受都是一樣的，伊森可能沒有死掉，但我們的關係已經死去，而這是我搬回倫敦的一大主因。我需要重新開始，展開一個我不會在每個轉角都不斷想起他的人生。

「我懂，」我說，安慰地捏捏她的手臂，「我覺得這聽起來是個好主意。」

她露出感激的微笑，接著說：「看看這些美麗的披肩！」

「他們能保存下她所有物品真是太棒了。」我注意到。

「我把房子賣掉後，就必須丟掉很多我的東西，不只是衣服而已，光是我們所有的書就可以裝滿一座圖書館……」

我回想蟋蟀家的主走道，兩側直達高聳天花板的書架，接著想起自己在加州的小書架，她家一定有好幾百本書，搞不好有好幾千本呢。

「我想我們可以把東西拿去慈善商店，雖然就算是他們也可

能沒有空間。」

「我住加州時，當地的慈善商店不願意收書，」我語帶遺憾地說，「不過幸好我聽說有一種免費的迷你圖書館。」

「那是什麼？」她轉向我，一臉好奇。

「就是有一些塞滿書的小書架，可以免費取書閱讀，人們會把書架放在街角或是家門前。妳也可以有一個。概念是拿走一本書，就要留下一本書，但總是需要重新補貨，因爲大家借走的書通常比捐出來的書更多，但妳沒關係，因爲妳有這麼多書。」

「但我該把書架放在哪才好呢？」蟋蟀看起來聽得很入迷。

「嗯，我們可以在前院也就是大家會經過的地方放一個小的，尤其現在當地的圖書館又要關了，大家一定會需要免費的書。」

她靜靜消化這個概念。

「噢，我很喜歡這個主意，」她終於開口，「蒙蒂總是說書不該被擁有，而是應該要分享才對。」

「我可以找一天過去，然後我們就可以一起來做，不會花什麼時間。」

我們停在芙烈達的一條義肢前，腳上穿著一隻美麗的紅靴。

「她從來不會逃避事實，對吧？」蟋蟀讚嘆，「我覺得這是她最啟發我的一件事。」

我思索起過去的事。這是眞的。大家都說事實很傷人，但過去這幾個月教會我，人的內心比看起來還要堅強，而且更常是欺騙讓你心碎。

「蟋蟀？」

「怎麼啦，親愛的？」她轉向我。

「我們找個安靜的地方喝一杯，我要給妳看一樣東西。」

我要感恩的有：

一、事實，以及訴說事實的勇氣。

二、我把信封交給蟋蟀時她的反應，她看看郵戳便把信封放進口袋，然後就只是謝謝我，並點了另一杯紅酒。

三、蟋蟀不是在獨自一人時發現照片，因為這不是我要說的祕密，而是她要尋找的事實。

四、博物館，因為不像這個著迷於青春的社會，博物館紀念的是古老的事物，這也是為什麼我開始換個方式看待我的身體部位，彷彿我在逛博物館，將其視為有趣的展覽，而不是在鏡子前對自己尖叫。

五、芙烈達·卡蘿，她真正啟發了我。

第二次約會

「是說第二次約會如何？」

時間是週日凌晨，我剛和強尼吃完晚餐回來，躺在床上，還沒洗頭也還沒卸妝，正在和麗莎FaceTime。她在沙灘上，我可以看見她身後的海洋和棕櫚樹，這幅景象通常會勾起我心中的某種回憶，但我現在剛約會完實在太興奮，感受不到其他東西。

「比第一次更棒！」

她把太陽眼鏡推到頭上，對著鏡頭瞪大眼睛。「妮兒，那真是太讚了！」

強尼搭計程車來接我，之後帶我到一間私人俱樂部，裡面充滿各種潮男潮女，坐在燈光昏暗角落裡的天鵝絨沙發上，我們喝的調酒名稱都是「鴿子」或「海明威」之類的，又好喝又烈，並以調酒喝醉的那種美好方式直接衝進我的腦袋。接著是在一間美麗法式餐廳的晚餐，我們吃了非常棒的料理，在大玻璃杯裡搖晃紅酒，調情調到像風暴來襲。

「接著，就像個完美的紳士，他叫了一輛計程車送我回家。」

從頭到尾都仔細傾聽的麗莎目瞪口呆，只說了聲「哇」。

「他甚至對那天運動會的事也很暖，說原本應該是我贏的。」

「我太替妳高興了，妮兒，這傢伙聽起來超棒。」

我不想自己說出口，擔心會烏鴉嘴，可是強尼真的超級棒。因為我過去的經驗，我害怕讓自己感到期待，但那晚有好幾次，我發現自己看著他然後心想：「我是不是真的**遇上**真命天子了呢？」這就是為什麼我和伊森沒有修成正果，一切早就已經

命中注定了？

　　呃，我已經喝了兩杯非常烈的調酒了。

　　「噢，還有一件事，結果安娜貝爾是他在高級網球俱樂部的其中一個客戶……」

　　「啊不就很意外。」

　　「不，意外的是她曾試著勾搭他。」

　　「什麼！什麼時候？」

　　我愛麗莎有很多原因，其中一個便是她會對她不認識的人感興趣及投入。

　　「我不知道，但他說他很多已婚的女客戶都會這樣，很顯然大家都這樣。」

　　「所以她不只在一件事上作弊囉。」

　　我爆出大笑，同時也覺得眼皮垂了下來。疲倦突然來襲，我試著壓下一個呵欠，卻失敗了。

　　「時間很晚了，我該去睡覺，但我想先聽完**妳**約會的所有細節，妳上次說之後會跟我說，但妳都沒提……」

　　「噢，只是某個我在瑜伽課上認識的人啦。」她打發我。

　　「我不覺得老師可以和學生約會哦。」我微笑。

　　「**嚴格來說**……他們也不是我的學生，」她聳聳肩，「事情有點複雜啦。」

　　「妳會再去跟他們約會嗎？」

　　「我不知道耶……更重要的是，妳什麼時候要再跟強尼見面？」

　　「這陣子不會，他要離開將近兩個星期去當教練，什麼溫布頓前的特訓之類的。」

　　「好吧，這樣妳會有很多時間。」

　　「很多時間怎樣？」

「妳知道三次約會法則，對吧？」

「這是什麼千禧世代東東嗎？」

她大笑。「不是，這是妳現在該和他睡了的意思。」

我要感恩的有：

一、有整整十三天的時間可以擔心要脫光光和一個新認識的人打炮。

協尋!
消失的性慾

你有看見妮兒‧史蒂芬斯
四十幾歲的性慾嗎？

**任何可以協助找回性慾的資訊
都會有豐厚報酬**

- 自從她上一段感情分手，極度
  心碎之後就消失了。
- 最後一次看見是在她搬出來之
  前六個月。
- 迫切需要在她和新男人第三次
  約會前找到。
- 主人非常擔心。

如果你願意提供任何協助或建議，請聯絡：
哈囉 @ 四十我就廢 .com

**若是找到，請勿接近。
有可能是快停經了。**

加一

手機通知聲把我嚇醒時，我已經睡死了。

三小？

我的房間伸手不見五指，我在床邊桌上摸索手機，睡眼惺忪地看著螢幕上浮出的名字。

父母。

恐慌襲來，天啊，事情發生了！你在他們超過七十歲後就開始害怕的半夜來電，現在真的發生了……

我一把拿起手機。「一切都還好嗎？」我朝聽筒倒抽一口氣。

「很刺激，是吧？」

「媽？」

「妳有聽到嗎？」

我的大腦一百八十度大旋轉。「蛤，什麼？妳為什麼要在大半夜打給我？」

「現在已經七點半了，妳應該已經起床了吧？」

我移開手機，這樣才能瞇眼看時間，同時不斷告訴（哄騙）自己，我的視線之所以很模糊是因為我剛起床。結果發現現在感覺像是大半夜其實是因為我的超棒不透光窗簾，真的已經早上七點二十八分了。想到要發明鬧鐘的人一定是不認識我老媽。

「對啊，當然，我星期天早上七點半為什麼還會待在床上呢？」

「妳跟妳弟聊過了沒？」

媽沒聽出我話中的諷刺。

235

「沒耶，怎麼了嗎？」

「他們敲定婚禮的時間了！」她得意洋洋地宣布，老媽在世界上最喜歡的東西，除了老爸之外，就是當第一個報馬仔。她當自由髮型師實在是太浪費了，應該去當頭條新聞播報員才對。

而現在她就像個超快的短跑選手一樣炸開，告訴我所有細節，我則跌跌撞撞穿上睡袍，走到廚房泡咖啡。

「噢……很棒啊……嗯……對……讚哦……讚欸……」我一路嘟噥聽完一連串花束安排、場地布置、婚禮場館的細節，還有接待處的位置。

「我本來以爲他們會去曼徹斯特的戶政事務所登記，但他們要去利物浦辦，那裡是娜塔莉的家鄉……」

「很好啊。」我回答，同時聽見咖啡壺在爐子上的冒泡聲，心想世界上沒有比這更棒的聲音了，我把咖啡倒進杯子，然後走到冰箱拿牛奶，並注意到冰箱門上的打掃輪值表，從我搬進來後就在那了，我一直習慣性無視，但現在上面貼了一張亮橘色的便利貼。

這不是冰箱磁鐵。

我露出微笑，愛德華有時候也是蠻幽默的。

老媽同時也沒有停下來換氣過，「……他們不想在教堂辦婚禮，所以至少身爲無神論者的妳爸會很高興，我必須把他拖過走廊……」

亞瑟用鼻子摩擦我的膝蓋，想要吃早餐，所以我忙著餵牠。

「……這讓他們在孩子出生前有幾個月的時間，她那時肚子一定會非常大，不過這年頭這也沒差啦，不像我那年代……」

外頭很暖和，所以我坐在房間外的小陽台上，把臉朝向早晨的太陽，人生眞是奇幻，一年前誰想得到我會回來倫敦、單身、聽著我弟和他懷孕未婚妻的婚禮計畫呢？當時這個夏天要

結婚的人還是我呢。

　　更奇幻的是我突然醒悟，出乎意料地覺得這一切都沒事。

　　「所以，妳覺得妳會帶人來參加嗎？」

　　我回到現實，老媽又在釣魚了。

　　「嗯，我還沒好好想過呢。」我開始解釋，心思卻突然往未來飄去，或許我可以帶強尼去？

　　「因為至少妳現在已經知道日期了，妳可以提早通知**任何人**，現在才六月，他們有好幾個月的時間可以安排行程，比如說他們可能需要訂機票或什麼的⋯⋯」

　　「伊森不會來，媽。」

　　碰，就像扔下麥克風一樣。

　　從我的手機響起以來的第一次，電話另一頭陷入沉默，但我這次沒有被以往我讓其他人失望時總會出現的罪惡感折磨。既然現在理查要結婚了，我覺得我終於可以對自己誠實，畢竟家裡還是會有一場婚禮。

　　「嗯，還有好幾個月，大家總是習慣臨時改變主意。」老媽一會兒後說。

　　「**我**不會改變主意。」

　　「噢，好吧，嗯，只是妳從來沒提⋯⋯」

　　我的缺乏罪惡感非常短命，老媽聽起來相當失望，而現在我因為粉碎她的希望覺得很糟糕，我告訴她我要結婚的時候她超興奮的，還把我婚戒的照片給她所有朋友看。

　　「事實上，我遇見了某個人，」我脫口而出，「一切都還早，但我們已經約過幾次會了。」

　　我沒有想解釋任何事，我的意思是，約兩次會不代表一段感情開始，還有很多時間可以讓一切出錯，但是⋯⋯

　　「噢，這真是個好消息，妮兒。」她聽起來又驚又喜，心情

237

隨卽變好，「嗯，對啊，或許妳可以帶他來加一……」

　　「是啊，或許吧。」我說，喝了一大口咖啡，咖啡非常燙嘴。

四十幾歲的裸體

　　為了準備第三次約會，我完全豁出去了。全身上下都做了蜜蠟除毛，乾燥的皮膚都擦了乳液，也沒有一吋脂肪逃過我的刷子。（到底是要朝心臟順時鐘，還是朝外逆時鐘？我永遠記不得，要是你搞錯邊會讓一切更糟嗎？）

　　我做了超多深蹲和弓箭步，導致根本下不了沙發，膝蓋也已經無法爬樓梯。我甚至還試圖在廚房裡做瑜伽，然後決定要是我想活著去第三次約會，那我最好不要嘗試靠著冰箱倒立，那些名人讓這看起來**很容易**，但其實沒有。此外，我和我的房東住在同一個屋簷下，而我下來時他剛好走進來，我差點就直接踢到他的臉。

我要感恩的有：
一、在除毛美容院沒有昏倒。
二、所有健身影片，我真的有照著做，而不是邊吃洋芋片邊滑過去。
三、萬事達卡，誰敢說性愛是免費的，就應該去看看我的信用卡帳單。
四、沒有踢爛愛德華的下巴。
五、凱格爾運動。

第三次約會

麻煩來點鼓譟吧。

週五晚上，我在出門見強尼前隨意撥撥頭髮，我們已經快兩個星期沒見到彼此了，而我實在**非常**期待見到他，不過同時也頗為緊張，我不想說得太直接：**女士們，已經好一陣子了**。此外，和我遇見伊森時相比，我現在也更老了，那時我還在四十歲正確的那一邊，而且相信我，我完全沒有想到蝴蝶袖。

我不知道發生了什麼事，我在很年輕時性愛並不是什麼大不了的事，但是從某個時刻開始，我失去了一些信心。或許是因為你的心碎成一片片吧，也可能是因為照鏡子時多看見了一些皺紋，也許只是變老跟覺得脆弱，並知道當你現在喜歡上某個人就真的是件大事了。

我計劃問強尼今晚想不想留下來過夜。愛德華回鄉下了，所以這是個完美的機會，因為我們可以獨享整間屋子。這不禁讓我開始思考，我應該要有個自己的地方。我搬進愛德華的公寓已經六個月了，但這一切都只是暫時的，就只是等我重新站穩腳步而已。我必須開始尋找某個更長久的住所，某個有隱私的地方，我是說，講真的，我都四十幾歲了還在租房子，而我所有朋友都已經結婚，並在漂亮的房子裡安頓下來，第一次是在門階上擁吻很有趣沒錯，但我不想讓這成為常態。

話雖如此，這樣的安排最後證明對我們兩個人都有好處，愛德華根本不怎麼待在這裡，只是週間待幾個晚上而已。因為照顧亞瑟減免的房租也意義重大，亞瑟本身也是，一開始只是方便安排的事，後來帶來更大的意義，牠現在已經是我忠實的

夥伴了，要是沒有牠，我不知道我要怎麼撐過這一年。

愛德華和我也是，我們多數時候相處融洽，雖然也偶有爭吵，就像其他所有住在一起的情侶一樣。

但我不會說謊，有時候他簡直快把我逼瘋，比如說他在碎念回收、隨手關燈，或是我試圖在浴缸裡謀殺他時，我甚至都還沒**開始**說廁所衛生紙的事呢，這從現在開始應該更名為「廁所衛生紙大戰」。

「之前廁所裡還有多放兩捲，但現在都不見了。」

上星期我在廚房裡做沙拉，想吃的健康一點時（附帶好處是希望我能在必須脫光光之前再瘦個幾公斤），愛德華出現開了第一槍。

我從手上正在切的聖女小番茄抬起頭，「我不敢相信你竟然在算廁所衛生紙。」我反擊。

「我才不敢相信妳一個星期可以用掉一捲呢。」

「你真的想要我解釋嗎？」

「呃，我只是好奇，妳拿這些衛生紙到底是幹什麼去了？家裡每個星期都用掉一大堆，真的是個大謎團。」

「這是基本生理需求，」我不可置信地說，接著因為他仍一臉茫然盯著我，我又補充，「你要抖，我們要擦。」

但要是我覺得這會讓他因為尷尬而閉嘴，那麼我誤會了。

「妳是一次抓一大把嗎？妳一次只需要用一張就好了。」

「沒有，**我沒有抓一大把**。」我揮了手上的刀子一下，思考我是不是該殺了他，或是要告訴他我習慣先用衛生紙把用過的棉條包好，之後才丟進垃圾桶。事實上，**這**可能才會殺了他吧，他可能一聽到**衛生用品**就會一臉震驚，然後嗆死。

「嗯，如果是這樣的話，就算妳一天上五次廁所，也只會用五張，而每一捲衛生紙有兩百四十張，所以可以撐四十八天，

我的意思是，這是小學數學啊。」

　　我一臉不可置信盯著他，不只是他，還有我的處境，這一切是怎麼發生的？我是怎麼錯過那個通往成功成人生活，擁有美麗的家、丈夫、要去哪個超讚避暑景點對話的轉彎，並選了帶我到這裡的那個？

　　「你是認真的嗎？」我大叫，「我才不要跟你講這個，我才不需要說明我是怎麼用廁所衛生紙的！你會問你老婆這個嗎？」

　　至少他這時候還知道要臉紅。

　　但這確實激發了我思考起我必須去找另一個薪水好一點的工作，因爲寫訃聞的收入不夠我負擔自己的地方……但是該做什麼呢？我完全不知道，我不斷讀到我們大家都應該「追隨我們的熱情」，但我不可能眞的以在網路上看各種南法房地產維生……

　　但說眞的，事實上，我現在眞的很認眞。我想起我所有已婚的朋友，兩個人一起眞的便宜太多了，我記得我和伊森一起住的時候，我們的房租和帳單都是平分，而且他從來不會講什麼廁所衛生紙。不過他會做其他事，其他更糟的事。

　　但現在這些都是過去式了。

　　我看著我在鏡中的倒影，花了好幾百年撥頭髮之後，我決定用髮夾夾著。我讓幾縷頭髮從耳旁垂下，接著抓起外套和包包，把房門在身後關上，來到走廊上。

　　然後就聽見鑰匙插進鎖孔的聲音，並看著愛德華出現。

　　「我以爲你今晚不會回家，」我脫口而出，在他扛著摺疊腳踏車走進門後感到一陣失望，「今天是星期五。」

　　「我忘了東西，必須回來拿，」他邊說邊脫下安全帽，「我很快就會再出門了，車站有一班八點半的火車。」

　　世界上眞的有神存在。

「要出門啊？」他盯著我的打扮。

「對啊，我要去見強尼。」

「噢，很棒啊。」他點點頭，但他的表情一如往常難以判斷，呃，除非他正在討論廁所衛生紙或是環保議題啦。

他走進廚房開始弄亞瑟後，我在走道的鏡子檢查最後一次，我實在不確定髮型如何，我又撥撥頭髮。

「放下來比較適合妳。」

我在鏡中看見愛德華在我身後看著我。

「謝啦，」我微笑，無視他的建議，「但我比較喜歡這樣。」

他看起來有點不自在，「噢，好吧，那就祝妳有個美好的夜晚。」

我搔了亞瑟的耳朵最後一下，跟牠說掰掰，然後走出大門。我走下人行道五分鐘後，才伸手把髮夾拿下來，讓頭髮垂下，並搖搖頭讓其灑落到肩膀上，之後繼續往前走。

昨晚後的早晨

所以，昨晚很好玩。

我站在咖啡壺前，等咖啡煮滾，腦中則重播著過去十二小時的畫面。我調情、喝酒、說有趣的俏皮話，我感受到火花和樂趣，甚至都沒有一絲陪伴的**味道**。強尼有當地某間爵士俱樂部的表演門票，那是個燈光昏暗的舒適空間，我們邊聽艾拉・費茲傑羅邊喝紅酒。

回家路上我們共享一包洋芋片和一根香菸。抽菸耶！我好幾年前就決定不要再抽什麼蠢菸了，我已經變老，也長了智慧，於是決定可以的話我才不要死於什麼糟糕的疾病，但昨晚一切都既不顧後果又超讚。

所以當強尼告訴我他第一次看見我時有多想睡我，還有現在終於輪到他看我裸體時，我決定要照著那些告訴我們應該要享受當下的文章做。紅酒當然也有幫助，但我是以一種截然不同的方式感到陶醉，我沒有想起過去或是擔憂未來，就只是完全沉浸在當下。

心理學家顯然把這叫作「渾然忘我」，而我個人則是將其稱為發現自己裸體和強尼躺在一起，不覺得自己是個隱形人、緊張、背滿情緒包袱，而是覺得自己像是又回到十八歲。我承認我當然不會把燈都打開搞得像在房間裡走秀一樣，但這就是香氛蠟燭派上用場的時候啦，對吧？

而且他留下來過夜。

我打開櫥櫃拿出兩個馬克杯。我留他在床上睡覺，自己跑來廚房幫我們倆煮點咖啡，途中當然也不忘到浴室去「提提

神」。我用手指多揉了一點唇蜜,對自己笑笑,然後發現亞瑟正從牠的籃子裡觀察我。牠已經習慣我早上拖著腳步走來走去,還穿著沾到乾掉燕麥粥的睡袍像個殭屍一樣。「我有個男人在樓上等我呢,這怎麼樣啊?」我低聲說,彎身搔搔牠的耳朵。

直到咖啡開始冒泡我才停下動作。我倒出咖啡,加了點牛奶,接著走回樓上,走到半路我就聽到房門打開,並看見穿著四角褲的強尼。

「嘿,我以為你還在睡呢?」

「我只是需要上個廁所。」

我微笑,「嗯,你知道廁所在哪吧。」

我走上樓梯平台,他則伸手握住門把。「我覺得裡面有人……」

我甚至還沒時間理解他的話,廁所門就忽然打開,愛德華也穿著四角褲走出來,我們全都卡在樓梯平台上,兩個穿四角褲的男人,跟一個穿著顯然不夠長的T恤的女人,聽起來就像什麼搞笑浪漫喜劇。

但並不是。

一切其實是**痛苦萬分**。

「愛德華!我不知道你昨晚待在這。」

我動也不動站在樓梯平台,手上仍然拿著兩杯咖啡,但我心中亂成一團,他待在這?全程都是?

「出了意外,火車嚴重誤點,所以我決定今天早上趕早班車。」

眼神在空中各種交會,我希望地板可以把我吞進去,這真是**有夠**尷尬。

「愛德華,這是強尼……」我覺得馬克杯已經快燙傷我的手,匆忙開始幫他們介紹,「強尼,這是愛德華,我的室友。」

　　我說不出房東，我就是說不出口，室友聽起來好多了，更正常一點，噢幹，這一切根本一點都不正常。

　　「嗨，室友。」全身只穿條四角褲的強尼頗為鎮定。

　　「嗨。」

　　同樣全身只穿條四角褲的愛德華伸手和強尼握手，這真是完完全全徹徹底底超現實的景象，而且還很羞恥。

　　「愛德華已經結婚，和老婆還有雙胞胎兒子住在鄉下。」我口齒不清地急匆匆帶過，終於把咖啡遞給強尼。

　　「嗯，總是要有人去的吧。」強尼開起玩笑。

　　「不好意思？」愛德華皺起眉頭。

　　「我是說住在鄉下，」他大笑，「開玩笑的啦，我相信一定很美。」

　　「對，是很美。」愛德華表情文風不動。

　　「我就是來自鄉下。」我插話，但沒有人在聽我說話了。

　　「嗯，里奇蒙其實也算不上是城市。」愛德華繼續說，下巴的肌肉開始抽動。

　　幹，完了。

　　「強尼是個網球教練，愛德華以前也教過人家打網球。」萬歲，我找到他們的共通點了。

　　大錯特錯，我找到的是一場比賽，他們向對手一樣掂掂對方的斤兩。

　　「嗯，我得走了。」

　　接著，就在我覺得他們真的會大打出手時，愛德華走回浴室，用力關上門。

　　門閂鎖上後，我和強尼也撤回房間，回到床上，但要是我擔心強尼會有什麼反應，我也是多慮了，因為他覺得整件事都很滑稽。

「妳有看見他的表情嗎？」他大笑，脫下我的衣服，「該有個人去告訴他放輕鬆一點。」

「噓，」我低聲說，「他又沒怎樣。」

我覺得在愛德華背後說他壞話像是種背叛，而且奇妙地湧上一股保護欲。我抱怨他沒關係，但其他人不可以，就像對家人一樣。

「別擔心，我會很安靜的。」強尼邊笑邊吻我，接著他把羽絨被丟到我們頭上然後……

我想我就寫到這裡吧。

我要感恩的有：

一、正念思想，雖然我不確定決定和約會對象一起睡是不是符合他們對活在當下的定義啦。

二、燭光，實在是非常美麗。

三、我不見的性慾回來了。

四、覺得一切都在好轉，終於有事情往好的方向發展了。

五、我的十點五級羽絨被，真的可以擋掉很多聲音。

麥克斯的群發WhatsApp訊息

我們可愛的兒子湯姆今早八點零五分順利出生，體重三千三百一十七克，母子均安，老爸則預約了結紮手術。

七月

#回顧爆吐星期四

暑假

　　結果，夏天變得和聖誕節一樣，提醒了我們這些漏網之魚，人生應該要是什麼樣子。我所有的已婚朋友都準備好飛到某個又熱又晴朗的地方，或和家人一起到海邊小屋過暑假，我卻什麼計畫都沒有。

　　「我們下週要飛去波爾多，我等不及了。」荷莉在我週一下午去蒙特梭利幼稚園幫她接完奧莉薇亞之後說。她稍早打給我，語氣有些恐慌，因為她平常的育兒安排分崩離析，我有沒有可能幫她個大忙，去接一下奧莉薇亞呢？我當然是可以，如果說當自由工作者有什麼好處，那就是可以當第四類緊急服務，所以我拋下手邊所有事，警笛唭咿唭咿搭地鐵穿過半個倫敦。

　　「這是奧莉薇亞出生後我和亞當第一次自己出遊，多爾多涅河應該超美……你可以泛舟穿越所有城堡……」

　　「聽起來超讚。」

　　「亞當想要去海灘度假，但妳知道我的，我不是那種坐在海灘上的類型。」

　　「那換我去和亞當一起坐在海灘上，」我開起玩笑，「下週這裡應該會一直下雨。」

　　她大笑出聲，「那妳呢？妳有計劃要去哪嗎？」

　　「沒耶……」我說，然後補充，「還沒。」

　　我還處在強尼來過夜的興奮中，而且你無法預測未來，我不想放太多心思在上面，但假如事情按照目前的方向發展，我們最後也不是不可能會一起去某個地方，可能會去個幾天吧。

　　「費歐娜有提到什麼妳在跟某個人約會？」

　　我週末有遇到費歐娜。我在學校運動會完全搞砸身為教母的責任後，提議可以帶伊姿去參加某個派對。這是我們自那之後第一次見面，除了費歐娜問我的眼睛如何，我則問她的腳踝如何之外，我們什麼都沒有聊。表面上看來你會覺得一切都十分正常，但身在其中就會知道很明顯不是這樣。

　　正常應該是笑我臉朝下跌倒笑到臉頰痠，並大聊在摸彩攤旁看見的名人老爸八卦；正常不是勉強硬聊她接下來的假期要和安娜貝爾她們家一起去希臘群島租來的民宿過，同時看著她順道拿來的新窗簾樣品。

　　不過，後來我還是可以和伊姿共度一個下午，這一直都是我最愛的事之一。我知道我有偏見，但她真的是世界上最棒的小女孩，我們手牽手走去派對的路上她開心地吱吱喳喳，只不過我們到了之後她就變得異常安靜。我覺得是因為小丑的關係，老實說，連我都覺得有點恐怖。

　　之後我碰巧可以跟小丑聊聊，結果他叫克里斯，是名演員，並萬分痛苦地告訴我他曾在舊維多利亞劇場演過莎劇，當小丑只是暫時兼差，等他再接到工作，而我或許可以認出他最近在某個頗流行的醫療電視劇裡演出車禍受害者？幸好我沒認出來，甚至連他在廚房裡拿下紅色假捲髮和小丑鼻子，躺在地上伸出舌頭裝死，我都沒認出來。

　　「嗯，一切都還早，」我謹慎回應荷莉，「我不想要烏鴉嘴。」

　　「那很好啊，妮兒，」她看來真心為我高興，「而且妳才不會烏鴉嘴呢！任何男人能跟妳在一起都很幸運，伊森是個蠢蛋。」

　　我知道她是想表達善意，但叫伊森蠢蛋並不會讓我覺得更好過，只是在質疑我的判斷。

　　「好啊，我該走了……我要去看麥克斯和蜜雪兒的新寶寶，希望妳在多爾多涅有個愉快的假期。」

「噢，也幫我跟他們說我愛他們！」荷莉擁抱我，「再跟我更新唷，也再次感謝妳今天幫忙，妳真是我的救星。」

#　　　#　　　#

湯姆又小又完美，我怕我會弄傷他。

「別傻了，」蜜雪兒大笑，「如果連麥克斯都還沒弄傷我們半個小孩，我們可是有四個呢，我確定妳也不會的。」

她想把寶寶交給我，但我躲開，坐到對面的椅子上。「別，說真的，我會不小心把他弄掉。」

「換尿布時我也用過這個藉口，」麥克斯開玩笑，手上拿著好幾杯茶，並遞給我一杯，「完全沒用。」

「所以一切都還好嗎？」

「讓人精疲力盡。」夫妻異口同聲，然後相視而笑。

「我這週要回去上班，所以蜜雪兒的媽媽要來待幾個星期幫忙我們。」

「噢，那太好了。」

「然後我們八月要去康瓦耳。」蜜雪兒補充。

「你們要去度假？」我不是有意要聽起來這麼像在指控他們，但就連有個新生兒和三個十歲以下小孩的麥克斯和蜜雪兒夫妻都有辦法去度假？我對自己覺得更抱歉了。

「對啊，我們在海灘上租了一間很棒的房子，孩子們一定會超愛的。」

這時孩子們剛好回家，他們衝進客廳，用各種擁抱、親吻、五顏六色的黏土轟炸他們的新弟弟和我。於是我倉皇逃離，不過當然是在提議可以幫他們看小孩之後啦。

#　　#　　#

說真的，我太專心在我和強尼剛萌芽的戀情上，所以不怎麼在乎除了我之外的所有人都要去度假。他週六離開後，傳訊息來說他昨晚有多開心，我則回他：「我也是。」一段新戀情可以讓你覺得有多年輕跟充滿活力，實在是非常驚人，就像世界才正敞開，你看見的不是緊閉的門扉和死路，而是各種刺激的旅程和可能性。

當然，就連我在錄這週的podcast承認這點時，我還是有點罪惡感。就像是我背叛了自己，而且不知為何也失敗了。此時此刻我甚至能聽見來自我腦中以及（很可能根本不存在的）聽眾的吶喊，表示我不需要一個男人來讓我的人生完整，我應該自己一個人也很快樂。但問題是，我已經四十幾歲了，我已經證明不用談戀愛也能活下來，而且對，我不**需要**男人，但我確實擁有被愛的基本需求，我覺得我們都是，不是嗎？

而當我們正在戀愛中，我也不介意一起度個暑假。

我要感恩的有：

一、靜音鍵，這樣我就不用邊聽雨聲拍打窗戶，邊看大家充滿陽光和無盡藍天的度假照。

二、小丑克里斯，他提醒了我在工作上一切永遠都有可能更糟。

三、蟋蟀，她也沒有去度假，並傳訊息來說可以約個週末見面。

四、下載我podcast的那十四個人。**十四個真正的聽眾！**

兩個藍勾勾

　　我的上週都花在撰寫一篇新訃聞、錄新一集《四十我就廢》、上網搜尋出租公寓上，並發現除非名人開始接二連三離世，讓沙迪克每天都需要我寫一篇訃聞，而不是一個星期寫三篇，那我短期內就不可能負擔得起自己的住處，甚至連簡陋的錄音室都超出我的預算。

　　我也試著擴大搜尋範圍，但婚後全家搬到鄉下跟單身一個人搬去還是有點不一樣，至少在倫敦沒有人會盯著你指指點點然後說：「媽咪，妳看，是個沒有嬰兒車也沒有汽車的女士耶。」

　　我開玩笑的，我不是真的單身，我正在和某個人**見面**，只不過問題是，我這星期還真的都沒見到他或聽到他的任何消息。我上次和強尼傳WhatsApp是上週末，他說他接下來幾週因為溫布頓網球賽的關係會超級忙，顯然比賽讓他的許多客戶突然想複習發球而預約了他的時間，進行各種訓練。

　　不過老實說，就算你真的很忙，傳個訊息也只要花一分鐘吧，傳貼圖花的時間甚至更短，只要兩秒。我那天傳給他時算了一下，而且我知道他已讀了，因為藍勾勾。還記得你從來無法確定對方是否有收到訊息的舊日時光嗎？或是那時他們可以說還沒有讀？現在不一樣了，現在我可以在出去遛亞瑟時決定快速傳個訊息，這不是什麼沉重的事，我不想看起來太熱情，但我們已經睡過了，而且之前來回傳了一堆WhatsApp。我看著勾勾變成藍色，滿心期待回覆，不過什麼都沒有。

　　我恨死那兩個他媽的臭藍勾勾了。

255

神隱

「妳說什麼？」

「我說，聽起來像是他神隱了。」

週日下午，我和蟋蟀一起坐在荷蘭公園的長椅上，邊享受溫暖的天氣邊欣賞花卉，並告訴她我已經一個星期沒有任何強尼的消息，還有這真的很怪。

「**神隱**？」我轉頭看著她。

「是啊，就是當妳的約會對象毫無解釋或聯絡就這麼人間蒸發。」

「嗯，我知道這是什麼了。」我不知道該對哪件事比較驚訝，是蟋蟀知道這個詞呢，還是我到現在才恍然大悟強尼就是神隱了。

「他們那天才在某個談話性節目上討論。」

「我真是不敢相信。」

「嗯，我白天通常不怎麼看電視，蒙蒂如果知道一定會很不認同，但有時我只是想要有一點背景音……」

「不，不是這件事，我是說強尼神隱。」

「噢，我不是說他**真的**神隱，只是說**聽起來**很像……」蟋蟀看來很擔心她說了不該說的話，讓我心情不好。

「不，妳是對的。」

「**是嗎**？」

「沒錯。」我點點頭，思緒回到上個星期，並領悟他不是因為忙著當教練所以沒空約會，而且他已讀不回也一點都不詭異或奇怪。他是故意的，我突然覺得自己是個徹頭徹尾的白癡。

「那他還真是個超級大廢物！」蟋蟀爆氣。

我猛然回到現實。

「對不起，請原諒我的用詞，但他真的是。」

震驚、受傷、失望、遭拒的感受從四面八方朝我襲來，我雙眼刺痛，我真不敢相信。我真的是個白癡，怒氣爆發，但我還是很想哭。

「妳說的對，他真的是。」我最後終於點點頭。

然後我笑了，不只是因為這是我遇到危機時的預設反應或我還沒有完全相信，而是因為人生中有那麼幾個珍貴的人總是可以讓你大笑，就算你覺得自己根本完全沒有任何理由笑也是，而我很幸運正坐在其中一人身旁。

還有我**真的**不想哭。

我要感恩的有：

一、一個髒話罵得超嗆辣，而且總是為我帶來驚喜的八十
　　幾歲寡婦。

二、強尼的個人檔案，我到了現在才想到要去看。他在
　　上面寫說他只想跟三十五歲以下的女人約會，三十五
　　歲！他比我還大五歲欸！難怪他從來不會出現在我的
　　搜尋結果或是跟我配對到。我覺得煩躁又憤怒，覺得
　　自己有點像白癡，直到我看到他裝憂鬱的黑白大頭
　　貼，大概是二十年前拍的吧，並滑過各種他尷尬的浴
　　室鏡中自拍照，同時讀完他剩下錯字連篇的個人檔
　　案，包括把「你是」寫成「你的」，還有把「他們的」
　　寫成「那裡」，最後了解事實上，如果真要說誰是白
　　癡，那一定是他無誤。

三、蟋蟀和我之間並沒有因為那封信變得尷尬，她沒提，
　　所以我也沒提，她顯然不想聊這個。

四、我的罐裝琴通寧存貨（如果我把這當成感恩清單的預
　　設事項，事情應該會比較簡單）。

五、還有十四個podcast聽眾，現在又多了另外四個！我
　　不敢相信已經有十八個人在聽了！

罪證確鑿

　　幾天後，我和愛德華又因為「家務事」吵了一架，這次換成製冰盒。

　　「這是什麼？」他週三晚上下班回家，跟神探赫丘勒‧白羅找到凶器一樣戲劇化地指著冰箱夾層裡的製冰盒質問。

　　「製冰盒啊。」我回答。

　　「這是一個**空的**製冰盒！」

　　噢，幹。

　　「妳覺得製冰盒會自己把自己倒滿嗎？」他控訴。

　　問題是，不，我當然不這麼覺得啊，只是我這幾天都很不順。而且我把最後一點冰塊加進琴通寧時，要用濾水壺倒滿製冰盒（而且水似乎總是需要重裝，你還必須先永遠等水一滴一滴濾好），還要小心翼翼平衡好放進冰箱夾層，這樣你關上時水才不會灑出來，這真的是我最不想鳥的事了。

　　但當然我什麼都沒跟愛德華說，愛德華是那種覺得倒滿製冰盒是種責任，誰都無法逃避的人。他永遠都無法**想像**不管還有其他什麼事，竟然有人這麼粗心大意，會把空的製冰盒塞回冰箱。他做什麼事都按照應有的順序，不管是人生中的小事還是大事，他長大、結婚、買房、生子，沒有錯過任何一步。

　　這就是為什麼愛德華沒有到了四十幾歲卻發現自己的人生一塌糊塗，他的約會對象沒有神隱，他也不用思考自己是哪裡做錯，並且直接單喝罐裝琴通寧，因為某個沒用的白痴忘記倒水，所以已經沒有剩冰塊了。

　　「你說的對，我就是個爛人。」

「嗯，謝謝妳，但我不會說妳是個爛人。」

「我是啊，如果我有記得裝製冰盒，我的人生就不會搞成現在這樣一團亂了。」

愛德華看來因爲事情突然一百八十度大轉彎而有些擔憂，前一分鐘他還在講製冰盒，下一分鐘我就在講心裡話。

「呃，我不知道妳是怎麼得出這個結論的……」

他身體一僵，彷彿正鼓起勇氣。

「那個製冰盒就是我人生的比喻，我是**以爲**冰塊用完以後我會發生什麼事啊？是怎樣？**蛤？**」我因爲強尼的事很沮喪，而在前幾個星期一直壓抑後，我的情緒終於找到出口，我開始爆哭。

可憐的愛德華。

「我來幫妳弄點喝的，眞正的琴通寧，不是裝在我一直在回收桶裡找到的那種愚蠢罐子裡……」

「但我們已經沒有冰塊了啊。」我抽抽噎噎地說。

他露出友善的笑容，「酒吧裡會有。」

#　　　#　　　#

所以我們現在來到酒吧，和我的房東一起來，氣氛整個有點怪，我們從來沒有一起出門過，而且在一個沒有微波爐或冰箱的地方見到他，實在有點陌生。就像之前在加州時，我在全食超市的義大利麵走道遇到一個我超愛的好萊塢男演員，感覺眞的超怪，我只有看過他在螢幕上光鮮亮麗的樣子，結果他就穿著一件低調的運動服，手上拿著一罐有機義式番茄醬。

「我不確定妳喜歡哪種琴酒，所以我點了亨利爵士牌的，」他拿著兩杯酒回到桌旁，一邊解釋，「希望還可以。」

「謝謝你。」我啜了一口，酒很烈，而我什麼都還沒吃，我

又啜了一口。

「我相信這符合妳平常的標準。」

他是試著開玩笑，但就這麼一次，我甚至都擠不出笑容。

「噢，我不怎麼挑。」

愛德華在他的位子上扭了扭身子，我馬上覺得愧疚，我至少欠他一個解釋。

「有人神隱了。」我脫口而出。

「什麼？」

我對著酒杯嘆氣，「強尼，我在約會的那個男的，他人間蒸發了。」

「所以是，失蹤了？」愛德華看起來一臉擔憂。

「是我已經將近兩個星期沒聽到他任何消息，而且之後也不會了。」我把吸管戳進一顆冰塊，「我想你可以說我被甩了，愛德華。」

他看來頗為同情，「我很遺憾。」

「而我一直在思考我是不是說錯了什麼話，或是太熱情，還是太早就和他睡了。」

坐我對面的愛德華原先表情冷漠，但他下巴的肌肉現在開始抽動。

「我是說，我是跟談戀愛有仇嗎？你知道的，我搬來和你一起住以前，和我未婚夫一起住了五年，看看那是怎麼失敗的。」

我現在講上癮了，而且已經把酒掃光，愛德華什麼也沒說，只提議再請我喝一杯，我沒有拒絕。

他去吧台時，我想起伊森。我不能把我們之間發生的事和強尼的事比較。我愛伊森，我完完全全**愛上**伊森，我們一起生活，我也以為我們有個未來，一切結束時讓我傷心欲絕。強尼則是讓我從那一切分心，他英俊、迷人、有趣，但我現在有時

間思考後，我發現我們從來沒有進行過任何深入的對話，從來沒有向對方揭露我們真正的自己，就只有開玩笑、調情、粉紅酒、性愛而已，而過程都很棒。

愛德華拿著另一杯琴通寧和幾包洋芋片回來，是個和我有志一同的男人呢，我飢腸轆轆地大吃。

「我只是喜歡他，就這樣，我以為他也喜歡我。」我聳聳肩，打開一包起司洋蔥口味。

「我相信他是，但是像強納森‧麥奎瑞這樣的男人更喜歡他們自己。」

我嘴巴塞得半滿停了下來。「強納森‧麥奎瑞？等等，這是在說⋯⋯強尼嗎？**你認識他？**」

愛德華點點頭，「我**知道**他，不過直到最近才有人正式介紹我們認識⋯⋯」

他指的是上次在樓梯平台上的尷尬時刻，我覺得自己糗到爆。

「但我已經住在這附近夠久，知道他的名聲。」

「**他的名聲？**」

我看著愛德華尋求答案，但他什麼也沒說。

「**什麼**名聲？」

「姑且說他喜歡正妹吧。」

「你之前怎麼沒告訴我？」

「呃，那時候好像有點太遲了⋯⋯」

我們互看，這次我忍不住笑了，真的是爛到笑，而且琴通寧也很有幫助。

愛德華打開鹽醋口味，要我拿一片。

「到了最後，還是有被拒絕的感覺啦，真的。」我繼續說，拿了一片，並給他起司洋蔥口味回報，「你有被拒絕過嗎？我打

賭一定沒有。」

「我確實有被拒絕過。」

「什麼時候?」

「嗯,我進不了牛津。」

我翻翻白眼,「我還以爲你要跟我說女生勒!」

「噢,這比所有女生的事都還糟,我爸超級失望,他以前是基督教堂學院的,他期望我跟他一樣,然後跟隨他的腳步進入銀行業,成爲某間大型金融機構的CEO或主席。」

「結果後來怎麼樣了?」

「我去讀布里斯托大學,並開了自己的軟體公司。」

「嗯,這很棒啊,不是嗎?」

「對我父親來說不是,路易斯一家二代都從事銀行業。」

我看著愛德華停下來,喝了一大口他的琴通寧。對任何人來說,他的事業都很成功,但對他的父親來說,很顯然不是。

「那你媽呢?」我問,想起蟋蟀說不要害怕提到逝去的親人,這很重要。「她會想要你怎麼樣呢?」

「她會要我快樂,」愛德華立刻回答,「要做我喜歡的事,跟隨我的熱情。」

「那你有啊!雖然我不知道怎麼會有人喜歡軟體啦。」我開起玩笑,做個鬼臉。

「啊,這就是大家對軟體的誤解,」他和藹地回答,「我的工作主要是跟環境有關,負責研發處理再生能源解決方案的軟體,全球今日面臨的挑戰需要新的科技,而我們就在提供這類軟體的最前線,所以眞的非常令人興奮。」

我在「再生能源解決方案」這裡就迷失了,我喝了兩大杯琴通寧,所以眞的聽不太懂他在講什麼,但看見他對自己的工作充滿熱忱,我發覺自己對愛德華也有不少誤解。

　　而現在我又喝完另一杯了。

　　「喝一樣的嗎？」我搖搖晃晃站起身，「這輪換我請了。」

　　「一樣的，」他微笑，「還要更多洋芋片。」

　　事情總是會一夕翻轉眞的很有趣，對吧？我本來有夠沮喪，但現在看看我，我心情眞的變得頗好。

　　「更多洋芋片。」我點點頭，走到吧台之前還模仿了一下敬禮動作。

回顧爆吐星期四

我要感恩的有：

一、我床旁邊的桶子。

二、我是個自由工作者，所以從床邊到書桌只要移動六十公分。

三、我的筆電，以防我連上面那點都做不到。

四、燒焦的吐司和止痛藥。

五、愛德華，他稍晚從辦公室打給我，關心我好不好，並告訴我冰箱裡有新鮮柳橙汁和番茄湯。也是他把桶子放在我床邊，並讓我不用擔心要遛亞瑟，好好休息就好，他找了人幫忙遛。

六、知道世界上還是有好人的。

祕密和謊言

　　所以我決定了：我要來過一波健康生活，我發誓我今年一定要改變人生，但現在已經七月了，而我依然單身、破產、靠著洋芋片和酒精維生，呃，哈囉，說好的身心連結呢！當包著磨碎酪梨的裸麥麵包都沒經過我的嘴唇，我怎麼能期待一個嶄新的開始和全新的我呢？我必須丟掉糖分、遠離酒精、避開碳水化合物，並吃一些健康又營養的東西，包括很多古老的穀物和發酵的食物。

　　沒人說過健康飲食必須要很有趣。

　　話雖如此，所有名人食譜裡看起來都很好玩。在潔白可愛的廚房裡，頭髮設計過，還化著全妝，但我不確定我會買單。我以前和一個會用豆腐變出各種酷炫料理的廚師住在一起，可是說到垃圾食物，也沒人會比伊森還糟糕，他會為了那最後一片披薩跟你戰到至死方休。

　　總之不管怎樣，我上週每天都在喝綠色蔬果汁配沙拉，而我從來都沒有這麼健康過，也沒有這麼窮過。說真的，你知道裝在玻璃瓶裡的綠色蔬果汁一瓶要多少錢嗎？因為我當然不可能買塑膠罐裝的，否則在照顧我健康的同時，我就是在摧毀所有海洋生物的健康，這不知為何似乎有點奇怪。

＃　　＃　　＃

「您今天想喝點什麼呢？」

　　我在某間果汁吧排隊，抬頭看著黑板。

「可以告訴我綠色解毒汁裡面有什麼嗎？謝謝。」

為了搭配我最近的健康生活，我這週也預約了要去看家庭醫生和牙醫做年度健康檢查。我剛剛看完牙醫，就在健康食品店的轉角。

「好的，裡面有羽衣甘藍、菠菜、花椰菜、芹菜、蘋果。」鬍子男愉快地回答。

「好，那我來一杯這個，但不要加蘋果，謝謝。」

他們總是想偷加蘋果，我知道這是因為蘋果很便宜，而且可以用來稀釋所有又棒又貴的綠色蔬菜，加一點點是還好，但要是你不注意，你就會花十鎊買一杯基本上是蘋果汁的東西，所以我總是拒絕所有蘋果，這表示我的果汁喝起來總是超級噁心，但至少我知道這很健康。

「好了。」

「謝謝。」我用紙吸管吸了一口，難喝到臉都縮了起來。

我離開果汁吧，開始迂迴地走回主街，邊看著各式設計師商店的櫥窗，並思考有辦法負擔得起這所有昂貴的衣物究竟會是什麼感覺，想像一下就這麼走進去，甚至都不用看標價一眼。

我的膀胱一陣劇痛，打斷了我的白日夢，全都是這杯綠色蔬果汁害的，真的是馬上喝馬上尿。

我在轉角發現一間酒吧，馬上衝進去往洗手間直奔，我是在上完出來時，才看見一個坐在角落，手拿啤酒的人影，等等，**這不是**……

「麥克斯？」

他一聽到有人叫他名字就抬起頭。

「真的是你！我就想說我認得出你。」

「噢……嗨，妮兒，」他看起來很訝異見到我，「妳在這裡做什麼？」

「我也可以問你一樣的問題哦，」我露齒一笑，在他臉頰上親了一下，「你不是應該在上班嗎？」

「午休時間。」他回答，我滑進他對面的座位。

我指著牆上顯示現在是下午三點的時鐘。「你午餐吃得還眞久耶，」我微笑，「這也是你升職的一部分嗎？」接著我發現他的雙眼有點充血，我突然一陣擔心，「嘿，一切都還好嗎？」我壓低聲音，「該不會是湯姆吧，是嗎？」

「不是，我是說，對，一切都很好，湯姆沒事，他很好。」

我放鬆下來，但只有一下子。

「是我的升職。」

所以眞的**有**什麼事出錯了。

「你的升職怎麼啦？」我問，接著因爲他沒有回答，我於是催他。「怎麼了？壓力太大了嗎？」

「我沒有升職。」他打斷我。

「什麼？」

「升職的不是我，是另一個同事，他比我年輕十五歲，而且資歷根本跟我沒得比，只是……」他聳聳肩。

「只是什麼？我不懂，這是你去年努力工作的獎賞，你應該要升職的啊！」

但麥克斯沒有回答，他甚至不敢迎上我的目光，只是把剩下的啤酒倒進喉嚨。

「等等……蜜雪兒知道這件事嗎？」

他繼續凝視手上拿著的空瓶。

「噢，麥克斯，你必須要告訴她，你沒有升職，那又怎麼樣？這又沒什麼，你對自己太嚴苛了。」我伸手揉揉他的手臂安慰他。

「不，我沒有，」他終於抬頭迎上我的目光，「我沒有獲得升

職，但公司剛好有些結構調整⋯⋯」他聲音漸小，並搖搖頭，「已經不再需要我的角色了。」

我盯著他，試著理解他剛告訴我的事。

「你的意思是⋯⋯」

「我被『釋出』了。」

麥克斯看起來大受打擊，我不知道該說什麼。

「什麼時候的事？」我擠出這句話，試圖隱藏我的震驚。

「好幾個星期了。」

我驚覺他很可能一整天都待在這裡，每一天都是，到現在已經好幾個星期了。

「但他們不能就這樣⋯⋯」

「他們可以，而且他們也這麼做了，」疲憊的麥克斯用掌根揉揉臉，「我是自由工作者，我們簽的都是自由聘僱的合約，他們不需要為裁員付錢，他們不需要做任何事。」

隨著我理解這個情況的現實，焦慮也開始蔓延，麥克斯有四個小孩⋯⋯他是家裡唯一的經濟支柱⋯⋯他們才剛剛又生了一胎⋯⋯

「所以蜜雪兒不知道任何事嗎？」我語氣冷靜，但內心萬馬奔騰，天知道麥克斯的感受如何，每天起床，穿上西裝，離開家裡，彷彿一切都很正常。

他搖搖頭，「不知道，而且妳也絕對不可以告訴她，我不想要她壓力爆棚，更別說還有新生兒的事。」

「但你必須跟她說啊。」

「我知道，但先不要，這只會讓她擔心，我必須先想個辦法。」

「你有試著去找別的工作嗎？」我話一說出口，就希望自己沒說，麥克斯盯著我，就像我是個徹頭徹尾的智障，「對不起，

我不是要……」

「總之不要說任何事，好嗎，妮兒？答應我。」

我看著麥克斯，五十歲的四寶爸，他深棕色的雙眼周圍現在全是皺紋，頭髮也已出現幾縷灰絲，但他仍然是那個瘦瘦高高、手腳笨拙，和我一起搭渡輪橫越希臘群島的二十幾歲年輕人，因為我很冷借我睡袋，而且他想要我們一起睡在外頭的上層甲板看日出，聊著未來和我們之後的人生會有多棒。

他迎上我的目光時我胸口一緊，他是在請求我。

「我保證。」我靜靜回答。

有件事他是對的，日出真的很美。

要開心

我是世界上唯一厭倦別人一直叫你要開心的人嗎？

我今早醒來，心情有點差，看著我的手機……

要開心！選擇快樂！找到你的幸福！

然後覺得心情更差了。

難道就不能允許我們有時覺得有點鳥，不要一直給我們壓力嗎？麥克斯現在一定就不太開心，蟋蟀清出蒙蒂的衣物時也不覺得快樂，而對此時此刻的我而言，幸福就是某個可以帶走這該死經前症候群的東西，然後再爬回我的羽絨被下。有時候人生就是很爛，而用勵志小語包裝不一定總是可以讓你覺得好一點，恰好相反，有時候還只會讓一切變得更糟。

比如說前幾天我剛好讀到另一篇線上文章，講的是快樂有多重要，還有各種你能達成快樂的方式。但讀的時候我只覺得沮喪，你只要仔細想想就會發現有點諷刺，我覺得我一定是有哪邊出了問題，因為不管我多努力嘗試，我就是**不**快樂。更糟的是，文章作者的建議也全都幫不上忙，如此一來我不只不正常，我還是個大失敗者。

懂了吧，這就是為什麼我覺得很煩。他們一方面鼓勵我們要忠於真正的自己，但你不開心的時候又叫你要開心，這只會適得其反而已。人生可以很美好，但也可以同時可怕又艱難，我們應該可以自由感受難過和沮喪，或者就只是他媽的超悲慘，而不需要覺得自己哪邊出了問題。

因為有時候快樂並不是個選項，有時候，不管你多努力嘗試，你都找不到快樂，所以我決定不要再拚命尋求快樂虐待自

271

己，並允許自己去擁有眞實的感受，就在感覺出現的時候。事實上，或許最終我們應該尋找的並不是快樂，而是接受。

> 我要感恩的有：
> 一、卸下自己的壓力。
> 二、了解人生有時候就是會覺得沮喪、害怕、不快樂，就像有時候你也會覺得快樂、開心、一切都很棒。
> 三、所有超棒的醫生、專家、諮商師，如果不只是有一陣子覺得有點厭倦，而是更嚴重的事，他們一直都在。
> 四、我今天很開心，而且跟勵志小語一點關係都沒有*。

*雖然我承認和美麗的日落有關。

預約看診

　　週一早上我發現自己坐在家庭醫生的等候室裡，預約了子宮頸抹片檢查，就像我說的，沒有人說有關健康的事會很有趣。

　　「潘妮洛普·史蒂芬斯小姐？」

　　我聽到有人叫我的名字，同時看見拿著寫字板的護理師出現，我站起身跟著她走進她的房間時，她對我露出溫暖的微笑，讓我馬上放鬆了下來，護理師都超棒的，是不是啊？

　　我們接著開始辦正事，她拿來我的個人資訊，並問我上次月經來是什麼時候。

　　「呃……」我驚覺我想不起來，我覺得有點經前症候群已經好一陣子了，事實上，等一下哦，既然我現在想到，我的月經不是應該上星期就要來了嗎？

　　「別擔心，我拿本月曆給妳，」她微笑，遞給我一本月曆，「這樣通常比較簡單。」

　　我盯著月曆上的日期，「嗯，事實上，應該是這個月中就要來了……」

　　「嗯，我知道了，」她依然掛著微笑，「妳有沒有想到任何可能導致月經晚來的原因呢？」

　　「沒有耶。」

　　「妳最近有性生活嗎？」

　　噢，幹，是**強尼**。

　　「呃，有，但那是不可能的。」我輕快地說，在那個想法浮上來時馬上壓下去。

　　「噢，妳一定會很驚訝的，我有個病人已經四十七歲了，

還是懷上了雙胞胎，」她繼續說，但接著看到我的表情又快速補充。「但我們就先不要超前進度，好嗎？麻煩妳快速去窗簾後面一下，並把腰部以下的衣物都脫掉，然後躺到床上就好。」

我照著她說的做，覺得有點不舒服。鴨嘴器是個刑具，同時也是個救命工具，我專心看著天花板上的磁磚，護理師開始閒聊，試圖在她俐落工作時安撫我。其中一盞聚光燈邊緣的塑膠有點脫落，有一顆燈泡也不亮了。

「OK，都好了。」她爽朗一笑，脫下手術用的手套，並遞給我一些紙巾。

「還真快，」我露出感激的笑容，「謝謝妳。」

她一消失在窗簾後方，我就迅速著裝。

「現在呢，潘妮洛普，」我重新出現時她說，「我想要妳留下尿液樣本，」她給我一個小塑膠瓶，「妳不介意的話。」

我坐在馬桶上朝那個小塑膠瓶尿尿時，一百萬個不同的想法出現在我腦海中，情緒就要浮現，很難一次控制所有情緒，所以我甚至都沒有嘗試，不要往那邊想，妮兒。我緊緊轉上塑膠瓶蓋，在水槽快速沖了一下瓶子，並用紙巾擦乾，黃色液體在我手中感覺暖暖的，不管妳做什麼，不要往那邊想就對了。

「妳沒有懷孕，」護理師的語氣就事論事，「所以我們可以排除這點。」

「嗯，我一分鐘都沒想過……」

「但這確實代表妳很可能正要開始停經。」

「好，是的，我知道了。」

就在幾分鐘的光景內，青春的鐘擺就從**還能生**和**有可能懷孕**，擺盪到**卵子差的老太婆**，但也不是說我對自己的生理時鐘完全不清楚，哪個女人會這樣呢？

從我第一次來月經的那一刻開始，所有人都對我的生育能

力有意見。從給我們十三歲的女生班看第一支性教育影片，解釋怎麼避孕，警告我們青少年懷孕的學校老師，到三十三歲時幫我做子宮頸抹片檢查的護理師，含含糊糊告訴我如果我想要小孩，就必須「在下面放一把火，親愛的」。

所以在我人生中的大部分時間，發現自己懷孕的這個想法都是世界上最可怕的事並不令人意外，直到一切意想不到改變，突然之間，更恐怖的是變成一切都太遲了的想法。

「這可以解釋妳的月經變得不規律，」護理師現在正在說，「妳可能會發現月經更嚴重，或更輕微，也有可能出現其他症狀。」

「其他症狀？」

「潮紅就頗為常見，夜間盜汗和情緒不穩定也是，甚至是憂鬱……噢，對，還有體重增加。」

這個週一早晨真的是越來越棒了呢。

「那這通常會持續多久呢？」

我希望透過保持良好作息，就會只有幾個月，最多一年。

「噢，都有可能，從幾年到大約十年都有。」

「**十年？**」殺人犯都不用關這麼久。

「沒錯，」她露出燦爛的笑容，「但別擔心，通常到了那個時候妳就已經到更年期了。」

我擠出微笑，「好吧，至少這是件可以期待的事。」

我要感恩的有：

一、更年期最後終於發生時，我可以省下的所有棉條錢。

二、我回家路上買的家庭號起司球和一瓶紅酒，因為要是
我之後必須跟夜間盜汗和憂鬱對抗，我就需要比沙拉
和綠色蔬果汁更多的養分。

三、名副其實的體重增加理由，不只是因為我吃完整包家
庭號起司球。

四、希望之光，那名四十七歲還懷了雙胞胎的女士，她不
只告訴了我在 BITL 之前我還有幾年時間 所以降低了我
的恐慌，也因為她是個天殺的神力女超人。

五、我不是真的四十七歲還懷了雙胞胎，這光用想的就覺
得累。

恐慌和可能性

從我撞見麥克斯以來，到現在已經過了一個星期，而我忍不住一直去想他的事。我不想干預，我保證過了，但我很擔心，我在新聞上看到過太多悲劇故事，講的是壓力太大時最後會發生什麼事。那些男人就跟麥克斯一樣，**他是派對的生命和靈魂，剛剛有了個新生兒，他看起來這麼快樂，所有朋友都愛他，他是個超棒的老公和爸爸。**

我下定決心每天都要關心他，並用文字和語音訊息轟炸他，基本上就是跟神隱完全相反，這快把他逼瘋了，並求我停止。但我拒絕，我就像個要求贖金的綁匪：他只要和蜜雪兒談談，就能把人生拿回來，一個不包括每天大約二十則訊息和好幾通未接來電的人生。

同時，我去看完醫生後也覺得有點沮喪，開始停經可能沒有跟失業一樣慘（是更慘！我開玩笑的啦，算是吧），可是至少你可以再去找個工作，我則是看著一個充滿夜間盜汗、潮紅、鬆緊帶褲子的未來，因為我一旦加上了那些體重，就再也穿不下任何東西了。

我當然理解這只是人生的新階段，而且如果我相信這所有中年危機的東東還是一個我應該擁抱的階段，但要是你還沒準備好進入這個新階段呢？要是你甚至都還沒到老化的階段？就算你還不確定要不要生小孩，知道自己還有選擇總是令人感到安慰。沒人想當那個**時間用完的女人**，你會想當那個做決定的人。坐在欄杆上是一回事，但要是欄杆被人拿走了會怎麼樣？你是會開開心心地跳下去還是碰一聲摔到地板上？

　　我不知道，但我確定一定有人寫了相關文章，因為只要提到女人和小孩的議題，那當然一定是血流成河，我都數不清我讀過幾篇當年輕媽媽／單親媽媽／高齡媽媽會有多危險的文章（請根據你的年齡自行刪減），來自所謂「專家」，叫我們不要專心衝事業，以免一切都太遲了，對上青少女懷孕的羞恥。對今日的年輕女性來說，凍卵還是不凍卵，**那**才是問題，而且也別忘了針對那些選擇不要有小孩的人，沒完沒了的爭論。

　　每個人都有意見，仔細想想，這真的是很奇怪，因為我們就這麼接受，覺得這很正常。有好幾年，大家都告訴我，身為一個女人，我的三十五歲生日應該要花在恐慌自己的生育能力已經回不去了，而且要是你相信你讀到的所有東西，那麼五十歲時似乎會獲得處理更年期的快樂。

　　我真是等不及了！

　　同時男人則是可以買跑車和皮衣。

　　因此我在最新一集《四十我就廢》裡談到這件事實在是非常興奮，我也提到強尼，在看醫生時想起他也是我心情低落的部分原因，我距離想出他幹嘛神隱依然很遙遠，但我總覺得這會成為其中一樁未解懸案：「真實懸案之消失的約會對象」。

　　然而，我已經知道我想念的其實並不是他，畢竟我們也只約過三次會而已，我想念的是伴隨他而來的所有可能性。作為匿名主持人，我將他稱為可能性先生，因為如果我對自己坦承，我最興奮的應該是那些可能性。

　　可能性真是個危險的東西。

我要感恩的有：

一、「有點沮喪」和處在「心情低落」中，因為離恐懼還很
　　遠。

二、有這麼多方法可以聯絡（騷擾）麥克斯：電子郵件、
　　簡訊、WhatsApp、打電話。（雖然他應該是不會跟
　　我一樣感恩。）

三、我的podcast，我現在有三十二名聽眾了！

四、現代科學的奇蹟，可以幫助**時間用完的女人**變成**有選**
　　擇的女人。

五、沒有恐慌＊。

＊嗯，可能有時候啦，當我讀到某篇那種可怕文章的時候，但我覺得這是正常的（而且
也完全是他們的企圖）。

完美是美好之敵

週末我到蟋蟀家去，當地的某個木匠已經把她的迷你圖書館書架做好了，書架的形狀像間房子，下方有柱子支撐，這樣才能立在欄杆上面向人行道，我們現在只要把裡面塞滿書就行。

「放幾本史坦貝克如何？」

我們站在前院，身旁圍繞著一堆紙箱，裡面裝的是從室內書架上拿來的書，我們正試著挑選要放哪些。蟋蟀心情很不錯，事實上，我還可以說這是我看見她最有活力的時候，這個計畫給了她全新的人生目標。

「噢，好啊，」我贊同地點點頭。蟋蟀便放了幾本在一些蒙蒂常常翻閱的約翰‧勒卡雷平裝本還有伏爾泰全集旁。「《憤怒的葡萄》是我這輩子最喜歡的其中一本書。」我用手指向下撫過書脊凸起的鍍金裝飾，「先等一下……」我拿起書翻開前幾頁，然後不可置信地看著版權頁，「這是初版耶！」

「對啊，我知道，」蟋蟀開心地回答，繼續在紙箱裡翻找，「我們放本詩集如何呢？」她朝我揮舞著一本濟慈。

「蟋蟀，這真的很貴重！我們不能把這放在外頭。」我不敢相信我真的拿著一本初版史坦貝克，有人捏了我一下。

「為什麼不行？我已經讀過了，現在該換別人讀了，就像蒙蒂總說的，書本應該是拿來分享而不是擁有，所以就這麼塞在我的書架上完全沒有意義。」

這是個好理由，也是我同意的觀點，我總是在把書給別人，但當時我的書通常是掉在浴室過的平裝本，不是罕見又超貴的經典啊。

　　「那我們現在就先把初版書集中到一側吧。」我建議，不想告訴她這最後很可能會出現在某個人的書架上，很可能是某個有錢收藏家的，因而澆熄了她的熱情。

　　「妳覺得怎麼做都好，」她笑容滿面，遞給我一疊精裝書，「所以跟我說說，我們該拿詩集怎麼辦呢？」

　　　　　　　#　　　　#　　　　#

　　我們一直做到快要日落，整理各種書籍，並挑出哪些要放在三層小書架上。理論上這應該只要花二十分鐘才對，如果你真的有選擇障礙，那也最多一個小時，但這可不包括和所有好奇我們在幹嘛，停下來問問題的路人閒聊。

　　社區裡大部分的人都聽說了圖書館閉館的消息，和我們一樣難過，一個免費的迷你圖書館正是社區需要的東西，而他們的回應也充滿熱情和鼓勵，有幾個人提供了他們的二手書，其他人則詢問有關開設自己迷你圖書館的問題，有些人則只是把握機會停下來閒聊。

　　我時不時發現自己望著正和某個人深聊的蟋蟀，並不由自主露出微笑，不只迷你圖書館生氣蓬勃，蟋蟀本人也是，透過為社區提供某些東西，她得到的是更大的回報。人們提議順便帶點書過來，交換電話號碼、彼此介紹、互相握手、親吻臉頰。

　　我也聽了住在這裡二十、三十，甚至四十年居民的故事，他們告訴我這個區域的改變有多大，在中產階級化和所有設計師商店進駐、「把房價拉高也把人趕走」以前，這裡大部分都是古董店。不過另一方面，我也遇見一對最近剛從紐約搬來的夫妻，他們開心接受設計師的生活方式，我還跟一個小女孩的媽媽聊天，她提供了一些孩子的童書，但也承認雖然對一直看手

機感到厭煩，卻也沒有時間閱讀。

「一個字一個字、一頁一頁讀，」蟋蟀開心地告訴她，「這就是作家寫作的方式，也應該是讀者閱讀的方式，妳最後都會讀到結局的，不管是花了六個月、一年還是更久才讀完，我以前總是這麼跟我丈夫說的。」

那個媽媽最後借了本《大亨小傳》。

#　　　#　　　#

「嗯，還真好玩呢。」我說，我們終於和最後一個人告別，拿著空紙箱走進屋內，我們下午時就已經必須重新補貨，因為有這麼多人都想借書。

「蒙蒂一定會很愛的，」蟋蟀邊說邊爬上前門的階梯，並把門在我們身後關上，「看到大家這麼喜歡他的書，就好像他再次回到我身邊一樣。」

我跟著她進入漆成大黃蜂黃的客廳，我們撲通坐在沙發兩端，整個人陷在午後陽光曬暖的陳舊天鵝絨中，有那麼一會兒，我們就這樣把頭靠在沙發上，閉上眼睛，沐浴在從落地窗傾瀉而入的陽光中，室內寂靜無聲，只有壁爐架上時鐘的滴答聲響。

「我讀了那封信，妳知道的。」

我的頭仍然靠在沙發上，轉到側面看著對面的蟋蟀，她的眼睛還是閉著。

「那是帕布羅寫給蒙蒂的情書。」

「我沒有看，」我迅速回應，這是我們第一次談這件事，「我只有看到照片，我很抱歉，照片從信封裡滑出來……」

「我親愛的女孩啊，妳完全不需要覺得抱歉，」她睜開雙

眼，轉過來迎上我的目光，「我沒有難過。」

「妳不難過？」

「因為我丈夫在愛上我之前愛的是一個男人嗎？」她慢慢綻開笑容，直至眼周，「沒有，我並不難過。」

我們盯著彼此，臉頰依然靠在天鵝絨上。

「他們是二十出頭歲時在巴黎認識的。」她繼續靜靜說，「帕布羅是個畫家，蒙蒂則是個還在努力的劇作家，他們成了一對戀人，蒙蒂從來不想讓我知道，他對自己的那個部分感到很羞恥。當年不像現在這樣，年輕一代的性傾向都非常流動，沒什麼好羞恥的……而且又為什麼要覺得羞恥呢？但當年一切都不一樣，而我深愛他，所以假裝自己不知道他的祕密。」

「妳知道？」

「一直以來都知道，」她立刻回答，「從我們第一次約會開始，我就知道蒙蒂有段過去，有些流言蜚語，我也懷疑過，我找到一封電報、一些筆記、一張照片……不用花多少時間我就把一切都兜在一起了。」

她停下來，思緒回到過去。

「我知道帕布羅是他的初戀，而他們的戀情雖然短暫卻充滿激情，蒙蒂生病時他們又重新聯絡上，我在醫院看見一張我不該看見的卡片，他的手機上有一通來自西班牙號碼的未接來電，我從來沒讓他知道。」

我邊聽蟋蟀說話，邊思考我能不能如此坦然接受。「妳真是個偉大的女人。」

「蒙蒂也是個偉大的男人，」她這麼回答，「他並不完美，但又有誰是呢？完美又是什麼？Le mieux est l'ennemi du bien.」

我皺起眉頭，聽不懂她的意思。

「出自法國哲學家伏爾泰，他寫道『完美是美好之敵』，」她解釋，「雖然我認為更好的翻譯應該是『不要讓完美成為美好之敵』。」

我消化這句話，在腦海中玩味。

「我願意選擇我的丈夫在愛上我之前愛的是一個男人嗎？」她將目光轉向天花板，巨大華麗的吊燈閃耀著光芒，「沒有，我起初也很掙扎，我也不會選擇他糟糕的脾氣和他在茶杯碟子裡捻熄菸蒂的骯髒習慣，或是他熱愛搶著填我的《泰晤士報》填字遊戲。」

「但我願意選擇他的慷慨大方和他的同理心嗎？還有他的聰明才智跟他可以憑記憶引用德瑞克和克里夫的能力？或是只要我和他共處一室，他就能讓我覺得就算整個世界停止存在也沒關係？」

我們兩人的頭依然靠在沙發的椅背上，一起看著彩虹般的光線在牆上舞動，蟋蟀剛說的話很明顯不是問句。

「我他媽的一定願意，每一次都願意。」

和麥克斯互傳的訊息

我昨晚跟蜜雪兒說了，妳是對的，
我老早就該跟她說了。
總之，謝謝妳一直是個這麼棒的朋友，妮兒

       噢，太好了，我很高興，蜜雪兒還好嗎？

她很好，沒有把我雞雞剪掉

       不，她只是要留給醫生做而已☺

滾啦，啾

       啾啾

八月

#比基尼身材和生小孩

隱形女

我小時候總許願自己可以隱形，想想看這會有多美妙啊？我可以去任何地方、做任何事，然後完全不會有人發現。這當然只是幻想，但是現在猜猜怎麼著？我的童年願望終於成眞了，我變隱形了！

週四早上我去遛亞瑟，同時留意強尼的蹤跡，我已經好幾週沒有看到他或聽到他的消息，而我最不想要的就是意外碰上他。我抱持這個想法決定走另一條路線到公園，途中經過正在興建的豪華公寓區，裡面充滿鷹架和建築工人。

我二十幾歲時很害怕經過工人，我以前常會越過馬路，試著避開他們，同時加快腳步並低下頭，眼睛黏在人行道上，因爲擔心他們注意到我，我很討厭他們吹口哨和大喊，告訴我：「高興點，親愛的，永遠不會發生的。」我內心的女性主義者則會怒吼：「他們怎麼敢意淫我！」我覺得受到侵犯、尷尬、超不自在。

幸好時代已經改變了，我猜現在大喊已經犯法，雖然你仍然不能阻止他們看你。

呃，其實可以啦，只要你已經四十幾歲。

我穿著牛仔褲和T恤經過，停下來讓亞瑟聞聞一盞路燈。不像你小時候想像的那樣，事情不是在一夕之間發生，不是有天早上你醒來就變隱形了，而是你會漸漸開始注意到。你站在吧台前等人招呼，酒保的視線卻直接穿過你、你前面的人讓門直接撞在你臉上，彷彿你根本不在那裡、你無法獲得服務生的注意，甚至只是要杯水都無法，但他卻殷勤地盤旋在有金髮正

妹的那桌。

接著有一天你大步經過建築工地，然後咻一聲，你就變成隱形女了。

「嘿，小心一點！」我大喊。

有個工人差點用鷹架砸到我的頭，因為他忙著注意我前面那個穿中空裝的女生，甚至都沒往我的方向看。

我還必須彎腰找掩護。

說真的，到底是在衝三小！

> 我要感恩的有：
> 一、中空裝，因為我舊的那些拿來當抹布超棒，＃可以清理廚房時誰還需要青春洋溢＃開玩笑的＃算是吧

你的超能力是什麼？

「他有可能會害死我耶！」隔天我向蟋蟀抱怨，我們在她家附近的咖啡廳見面。我來幫她的迷你圖書館重新補貨，因為已經幾乎清空了，實在是大成功，我們開工前先來喝杯咖啡。

「他沒看到妳嗎？」

「沒有，他忙著盯著某個年輕辣妹，就像我是隱形人一樣。」

「那是我們的超能力！」她滿臉笑容，「是變老的獎勵。」

「我不確定這算不算是超能力。」我咕噥著，「好吧，對啦，我承認不需要再接收那種不請自來的男性關注，確實是鬆了口氣……我的意思是，說真的，誰想要某個坐在白色箱型車裡的白痴從車窗對你大喊啊？」我對這個回憶做了個鬼臉，「但這跟人家禮貌的稱讚你，或是在地鐵上讓座，還是非常不一樣……」

服務生為我們端上咖啡，我停止說話，接著壓低聲音，「或是端上馥列白咖啡的可愛服務生對我微笑，」他放下我那杯，甚至沒看向我的方向，然後就消失了，「看吧，他甚至沒注意到我的存在。」我又做了個鬼臉，那句成語是怎麼說的，一語成讖？

「強尼就注意到妳了。」

「強尼顯然會注意到任何會抖動的東西吧。」我撕開兩包糖包，倒進咖啡裡攪拌，如同叛逆之舉，我也不知道我今天心情怎麼會這麼差。

蟋蟀仔細端詳我，露出深思熟慮的表情。「我以前回頭率超高，妳知道的，我只要走進某間酒吧，男人就會伸長脖子，我有這麼長的腿，我也不怕給他們看。」

問題是，只要你和蟋蟀在一起，心情就不可能會差。

　　我露出微笑。「我知道，我看過照片，妳在薩伏依飯店穿小禮服的那張……」我抬起眉毛，假裝幫自己搧風，「認真超辣。」

　　她大笑，雙眼隨回憶舞動，一邊搖搖拿鐵，「那時我擁有另一種超能力，」她啜了一口咖啡，然後俐落將杯子放回碟子，「就叫作青春。」

　　角落傳來一陣爆笑，我們雙雙望去，看見一群二十幾歲的女生，全都在看手機，長髮配長腿。

　　「妳知道的，你從來都沒想過自己會變老，我內心仍然覺得自己是那個二十五歲的小女生。」她不再看她們，轉回來對我說，「有時候我甚至都忘記了，直到我照鏡子。」

　　「但妳看起來還是很美啊。」我抗議，看著對面的蟋蟀，她戴著一大串項鍊，擦著招牌的紅色口紅。

　　「噢，妮兒，親愛的女孩，妳真的很體貼，但我看起來並不美，我不**想要**看起來很美，只想要在我這年紀看起來還不錯。」她的臉龐皺了起來，變成微笑，「妳知道的，我還在當演員時，對我的外表有很大的壓力，才華當然很重要，但就像某個導演曾經對我說的，沒人會想找個滿臉皺紋的女主角。」

　　「真是個混蛋！我希望妳有痛罵他一頓。」

　　「我不只呢，我還嫁給了他。」她因為我的表情爆笑。

　　「那個導演是蒙蒂？」

　　「完全沒錯，我讓他接下來超過三十年都必須打臉自己，他最後為年長女性寫了不少非常棒的段落。『但沒人會想找個滿臉皺紋的女主角啊。』我每次都這樣笑他，而他總是會回答：『噢，但我會找，親愛的，我會。』」

　　她的雙眼突然盈滿淚水，她用力吸了一下鼻子，然後搖搖頭，「真是頭老笨鵝。」她輕聲說。

　　我越過桌面，把手放在她的手上，「真是頭老笨鵝。」

　　我們目光交會，一起綻開微笑。

　　「我要告訴妳一個祕密，妮兒。」她往前傾，示意要我靠近一點，「變成隱形人只是妳小時候想像會是這樣而已，」她透露，「這沒有什麼好害怕的，恰恰相反，這還是件很棒的事。這給了妳美妙的自由，可以想做什麼就做什麼、想穿什麼就穿什麼、想說什麼就說什麼，嗯，大多數時候啦。」她露出不好意思的表情，靠回座位上，「而且根本他媽沒人會在乎。」

　　「妳確定不是妳他媽根本不在乎嗎？」

　　「都有，」她大笑，又啜了一口咖啡，「我更年輕的時候，常常很擔心自己的外表、別人的想法、他們對我的看法，我常常成天擔心自己無法融入，」她搖搖頭，「真的是超級浪費時間的。」

　　「但妳遇見了蒙蒂，這不一樣，我現在還單身。」

　　她點點頭，「確實，我很幸運，我也了解大家都想要在某種層面上受到關注……受到矚目……受到欣賞。無論你幾歲都是……特別是如果你期待遇上某個人的話。」

　　她放下杯子，若有所思地把玩著婚戒。

　　「我現在沒有蒙蒂了，身為寡婦的我覺得再隱形不過，然後妳就來敲我的門。」

　　我們都對這段回憶微笑。

　　「我說這個不是什麼陳腔濫調，也不是要讓妳感覺好一點，但相信我說的這句話：**真正重要的人無論如何都會看見妳的**。」

　　她看著我，而我知道她看見我了，就像我看見她一樣，或許這才是我們真正的超能力。

　　「那麼，現在我想問妳一件事。」

　　我坐回去喝起咖啡，咖啡都快涼了。

　　「和蒙蒂有關。」

　　「更多書嗎？還是衣服呢？」

「其實是他的骨灰。」

「天啊，蟋蟀……」我開始道歉，但她很快要我住嘴，叫我別傻了。

「我已經決定好要把骨灰灑在哪裡，我在想妳願不願意和我一起，那是個對他來說非常特別的地方，我們剛認識後不久他就帶我去了。」

蟋蟀曾經跟我說蒙蒂有次帶她去漢普斯特荒野野餐的回憶湧現。

「當然願意，我很榮幸。」

「我就知道妳會這麼說，」她伸手到桌子底下，從手提包拿出某個東西，「所以我已經先發制人，並訂了兩張票。」

「什麼票？」我訝異地看著她，「我們不是要去漢普斯特荒野嗎？」

「我的天啊，當然不是，妳怎麼會這麼覺得呢？」她遞給我一張英國航空機票，「我們要去西班牙。」

> 我要感恩的有：
> 一、永遠不需要再聽到「高興點，親愛的，永遠不會發生的」這句話，因為事情已經發生了，然後猜猜如何？我還真的沒事。
> 二、隱形帶來的自由。
> 三、了解就超能力來說，青春實在是過譽了，因為直到失去之前，你從來都不真正知道自己曾經擁有，如果你問我，我會說這是個超廢的超能力。
> 四、可以飛去……**巴塞隆納**！

頭頂照明的恐懼

不過要先搞定重要的事：我需要一些新衣服。

一週後我發現自己身在購物商場，困在一間更衣室裡，周遭環繞各種充滿可能性，但潛力無法兌現的衣物。

既然現在我都想到了，這也可以用來形容我的感情生活、事業，或是整個人生。

但是去他的，誰在乎啊？**我要去度假欸！**

罪惡感大聲清清喉嚨，輕拍我的肩膀，提醒我去西班牙的確切原因，這不太算是度假，而是要陪一個寡婦去灑她亡夫的骨灰。

這時我的手機跳出一則訊息，來自蟋蟀：

不用再買防曬乳，我買了一大堆！

嗯，**有點**興奮應該也還行吧？

我們要出國一整個星期，這是蟋蟀的主意。「我覺得我們都需要一個很棒的假期，曬點太陽、到海裡游泳，這會讓我們更健康也更開心。」聽起來超讚的，在最近的各種事件後，我想不到什麼比逃離倫敦，到地中海去還更喜歡的事了。而且我也沒有事要趕著回來，我可以用筆電遠距工作，其他時間就拿本書到海灘去，我等不及了！

我只要買件新比基尼就行了。

只要。這真是個容易讓人誤會的字，對吧？這指的是某件又快又容易的事，某個很容易克服的小問題，只要來杯咖啡、只要停好車、只要帶狗狗出去尿個尿，我在「只要」這個字裡完全看

不到各種比基尼的遺體散落在我腳踝邊的景象、我的倒影在頭頂照明下的恐懼（我應該遮塊簾子才對）、因為比基尼上下半身用煩人的塑膠安全標籤固定在一起，掙扎著扭動我的身體。還有為了同時試穿上下半身，我必須幾乎把自己對摺，還要扭來扭去，跟《鐘樓怪人》的主角沒兩樣，才能在鏡中看見自己。

不，**只要**完全沒有充分表達出上述意思。

此外，我也還沒有想辦法找到任何夏裝，所有衣服都太短了！我二十幾歲時絕對不會這麼說，我喜歡的唯一一件雖然穿起來很舒服，款式卻很過時。

我覺得自己快枯萎了，於是打FaceTime給麗莎，我需要來自千禧世代的建議。

幸好她因為時差的關係還醒著，我們迅速挑過衣服堆成的小山。

「藍色洋裝很好看……不確定條紋好不好……太大件了……妳穿別件更好看……穿白色比較美……**愛死**吊帶褲了！」

「謝啦，麗莎，感覺就像有個私人代購。」

她露齒一笑。「我替妳感到超興奮的，西班牙一定很讚，妳值得好好放個假。」

「嗯，這其實不算真的去度假啦。」我用力脫掉一件花朵連身衣。

「我知道，妳說過，那個老太太聽起來人真的超好。」

聽到麗莎叫蟋蟀老太太感覺很怪，我猜她都八十幾歲了確實是老太太沒錯，但她在我心中完全不是這樣。

「這件絕對不要，這布料讓妳看起來就像某人家裡的窗簾……」

我盯著自己的倒影，這件在衣架上看起來不錯，但在現實生活中，我看起來像是找了唱聖歌的瑪莉亞·馮·崔普來幫我

打扮，而且現在拉鍊還卡住了，我把手機放下，試著從頭上直接脫掉，但是衣服卡在我的肩膀。到底是我的問題，還是他們尺寸有另外標小？

出現裂開的聲音。我滿臉通紅掙脫，就像酒瓶上的軟木塞，這時我的手機又發出聲音，表示有訊息進來。

「等等哦，有人傳訊息給我，應該是蟋蟀要講出國的事。」我因為雙手終於可以自由活動鬆了口氣，一把抄起手機滑開螢幕。

嗨，妮兒，妳過得如何啊？希望妳有好好享受陽光。
強尼，啾

「真是個混蛋！」

我大聲念出來，麗莎則出現你想要你的朋友在某個神隱一個月的男人突然莫名其妙傳了封訊息給你時會有的反應。我告訴她事情的始末，害她因為鼓勵我去線上約會頗為愧疚，也不是說這是她的錯，而是我似乎習慣愛上錯誤的男人。

「我真是不敢相信。」我一臉不可置信盯著手機螢幕。

「不要理他就好。」麗莎堅定地說。

而且她說的對，她當然是對的，但我受傷的自尊不想就這麼算了。

請問你哪位？

哈哈，讓他瞧瞧我的厲害。

強尼

他神經是真的這麼大條嗎？我很想回他**哪個強尼？**但我是個成熟的大人了。

嗨強尼，如果你不要再聯絡我，我會很感謝，謝啦，妮兒

「不要親親，」麗莎教我，「他只是在釣魚。」

「當然不要，」我按下送出，「相信我，這會是我聽到他的最後消息。」

我的手機又發出聲音。

只是好奇妳幹嘛搞消失？

「他這是煤氣燈操縱！」麗莎倒抽一口氣。

「我以為搞神隱的是他勒？」

我超級困惑，自從我上次單身以來，好多事都變了。我的頭開始痛了起來，很可能是因為跳過午餐，而且試穿花朵連身衣導致缺氧。

我把手機關成靜音，感謝麗莎幫的所有忙，並離開更衣室回到人世，還因為沒有把所有衣服好好掛回衣架上被店員斥責，最後只好出於罪惡感買了那件被我扯破的花朵連身衣。

我還是沒找到比基尼。

我要感恩的有：

一、有辦法封鎖別人，所以現在強尼再也不能搞神隱或想要煤氣燈操縱我了＊。

二、還留著我升級飛行里程時送的免費小縫紉包，所以可以縫好連身衣的拉鍊，並送給麥克斯的女兒麗莉，她要繫上皮帶並把袖子捲起來才能穿，麗莉今年七歲。

三、網購的三折夏裝大甩賣。

＊事實上，他還是可以搞神隱啦，只是我不會知道了，負負得正。

督察長來電

　　週六晚上我自己和亞瑟待在家，正要去洗衣服。我週一就要飛去西班牙了，但我仍然還沒開始打包。我拿打包沒辦法，永遠不知道要帶什麼，而且似乎總是帶錯東西。我出國過這麼多次，你可能覺得我應該早就學會了，但我永遠都在讀那些有關膠囊衣櫃，還有打包一件布列塔尼條紋上衣和好幾條圍巾，讓你能有十套不同行頭的旅遊文章。

　　我去義大利的時候還真的試過一次，但那個星期才過一半，我的布列塔尼條紋上衣就沾到香蒜醬，腳還走到起水泡。（到底是有誰可以只帶一雙涼鞋出國啊？）而且相信我，你用圍巾能變出的花樣就只有那麼多。

　　這次我決定採用「行李箱能塞多少就帶多少」的方法，所以正在洗我所有的夏裝，並掛得公寓到處來晾乾。愛德華拒買烘乾機，他說這對環境很不好，所以雖然現在是八月，我還是硬把暖氣開到最強，現在整間房子像三溫暖一樣，一身毛皮、快要熱死的可憐亞瑟只好攤在我的陽台。

　　家用電話響起時我正從洗衣機拿出一坨衣服，並塞進另一坨，一定又是我們一直接到的那種煩人電話。

　　「抱歉，我們沒興趣。」我在他們有機會試著賣我任何東西之前劈頭就說，並準備把電話掛掉。

　　「請問是路易斯太太嗎？」

　　「不好意思？」

　　「我是布魯克斯門警察局的督察長葛蘭特，我想找愛德華‧路易斯的太太。」

「噢……呃，不是……我是他的室友……嗯，其實是他的房客，他是我的房東。」

「那麼請問妳怎麼稱呼？」

「妮兒·史蒂芬斯……潘妮洛普·史蒂芬斯才對，」我迅速糾正自己，這種情況需要四個音節。「愛德華還好嗎？」

「路易斯先生涉入一起事件，目前正在拘留等待訊問……」

「**愛德華嗎？**」我不可置信，「這是在開玩笑嗎？」

「我是名警官，史蒂芬斯小姐，我可不習慣打惡作劇電話。」

「對不起，是的……」我走到走廊上，遠離洗衣機的噪音，試著好好思考整件事。「他還好嗎？」

「我們需要找個人來局裡一趟，幫他拿備用眼鏡來。」

「為什麼，他現在戴的那副怎麼了？」

出現停頓，彷彿督察長正在思考要提供我多少資訊。「路易斯先生的眼鏡在導致他被捕的口角中不幸損壞。」

#　　#　　#

口角！被捕！愛德華耶？

一小時後我抵達倫敦市中心。推開警察局的大門時，仍然處在震驚之中，這幾個字不是你會和愛德華聯想在一起的詞彙，我半是希望他們抓錯人了，結果那個渾身髒兮兮、眼睛瘀青、嘴角破裂的男子還真的是愛德華，雖然我幾乎認不出他來。

「真他媽太扯了！」他被帶出拘留室來見我時，我從塑膠椅上跳起來。

「潘妮洛普？」

我驚覺他應該看不清楚我，因為他沒戴眼鏡。

「對，是我，到底發生什麼事了？」

　　隨著他走近，我也看清楚他的傷勢到底有多嚴重，他眞的是被爆打了一頓。

　　「有個駕駛違規轉彎，差點把我撞下腳踏車，所以我跟他說我要拿我安全帽上的GoPro拍到的影片去跟警察檢舉他……」他邊說邊縮起臉，並摸摸腫脹的下唇，「結果他暴怒，把我打到地上，搶走我的安全帽，很可能是因爲他知道自己站不住腳……」

　　「但是警察說你才是被捕的那個人耶？」

　　「我們最後有點算是打了起來，我的手機摔爛了……還有我的眼鏡跟他的擋風玻璃。」

　　我聽得目瞪口呆，我不敢相信我聽到什麼。**「你跟人打架？」**

　　「我這是在保護自己，」他憤慨地抗議，「這之間是有差別的，我是街頭暴力的受害者！我一直試圖跟警察這麼說……」

　　「王八蛋！」

　　一個身形高大、滿臉掛彩、一手綁著繃帶的男子也被帶出拘留室，打斷了愛德華。「你最好給我小心點，下次看到你我他媽一定打爆你……」他的老婆，一名嬌小的金髮女子叫他安靜，她抓著他的手肘，催促他趕快離開。

　　「他看起來比你還慘。」

　　「嗯，我以前是打橄欖球的……噢，好痛。」

　　愛德華試著微笑，臉卻縮成一團，他去碰顴骨的時候，我注意到他的指關節也割傷了。

　　「你很走運，他搞不好有刀。」我說，同時覺得旣生氣又鬆了一口氣，因爲只有一些割傷和瘀靑。

　　我怒瞪愛德華，他看起來也已經學到教訓了。

　　「不管啦，我找不到你的備用眼鏡，所以幫你拿了隱形眼

301

鏡來，」我從口袋裡拿了一副出來，他瞇起一眼看著我。「事實上，你可能只需要戴一眼。」我說，把另一片放回口袋。

「路易斯先生？」

我們雙雙轉過身，看見一名警官站在櫃台後，他拿著一個夾鏈袋，裡面有個小皮夾、一些鑰匙、砸爛的手機。

「麻煩在此處簽名，領取你剩下的物品。」

愛德華過去簽名。「謝謝你，長官。」

「我已經和負責訊問的警官確認，你可以保釋出獄，等候進一步訊問，所以請務必確保你在接下來幾天可以回來警局回答所有問題，」警官把夾鏈袋和腳踏車安全帽一起交給他，「那麼，你要怎麼回家呢？」

「嗯，如果你們願意把腳踏車還我，我就可以騎回家了。」

警官抬起一邊眉毛，「我不覺得這是個好主意，你說呢？」

「我是一個優質騎士。」

「你兩隻眼睛都看得到的時候，或許吧，」他平靜地表示，「那史蒂芬斯小姐呢？她是要坐在後座嗎？」

警官看了我一眼，我把笑容壓下來，他其實還蠻可愛的，我同時也注意到他看起來大概十四歲吧，是我的問題還是警察現在都越來越年輕了？

「走吧，愛德華，我們搭火車啦。」我邊說邊勾住他的手臂，並在他可以抗議之前就把他帶出警局。

#　　　#　　　#

「我不敢相信他們想留下我的腳踏車當作證據。」

我們面對面坐在從滑鐵盧站開出的西南鐵路火車上，準備回家。在車廂明亮的燈光下，愛德華眼睛周圍的瘀青似乎已經

開始變成各種過於鮮豔的顏色。

「他們是要做什麼？採指紋嗎？」

「我不知道。」我搖搖頭，他還在對這件事生氣，但我沒有很認真聽，有什麼事很奇怪。「愛德華，你有什麼事沒告訴我嗎？」

他表情一變，突然看起來很羞愧。

「當然了，我甚至都還沒感謝妳跑這麼遠來帶我，對吧？」他緊張地揉揉額頭，「我很抱歉，我這樣真的是很糟糕……」

「不，我不是說這個。」

「不是嗎？」他皺起眉頭。

「愛德華，你週六晚上在市區幹嘛？你怎麼沒回肯特的家？」

我的問題似乎讓他很為難，他猶豫了一會兒。「我有啊，但我搭火車來找個朋友喝一杯，他住在城裡。」

我縮回座位上，一臉狐疑看著他，「但你是騎腳踏車耶，你跟我說你週末都把車留在辦公室。」

他盯著我，「如果我說我有兩台腳踏車，妳會相信嗎？」

「才不會。」

「嗯，我也不會。」接著他低下頭，盯著自己的雙腳，看了好長好長一段時間。

#　　　#　　　#

然後他全盤托出。

他告訴我所有事，說自從和他太太蘇菲分居後，他週末是怎麼待在市區的便宜旅館，到現在已經好幾個月了。還有他太難堪又太羞愧，無法對任何人承認。他告訴我他們這幾年是怎

麼漸行漸遠，從雙胞胎還小的時候就是了，還有新年時的滑雪旅行是他們的最後一搏，試圖拯救他們的婚姻，想讓彼此的關係再度變得緊密，結果反而只是凸顯了他們已經離得太遠太遠。

「然後復活節時，她跟我說她想離婚。」他講完了，抬頭看著我。

「噢，愛德華，我很抱歉。」

「別這樣，我還好，這是真的。一開始我很抗拒，我們家的人不離婚的，我本來以為你只要待在婚姻裡就好了，不管悲不悲慘，因為結了婚的人就是這樣，我把離婚視為失敗，但蘇菲擁有我欠缺的勇氣。」他揉揉太陽穴，嘆了口氣，「我們的婚姻很久以前就結束了，而繼續待在其中並不會修補任何事，只是浪費我們剩下的人生而已，我很感激她這麼有種，願意做點什麼。」

「你有跟孩子們說了嗎？」

他點點頭，「他們是青少年了，對他們的朋友跟他們的手機比較有興趣，不再理父母做什麼了，他們似乎不怎麼驚訝。山姆只是問說我們為什麼拖了這麼久，我想我們隱瞞的並沒有我們以為的那麼好吧。」

他露出笑容，我回想起我來看他的空房間時對他的第一印象，這個快樂的已婚男子，有一對青少年兒子、一個美麗的法國老婆、成功的事業、倫敦和鄉下都有房子、全家會去韋爾比耶滑雪度假，他的人生和我的相比，看來是這麼井然有序。

「現在的問題則是變成要告訴我們的家人和朋友，我很確定我父親會將其視為他兒子又一次讓他失望了。」

「但大家無時無刻都在離婚啊，」我安慰他，「我不太確定數據是多少，三分之一，還是二分之一之類的？」

「也許吧，」他聳聳肩，「但數據沒辦法讓你停止覺得自己是

個魯蛇。」

　　我盯著愛德華，彷彿有堵牆倒塌了，出現了某種我從來沒在他身上看見的脆弱。我們這麼不一樣，彷彿隔了整個世界，但我猜從某種程度上來說，我們其實也沒有那麼不一樣。

　　「你的臉必須冰敷一下，」我比著他現在幾乎睜不開的眼睛，「那可以協助消腫。」

　　「天啊，」他在車窗上看見自己的倒影，扮了個鬼臉，「這真的是我嗎？」他慢慢把頭從左邊轉到右邊，再轉回去，仔細端詳自己，「妳知道的，我可沒想到我的人生會變成這個樣子……」他轉回來看著我，「妳有這樣覺得過嗎？」

　　列車開始減速，即將抵達我們的站，我站起身時忍不住露出微笑。

　　「無時無刻。」

西班牙萬歲

　　提醒自己：訂機票時，千萬不要想省錢。「天啊，這便宜了五十鎊，所以就算凌晨四點起飛，還不是從離我最近的機場又怎樣？一切都沒事的！」

　　結果一切都很有事。

　　這會導致你睡眼惺忪地在房裡跌跌撞撞走來走去，然後在伸手不見五指的黑暗中撞到腳趾，而且是在天殺的半夜時分。你只有睡一個小時，因為你整晚都在擔心會睡過頭。（誰他媽的會在凌晨一點半起床啊？）你還必須搭兩班火車再轉計程車才能到超爆遠的機場，最後還要花上一大筆錢，你抵達時會破產、精疲力盡，然後發覺其實只省了五鎊。

　　加上一個腫成兩倍大，他媽痛到不行的超大腳趾。

　　　　　　　＃　　　＃　　　＃

　　你應該學學蟋蟀，從希斯洛機場搭英國航空，在一個宜人又文明的時間起飛，抵達巴塞隆納機場時神清氣爽又放鬆，看起來就像那種你一直想當的旅客，而不是你通常成為的那種睡眼惺忪，跌跌撞撞走下廉價航空的憔悴旅客。

　　我們取了租來的車子，我們只會在這裡待一晚，明天就要前往海岸。由我負責開車，因為住在美國後，我已經習慣靠右行駛，再加上蟋蟀從來沒有考到駕照，雖然她承認「六〇年代時曾悠悠哉哉」開著一台Mini兜風，最後撞上一台牛奶車的屁股。

# # #

「我一直有想要再去考駕照，」我們駛離機場時她坦承，「這在我的待辦事項上。」

「妳是說那種人生清單嗎？」我翻下遮陽板，從擋風玻璃往外瞄，尋找通往市中心和高速公路的告示。蟋蟀本來要負責指路才對，但我很確定她太陽眼鏡後方的雙眼是閉上的。

「噢，我不相信那一套，我的人生已經有很多難忘的事了，我不需要去跳傘還是跟海豚一起游泳。」

「不一定要是那些啊，任何事都可以。」

但她堅定地搖搖頭，「我總是發現人生最棒的經驗，就是那些你沒有事先計劃的事，你只是無意間碰上，然後就這麼發生了……我記得蒙蒂和我某天晚上劇演完後臨時起意在家辦了個晚餐派對，大家都回來我們家，我炒了雞蛋、洋蔥、馬鈴薯，因爲我們就只有這些……妳錯過轉彎了！」

「靠！」

簡直是我的人生寫照，已經來不及轉了，我直直開過去，往反方向前進。

「沒關係，我們可以走另一條路。」

「可以嗎？」

「當然，」她點點頭，看著地圖，「走下一個出口。」

我照著她的指示離開圓環。

「會有點繞路，但我們也不是說在趕時間，對吧？」她轉過來給我一個微笑，「這是看風景路線。」

我轉下一條比較小的蜿蜒道路，「結果那次晚餐派對還好嗎？」

「那很可能是我們辦過最棒的晚餐派對，」她點點頭，「但我

們沒有半瓶紅酒，而且家裡也超亂，我們最後坐在花園的懶骨頭上，迅速喝光聖誕節剩下的波爾多葡萄酒……」她邊回憶邊微笑，「妳知道的，看起來永遠都不會像你想要的樣子，你的髮型永遠不夠完美，還很可能會下雨，但一切都沒關係。那就是你美好的舊日時光，是那些你會記得一輩子的時光……」

蟋蟀的聲音慢慢減弱，沉浸在回憶中，而有那麼一會兒，我們誰都沒說話，我繼續開車，隨著道路越來越高，建築物也讓路給綠意。

「哇，妳看……」我比著窗外。

我們眼前是最壯麗的美景，一大片森林在我們下方展開，通往巴塞隆納市區，市區則伸向大海，彷彿想要碰到後方的地平線，我放慢車速，兩人一起讚嘆著眼前的景致，巴塞隆納就沐浴在陽光之中，在那裡等著我們。

我很高興我錯過轉彎。

巴塞隆納

　　通常唯一讓我有動力起床的東西是來自瓜地馬拉的手工烘焙咖啡，但今早我幾乎是迫不及待從床上跳起來，拉開飯店房間的窗簾，讓明亮的西班牙陽光流瀉而入。

　　跟著那條看風景路線繞路穿過城市上方絕美的柯利塞羅拉國家公園後，我們昨天終於抵達旅館時已經下午三點多，登記入住後又各自睡了幾個小時。我醒來之後等不及想到處探險，但敲了蟋蟀的房門沒有得到回應，所以我便讓她繼續睡，自己出門。

　　我來過巴塞隆納好幾次，每次來訪後都更愛這座城市一點。我昨天出去閒晃時避開主要的觀光區蘭布拉大道，並迂迴穿過各式各樣的後街，我喜歡可以漫步其中的城市，而我在閒晃時失去了所有時間感。天氣還是跟壓力鍋一樣熱，分鐘融化成小時，黃昏則讓路給夜晚，我回到旅館後發現已經快要晚上八點了，並看到蟋蟀坐在酒吧裡。

　　「抱歉，我不是故意要離開這麼久的！」我邊道歉邊滑進她身旁的座位，「我沒發覺已經這麼晚了。」

　　但她不理會我的道歉，「現在才不晚呢，這裡可是巴塞隆納，夜晚才剛要開始。那麼，妳要喝點什麼呢？」

　　結果我們喝了一瓶里奧哈紅酒、兩杯內格羅尼、一壺桑格利亞水果酒，因而把我的健康養生法嘗試丟到窗外，不，是大力扔出去才對，因為我非常確定這一定已經超過了建議攝取量。但是嘿唷，**西班牙萬歲**！這基本上就是**去他的**人生態度，只不過是用西班牙腔講。

　　而且也真的很好玩，因為包含和蟋蟀一起熬夜到凌晨，吃一堆好吃前菜，看街頭藝人跳佛朗明哥舞，同時計劃我要怎樣才能搬來巴塞隆納。

　　在想起我們他媽的已經脫歐，需要再來更多桑格利亞水果酒之前啦。

＃　　　＃　　　＃

　　然後現在，不到十二個小時後，我們又重新整裝上路，開車往北駛去，蟋蟀坐在副駕駛座，蒙蒂的骨灰放在她大腿上。我們稍早嚇了一跳，因為找不到骨灰，有那麼一刻，我以為我們這趟旅程變成了什麼三流浪漫喜劇，蒙蒂的骨灰在行李輸送帶上不斷繞圈的畫面浮現，某個不知情的可憐人打開一看，那他最後的安息之地就會是機場的失物招領處……

　　幸好後來我們在租車的後車廂裡找到了盒子，但蟋蟀從現在開始不想再冒任何風險，拒絕讓他離開她的視線。

　　「至少這樣他也可以看看風景。」我開心地說，我們把城市拋在身後，她剛才非常恐慌，我試著讓情況緩和一點。

　　「我不覺得他困在這個紙盒裡能看到多少。」

　　我驚覺我剛說的話聽起來有多白癡，「對不起，我的意思不是……」

　　「不，該道歉的是我才對，」她打斷我，「妳只是想表示善意，是我在耍混蛋。」

　　「沒事的，妳可以耍混蛋沒關係。」

　　「不，我不可以，」她堅定地搖搖頭，「我丈夫過世了，這種事總是會發生，無時無刻都有人過世，我們不能就這麼到處對人耍混蛋。」

310

我盯著她，她也迎上我的目光，接著她的視線就移到大腿和放在腿上的盒子。

大家總是在講灑骨灰，這個行為有種夢幻到近乎浪漫的意義，你會想像平靜的場景和充滿異國風情的地點，就這麼灑下你的靈魂，至少我的印象一直以來都是這樣，不過在此之前我也沒真正看過任何骨灰就是了。

然而，現實卻是某個類似鞋盒的盒子，裡面裝著大約三公斤很像碎石的物質，一點都不夢幻，也不浪漫，而是古怪又難以想像。我整個搞不太懂，所以甚至無法想像蟋蟀的感受。

「但是妳說的對，他在這裡沒錯，」一會兒之後她開口，「但不是在這個紙盒裡。」她凝視著窗外，我們在高速公路上飛馳，「我在天主教家庭長大，但我從來不相信他們所謂的來生，如果我不相信有個地獄，那也無法相信有個天堂。可是他就在我心中，在我的回憶裡……那些我依然會和他進行的對話……這也算是某種來生，對吧？」

「沒錯，」我點點頭，「我想是的。」

「蒙蒂是一對明亮的黑眼、一個犀利的回答，還有大聲的捧腹大笑，會讓他全身都跟著晃動，」她往下看著大腿上的盒子，「不是這些骨灰。事實上，說到這個，我突然很想把盒子丟出窗外……」

「不可以！」我出於本能伸手越過排檔桿，抓住盒子。

「怎麼回事？」蟋蟀差點沒被嚇死。

「妳不能這麼做！」

「做什麼？」

「把蒙蒂扔出車外。」我大喊，話說出口後才理解自己剛說了什麼。

但蟋蟀一臉鎮定。「噢，我不是真的要那麼做，」她向我保

證，「我們都大老遠跑了這麼一趟，而且這樣對我們後面的人來說也不太好。」她補充，邊看著後照鏡。

我也看看後照鏡，有輛淡黃色的敞篷車差點就要撞上我的保險桿，駕駛是個老男人，旁邊坐著一個比他年輕非常多的女人，他正朝我閃燈要我讓開。

蟋蟀和我看著彼此，但我不記得究竟是誰先爆笑出聲，只記得我們笑到噴淚，臉頰痠到不行，可是我們還是一直笑。

#　　　#　　　#

幾小時後，我們發現自己已經高高位於大海上方，正開在一條緊鄰山坡，又彎又斜的危險道路上。我緊握方向盤，心裡有點緊張，直到彎過轉角，看見一個馬蹄形的海灣，並第一次瞥見下方的白色城鎮，背景則是閃閃發亮的藍色海水。這就是我們這週的目的地，真是美得令人屏息。

我在路邊找到一個可以停車的地方，於是靠邊停下。

「出了什麼問題嗎？」蟋蟀轉向我。

我搖搖頭，「我只是想拍張照。」

我打開車門，爬出駕駛座，蟋蟀按下車窗欣賞風景，我則拿出手機試圖捕捉後方如夢似幻的美景。一陣強風吹起我的頭髮，髮絲遮住太陽眼鏡，正午的陽光直射我的眼睛，我沒辦法好好看清楚。

無論如何我還是拍了照，因為這就是我的人生，而許久、許久以來的第一次，我完全不需要任何濾鏡。

我要感恩的有：

一、Instagram，所以我才能發我直直對著太陽拍到的模糊輪廓照，並讓大家知道我確實有個生活，不是只有我隨便滑到的搞笑東西還有我房東收容的狗狗而已。

二、我得到的六個讚，來自老媽、蜜雪兒、荷莉、麗莎、費歐娜，加上某個我以前和她一起上學，但已經三十年沒見面，現在頭上戴著兔耳朵和花環的女生。

三、可以刪掉老媽的留言，她問我灑完骨灰了沒，因而摧毀了所有我為了防止伊森看到，假裝自己正和情人一起度過浪漫假期的嘗試。

比基尼和生小孩

　　我躺在飯店泳池邊的遮陽椅上，隨手翻閱我在機場買的雜誌，其中一本的封面上，某個肥皂劇女演員正在炫耀她的新寶寶，內容在一篇探討名人懷孕的專欄後，花了整整八頁的篇幅詳細記錄了整個生產故事，妝髮都沒漏：「我一開始還不確定！」、「我從來都不知道世界上存在這樣的愛！」、「現在我成了母親，我也終於成了女人。」

　　所以我這樣算是什麼？非女人嗎？

　　我伸手拿起下一本雜誌，只不過這次封面上的名人改成穿著比基尼炫耀她最近減肥成功：「現在我的人生終於可以真正開始了！」我怒氣沖沖地從遮陽椅站起身，準備游個泳。我們是認真要相信一個女人的人生價值只有當媽媽或是穿比基尼看起來很辣嗎？（還是壓軸好戲：先生個小孩然後幾個星期後再**恢復**成比基尼身材？）那麼擁有一個你愛的工作、因為某個理由奮鬥、追尋自己的熱情呢？

　　或者就只是過上你的人生，他媽的喜歡自己的身體怎樣就怎樣，不需要向任何人證明任何事？

　　是這樣嗎？就只有兩個選擇：比基尼身材或生個小孩。

　　我腳朝下直接跳進泳池。

　　這還引發了另一個問題：要是你兩個都沒有呢？

我要感恩的有：

一、超級讚的蟋蟀：

　　A：她沒有小孩，而且不只是個女人，還是個他媽的女神。

　　B：非常就事論事地指出，如果我想要比基尼身材，只需要把比基尼穿在身上就好了。

　　C：穿著一件式泳裝還是超辣，證明腹肌根本過譽到爆。

二、旅館附近的小店，我買了一件可愛的紅白條紋比基尼。

三、美味的加泰隆尼亞料理，包括鮮蝦、烤烏賊、辣拌炸馬鈴薯、西班牙烘蛋。我們是在港口邊吃的，後來還吃了兩大球義式冰淇淋，整個重新定義了「孕肚」。

放手

　　我們的假期來到第三天，時間就這樣流逝，放慢成悠閒的節奏，早上到港口喝咖啡、海灘小屋的美味午餐、下午懶洋洋地在泳池邊度過。

　　我們也想辦法在忙碌的行程中加進一些探險。有天我們開車到山丘上的廢棄教堂，另一次則是發現一片荒廢的海灘，蟋蟀下去浮潛，我則是在岸上看書，直到幾名渾身毛茸茸的男性腳踏車騎士加入我們，他們很快讓我們得知，我們找到的其實是一片天體海灘。

　　「我永遠都不會再吃烏賊了。」蟋蟀這麼表示。

　　你只需要知道這麼多就好了。

　　除了渾身毛茸茸的裸體腳踏車騎士以外，這裡實在很漂亮，布拉瓦海岸素以觀光勝地惡名昭彰，但這個小漁村感覺就像是一顆還沒人發現的寶石。

　　蟋蟀告訴我，自從她在超過三十年前和蒙蒂第一次來之後，這裡並沒有什麼太大的改變，她最後幾天都在懷舊，帶我去看他們最愛的景點，並用各種軼事招待我。她原先以為她會害怕回到這裡，但並沒有，起初她也擔心回憶會讓她難過，結果反而是讓她恢復了活力。

　　「需要把幽靈和陰影掃到一旁」、「用光芒照耀」、「不要活在過去」，她說。

　　她也忙著安排灑蒙蒂骨灰的事，並僱了一艘小帆船和一名船長，準備明天帶她出海，所以我們今晚決定開車到燈塔去，邊看著日落，邊向蒙蒂敬酒，當作送行。一切都值回票價，燈

塔位於懸崖邊，風景美得不可思議，裡面有一間小酒吧兼餐廳，我們買了啤酒坐在外頭，發現有個樂團在現場演奏，是一小群拿著西班牙吉他的音樂家。

山坡上設有座位，我們找到兩個空位，邊啜飲啤酒邊聽音樂，溫暖的晚風舔拭我們的臉龐，背景則是日落。這就是那種你無意中遇見，並且會想要永遠記得的時刻，會想要保存在瓶子裡。不管是在又冷又黑的凌晨四點，還是人生很難，或是你只是有個不順的一天，你都能把手伸進瓶子，將這個回憶取出來，想起人生可以感覺有多美好。

我想要一整個櫥櫃的這種瓶子，裡頭裝滿這所有偶然的時刻，就像我奶奶以前用罐子裝滿各種醃漬物一樣。

「我跑去見了他，妳知道的……我們在巴塞隆納的時候。」

蟋蟀看著我，而我不需要問她去見誰，自從她說她要來西班牙後，帕布羅的那封信就一直出現在我腦海深處。

「妳怎麼知道他住在哪呢？上面又沒有住址。」

「Google 啊。」她回答，彷彿再簡單不過了，我想確實是這樣沒錯，但是不知道為什麼，蟋蟀總是能帶給我驚喜，「他是個畫家，看來現在已經很有名了，我找到他辦展覽的畫廊，在妳睡著的時候去了一趟……」

「我睡著的時候？」這解釋了為什麼我敲門時她沒回應，「所以結果怎麼樣了？」

「他不在，我留了張紙條，寫著我的名字和旅館的號碼，說我來灑蒙蒂的骨灰，並邀他一起來。」

「妳邀了他？」

「沒錯，」她點點頭，「我不確定這樣對不對，但我覺得這是我欠蒙蒂的。」她的目光飄向地平線以及開始緩緩下沉的落日，「這麼多年前蒙蒂第一次帶我來這裡，是不是因為帕布羅曾經帶

他來過呢？還是因為他想跟我分享某種美麗的事物？」

她茫然地聳聳肩，「我不知道，但我確實知道到了最後，愛就是愛，我想要那些蒙蒂愛的人，還有愛他的人，可以有個機會道別……而且我想，如果我對自己誠實，我也想見見他。」

她現在轉向我，臉龐在過去幾天曬黑了，而她的眼睛似乎也更藍了。

「在這麼多年後，我想要為那個名字配上一張臉，看看蒙蒂曾經愛過的另一個人是誰，蒙蒂那個我從不了解的部分……這一直都感覺有點像是我們之間沒有完成的事。我知道他不想讓我知道帕布羅，但我不喜歡祕密，你以為你是在保守祕密，但其實是祕密在絆住你。」

聽著她聊蒙蒂和帕布羅，聊那些我一無所知的生命經驗，意外引起了我的共鳴。

「我可以給妳看個東西嗎？」

話語就這樣脫口而出，我湧起一股衝動，從包包裡拿出皮夾，我一直把一小張紙藏在老爸和老媽的照片後面，就這麼塞在那。我把紙條攤開，遞給蟋蟀。

「我們叫他蝦蝦，」我靜靜地說，她凝視著顆粒狀的黑白超音波照片。「因為還太早，不知道他到底是女孩還是男孩，伊森說他看起來像一隻小蝦子。」

她盯著我，眼神找出我眼中的真相，並慢慢理解我給她看的是什麼。

「妮兒，妳不需要……」

「不，」我堅持，把照片壓在她手中，「我想要這麼做，妳和我分享了這所有事，妳一直都是這麼坦誠……所有事都是。現在輪到我了，我想要這麼做……」

我已經保守這個祕密太久了。我從來沒有跟任何人說過究

竟發生了什麼事，我就只是把這件事關在心裡，試著假裝沒有發生過。蟋蟀看著我，點點頭，再明白不過人生有時候就只是需要有個人好好聽你說。

所以我開始說。

「我們第一次約會時，伊森開玩笑說他想要生一堆小孩，可以組一支足球隊。」我在腦中回憶，發現自己露出微笑，「他來自一個義大利大家庭，德盧卡家就是愛生孩子，但一開始我們忙著墜入愛河，眼中除了彼此看不見任何東西……接著我們開始同居，又開了店，每天都超忙……隨著時間經過，我開始發現許多不生小孩的理由，畢竟我們都走了這麼遠，而且也都很快樂，何必自找麻煩呢？」

我在說的時候一直茫然地看著緩緩沉入大海的落日，但現在我直直盯著蟋蟀。「妳有想要小孩過嗎？」

「還不夠想要，」她這麼回答，「我年輕一點時曾經想過，那年代大家都期待妳生，但還有其他好多我更想要的東西。所以我發現蒙蒂也這麼想後，放心了不少，不過當然那時反正我也已經太老了，所以這不是個問題，我非常幸運。」

「沒錯，」我點點頭，思緒又回到更久遠的回憶，「我本來有些疑慮，但我將其推到一旁……於是我們開始自找麻煩。」我啜了一口啤酒，「我不再吃藥，我們等待一切發生，但什麼都沒發生，這很好笑，妳花了一輩子避孕，然後還覺得妳想要的時候就會成功……最後我們把剩下的積蓄湊一湊，做了試管嬰兒，但是這也沒有用。」

我望向遠方的大海，凝視著粉紅色的浪尖，天空變成一片淡橘色。

「當時，我以為我一切都應付得很好，注射、去醫院、護理師同情的眼神，但最後還是付出了代價。失敗之後伊森非常失

望，而我覺得這全都是我的錯，醫生說我的身體對藥物沒有反應……」

我哀傷地笑了笑。

「我們負擔不起再試一次，但我們下定決心不要悲傷，所以我們轉移注意力，努力衝刺事業……表面上一切看起來都很好，夏天來了，又過去了，咖啡店的生意也不錯……但現在回想起來，我不確定我們是不是真的沒事，我想我們內心都藏著很多事沒說。」

我停下來，沉浸在回憶中，我已經藏了這麼久，但現在一開始說，所有回憶又都重新如潮水般襲來。

「新年時我們去優勝美地露了幾天營，妳去過嗎？那上面真的很美。」

「沒有，我從來沒去過。」蟋蟀搖搖頭。

「我想我一定就是那時候懷孕的。我發現時大吃一驚，我們兩人都不敢相信，甚至連我們到醫院去檢查時都還不信。那時候只有八週，但還是可以在螢幕上看到：我們的小蝦蝦。」

我微笑，但我已經可以感覺到淚水盈眶，我努力壓抑。

「他們說寶寶很健康，但我們還是決定等到十二週再告訴大家，只是為了確定。但是比起開心，我其實很害怕，我不想讓自己有太高期望，我不想再次失敗……」

我停了下來。我對這個故事了然於心，但每次我對自己說，都會有一部分的我希望故事有不同的結局。

「一週後我開始流血。」

「我親愛的女孩呀……」蟋蟀一手攬著我的肩膀，將我拉向她，我覺得鬆了一口氣，倒進她懷裡。

「我還記得護理師找不到心跳時臉上的表情，她非常遺憾，但我表現得像是一切都沒事，就好像安慰大家是我的工作一

樣。」我草草抹掉一滴流下我臉頰的眼淚，想起我之前開的愚蠢玩笑，現在實在很難相信，但當時我才是那個心碎的人，而我竟然還在擔心大家。

「之後我和伊森從來沒有好好聊過這件事，我們都太難過了，於是便向彼此隱藏自己的感受，我猜我們是想保護對方吧。但現在回頭看，我們做的所有事都只是在推開對方。」更多眼淚落下，但我現在已經不管了，「接著幾個月後，我們失去了一張大訂單，一切開始分崩離析，事業上……還有我們之間……」

天空已經變成鮮豔的深橘色。

「我發現伊森手機上的訊息時，他並沒有否認，於是我跑去找我的朋友麗莎。我離開時他也出去喝得爛醉，他求我原諒他，他說這不代表任何事……但對我來說確實有……」

我看著落日終於消失在海浪之下。

「一個星期後我就離開了。」

我們沉默了一陣子，誰都沒說話，我非常感激蟋蟀的沉默，她沒有問任何問題，就只是在我說的時候靜靜傾聽，一直以來我需要的就是這個。

「有時候我會想，搞不好這樣才是最好的，我試過了，然後我失敗了，或許內心深處我也不夠想要，就像妳說的，並不是大家都想要。」

「確實，」她最後終於開口，「但妳真的這麼想嗎？還是只是妳的悲傷在作祟？」

「我也不知道。」我搖搖頭。

「那也沒關係。」她靜靜說。

我抬眼迎上蟋蟀的目光。

「我已經八十一歲了，而我學會如果你可以在人生中給自己

一個禮物，那就是能夠說『我不知道』的自由和勇氣。因為我要再跟妳說一個祕密：妳其實不**需要**知道。妳不需要知道妳的感受、妳想要什麼、妳快不快樂、妳難不難過，人生充滿選擇和決定，而有那麼大的壓力要我們做對所有選擇。但要是我們做不到呢？要是我們充滿疑惑和擔憂呢？要是我們會犯錯，而且自相矛盾怎麼辦？」

她看著我，雙眼閃閃發亮。

「要是我們已經盡力了，最後卻還是失敗了呢？」

她對我說這些話的同時，我想到自己，也想到發生過的所有事。

「到那時候該怎麼辦？我們應該要覺得自己很糟嗎？為什麼就不能接受我們就是不知道呢？因為要是妳接受這點，我親愛的女孩，妳就會擁有巨大的自由，可以讓妳改變想法、選擇另一條路、抓住那些妳從沒想過會出現在妳面前的機會……妳會充滿動力，而不是困在原地，也會停止愧疚。」

蟋蟀盯著我，一臉探詢。

「還會停止害怕。」

我不知道。

我用力吸吸鼻子，抹掉流下我臉頰的淚水，在腦中反覆思考這個新概念、檢視這個新概念、擁抱這個新概念。

我覺得怎麼樣？我想要什麼？

我不知道，我不知道，我不知道。

蟋蟀輕輕把那張紙放回我手上。我凝視著照片，凝視著那個我曾經想像過的未來，我保守了這個祕密這麼久，現在卻發覺是祕密絆住了我，把我困在原地，讓我無法改變害怕和失敗的心態。

我望向地平線，在這個廣袤、寬闊、開放之地，我覺得自

己非常渺小，我察覺微風吹動我手中的紙張，所有我埋在內心深處的悲傷，所有我過去的灰燼，都正等著隨風而逝。

　　於是我放手了。

一個摯愛

「我不可以遲到。」

「妳不會遲到啦。」

「我根本不應該穿高跟鞋的，我是在想什麼啊？這是鵝卵石路呢。」

「我們沒到，船不會開走的。」

「我只是想穿好看點，蒙蒂喜歡我穿洋裝和高跟鞋，他就是這麼老派。」

「妳看起來很美。」

「我應該穿我的網球鞋才對。」

「我們已經快到了。」

「不知道這件洋裝行不行。」

「妳看起來很美。」

#　　　#　　　#

　　我從來沒看過蟋蟀像現在這樣，她很緊繃，幾乎可以說是緊張。我們正從旅館走下港口，時間是早上十點左右，我提議今天上船陪她，我本來以為她會想自己一個人，畢竟這是個私密的時刻，但她似乎很感謝我，幾乎是鬆了一口氣，並欣然接受我的提議。

　　紅色的小漁船正等著我們，有些冷漠的船長安卓亞斯站在碼頭上，禮貌地點了點頭歡迎我們。他用各種櫻桃色和淡粉色的新鮮九重葛裝飾木造船身，花瓣隨微風搖曳，閃閃發光，就

像成群的小蝴蝶。這是個體貼的舉動，讓蟋蟀放鬆了下來，露出微笑，我對他湧起一陣謝意。

他扶著蟋蟀的手臂協助她上船，這時我們聽見一個聲音。

「凱瑟琳……」

有人在叫她，我們雙雙轉身，看見一名男子邊揮手邊朝我們匆匆跑來。在平底布鞋和草帽之外，他打扮得很整齊，隨著他接近，我也看見他輪廓頗深的臉龐，他全身都曬成深色，除了白鬍子和紮成馬尾的長髮。他不需要自我介紹，一定是已經過了超過六十年，但還是馬上就能認出照片裡的他。

是帕布羅。

他來到我們身邊，放慢腳步。有那麼一剎那，我看著他們仔細觀察彼此，接著蟋蟀走上前，兩人擁抱，這便是我離開的暗號。

#　　#　　#

幾分鐘後，我坐在港口外的長椅上，看著小船航向海岬，揚起的浪花閃閃發亮，我看著小船越來越小，上面載著珍貴的貨物：兩個人、一個摯愛。他們有這麼多可以聊，可以分享，並跟過去的幽靈和解，一起紀念他們深愛的那個男子。

太陽散發耀眼光芒，溫暖的微風徐徐吹來，這是再適合不過的美麗日子。

我要感恩的有：

一、帕布羅，他當天早上才收到紙條，並飆車來找我們，
　　剛好趕上去灑蒙蒂的骨灰。

二、所有蟋蟀終於解答的疑問。

三、帕布羅告訴她「現在我見到妳，便理解他怎麼能離開
　　我」時，她得到的平靜。

四、不再有任何祕密。

諾丁丘嘉年華

　　又是國定假日週末，我們搭計程車從機場回家，結果發現今天是嘉年華，我們完全沒辦法停在蟋蟀家附近，因為所有路都封起來了。

　　我怎麼能忘記今天是諾丁丘嘉年華呢？我問自己，我們必須下車自己拖著行李箱穿越狂歡的人群。我以前總是好幾個禮拜前就在期待嘉年華，這是一年中最精采的時刻！

　　因為現在妳在人群中會有幽閉恐懼症，音樂也太大聲了。四十幾歲的我在我們抵達蟋蟀家避難時回答自己，而且妳超想喝杯茶。

　　這是趟漫長的旅程，我要蟋蟀坐著休息，自己打開電熱水瓶，我在等水煮滾時，也打開窗戶呼吸點新鮮空氣。蟋蟀家正好在遊行路線上，從這裡我可以清楚看見下方街道經過的花車，還有鮮豔的服裝跟鋼鼓的回音。這是屬於家庭的日子，我的視線心不在焉飄過孩子和他們父母興奮的臉龐，思緒則回到西班牙。

　　這星期發生了很多事，感覺我們離開了更久，我把很多東西拋在這裡，而現在我回來後一切感覺都不一樣了，我覺得更輕盈，也更自由，如果我敢承認，我也覺得幾乎對未來感到有點興奮……我的目光落在對街的一個小女孩身上，她坐在爸爸的肩膀上，手上拿著一顆氣球，朝人群揮手。我突然想起我生日時的那種感覺，當時我遛著亞瑟經過所有房子，看向窗內，我在外頭，看著所有在裡頭的人。

　　「這給妳。」我猛然回神，發現蟋蟀遞給我一杯加了冰塊和

檸檬的東西,「別喝什麼鬼茶了,我覺得我們應該喝琴通寧。」
她微笑,用她的杯子輕敲我的,「**乾杯!**」

「**乾杯!**」我也回以微笑。

要是我早知道外頭的視野有多棒就好了。

九月
#錯過就是爽

誠摯邀請你
參加

娜塔莉的單身派對！

加入我們一起和準新娘慶祝

九月八日、九日
就在
奢華SPA週末！

一定會花上你一大筆錢！飯店沒有任何單人房折扣，而且還是在曼徹斯特，實在超遠！但準新娘等不及見到你和她所有朋友了，而她的朋友至少都比你年輕十歲。

幸好你可以從倫敦搭一班誤點的火車，並享受一連串你負擔不起的昂貴馬殺雞還有讓你回春的臉部美容，美麗的美容師團隊會在你臉上塗一大堆乳霜，然後再把這些乳霜抹掉，你還可以跟著輕音樂放鬆，同時肚子咕嚕咕嚕叫，一邊思考你的信用卡會不會刷不過，以及除了葡萄之外到底還有沒有其他吃的。

等你google完「逃離單身派對的一百個方法」，並發現根本沒有任何辦法後，敬請回覆。

進退兩難

　　世界現在出現一個非常、**非常大**的問題，我是說，**超嚴重**的問題。從宏觀的角度來看，一封去參加Spa週末單身派對的邀請，比起我們的星球快毀滅了或是國際政治局勢之類的，根本就無足輕重。但是在**妮兒的世界**中，這是導致好幾個不眠之夜的原因。

　　邀請幾週前寄來時，我直接亂扔在書桌上，然後試著不要去想，彷彿這樣就能讓問題消失。但大家都知道，這招根本沒用，反而似乎還帶來反效果，讓問題變得越來越嚴重。

　　隨著日期逐漸逼近，邀請就放在那，催促我敬請回覆，更糟的是其他賓客的**全部回覆**。我早中晚無時無刻都一直收到各種電子郵件，來自我根本沒見過的人，告訴我他們：「等不及了！」、「一定會超棒的！」、「好耶，開趴啦！」

　　我知道我一定要去，我不能不去，這是我弟未來的老婆，我未來的弟妹、我第一個姪子或姪女的媽媽，不參加一定會超糟糕的！但我也知道我負擔不起，婚禮可不便宜，就算不是你的婚禮也一樣，而我為了婚禮本身，已經花錢買了一套新行頭跟一份結婚禮物，加上火車票還有利物浦飯店兩晚的住宿。我的卡已經刷爆了，而我的帳戶餘額現在也已經所剩無幾，我是要怎樣才能再負擔得起一個Spa週末？

　　我當然也考慮過全盤托出，告訴娜塔莉事實，但這樣實在太丟臉了，而且她願意邀我人真的很貼心。話雖如此，她其他朋友每個人年紀一定都比我小很多，我真的想要像個**單身派對還沒到的鬼魂**一樣出現嗎？單身、無子、破產、四十幾歲，

還有蝴蝶袖！我就像個可怕的警告，要是她們沒有遇見真命天子，未來就會變得跟我一樣，光是我本人出現很可能就會嚇死她們。

這真是個他媽的困境，光想到我就頭痛，事實上，我覺得我喉嚨好像也有點痛……是我的問題嗎，還是室內真的有夠冷？我可能必須躺回羽絨被下面，天啊，我真是精疲力盡，老實說，我覺得我還是閉上眼睛一下子好了。

我要感恩的有：

一、流感。

二、娜塔莉對這一切都很貼心，還傳了語音訊息給我，跟我說不用擔心錯過她的SPA週末，要快點好起來，也謝謝我送她的孕婦馬殺雞。

三、我的床，我在床上躺了一個星期。

四、愛德華，他稱職地扮演了南丁格爾。

五、不會再怕鬼，不管是過去、未來、現在。

時間衝突

週四是我將近一個星期以來第一次好好打扮，老實說，如果你是在家遠距工作，這也沒**那麼**不尋常。好吧，是有點啦。我醒來、下床、沖了個澡、洗了頭髮跟所有地方，我覺得**好多**了，幾乎再次成為人類，吃了一週的成藥後，甚至連我的胃口都回來了。

我就是在廚房加熱一鍋番茄湯時，收到費歐娜的訊息，邀我去參加她的生日趴，時間是下週六，跟理查還有娜塔莉的婚禮同一天。自從我從派對帶伊姿回家後，除了她在Instagram上幫我的西班牙照片按讚外，我們都沒有聯絡，我們之間還是哪邊怪怪的。

我開始打草稿，想回覆說我不能去，但什麼理由聽起來都不對，甚至加上笑臉也沒用。噢，去他的，我沒辦法用訊息講，我刪掉訊息，撥了費歐娜的號碼，她從來都不會接電話，但至少在語音信箱裡講聽起來會比較好一點。

結果她接了。

「噢……呃，嗨，費歐娜！」我嚇了一跳，結結巴巴。

「妳是不小心按到我的號碼嗎？」

這可能不是最好的開場白。

「不是……當然不是。」

「噢，好吧，只是妳聽起來很驚訝。」

「我本來正要留言給妳……有關妳的生日……」現在一切都感覺刻意又尷尬，「我擔心我可能沒辦法到……」

「沒事啦，」她在我講完之前就說，用這種方式你就知道才

334

不會沒事,「一切都很臨時。」

「不是啦,我真的很想去,我只有住在美國時才會錯過妳的生日派對,可是那個週末是理查的婚禮……」

「妳弟要結婚了?」

「對啊,我沒告訴妳嗎?」

「沒有!」

費歐娜從我們大一時就認識理查,那時她陪我回家過復活節假期,並成了我長滿青春痘的老弟垂涎的對象,他整個星期都跟著她,還在她沖澡時在浴室門外徘徊,只為看一眼她圍著浴巾的樣子,真的是很丟臉。

「抱歉,我本來在蜜雪兒的產前派對要告訴妳的……只是大家都超忙,我沒機會跟妳好好聊聊……」

我聲音越來越小,電話另一端一陣沉默。

「是啊,全都有點瘋狂。」她終於開口,聽起來有些內疚。

「他要有孩子了。」

「誰?小理查嗎?」

「對啊,小理查。」我微笑,突然覺得跟她親近了起來,因為她用的是我們家裡的綽號。

「我以為他總是說他還不想定下來呢。」

「是沒錯,但他後來遇見了娜塔莉。」

「哇,那她一定是個了不起的女人!我打賭妳媽一定超級興奮。」

「這樣講還太含蓄了呢。」我發覺終於能跟費歐娜說這一切,是件多麼棒的事,如果說有人理解我家的各種互動,那就是她了,她已經聽了好幾百年。

「妳回來後我們應該一起喝一杯,慶祝我又老了一歲。」她正在說。

「聽起來不錯，」我回答，再次感覺到我很擔心我們之間早已失去的連結，「所以妳生日時要做什麼呢？照樣去歐萊利嗎？」

歐萊利是費歐娜多年來的傳統，這是一間愛爾蘭酒吧，供應健力士啤酒還有著名的燉魚跟蘇打麵包，每年她都會邀大家去慶祝她的生日，顯然是跟她的愛爾蘭血統有關，雖然我總覺得這應該跟蘇打麵包關係比較大。

「事實上，我在想我今年應該要來點不一樣的，我在蘇活區的一間會員制俱樂部訂了張桌子。」

「噢！真是高級！我都不知道妳是私人俱樂部的會員呢。」

「我不是，安娜貝爾才是……」

我怎麼沒猜到呢？

「但妳一直很愛歐萊利啊，那是妳的最愛。」

「我知道，但我想可能是時候改變了，來點新東西。」

「這是誰說的，妳還是安娜貝爾？」

我情不自禁，就這麼脫口而出。

「妮兒……」費歐娜警告我。

「什麼？」我故作無辜地回答，但我知道她要說什麼。

「聽著，我知道妳不喜歡安娜貝爾……」她聽起來在幫安娜貝爾講話。

「不是我不**喜歡**安娜貝爾……」（好啦，這是個謊言），「只是我不覺得她喜歡我。」

「她很努力和妳相處，只是妳都對她不太友善。」

「我？對她不友善？」我氣到不行。

「聽著，我不想和妳吵架，妮兒。」

「我們沒有在吵架啊。」我抗議，但我能感覺到我們死灰復燃的親近再度消失，出現漫長的停頓，我在我們都爆發之前趕

緊改變話題，「不管啦，孩子們還好嗎？」

「他們很好，謝謝妳……」她聽起來也因為話題改變鬆了口氣，「嗯，事實上，伊姿最近變得有點安靜。」

「安靜？」

「對，妳幾週前帶她去派對時，有注意到什麼異樣嗎？」

「沒有啊，她很好……」我回想，「事實上，妳這麼一說，她在去派對的路上就是平時那個吱吱喳喳的她，但我們進到室內後，她確實變得比較安靜。我以為是因為小丑的關係，老實說，我也覺得小丑有點可怕，而且我已經不是五歲小孩了……」

「天啊，沒錯。」

「怎麼了？妳覺得有哪邊怪怪的嗎？」

「噢……沒有，我想一定不是什麼重要的事……她可能是又跟哥哥吵架了。」

「這我也有經驗，」我微笑，「老媽以前常對我弟和我很頭痛，現在看看我們，我要去參加他的婚禮了！」

「嗯，好好享受，」她說，回到正題，「也送上我的祝福。」

「我會的，也祝妳生日快樂。」

我要感恩的有：

一、我們的對話，我很高興可以和費歐娜聊聊，雖然事情並沒有真的朝我希望的方向發展，而且我也因為錯過她生日很沮喪。

二、事情的另一面，也就是不用和安娜貝爾共度一晚。

三、亨氏牌番茄湯，忘掉夾磨碎酪梨的吐司吧，流感好了以後，真的沒有什麼比這更好吃的了。

超讚女性星期五

社群軟體有很多地方可以討厭，但也有很多地方值得喜愛，比如 # 回顧星期四和 # 回想星期五，這便是一個可以貼舊照片，讓全世界知道我們全都曾經年輕過和瘦過的大好機會。

或許我們應該把其他天也改名一下？想像一下，你可以根據你的心情調整每天的名稱，比如說，以下就是這個禮拜在我眼裡的樣子：

幹他媽的星期一

沒有 # 動力，更多的是 # 死於流感 # 自由工作者 # 還是必須工作

實話實說星期二

這週的 podcast 是在我的病榻上錄的，我身旁圍繞著擤過鼻涕的衛生紙團，而且完全沒有一絲陽光，這讓我不禁思考，應該要有個運動推動一週必須有一天實話實說。我提議就選星期二，想像一下每週二我們都要做事實查核，丟掉我們必須遵守人設的壓力吧，然後大聲說我們已經厭倦這爛東西了。這是擁抱我們混亂、糟糕、赤裸人生的一天，揭露我們真正的自己 * 。

---

* 相信我，這比素顏自拍還要深層很多，此外，我用「我們」這個字可能有點誇大，因為搞不好只有我自己的人生是混亂、糟糕、赤裸的，或許還有我的二十七名聽眾吧（之前有三十二個，但我似乎失去了五個）。

#快到了星期三

小時候我很喜歡週三下午的化學課，因為我知道這代表我這週的上學日已經過一半了，快到了星期三也是一樣的意思，但比較像是你終於可以開始搞定這星期需要做好的所有事的那種感覺，更像是「我可以的」，而不是希望今天已經是週末。

#希望我還又年輕又瘦星期四

基本上就是我在看完所有舊照片，想在 # 回顧星期四找點東西發的心情。

#超讚女性星期五

因為有許多超讚的女性為我們帶來鼓勵和動力，那些不可思議、為我們奮鬥、開創女權的女性，從艾米琳‧潘克斯特到羅莎‧帕克、馬拉拉到珍‧古德、桃莉‧芭頓到珍‧奧斯汀，列都列不完。

那麼像蟋蟀和我媽這樣的女性呢？還有數以千計的平凡女性，默默做著她們的工作，而且一樣偉大，我他媽的每週都想向她們致敬，不只是在國際婦女節那天而已，這些超讚的女性為我帶來的動力永遠沒有任何瑜伽影片比得上。

#再度待在家星期六

嗨唷

#去他的星期日

最棒的一天，去他的一切。

龜縮

一週後，我從尤斯頓搭火車到利物浦參加婚禮，我坐的是寧靜車廂，坐在我身旁的是我的加一：蟋蟀。

「我都記不得我上次參加婚禮是什麼時候了，」她興奮地說，「我想搞不好甚至就是我自己那場。」

我從我在讀的書上抬起頭，維吉尼亞・吳爾芙的《戴洛維夫人》，我為了這趟火車旅行專程從迷你圖書館借的，我第一次讀是還在念書時，而這次甚至比我記憶裡的還棒。

「妳的婚禮怎麼樣呢？」我問，把書放在身前的小摺疊桌上。

「出乎意料的棒，老實說。」

「為什麼出乎意料啊？」

「因為我們兩個都不特別熱衷這一套。」她坦承，「只有等到我們面臨死亡和稅務，這兩樣你無法逃避的東西時，我們才決定把一切變得正式。我們年輕時似乎沒有這個必要，也不切實際，當你真的不知道接下來三十年或更久以後，到底會發生什麼事，誰能做出那種承諾呢？」

「這個週末妳最好不要跟其他人分享這個觀點。」我露齒一笑，她則爆出一陣大笑，然後趕緊用手遮住嘴巴。

#　　　#　　　#

整個家族都待在同一間飯店裡，我爸媽下來接待處歡迎我們。老媽看到蟋蟀時似乎大吃一驚，直到上個星期以前，她

340

都以為我會帶新男友來當我的加一，因為夏天時我耍笨脫口而出，告訴她我在和某個人約會。她本來應該很期待看見他，所以當我跟她說我要帶某個女性友人來時，她只說了一句：「嗯，或許妳們倆可以遇到幾個不錯的單身男子。」

「很高興認識妳，」我看著蟋蟀伸手和老媽握手，一如往常優雅，「妮兒跟我說了妳很多事。」

「我希望都是好事！」老媽不自在地笑笑，我可以想像她在腦海中拚命把座位安排想過一遍，思考現在把蟋蟀從單身桌移到年長親戚桌是不是太遲了。

我也能想像蟋蟀應該很希望已經來不及了。

同時，老爸見到我來似乎鬆了口氣，他被迫穿上休閒襯衫和一條看起來有點太緊的長褲。

「她甚至強迫我打一條該死的領帶。」他在我耳邊小聲說。

「這很適合你啊。」我安慰他。

「比較像是要掐死我了吧。」

「理查人呢？」

「在他房間，他從登記入住後就一直待在那，我覺得他應該是宿醉了，他的臉色跟那塊地毯一樣。」

他比比我們腳下的芥末色地毯。

「娜塔莉和她爸媽待在一起嗎？」

「顯然是，雖然這傳統似乎有點蠢，因為她已經有孕在身了。」

「她可能是想享受她最後一個自由的夜晚吧。」我咧嘴一笑，這讓我爸大爆笑，然後用力拉他的領帶。

「我發誓這他媽一定會害我窒息。」他抱怨。

「菲利普‧高登‧史蒂芬斯，那條領帶絕對不會害你窒息的。」媽出現在爸手肘旁大罵，他的全名是保留給罪行特別嚴重

的場合，她滿臉怒容，「但要是你再不停止跟我抱怨，你老婆就會窒息。」

#　　#　　#

入住我們的雙人房後，我讓蟋蟀小睡一會。「我比較喜歡稱其為重新充電，如果妳不介意的話。」她說，我則去找我弟弟。

爸說的對，他的臉色跟牛頭牌的芥末醬一樣。

「你是不是宿醉？你看起來超糟的。」他開門時我說。

「我也覺得超糟的。」

以免你沒注意到，我弟和我不會向其他人那樣擁抱和打招呼，我們喜歡直接開嗆。

「你是喝了幾瓶啤酒？」

「我沒有喝酒。」

「你少來，別開玩笑了。」

「才不是這回事……就只是……我也不確定，妮兒。」

「噢，不，該不會是流感吧，是嗎？我上星期也中了。」

關上門跟著他走進房間後，我一臉警覺看著他，他則坐在床緣，把頭埋進手中。

「不是，是婚禮啦，」他的聲音從手指間模模糊糊傳出，「我不知道我能不能撐過去。」

是喔，哈哈哈，真好笑，又是我幽默老弟的另一個玩笑，我跟他一起演。

「嗯，給我硬起來，你的臉已經出現在茶巾上了。」

「蛤？」

「出自黛安娜王妃，顯然她姐姐在她嫁給查爾斯王子前是這麼說的。」

342

我弟抬頭看著我，就像我發瘋了一樣。

「妮兒，妳為什麼要在這時候講什麼黛安娜王妃？」他看了我一眼，眼中充滿痛苦，然後又把頭埋進手中，這次埋得更深，還用指甲一直刮頭皮，好像真的要把頭髮拔下來一樣。

這很可能不是個好主意，因為他已經有點禿了。

「噢，振作點，理查，不要再鬧了。」我已經累了，我也可以來去充電一下。

「我沒有在開玩笑！我很認真！」他突然爆氣，從床上跳起來，開始在飯店房間裡走來走去。

噢，幹，我腹部的神經一縮，他該不會真的是**很認真**的認真吧？

「你只是緊張，就這樣而已，」我安撫他，「你突然龜縮了，這很正常。」

「但如果不是呢？要是我正在鑄下大錯怎麼辦？」

幹你娘勒，這不是真的吧。

「結婚生小孩什麼的……我只是小理查，我不夠格，我做不到啊。」

我瞪著他，因為事情一連串的新發展突然有點傻眼。

「你當然做得到。」我的口氣很尖銳，他才不可以在最後關頭退縮呢，他不能這樣，我不會讓他這麼做。

「但這個承諾真的太重大了，是我的下半輩子耶。」

「支持卡萊爾隊也是啊，我可沒看到你因為這件事崩潰。」我嗆回去。

「不要對我生氣啦，姐。」

他突然間看起來就像當年那個十歲小孩，借了我的直排輪，試著從當地礦場的礦渣堆溜下來，結果卻摔爛腳踝。我發現我的怒氣來得快去得也快。

343

「那如果你明天不娶娜塔莉，你要幹嘛？」

「是在娜塔莉她爸殺了我之前還是之後？」理查露出微笑。

「我說認真的。」

他靠在五斗櫃的邊緣上，聳了聳肩。「我哪知，或許去旅行吧。」

「什麼？然後放棄你的新創公司嗎？」

事實擺在他眼前時，他又龜縮了。

「你根本沒有好好想過，理查。」

「好吧，但先別跟我講這個，好嗎？」

「不，我來這裡不是要幫你逃避的。」我回答，拿出大姐的架勢，「我來這裡是要幫你好好思考，你之後會得到的東西，值得你放棄現在擁有的一切嗎？」

「我愛娜塔莉，也愛寶寶，只不過……」他搖搖頭。

「你很害怕。」

他看著我，接著緩緩點頭。「對，妳說的對，我是很害怕。」

「你知道，你小時候會害怕去睡覺，因為覺得床底下住著怪物，每個晚上我都會拿著我的手電筒到你房間，幫你檢查床底下，我會說：『都沒問題了。』這樣你才願意讓我把燈關掉。」

他微笑，「妳是要告訴我不用害怕，因為床底下根本沒有任何怪物嗎？」

「不是，」我搖搖頭，「人生**本來**就很可怕，但如果你失去你愛的人，那一切會更可怕。」

意識流

　　凌晨兩點，我發現自己還很清醒，伴著對我弟的擔憂還有蟋蟀的鼾聲，我睡不著，於是把《戴洛維夫人》給讀完，這真是本很棒的書，我喜歡故事都發生在同一天內，而且是用意識流手法寫的，這完完全全啟發了我。

　　好吧，所以我永遠不可能成為維吉尼亞·吳爾芙，但要試著描述我明天所有的想法和感受，還有什麼更好的方法嗎？

我弟的婚禮

　　下雨了。弟弟很緊張。新娘看起來超美。老媽哭了。老爸穿著西裝一直動來動去。戴著網眼頭飾的我看起來像個白癡。真希望是我。噴復古Dior香水的蟋蟀捏捏我的手。覺得想哭。把開胃小點打翻在新洋裝上。在廁所試著把污漬弄掉。失敗。在烘手機下方錯過伴郎的演講。在舞池和老爸大秀了一波。覺得開心。後悔穿這雙鞋。拍婚禮照片時把手交叉在胸前試圖遮住污漬。看起來就像圖坦卡門。吃太多蛋糕。喝太多精釀啤酒。想念伊森。覺得困惑。伴郎在舞池中想要吻我。考慮了一下。就那麼一秒。蟋蟀和娜塔莉的叔公用狐步舞技驚四座。擁抱我弟。跳了那首〈小鳥歌〉。知道所有舞步。覺得自己屬於這裡。愛我的家人。愛蟋蟀。愛服務生。感傷了起來。喝更多啤酒。一直微笑。記得喝很多水。完美的一天。

分居

　　事情的變化非常有趣。一月我剛搬進愛德華的公寓時，一週七天都和他共用浴室的想法還很糟糕，事實上，還糟糕到我可能永遠不會想搬進來。

　　老實說，浴室使用的狀況依然不太理想，不過廁所衛生紙大戰現在已經停火了。至於溫度控制器開關大戰，因為現在白天相對比較長也比較溫暖，所以不用開暖氣，**暫時是這樣啦**。此外，他發現我會直接把電池丟掉，而不是拿去超市的特殊回收桶回收時，也差點引發一場危機，只不過我推託說我忘記（而不是懶得拿去），所以迅速化解了。

　　但是洗碗機和隨手關燈依然是我們意見分歧的主因，我把這和政治比擬，兩方永遠不會達成共識，你只要接受現狀就可以了。不過現在愛德華已經正式分居，我也不確定情況還會持續多久。

#　　　#　　　#

　　「所以說離婚應該會在年底以前完成。」他正在說，我們從大門走進公園。

　　今天是星期四，我們帶亞瑟去晚間散步，我從婚禮回來以後，我們就開始一起遛牠，而這也實在是個不錯的改變。遛狗可以是件很孤單的事，特別是如果你的狗喜歡追松鼠和鴨子，而不是和我看到的其他每隻狗一樣乖乖跑在你身旁。

　　「哇，還真快。」

「是也不是，」他點點頭，「這早就該發生了，我們好幾年前就應該這麼做了。」

我們開始爬上新月形的小丘，往樹林而去，亞瑟在我們身旁蹦蹦跳跳，不甩我好幾個月之後，看到牠對愛德華的反應，實在是很不可思議，只要幾個簡單的口令，牠就會坐下、等待、乖乖回到你腳邊。

「那麼，跟我說說妳弟弟的婚禮如何啊？」

「你不覺得一下聊結婚一下聊離婚有點怪嗎？」

「不會啊，這都是人生豐富的一部分。」他露出微笑，停下來欣賞風景，晚霞非常美麗，又暖又金，照亮樹木和我們的臉龐，「來吧，跟我講。」

「那是場很棒的婚禮，新人看起來都很開心，」我抬頭凝視我最喜歡的那棵樹，一棵枝葉繁茂的巨大橡樹，位於樹林的入口，這時我第一次注意到樹葉已經開始變成黃褐色，要換季了，「但我覺得最開心的應該還是我老媽。」

愛德華尷尬地笑了笑，「至少這是件我現在很感激的事，我媽沒有見到我結婚，代表她也不需要看到我離婚。」

「抱歉，我沒想到……」我突然覺得自己很不體貼。

「什麼？噢，沒事的。」他掃去我的疑慮，「那是很久之前的事了。」

愛德華雙手叉進口袋，轉身往前走，我也跟上，我們一起繼續走向樹林。

「所以現在情況如何？」我問，改變話題。

他聳聳肩，「真的只是要分財產而已，賣掉某些資產，我們決定蘇菲可以留著房子，我不希望男孩們在必要之外還會有更多不便。」

「也是。」

　　「他們上學期間還是會跟她一起住，但我們同意他們週末時會來和我住。」

　　「嗯，對。」

　　「目前為止，一切都還蠻和平的。」

　　我思考起我的問題，所以現在情況如何？愛德華以為我是在問他離婚的事，我確實也是，但我現在想再問一次，只是要問的是這會怎麼影響我們的住居安排。如果男孩們要來住在他在倫敦的公寓，他們就會需要兩間空房間，而要是我住在那，就只剩下一間而已。

　　此外，他還會想留下公寓嗎？他沒有提到要賣掉，但這很顯然是他說的資產之一，不過我沒有問，隨著我們走進樹林，我可以感覺腹部微微抽痛，我不喜歡不確定的事，這讓我緊張。

　　但有件事很確定：我遲早一定得搬出去。

包裹

　　週末我搭公車去諾丁丘找蟋蟀。她幾天前傳了則訊息，說她想要和我說件事，邀我週日一起吃午餐。我回撥給她時，她拒絕在電話上告訴我是什麼事。「最好是邊吃淡菜薯條邊講比較好。」她解釋，這當然激起了我無邊無際的想像力和對Rightmove房地產網站的沉迷，因此做出了她要搬去南法農舍的結論。

　　「然後要做什麼？邊和雞一起跑來跑去，邊想念倫敦嗎？」我在她端上午餐時跟她提到，她嗤之以鼻，並從廚房爐子上的大鍋子盛起熱騰騰的淡菜，還晃了一下。

　　「嗯，聞起來超好吃的。」她遞給我一碗，我馬上吸進大蒜、白酒、紅蔥頭的香氣。

　　「噢，我忘了加西洋芹。」她屁股都還沒坐熱，就馬上又站起身匆匆切了一大把，再回到桌邊灑在閃閃發亮的黑色貝類上。

　　「噢，還有薯條……」

　　「妳坐好，」我堅持，她本來又要起身，「我去拿就好。」

　　「薯條在烤箱裡，」她指示，「如果我能給妳什麼建議，那就是永遠不要自己做薯條，買冷凍的就好，人生苦短，不要浪費在削馬鈴薯皮上。」

　　我露出微笑，拿著薯條托盤坐回桌邊，我們都伸手拿薯條，但薯條還太燙，燙到我們的嘴巴。蟋蟀倒出我帶來的那瓶紅酒，我們乾杯，接著敲開淡菜，並盛起美味的大蒜湯。

　　「這真的超好吃。」

　　「可不是嗎，」她點點頭，沒有在假裝謙虛，「我好一段時間

沒煮了，只幫自己一個人煮好像沒什麼意義。」

我也點頭，完全理解，自從我和伊森分手後，我吃的微波食品已經不計其數。做飯從來不是我的強項，而且沒有人可以一起分享（或討拍），好像就更沒有理由這麼大費周章了。

不過最近，由於愛德華每天都住在家裡，我們偶爾會做飯給彼此吃，這樣比較合理，特別是對我來說，因為老實說他廚藝還蠻不錯的，而我雖然買了一大堆食譜，還是永遠只會做那兩道菜：炒菜跟歐姆蛋，話雖如此，還是**超**好吃的歐姆蛋啦。

# # #

「所以，妳想跟我說什麼事呢？」

二十分鐘後，餐桌上只剩下一堆空殼，我清理碗盤，蟋蟀又幫我們添酒。

她伸手到靠在身旁的椅子，從桌子下取出一個巨大的棕色Λ4信封，並拿出內容物放在桌子中央，裡面是一捆紙張，用條繩子綁在一起。

「這看起來像是一份手稿，年代久遠。」我仔細觀察，看見紙張泛黃的邊緣，「我當編輯的時候看過一堆。」

「沒錯，這是一份未完成的手稿。」

我等著她解釋。

「這星期郵局寄來的，來自巴塞隆納。」

我皺起眉頭，「是帕布羅嗎？」

蟋蟀點點頭，「他在紙條裡面寫說我們在西班牙見面時他就想給我了，但他來不及回公寓去拿，他收到我的訊息後，就直接從藝廊趕來了……」她的目光落到紙張上，「他已經保存了很多年，這是他們在一起時蒙蒂寫的劇本。」

351

我仔細傾聽，她說的話落在我心底。

「顯然他住在巴黎時寫了超過一年，但他搬出工作室時就把手稿給扔了，帕布羅後來在垃圾桶裡找到，並救了回來。」

「而帕布羅從來沒告訴蒙蒂他留著手稿？」

「多年後他們重新聯絡上時有說過一次，但蒙蒂只是大笑，然後告訴他放把火燒掉，他總是對自己的作品十分嚴苛。」

「妳讀過了嗎？」

「讀過了。」她點點頭，停頓了一下。

那一刻我甚至忘了要呼吸。

「我覺得這是他最棒的作品。」

沉默籠罩，我們雙雙凝視著桌上的打字手稿，不知為何有種重要的感覺，獲獎劇作家蒙蒂‧威廉森從未發表過的劇作，認識蟋蟀後我讀過幾篇蒙蒂的劇本，怪不得他可以得這麼多獎，他真的是個非常厲害的劇作家。

「我可以看嗎？」我比向手稿。

「當然可以。」

我小心翼翼將手稿移到我面前拋光過的木桌上，解開繩子，拿起標題頁，我可以看見打字機按鍵敲下的凹痕，我用指尖撫過，然後放下標題頁，拿起下一頁。「第一幕」，我的視線掃過文字，上面還有些潦草的鉛筆註記，也可以看見他放酒杯的污漬，就在一處墨水沒乾的地方。我想像在巴黎的年輕蒙蒂，弓身伏在打字機前，抽著 Gauloises 香菸，喝著紅酒，打字機按鍵的喀噠聲，他炙熱的想像力……我翻到最後一頁，打字停止，只留下手寫的潦草字跡。

「我需要有個人幫忙完成。」

蟋蟀的聲音把我從一九五〇年代和巴黎的閣樓帶回來，我抬眼看見她在仔細端詳我。

「天啊，嗯，我已經離開出版業好幾年了，但我可以試著幫妳找找看某個人……我可以問問一些以前的編輯同事，看他們有沒有推薦誰，我確定他們一定認識某些不錯的作家……」

「我已經認識一位不錯的作家了。」

我恍然大悟。

「噢，天哪，不行！」我把頭往後仰，幾乎因為整件事的荒唐笑出來，「妳該不會是要建議……」

「我不是建議，我是要求。」

「不行，這根本是發瘋了，」我靠回椅子，搖頭抗議，這整件事真是太荒謬了，「我寫的是訃聞，我又不是真正的作家。」

「是啊，妳是，妳寫了一篇很棒的文章，就是有關蒙蒂。」

我一時之間啞口無言，陷入回憶，她的目光迎上我，毫不退縮。

「聽著，我真的比較像是編輯。」

「那還真剛好，因為這也需要一個好編輯，事實上大部分應該都是編輯，除了結局可能需要下點功夫之外。」

我胸口一緊，開始咬嘴唇，我想出聲抗議，但我可以感覺到內心深處有什麼東西蠢蠢欲動，我脈搏狂跳。

「現在沒有人比妳更了解蒙蒂了。」

「那妳呢？」

現在換成她笑到頭往後仰，「如果我敢嘗試，蒙蒂一定會從墳墓裡爬出來，考量到他生前我編他的手稿編得有多糟糕，可以這麼說，」她微笑，「而且無論如何，我也和故事本身關係太密切了。」

出現一陣停頓，我內心天人交戰，我們誰也沒說話。

「我會付妳錢。」

「不，妳不可以！」

　　「我當然會付，我不是因爲我人很好才拜託妳的。妮兒，我是要請妳完成一項工作，因爲我認爲妳是最**適合**這項工作的人，因爲妳是我最信任，可以託付我丈夫文字的人。」她盯著我，下巴文風不動，然後嘆了口氣，「妳可以考慮看看嗎？」

　　興奮瀰漫在空氣中。

　　「好，」我點點頭，「我會考慮看看的。」但就算我這麼說，我們兩個人其實都知道，我根本就不需要考慮，因爲答案當然會是：好。

我要感恩的有：

一、淡菜和薯條的絕配。

二、蟋蟀短時間內不會搬去什麼南法的農舍*。

三、有人相信我。

---

*她有關雞的一番話非常有道理。

事態新發展

這週飛逝而過，我不敢相信已經星期五了，竟然！

週日晚上從諾丁丘回來後，我讀蒙蒂的劇本讀到凌晨，蟋蟀是對的，這劇本棒透了。隔天我當然馬上打給她，說我不可能有辦法試著用蒙蒂的文字完成劇本，就算有他詳盡的筆記，還是需要一個比我更高明的作家，我絕對不可能有辦法的。

她說我在講屁話，還有我的支票已經在信箱裡了。

所以我著手進行，雖然害怕，**卻也很興奮**。我想不起來我有對任何事這麼興奮過，我坐在書桌前，手指懸在鍵盤上，彷彿飄在空中，我因為期待眼前的任務飄飄欲仙。我猜我大概維持了那樣十分鐘吧，直到終於下定決心，開始打字。

蒙蒂的手稿有某些部分寫滿註記，潦草的鉛筆筆跡裝飾著頁緣，並在打字的字句間舞動：有關情節和角色的筆記、劃掉的文字、新的對話、有關主題的想法……讀著這些東西，我幾乎能聽見他連珠炮似的想法一一跳到我眼前。我開始謹慎地逐行編輯，檢查錯字和標點符號，接著專心打磨文字的韻律和節奏、角色發展、故事軌跡。

第一幕和第二幕差不多都已經寫好了，但是第三幕……可以朝很多不同方向發展。

就和我的人生一樣。

這個故事會怎麼結束？這是過去一年間我不斷問自己的問題，晚上躺在床上時，我焦躁的思緒時常會開始起起伏伏，試著敲敲未來的大門，要求知道之後會發生什麼事。**我的**故事會怎麼結束？我的人生會怎麼開展？以前我以為我知道，我把一

切都安排好了，但是接著，**碰**！走進虛無是件可怕的事，可能會讓你招架不住，讓你充滿恐慌和恐懼。

但是看著這份寫滿潦草想法和建議情節轉折的未完成手稿，我開始理解更多更多事，不知道故事結局如何，其實也可以讓人他媽超興奮。

#　　#　　#

手機響起時我正聚精會神工作，我白天工作時通常會把手機關掉，但我稍早打開手機打給銀行。幾天前我和愛德華的對話結束後，我找了幾個當地的房地產仲介幫我找公寓，但是他們直接把我轉給負責銷售的魯伯特，而不是租房。

當我跟他說搞錯了，我負擔不起買房時，他問我要不要考慮看看共同持有，這樣比較可以負擔，我只需要付百分之五的押金就好了，我第一個反應是覺得這個主意很荒唐。我欸？在倫敦買一間公寓？哈哈哈，真好笑哦。但接著蟋蟀金額頗高的支票寄來，我反而開始想：這可以當成我的押金。

於是一扇小小的機會之窗開啟，剛好夠寬，讓我決定拿起電話打給銀行，雖然我很確定他們也會打槍我。結果他們沒有。事實上，這個主意對他們來說一點都不荒唐，記下一些個人資訊後，他們說某個來自貸款部門的人會再聯絡我。

現在應該就是他們打來了。

「哈囉，我是潘妮洛普・史蒂芬斯。」我試著聽起來像是那種你會願意把別人的一大筆錢借他的人。

「妳是妮兒嗎？我是大衛，費歐娜的老公。」

「噢，是大衛啊，嗨。」我因為剛剛接電話的語氣有點尷尬，我認識大衛好幾年了，但總是有點怕他，他人很聰明，也

非常嚴肅，負責處理價值數百萬鎊的併購和收購案。我記得好幾年前，麥克斯問過他這麼多錢任他處置，他要怎樣保持冷靜，結果他只回答：「你必須要有鋼鐵蛋蛋。」於是我看到麥克斯縮了起來，雙腿交疊。

「聽著，我聯絡不上費歐娜，她手機關機了，而我們的保母法蘭西絲卡剛打來跟我說她不幹了……」

「呃，我是說，我的天啊……」

「需要有人去學校接伊姿，就算我現在取消下個會議，我也遠在城裡另一頭，我來不及趕到。」

「別擔心，我會去接她。」我馬上回答。

「妳確定可以嗎？我本來想問其他小孩的父母，但這些事都是費歐娜在處理的，所有人的號碼都在她那……」

「沒問題的，我現在就出門。」

「好，謝謝妳，我會打給學校通知他們。」

#　　　#　　　#

老實說，我熱愛所有可以見到我教女的藉口，可是費歐娜這樣還是有點怪，她常常不接電話沒錯，但有關小孩的事她一定會接，我跳上公車時發現自己在想一切是不是都沒事，搞不好她去看醫生或幹嘛的。雖然她從來沒提過……但她現在也不太會跟我說什麼事就是了，我們以前一天會互傳好幾則訊息，隨便亂聊各種事，但現在常常已經過了一個星期，我都沒聽到她的消息，不過我也沒有主動找她啦。

#　　　#　　　#

　　校門一如往常擠滿名車，引擎沒熄火，還停在雙黃線上，我衝過這些車子時，注意到一台白色荒原路華，並認出那是安娜貝爾的車，她坐在駕駛座講電話，完美的指甲敲著方向盤。

　　我低下頭迅速走過。我們自從運動會後就沒見過彼此了，當時的回憶還讓我隱隱作痛，我想避免任何尷尬的機會。

　　伊姿在遊樂場等，見到我看起來很興奮，我給她一個擁抱，接過她的背包，並朝校門走去。遊樂場擠滿父母和保母，而伊姿在我身旁溜著滑板車，聊她今天過得如何，導致我看到安娜貝爾時為時已晚。

　　「妮兒？」

　　我全神貫注聽著伊姿班上倉鼠的好笑故事，抬起頭卻發現安娜貝爾皺著眉頭看著我，當然是說如果她**可以**皺眉的話，她一如往常完美登場，而我今天的打扮也一如往常跟昨天一樣，只是上面又沾到了蛋。

　　「噢，嗨，安娜貝爾。」

　　「費歐娜人呢？」

　　「她在忙，」嗯，我可不會承認我不知道，「大衛問我能不能幫忙接伊姿。」

　　「噢，他應該打給我才對啊！」她看起來很生氣，「妳不需要大老遠跑這麼一趟，伊姿可以跟我和克萊門汀一起回家，我之後再送她回去就好。」

　　克萊門汀在和他們家的法國鬥牛犬梅寶一起玩，用一個嘎嘎作響的玩具逗牠，我發覺伊姿握住我的手。

　　「她們可以一起在泳池裡玩。」

　　「梅寶也可以一起到泳池裡玩嗎，媽咪？」克萊門汀笑著說，可憐的梅寶只能跟著她一直繞圈圈。

　　「今天不行，親愛的，我覺得應該只有妳們兩個女孩就好，」

安娜貝爾低頭朝變得安靜的伊姿露出燦笑,「妳可以借一套克萊門汀的泳衣。」

我察覺伊姿的手抓得更緊了。

「謝啦,但我覺得伊姿已經累了,我要帶她回家。」

安娜貝爾的笑容僵住,「我不確定費歐娜會感謝妳不讓她女兒找點樂子,女孩們很愛游泳。」

「我想我會讓費歐娜自己決定,」我愉快地回答,並趕在梅寶窒息之前趕緊告別,和伊姿從校門逃離。

直到我們來到公車站,我才發覺伊姿一路上都非常安靜,我們坐在紅色塑膠椅上等公車,我從包包拿出一顆橘子開始剝。

「妳不想和克萊門汀去游泳,對吧?」我問,遞給她半顆。

她仔細端詳每一瓣橘子,然後搖搖頭,可是並沒有看著我,我有點驚訝,但什麼也沒說。我看著她小心剝掉白色的細絲,等到滿意才丟一瓣到嘴巴裡,她喜歡像吃硬糖一樣吸吮。

「如果有人叫妳烙賽女,妳會生氣嗎?」她最後終於開口,抬眼迎向我的目光。

「大家還叫過我更難聽的呢,」我微笑,「怎麼了,有人叫妳烙賽女嗎?」

伊姿轉開目光,開始慢慢挑另一瓣橘子。

「這只是愚蠢的綽號而已,別理他們。」

一陣停頓,接著:

「如果有人打妳,妳會生氣嗎?」

我覺得身體一僵,「伊姿,在學校有人打妳嗎?」

她沒有回答,但也沒有看著我。我離開椅子,蹲在她身邊,這樣才能看見她的臉。她正盯著橘子,彷彿她的性命就維繫於此。「妳知道什麼事都可以告訴我的,對吧?」

她的表情非常嚴肅,「他們說我不能跟其他人講,如果我

講了就會惹上麻煩。」她的聲音在吵雜的車聲中幾乎就像一絲細語。

「妳當然不會惹上麻煩啊，為什麼會呢？」

「媽咪會很生氣。」

「媽咪愛妳，她永遠不會對妳生氣的，妳怎麼會這麼覺得呢？」

又一陣停頓，沉默似乎無限延伸。

「因為這樣我們就不能再去她家游泳了。」

我驚覺她想告訴我什麼。

「因為她媽咪是我媽咪的朋友。」

「我保證妳絕對不會惹上麻煩，」我伸出小指，「我們打勾勾。」

現在伊姿的目光終於迎上我，也伸出小指勾住我的，然後告訴我是誰一直在霸凌她，但我當然早就知道了。

是克萊門汀。

隔天

所有事情都亂成一團。

十月

#人都很陌生

一週後

　　大家都說在政治上一個星期已經是很長的一段時間，但是當事情變成霸凌，情勢在七天內升溫、惡化、暴衝、翻轉的速度也著實讓人驚嘆。（五歲的時候發生就可以叫作霸凌了嗎？當她們還穿著芭蕾短裙和仙子翅膀的時候？）

　　費歐娜回家一聽完事情的經過，馬上展開行動打給安娜貝爾，我猜她的意圖是想要冷靜處理好這件事，並在事情惡化前就出手阻止。但霸凌對身在其中的所有人來說都是件非常敏感的事，而結果就跟你在那些提油救火的糟糕影片裡看到的頗為類似，整件事情變成一團火球爆炸。

　　安娜貝爾想當然震驚又沮喪，但同時也很生氣，拒絕相信克萊門汀會做這種事，努力為女兒辯護，還指控伊姿說謊，各種指控和情緒隔空飛來飛去。這導致我在認識她的這麼多年來，從沒聽見她提高過半次音量的費歐娜，稱職演起熊媽媽捍衛熊寶寶的戲碼，威脅要打給女校長，安娜貝爾也不遑多讓，威脅要報警處理。

　　幸好最後誰都沒有打電話，隔週費歐娜和安娜貝爾都冷靜下來，可以和女兒們的老師會面，學校對霸凌採取零容忍政策，他們非常嚴肅看待此事，而且也知道如何正確又冷靜地處理，最後發現伊姿說的事情確實是真的，克萊門汀也承認幫伊姿取綽號，還打了她好幾次。

　　這解釋了伊姿在生日派對為什麼變得那麼安靜，她害怕的不是小丑，而是克萊門汀。然而，這沒有解釋克萊門汀這麼做的理由。

#　　#　　#

「安娜貝爾就是在這時崩潰，坦承她和克萊夫正在跑離婚手續。」

我們在咖啡廳，我看著坐在桌子對面的費歐娜，她今天早上傳訊息來，問我在她送孩子去上學後，要不要一起喝杯咖啡。

「噢，天啊，也太糟糕了，我完全沒想到。」

「我也沒有，」費歐娜搖搖頭，「沒有人想得到。」

我想起安娜貝爾發的所有照片和動態更新，炫耀她完美又快樂的婚姻，或許從現在起這應該成為警訊才對。

費歐娜攪攪她的雙份拿鐵，她開車來我住的社區。她到了之後我一如往常幫她點了杯草本茶，但她說幹他的，在度過上週之後她需要來點烈一點的。

「可憐的安娜貝爾。」

我很訝異自己竟然這麼同情她，她可能不是我最喜歡的人，但我知道分手可以有多痛苦，就算她是我最大的敵人，我也不希望發生在她身上，我忽然發覺自己跟她站在同一陣線。

「顯然他們常常在吵架，並試著瞞著克萊門汀，但是……」費歐娜的聲音越來越小。

「孩子們是很聰明的。」我說，她點點頭。

「這很可能解釋了克萊門汀為什麼會突然爆走，」她接著說，「諮商師說如果家裡出了問題，孩子通常會訴諸霸凌，這是他們在那個情況下表達憤怒的方式。」

「妳去看諮商師？」

「學校裡有一個，他們非常棒，帶來很多支持。」

「那伊姿現在還好嗎？」

費歐娜的身體似乎放鬆了下來。「她似乎出乎意料全身而

退，老師回報說她和克萊門汀看起來好像放下了這一切，再次變成最好的朋友。」

「哇，那還真棒。」

「我也覺得，」她微笑，「諷刺的是大人們反而友情快決裂了，」她啜了一口咖啡，「我和安娜貝爾還是沒在講話。」

真好笑，以前這句話可能會為我帶來莫大的滿足，現在卻恰恰相反。

「我猜最重要的是伊姿沒事，克萊門汀也沒事，希望是這樣。」我補充，覺得自己很同情克萊門汀，即便發生了這些事，她也只是個小女孩，還是個父母正要分開，而且她知道的整個世界都即將永遠改變的小女孩。這整件事真他媽的令人難過。

「是啊，這才是最重要的。」費歐娜也同意，她手拿杯子，望向窗外，然後突然嘆了一大口氣，並用力把杯子放回碟子上。「我只是覺得很糟，因為伊姿沒有先來找我，」她大聲說，「因為她覺得不能跟我說，」她淚水盈眶，「我覺得都是我的錯。」

「嘿，現在換妳神智不清了，」我堅定地說，「這當然不是妳的錯。」

「但要是她告訴我，我就可以早點做點什麼，光是想到我和安娜貝爾在一起，以為女孩們在一起玩，結果整段時間……」她停下來，用力吸吸鼻子。

「我很確定她們是在玩沒錯，大多數時間，」我推斷，「誰知道這一切是從最近什麼時候才開始的？重要的是她**確實**有跟某個人說，而且這件事情**也**解決了。」我揉揉她的肩膀安慰她，「不要再虐待自己了。」

她悲傷地笑了笑，「這不就是媽媽工作內容的一部分嗎？」

「我不確定，」我說，「我想這只是身為女人的工作內容

吧。」

　　她凝視著我，有那麼一會兒，我們就這麼一起坐著，兩個
老友，我覺得跟她更親近了，已經好久沒有這種感覺。

　　「我只是很高興她覺得可以告訴妳。」她靜靜說。

　　「我也是。」我點點頭。

　　「聽著，有關之前，我很抱歉我們之間變得這麼奇怪。」

　　「是啊，我也是。」

　　「我不知道是怎麼了。」

　　「是因爲安娜貝爾嗎？」我開起玩笑，她冷冷一笑。

　　「不，這不是她的錯，」費歐娜搖搖頭，「是我的錯才對。我
不應該讓她插手麥克斯的生日派對或是新生兒派對的……我以
爲她只是想表達善意，但現在回頭看，我覺得她是想要控制所
有人的人生，因爲她自己的人生是這麼失控……」

　　「我覺得她人也不錯啦。」我大方表示，費歐娜也點點頭。

　　「安娜貝爾沒有做錯任何事，做錯的是我，我搞錯所有先後
順序了，我猜我們在學校認識，而她想當我的朋友時，我覺得
自己很榮幸。我很崇拜她，她好像做什麼事都井井有條。」現在
她因爲這聽起來有多荒謬笑了起來，「就像是有這麼一個美麗、
成功、優雅，過著完美人生的女人，而她想要當我的朋友。」

　　「完全不像我。」我露齒一笑，但費歐娜沒有笑，反而看起
來很難受。

　　「不是的，妳很眞實，妮兒，這一切都很假，對吧？」

　　「呃，那間大房子是眞的啦。」我指出。

　　「對啦，房子。」她點點頭，我們都露出微笑。

　　「雖然說眞的，想像一下要把那些抱枕都弄得鼓鼓的。」

　　「搞不好她請人專門來做這件事。」

　　「眞的有這種工作嗎？」

「我哪知，搞不好有啊？」

接著我們都開始大笑，因爲我們共享的愚蠢幽默感，還有來自數十年友誼的親暱。

「這裡很不錯耶，」費歐娜環顧咖啡廳，彷彿才剛認眞注意到，「妳喜歡住在這附近嗎？我好像都沒問過妳，有嗎？」

「嗯，我蠻喜歡的，」我發覺，「要花點時間習慣，不過是啊，我挺喜歡的。」

「妳不會想念美國嗎？」

這個問題我必須想一下，接著我驚覺我已經好一陣子沒想到這件事了，我之前總是回答會，但現在⋯⋯

「沒有耶，我不會，」我搖搖頭，「雖然我頗懷念二月的加州陽光啦。」我微笑。

「那妳在約會的那個男的如何，是叫強尼嗎？天啊，我眞是個糟糕的朋友，我甚至從來都沒有向妳問起他，一切都還好吧？」

「我們只是約會了幾次，」我聳聳肩，「在一切開始前就結束了，就這樣。」

「噢，我很抱歉。」

「別這樣，我可不會這麼覺得。」

「我們有好多近況要更新。」

「我知道，」我點點頭，笑了笑，「我很想念妳。」

「是啊，我也是。」她也回以微笑。

「是說，我差點忘了問，其他事也都還好吧？」

聊了這麼多安娜貝爾離婚的事，我都忘了要問大衛那天打電話來的事。

費歐娜似乎身體一僵，「爲什麼這麼問？」

「就只是，大衛上週說他聯絡不到妳，所以我才去接伊

姿⋯⋯」我聲音越變越小，覺得一陣焦慮翻攪。

「我去面試一個工作。」

我根本沒料到會是這樣，驚訝很快緊接放心而來，「我都不知道妳想回去工作。」

「我也不知道，」她承認，然後不好意思地微笑，「直到我發現五年內我重新裝潢了廚房三次，而且這不是因爲我們需要換新磁磚，是因爲我實在他媽的有夠無聊又受挫。」

她把手肘撐在桌上，然後把頭埋進手中。

「妮兒，妳都不知道我有多迫不及待想要再次用上我的頭腦。」她嘆了口氣，抬頭看著我，「我花了三年讀考古學，我有拜占庭研究和希臘古文字學的碩士學位，生小孩前我待的團隊負責在歐洲的古蹟遺址做田野調查，接著我得到了夢想中的工作，當博物館策展人，負責規劃展覽，結果現在⋯⋯」

她停了下來，我幾乎都能感覺到她的挫折。

「現在我忙著挑窗簾材質，然後看了好幾百遍《冰雪奇緣》，我唯一的腦力活動就是挑選Ocado雜貨快遞正確的送達時間。」

她大笑出聲，我也跟著大笑，但她的笑聲是接近歇斯底里的那種。

「我想念我的事業，我想要一份工作，我必須使用我的頭腦，我試著聯絡了一下，寄了幾封電子郵件，我以前的老闆就聯繫我了⋯⋯他說博物館有個職缺，不是我以前的那種高階職位，但假如我有興趣的話⋯⋯所以我去和他見了個面⋯⋯」

「結果呢？」

「結果我就錄取了。」

「太棒了！」

「是嗎？」她一臉擔心，「我還沒跟大衛講，我們決定要生小孩的時候，我們都同意其中一個人會留在家照顧小孩，而我

當然就是那個人，大衛賺得比我多太多了。接著我在生完伊姿後，出現非常嚴重的產後憂鬱，還好我們很幸運找到法蘭西絲卡可以來幫忙打工，我不知道如果沒有她我會怎麼樣，但我還是沒辦法想像離開孩子們……」

「妳從來沒告訴我妳有產後憂鬱。」我擔心地說。

「我沒有告訴任何人，」她聳聳肩，「我覺得太丟臉了，我覺得自己是不是出了什麼問題，好像我是個失敗的媽媽一樣。」

我看著我的朋友，發覺自己並不是唯一把事情都埋在心底的人。

「但現在他們長大了，已經不像以前一樣那麼需要我了，」她邊說邊聳聳肩，「而且我們還是有法蘭西絲卡，她現在已經成為我們家的一員，孩子們都愛她，只不過……」

「妳覺得很內疚。」我幫她把話說完。

她一臉訝異盯著我，「妳怎麼知道？」

「因為我們沒有在虐待自己的時候，就會覺得對某件事內疚。」我開玩笑，她也大笑。

「而現在，特別是發生了伊姿的事情之後，我擔心如果做全職工作……可能會影響到她，但我還是可以去接她，所以其實不會真的改變太大……」

「那還有什麼好顧慮的？」

她搖搖頭。

「噢，我不知道，妮兒，我這樣是不是很自私？也不是說我們需要這份薪水，我們很幸運，大衛賺這麼多，但這代表我甚至不能用錢當理由，這純粹是為了我自己。」

我盯著費歐娜，看得出來她非常煎熬。

「聽著，我不是專家，但我會說就去吧，路卡斯和伊姿有個開心又有動力的媽媽，對他們一定是利大於弊吧？而且我確定

大衛也會這麼覺得的，跟他聊聊吧，妳可能會有驚喜。」

「好的。」她點點頭，表情一亮。

「還有，做得好。」

「謝謝妳。」她微笑，「那麼，妳過得還好嗎？妳還在寫訃聞嗎？」

「對啊，」我點頭，「但我也有在做一些其他事……」我瞄了一眼手錶，注意到時間，「但這我必須之後再跟妳說了。」

「我們今天一起出來喝咖啡超開心的。」費歐娜說。

「我也覺得，或許下次妳應該邀安娜貝爾一起來。」我提議。

「要和解嗎？」

「沒錯，」我微笑，「不過要請她喝印度香料奶茶才行。」

我要感恩的有：

一、和費歐娜和解，因為事情不僅是回歸正常，還變得更好了。

二、她跟大衛說工作的事時他的反應，他不但為她感到很興奮，也為自己覺得開心，因為這表示不用再重新裝潢家裡，也不用再挑窗簾材質了。

三、伊姿和克萊門汀再次成為最好的朋友。

最怪的事

所以說今天發生了一件最怪的事。

我正在錄最新一集podcast，就跟先前每個星期一樣對著麥克風大聊特聊，講到一半我一時興起想知道那二十七個下載了的聽眾是不是還有在聽，或是我現在也失去了他們，所以實際上還真的是在自言自語。

（這也表示大家說你會變成你媽是真的，我的成長過程中，每天都伴著她大吼「我是在自言自語嗎？」，而且當然沒有人理她。）

我驚覺距離我上次看後台數據已經過了好幾百年，這個炫炮的詞基本上就是告訴你有沒有人下載了你的節目，或是在我的例子中，有沒有人無意間發現我的碎念，而且出於某種奇蹟決定聽聽看。我一開始（上癮般地）熱衷查看數據，發現我有十四名聽眾，並看著聽眾人數龜速成長到十八人，然後三十二人（三十二個認真的聽眾耶！），但後來我卡在三十二人好幾週，接著又少了五個聽眾，所以興致退了一點。感覺有點像是我被甩了，只不過是在匿名的podcast王國。

所以我不再去看數據了。這一切都讓人有點心灰意冷。我的意思是，說真的，誰需要被拒絕啊？此外，我一開始錄這個節目也只是為了我自己，就算沒人在聽又怎麼樣？後來我忙著處理人生，就完全忘了這件事，直到今天突然想起。

於是我登入後台，並做好心理準備，準備好看到我真的失去了所有聽眾，還有一切都是真的，我真的是世界上唯一覺得自己是個四十幾歲廢柴的人……

兩千四百三十七。

螢幕上的數字瞪著我。

我盯著數字，然後靠近一點看，懷疑我是不是漏掉哪邊的小數點，接著我驚覺：

兩千四百三十七次下載。

這三小？

我的最新一集podcast欸？不可能，這不可能是真的，一定是哪邊出了問題。

認真的嗎？

認真的嗎？

我要感恩的有：

一、這個超讚、超不可思議、超不可置信的消息。

二、我超棒的聽眾們，下載我的節目、相信我、讓我覺得自己是個超讚團體的一員。對那些所有在家裡聽我節目的人，我想說真的很感謝你們，你們讓我覺得自己沒那麼廢，我真的**真的**很感謝，沒有你們，我不可能達成，這是獻給你們的。

三、我從來沒得過奧斯卡獎。

你只需要愛

　　幾天後，在我還在想辦法搞懂真的有人在聽我podcast的這個驚人發現時，麗莎打了FaceTime過來。距離我們上次閒聊已經有一陣子了，加上我去西班牙、我弟的婚禮、蒙蒂的劇本、她自己忙碌的生活、教瑜伽課，還有沒那麼不重要的事實，也就是我們分隔大西洋兩岸，八小時的時差有時真的很令人痛苦。

　　但接著因為某種奇蹟，我們的宇宙又相撞了。她有堂課取消，那天比較早下班，我的手機正在充電，然後我們就開始FaceTime了。

　　「幾百年沒聊啦！」

　　「那時妳還在找比基尼，對吧？」

　　「對啊，那件超羊的，我拿給妳看……」

　　「還有那個混蛋傳訊息給妳。」

　　「強尼。」想起他我不禁發出呻吟。

　　「妳還有收到他的訊息嗎？」麗莎正在問。

　　「沒耶，」我大笑（我真的在大笑），「而且我也不覺得會啦。」

　　「很好，」她堅定地點點頭，「那跟我說說妳的西班牙之旅吧！」

　　「妳先說，」換我堅持，「我想知道妳所有近況，妳最近如何啊？」

　　「很好啊，」她微笑，我馬上就知道了。這不是那種你說你升職，你輸了五鎊，還是買了一件新洋裝的微笑，而是那種代

表你遇見了某個人的微笑。

「是誰啊?」我質問。

麗莎甚至沒有試著否認,她的臉紅了起來,「妳怎麼猜到的?」

我抬起一邊眉毛,她大笑出聲。

「是我的瑜伽學生,我上次跟妳說的那個。」

「那太棒了!」我微笑,「所以妳是怎麼想辦法迴避整個倫理議題的?」

「她不再是我的學生了。」

這件事就這麼提及,我也就這麼繼續接話。

「好啊,跟我說說她。」

「妳不驚訝嗎?」

「為什麼要驚訝?」我問,「因為妳愛上一個女人嗎?」

「是啊。」

「嗯,那**妳**自己驚訝嗎?」

她沉默了一陣子,接著搖了搖頭。

「這就是最奇怪的地方,不,我沒有,我一點都不驚訝。我是說,我以前從來沒有被女人吸引過,但接著我遇見了蒂亞,就好像我不是把她當成女性,只是把她當成另一個人……而且是非常吸引我的人。這很怪,但同時卻也一點都**不**怪,這就是為什麼這整件事這麼怪……」她停下來,「我這樣說有道理嗎?」

「完全有。」我點點頭。

「但一開始,我承認我被自己的感受嚇壞了……我覺得我把她推開的方式很糟。」

她的臉龐從螢幕上盯著我。我不由自主想到我們多常拒絕接受我們的感受想告訴我們的事,因為我們愚蠢地認為自己不

應該這麼覺得。

「但接著，我就是會一直想起她。」

「這時妳就了解了。」

「對，」她點點頭，「所以在陷入愁雲慘霧一陣子之後，我想說，我幹嘛要對自己這樣啊？我爲什麼沒有跟我想在一起的人在一起？所以我打給她，而且我很幸運，她竟然沒有叫我滾開。相信我，我之前眞的超混蛋。」她露齒一笑，「總之她沒有這麼做，所以我們約出來，後來她回我家，然後，嗯，基本上她就沒再離開了。」

「所以我不是唯一一個很忙的人囉。」我微笑，她跟著大笑。

「噢，妮兒，我實在很開心，但我很怕告訴別人，因爲我從沒想過會是這樣。我是說，我和我的感情狀態，而且也絕對不會是我父母以爲的那樣……」她再次停頓，「但我必須做我覺得對的事，不管其他人怎麼做或怎麼想……」她聳聳肩，「關我屁事，對吧？」

我聽著她勇敢傾吐心聲，走上自己的道路，於是舉起想像中的酒杯，默默幫她加油打氣。

「對啊，關妳屁事。」我綻開微笑。

我要感恩的有：

一、麗莎找到勇氣，放棄她之前以爲會讓她開心的事，這樣才能愛上那個會讓她眞正開心的人。

二、屬於這個世界的一份子，我們在其中可以自由追尋自己的心意，無論性別和種族。

三、她不是和那個腦殘布萊德在一起。

「獨立」紀念日

「抱歉，我一定是不小心混到我那裡去了。」

我剛去完超市，正走進廚房，結果就有一個巨大的信封堵到我面前。

「愛德華，你可以先等等嗎……」我氣沖沖揮著購物袋，讓他知道我沒有多的手可以拿。

「嗯，對，當然了。」

在一般的家中，回家和出門都會有某段緩衝期，也就是你可以進屋，脫下大衣，把包包放好，然後說嗨，或許也可以講幾句客套話。出門也是遵循一樣的慣例，穿上大衣，說再見，搞不好講一下幾點回來之類的，這是自然的開啟和結束對話。

但愛德華不來這一套。他沒有緩衝期，也不會自然開啟和結束對話，不管他腦子裡在想什麼，你只要一走進門就會知道。你出門的時候也是，他對「掰掰，晚點見」的回應通常是再見，但出現「我覺得外面的露台下可能有隻老鼠」或「真他媽有夠丟臉！」（也沒有說到底是在丟臉什麼）的機率也一樣高。

我依然沒搞清楚這是因為他總是在思考些什麼，而且每次都很專注於腦中的思緒，所以沒有注意到周遭，還是只是故意想把我逼瘋。

「來，我幫妳拿袋子。」

但另一方面，他也可以極度友善和樂於助人。而我則是在週五下午的超市走道血戰後變成一個大婊子，通常這時我的顧客同伴都會開始發瘋，彷彿西南倫敦就要面臨什麼世界末日，不是只是要過週末而已。

「妳知道的，妳眞的不應該繼續用塑膠。」

「這是可以用一輩子的環保袋啊，」我替自己辯護，他就這麼剛好看見我所有環保袋裡唯一是塑膠的那個。

「爲了保護地球，是吧。」他咕噥，「妳知道這種比一次性的還糟嗎？因爲製造這些袋子使用的所有額外塑膠，妳必須至少用上十二次。」

「我只是結帳的時候剛好沒其他袋子而已。」我嗆回去。我當然知道他說的是對的，但這讓我前所未有的生氣，「那你買那台超耗油的巨大四輪傳動車在鄉下開，又是有什麼藉口？」

這招有點沒品，畢竟他正在離婚，早就已經沒住鄉下，提起他的傷心事不怎麼公平，但我就是那麼不爽。說眞的，你可沒親眼看到沙拉走道。

「那其實是電動車。」他平靜回答。

「還用你說！」我把購物袋扔在流理台上，從他手中一把抄過信封，然後撕開。

是銀行寄來的信，我迅速瀏覽過，發現奇蹟不知怎地發生，我一臉不可置信盯著信。

「好消息嗎？」

「我的貸款差不多核可了！」

「噢……我懂了。嗯，恭喜妳啊。」

「我眞是不敢相信！」我從信上抬起頭看著站在流理台另一邊的愛德華。「嗯，看起來你不用再忍受我和我的環保袋太久了。」我露齒一笑。

但他顯然不覺得這有什麼有趣的，因爲他甚至沒有露出笑容。

「我剛剛是在開玩笑的啦。」我提示他。

但他依然面無表情。那些袋子眞的讓他很生氣，是吧？現

在我感覺很糟。

「對不起，我不是故意要生氣的……就只是，超市跟發瘋了沒兩樣，我心情很差，而且……」

「不，我不是因為這個生氣，別傻了。」他在我把話說完前打斷我。

「嗯，那是為什麼？」

「我都不知道妳想搬走。」

他看起來真心受傷，我措手不及。

「妳從來沒提過任何事。」他繼續說。

「呃，我只是以為我必須搬走……因為離婚跟一切……」我思緒一團亂。「我記得那天我們一起去遛亞瑟時的對話，你說你必須賣掉資產……男孩們需要房間，這裡只有三間房間。」

愛德華盯著我，表情難以捉摸。

「我想說他們已經大到不能睡上下鋪了。」

他終於露出微笑，我頓時鬆了一口氣。

「我確定我們可以想個辦法，妳不需要搬走……」

「謝啦，」我也回以微笑，「你人真的很好。」

「不是我人很好，只是我喜歡妳住在這。」

「我也喜歡住在這裡啊。」我同意，而且有那麼一秒，我突然驚覺一切竟然改變了這麼多。「但我必須找個自己的地方，」我堅定地說，「在我永遠都負擔不起之前，而現在……」我揮揮銀行的信，「我早就該這麼做了，真的。我是說，看看我，我已經四十幾歲了，卻還在租房子……」

「所以呢？我也四十幾歲了，還正在離婚呢。」

接著我們都笑了。我察覺我們之間的緊張煙消雲散，剛好讓亞瑟趁機進來廚房，在牆壁下方東聞西聞。

「那亞瑟怎麼辦呢？」

　　我們雙雙轉身盯著牠表演吸塵器。我一定會很想念牠，遠遠超乎我想像。

「我的探視權怎麼處理？」

　　我轉回愛德華，他的目光也迎上我。

「共同監護如何？」

我要感恩的有：

一、像愛德華這樣的朋友。

二、費歐娜，一開始要我寫電子郵件問愛德華房間的事，否則我永遠都不會認識他。

三、我的環保袋可以用一輩子，我下定決心要在餘生都使用，而不只是用上建議的十二次。

四、蟋蟀，她告訴我身為八十幾歲的人，她覺得這種環保袋應該取錯名字了吧，讓我快笑死。

五、某個銀行的人覺得我值得信任，願意把那麼多錢借給我。

六、可以開始尋找在出售的公寓，誰想得到呢？

人生要繼續

　　蟋蟀接受了買家的出價，準備搬家了，只不過是要搬到轉角。她找到一間兩房的一樓公寓，有大大的窗戶，後方還有一個可以俯瞰教堂的小陽台。

　　「這樣上帝就可以關照我。」

　　「我以為妳不信上帝呢。」

　　「我是不信，但我還是希望有人可以關照我一下，」她回答，「畢竟我到了這個年紀，已經快要蒙主寵召了……」

　　「蟋蟀！」我要她住口。

　　「怎樣？」她抗議，「講出那個ㄙ的字也不會讓我更快死掉。」

　　我們穿著厚重的大衣和靴子，剛看完她的新公寓走回來。天氣變得更冷，時間也調了回去，路邊都是落葉，有鋸齒狀又大又紅的，也有充滿摺邊的檸檬黃色小葉子，我看著這些葉子，心想我一定要查查這是哪種樹的樹葉。

　　這就是中年生活的另一件事。我年輕時根本不會注意到這種事，但也許學會欣賞自然之美就是變老的好處吧，如果你這麼想的話，那麼有點蝴蝶袖也不算是什麼很大的代價，是吧？

　　「我確實很喜歡他們把葉子掃成一大堆。」

　　我抬頭看見蟋蟀比著前方的幾大堆落葉，街角都堆了很多。

　　「這讓我想起小時候，我以前很喜歡跳進裡面，妳會嗎？」

　　「我永遠都不會。」我搖搖頭，「我媽總是說裡面有一堆蜘蛛，所以我從來不敢跳進去。」

　　「噢，這我很確定。」她開心地點點頭，「但世界上還有很多

東西比蜘蛛更可怕。」接著她鬆開我的手臂，迅速跳進一大堆落葉裡，邊踩邊踢，讓落葉散得到處都是，四處打轉。她看起來非常樂在其中。

「喂！」

直到有個清道夫對她大喊，我揮揮手表示道歉，趕快把蟋蟀拖走。

我們到家時她還在笑，有個青少女正把一本書放到迷你圖書館的書架上，換成另一本。

「這讓我發覺我是多麼想念閱讀，」我們停下來打招呼時女孩坦承，她對蟋蟀露出溫暖的笑容，「這個想法超棒，希望妳可以繼續下去。」

「嗯，事實上我正要搬走了，但新的屋主有承諾我會繼續做。」

「希望是。」女孩說，但我在她臉上看見一閃而過的失望。

「妳覺得新屋主真的會繼續做嗎？」幾分鐘後我問，我們脫下大衣進屋，我裝滿電熱水瓶，蟋蟀則走到客廳生火，我不敢相信已經開始要生火了。

「我希望會，」她跪下來開始堆柴火，「但誰知道呢。」

我站在門口，看著她小心翼翼堆起柴火，我知道不需要提議幫忙，因為蟋蟀有時候很固執，而且用她自己習慣的方式生火更是沒得爭執。

「希望我們可以做更多。」

「啊，是啊，我正想跟妳聊這件事……」

我看著她靠向火爐，背對著我。

「我一直在跟某個重要的藝術慈善機構接洽，想要展開在社區設立更多迷你圖書館的計畫，甚至擴展到社區之外。我想說現在既然都要賣房子了，我可以撥一些錢來贊助。」

她點燃一團紙，推進柴火中。

「那真是太好了，」我熱情回答，「妳真的很慷慨。」

她現在轉回來面向我，站起身來，在裙子上拍拍手，看來很愉快。

「而且看起來他們也同意幫忙。」

「哇！」

「這個計畫是要紀念蒙蒂，是他的書開啟這一切，當然也還有妳……」

「我只是告訴妳這個主意，就這樣而已。」我抗議，但她要我住嘴。

「不，妳給我的不只這個，妳給了我一個早上想繼續起床的理由。設立這座免費的迷你圖書館是我自從蒙蒂過世後感到最活力充沛的時候，彷彿重生了一樣。」

她迎上我的目光，露出微笑。

「我做了那麼多其他事，上美術課、重新裝潢房子，可是我就只是按表操課而已……但接著妳提出了這個主意，然後……」

她停頓，坐到一張扶手椅上。

「我們都需要人生意義，而蒙蒂過世前，他就是我的人生意義，這年頭承認這件事可能很老派，但他確實是。」

「反正我也不知道現在流行什麼啦。」我聳聳肩，回以微笑，比著我的遛狗裝扮。這是我今天早上穿的，還沒有換下來。

「不過我還是覺得很難熬。」她坦承。

「嗯，也沒有過很久啊，」我提醒她。

「是啊，我知道。」她看著火堆，柴火已經點燃，火焰升起時發出劈啪聲。「但我現在發現是另一種形式的難熬，不只是因為我想念蒙蒂，而是因為我的人生還在繼續，他的卻結束了。」她轉過來面向我，「我是說，看看我，我擁有這麼多新的體驗、

新的興趣⋯⋯新的朋友。」她對我微笑,「我因為再次享受人生感到愧疚,我應該更悲傷的才對。」

她的微笑垮掉,一臉擔憂。

「妳之前是怎麼跟我說的?悲傷並不是線性的?」

我提醒她後,看見她的表情放鬆了下來,「謝謝妳,妮兒。」

「在我看來,妳可以為某個人和過去的事感到哀傷沒錯,但還是必須繼續生活。」我堅定地繼續說。

接著我去泡茶,然後我們坐在壁爐邊,聊她所有的新計畫聊了一整晚。直到後來,我回家躺在床上時,我才發覺我在說的不只是蟋蟀和蒙蒂,我說的也是我自己的人生。

我要感恩的有:

一、蟋蟀邀請我一起參與她的新計畫,我承諾會盡力而為,因為雖然我幾個月前可能永遠想不到,但我最近的工作其實頗忙,包括寫訃聞和錄我的podcast,現在則是蒙蒂的劇本。或許這就是你到了中年時會發生的事吧,你不再只有一個工作,而是有很多不同的事在進行,有些能賺錢,有些不能,但所有事一起讓人生變得充實。

二、清道夫,因為沒有逮捕蟋蟀。

三、在我回家的路上也跳進落葉堆,結果有隻超大蜘蛛黏在我身上,我差點叫破整條街後,幫我把蜘蛛弄走的路人*。

四、找到人生意義。

---

*我發誓那隻蜘蛛跟狼蛛一樣大,這證明了媽媽說的話當然永遠都是對的。

剪頭髮

「你看起來眞帥！」

隔天晚上我下樓發現愛德華打扮了一番，不是瑜伽服或上班的服裝，而是穿著非常好看的襯衫和外套……還有那是設計師牛仔褲嗎？

我稱讚他讓他看起來非常尷尬，並迴避視線接觸。

我瞇起眼睛。

「你是要去約會嗎？」

「不是約會，只是吃個晚餐而已，跟幾個朋友。」他迅速補充。

我住在這裡的一整段時間從來都不知道愛德華會和「幾個朋友」去吃晚餐，他會去做瑜伽、下班後和同事去喝一杯、幾個週六下午和某個叫帕薩的人一起去看足球，喝得醉醺醺，我從來沒見過他，但很顯然是某個愛德華來自布里斯托的老友，他們明年還要一起去爬吉力馬札羅火山做公益。

「這些朋友裡面是不是有一個是單身女子啊？」我克制不住咧嘴一笑。

「好啦，好啦。」他舉雙手投降，「有個同事自從聽我說了蘇菲跟我的事以後，就一直想幫我湊對，但我不覺得妳可以稱這爲約會，因爲我的離婚手續甚至還沒完成。」

「噢，你絕對可以把這叫作約會。」我回答，想起我最近的約會世界大進擊，「我相信你一定會度過一段愉快時光的。」

獲得我的贊同他看來鬆了口氣。

「雖然我不是很確定你這個髮型啦。」

他舉起手摸摸頭。

「髮型怎麼了嗎？」

「沒什麼啊，如果你不介意自己看起來就像觸電一樣的話，」我爆笑，「讓我幫你快速修剪一下好了。」

他盯著我，彷彿我剛告訴他我要來趟月球漫步。

「妳會剪頭髮？」

「嗯，我不會說我是知名理髮師崔佛・索比啦，但我媽是個自由髮型師，所以我也學了幾招。」我在他能拒絕前拿了塊茶巾來，「來吧，脫掉外套，把這個圍在肩膀上。」

他靜靜從我手上接過茶巾，我則拉出一個凳子，並調整到正確的高度。

「現在給我坐好。」我下令。

他坐下，我非常滿意，我都不知道他有這麼聽話。

「好了，現在我只需要幾把剪刀……」

「噢，我可以拿那邊的……」

他傾身要拿磁力壁架上放的廚房剪刀，那些剪刀可以拿來做任何事，從剪花莖到削培根皮都可以。

「不行，不可以用那些！」我大喊。

他身體像被槍擊一樣一縮，「為什麼，這些剪刀有什麼問題嗎？」

我做了個鬼臉，我知道跟他解釋好剪刀和爛剪刀的差別也是對牛彈琴，只不過如果差別是紙和塑膠的話……

「等等，我去拿我的就好，我有一把老媽多的剪刀，就放在某個地方。」

幾分鐘後我拿著剪刀還有我們拿來燙衣服的噴水器回來，然後把他的頭髮弄濕再梳一梳。他頭髮已經長得非常長了，他一定一整年都沒剪。

「把頭低下。」我命令，將茶巾在他的領子塞好。

他照我說的做，我很喜歡這種新出現的權力感。我近看時發覺他的黑髮已經開始變灰了，但還是又厚又捲。我把捲髮梳到領子處，接著小心翼翼開始修剪後方，想起老媽以前教我的所有事，小時候她會帶我一起去工作，我會動也不動坐在別人家的扶手椅上，饒富興味地看著她熟練的手藝。

我出乎意料想念起老媽。自從我的訂婚告吹，搬回英國以來，我們還沒有說上什麼話。沒有好好說過。

「妳不是要幫我理平頭吧？是嗎？」

「你是說你不想要平頭嗎，這位先生？」

他大笑。我繼續剪後面，小心把頭髮梳到脖子。他靜止不動，我則在他身旁移動，用手指把頭髮往前撥，稍微平行剪掉邊緣。我不覺得我有靠愛德華這麼近過，他聞起來很清新，就像剛洗完澡出來，這味道一定就是我總在架子上看見的柑橘沐浴乳。我也發現他鼻子兩側散落著雀斑，我以前從來沒有注意到，我看著他脖子上跳動的脈搏，還有他漏刮的一點點鬍渣。

「登愣！」

我剪完了，拿下茶巾抖一抖，頭髮掉到地上。

「別擔心，我等下會掃起來的。」他起身時我說，他用手指摸過頭髮，然後消失到走道去照鏡子。

「哇，妳真的很厲害耶。」

他聽起來很訝異。

「我確實有點天份，你知道的。」他重新走進廚房時我說，「現在你只需要再來點保養。」

「什麼保養？」他茫然地看著我。

「你可能很懂環保，但你對頭髮可是一竅不通呢，對吧？」我剛有從房間拿了一些保養品出來，現在在手上擠了一小坨豌

豆大小。「看，這可以潤絲和隔離。」我解釋，伸手到他的頭髮上，在前面有點蓬鬆的地方抹了一點。

愛德華盯著我，彷彿我說的是另一國語言。

「你可以梳一些起來，就像這樣。」我邊說邊玩著他的瀏海，完全忘記我碰的是誰的頭髮。

我驚覺後縮回手。

「總之，這樣就可以啦。」我尷尬地結束。我都不知道幫別人剪頭髮會這麼親密。

但愛德華渾然不覺，他忙著再去照鏡子，左看右看，好像認不太出自己的倒影一樣。

我必須說，我真的是做得很棒。

「我覺得這是我剪過最棒的髮型。」他最終宣布。

「小費罐在這裡。」我大笑，他轉向我，也露出微笑。

「真是太謝謝妳了。」

「隨時為你服務。」我聳聳肩，臉上還掛著微笑，他則穿上外套，揮手道別。

接著門砰一聲關上，我從窗戶看著他，頂著新髮型走下街去約會，我看了他一會兒，直到他消失在視線之外。

隨便啦。

我兩隻手都搞得黏黏的，轉身拿起茶巾。

萬聖節

一九七〇年代時，萬聖節從來沒有真正傳進湖區，我弟和我的成長過程中，大人都告訴我們絕對不要接受陌生人的糖果，而我們唯一嘗試不給糖就搗蛋的那次，最後以差點被當地農夫用擅闖私人土地為由槍殺收場。此外，萬聖節也總是下雨，你必須在十級的強風下維持蕪菁裡的蠟燭不要熄滅，身上還只披著件舊床單。

但事情是會改變的。快轉**很多很多**年後，我們已經接受了美國人的做事方式，現在是化裝舞會、精雕細琢的南瓜、社區有萬聖節裝飾、打扮爭奇鬥豔的孩子四處不給糖就搗蛋討糖吃的時代。

今年我在費歐娜家慶祝萬聖節，她把他們家的維多利亞時代雙拼住宅外面裝飾得像鬼屋一樣，還租了台乾冰機。我的角色是在孩子們來按門鈴的時候給他們糖果並嚇嚇他們（我決定不要問她為什麼覺得我可以勝任這件事），麥克斯、蜜雪兒、荷莉、亞當、所有孩子們也都會來。

還有安娜貝爾也加一。

「她通常會辦超棒的派對，但今年當然今非昔比，因為克萊夫搬出去了，她會帶克萊門汀來。」費歐娜打來邀請我時這麼說，「我覺得這是個埋起斧頭、握手言和的好機會。」

「希望妳只是打個比方，畢竟這是萬聖節。」我回答。

這讓費歐娜爆笑，也為我的打扮帶來靈感。

\#　　\#　　\#

　　我在花園的棚屋找到斧頭，萬聖節應該要很嚇人，而我個人想不到比《鬼店》裡的傑克・尼克遜更恐怖的東西，尤其是他用斧頭準備要把門砍爆的時候（還真的是把斧頭給埋進去）。慈善商店有賣格紋襯衫，我也跟愛德華借了一件外套，我確實想過邀請他一起來，結果他要去約第二次會（！）。我對我的服裝非常滿意，尤其是我用紙板做的假門，還把頭塞在中間，我對著鏡子擺出姿勢揮舞斧頭時，差點沒把自己給嚇死。

#　　　#　　　#

　　我到場時發現費歐娜穿了一套超讚的巫婆裝。荷莉同樣穿著她的運動服，看起來和平常一模一樣，只是多戴了一頂她來的路上在加油站買的骷髏頭面具。蜜雪兒為她沒有特別扮裝鄭重道歉，告訴我們花了整個下午用熱熔槍幫三個小孩做服裝，還要一邊哺乳後，她有穿衣服根本算我們走運。

　　安娜貝爾則以一襲性感護士裝現身。

　　「這算**哪門子的扮裝**啊？」我低聲說。她穿著超短的制服和托高式胸罩抵達，並馬上開始發放無糖和無麩質糖果給要糖果的孩子們（筆記：這是我這輩子第一次看到有小孩把糖果**放回去**），至少她還知道要在圍裙上塗點假血意思意思，但還是很瞎，「她是沒收到通知嗎？萬聖節應該要很嚇人才對啊。」

　　「拜託告訴我她的奶是整的。」蜜雪兒抱怨。

　　然而男士們似乎很買單，麥克斯看到眼睛都差點掉出來（雖然他是扮殭屍，所以本來就應該要那樣啦），而扮成德古拉的亞當也看得有夠目不轉睛，甚至直接待在他的塑膠棺材裡面狂看，同時狼人大衛則是一直想到要清喉嚨，然後開始講健保制度怎樣怎樣的。

391

「記得要握手言和。」費歐娜低聲說，接著就消失到廁所並丟下我一個人……而安娜貝爾正朝我走來。

「嗨。」

「哈囉。」

現在我被困在 Sub-Zero 冰箱旁，我們交換了幾句尷尬的客套話，期間我一直在腦中策劃怎麼逃跑，直到……

「我欠妳一個道歉。」

我完全沒預料到。

「噢……別這樣……別傻了。」我說，我用面對讚美的相同尷尬方式打發掉。

「趣味競賽時我不應該像那樣推妳的。」

我就知道是她，我就**知道**！

「也不應該絆倒妳，全都是我的錯，我很抱歉。」

安娜貝爾看著我，等待回應。她的眼睛真的是完美的藍色，還擁有我看過最潔白的眼白跟又厚又長的睫毛，我站在那裡讚嘆她的美貌，假紙板門卡在我頭上，而我所有的委屈瞬間都煙消雲散，我只看得見荒唐的那部分。

「我也很抱歉，」我說，「但我臉朝下摔在地上至少還從人群中博得幾聲笑聲。」

看見我微笑，她也回以微笑，接著看起來頗為羞愧，「我只是忌妒……妳跟費歐娜的友情，我覺得受到威脅，我從來沒有像費歐娜這樣的摯友。」

「我也忌妒妳，忌妒妳這麼完美。」我承認。

「嗯，是啊，」她點點頭，一臉理解，「我懂。」

噢。

「當好姐妹？」

「嗯，我是不會到這麼誇張啦。」我開玩笑，但我忘記安娜

392

貝爾沒有幽默感，她面無表情瞪著我，完美的微笑似乎正從邊緣漸漸消失。「抱歉，沒錯，我們當然是啦。」我迅速回答，而她的笑容甚至變得更大了。

這時她問：「妮兒，這樣的話，妳可以把那把斧頭放下來嗎？」

我恍然大悟，事實上，或許我說她沒幽默感是錯的。

#　　#　　#

到了晚上七點，不給糖就搗蛋的孩子們全都回家了，門鈴終於不會再響，男士和女士則分為兩個陣營。

在客廳陪著先前吃太多糖太嗨，現在在《魔鬼剋星》前陷入半昏睡狀態的孩子們的，是爸爸們。他們手拿啤酒，似乎正在「協助」孩子們吃光要到的所有糖果，而且比他們還更沉浸在電影裡。

在廚房的則是媽媽們和我，在桌邊精神萎靡、精疲力盡，喝著紅酒，吃著剩下的萬聖節糖果，嚇小孩真是件讓人又累又渴的事。我們正在喝第二瓶，這是新生兒派對後大家第一次聚在一起，而我們也正利用這個機會好好更新近況。

音樂在背景播放，音響插的是麥克斯的iPhone，正循環播放他的萬聖節歌單，費歐娜正要伸手拿遙控器關掉音響時，傳出回聲與兔人樂團翻唱的〈人都很陌生〉。

「噢，我以前很愛這首。」蜜雪兒說，她剛餵湯姆喝完母奶，正在安全座椅裡把他搖睡。「這是來自那部電影，那叫什麼啊？所有人都變成吸血鬼那片……」

「《粗野少年族》。」

「那是影史最棒的電影之一，」荷莉尖叫，「我應該看了上百

遍有，我愛上了那個演員，叫什麼來著……」

「基佛・蘇德蘭嗎？」某個人問。

「不是！但他也很帥啦。」

「那是傑森・派屈克嗎？」我從青少年回憶的深處撈出這個名字。

「對，就是他！」荷莉表情一亮，「我真的是哈死他了，我以前常幻想我長大後要嫁給他，我們要一起騎摩托車兜風……」她語帶哀愁，越說越小聲，「結果現在我嫁給亞當，我們一起開Volvo四處去。」

「人生目標啊。」我露齒一笑。

「我喜歡Volvo，」蜜雪兒說，「希望我們家也有一台，而不是這台老破車。」

「我覺得我需要喝一杯。」荷莉正準備要起身，但我們永遠的完美女主人費歐娜已經要幫她倒了。

「妳要白開水還是氣泡水？」

「都不要，我說的是認真喝一杯。」

「我以為妳在訓練，所以不喝酒了呢，」我說，轉向一整晚都喝水的荷莉，但費歐娜已經開始翻冰箱。

「我們還有更多紅酒，我再來開一瓶！」

她凱旋般出現，高高舉起一瓶來自紐西蘭還是哪裡的紅酒，彷彿手上拿的是奧運火炬。

「明天孩子還要上學耶？」

桌尾傳來一個聲音，是安娜貝爾。全桌的人都怒瞪她，她馬上閉上嘴巴。

「幫她倒酒！」荷莉遞出酒杯，費歐娜開始倒。

「安娜貝爾呢？」

「嗯，或許可以再喝一點點……」

費歐娜把酒杯咕嚕咕嚕倒滿，然後再倒滿自己的和我的。

「這些真的不健康嗎？」蜜雪兒問，她在嚼紅色的甘草糖。

「如果妳跟酪梨一起吃就不會。」我建議。

有人噴笑出聲。

「幹他的酪梨勒。」荷莉說，趕進度般猛喝紅酒。

「應該把這印在T恤上才對。」費歐娜大笑，揮舞著酒瓶，我可以從她臉頰上的紅暈判斷出她已經很醉了。

「我要再喝一杯氣泡水。」蜜雪兒嘆了口氣，伸手拿聖沛黎洛氣泡水。

全桌閃過同情的眼神。

「他很可愛，妳一定覺得很幸福。」安娜貝爾說。

「是啊，」她點點頭，啜了一口水，「也精疲力盡。」

「妳最近**還好**嗎？」我問，迎上她的目光，我們是傳了幾次訊息，但自從湯姆出生那次之後我都還沒見過她。

「老實說嗎？」她一手搖著湯姆，另一手放下杯了，並把一縷頭髮塞回馬尾，「又老又不知所措，我已經快要認不出我的人生了……」

出現一陣安慰的回答，她哀傷地笑了笑。

「別誤會我的意思，我很愛湯姆，愛到很心痛那種。」蜜雪兒現在盯著在安全座椅裡睡著的湯姆，他小小的拳頭蜷縮在臉旁，她的雙眼一亮，「但這不是我想像中我四十幾歲的樣子，我以為到現在我們應該已經上軌道了，孩子們都會在學校，貸款也都快要繳清了……」

她轉回來看著我，但她已經得到全桌的關注。

「我很期待找回自己的人生，再次運用我的頭腦，我甚至填好了表格，想重新受訓回去當諮商師……我再度懷孕還有麥克斯失業從來都不是計畫的一部分。」

　　湯姆在睡夢中嗚咽了一下，她摸摸他的頭。

　　「現在我們又回到尿布和睡不著的夜晚，房子不夠大，也從來都不夠整潔，我會爲了這樣一個可以看到桌面的廚房去殺人……」她盯著費歐娜，費歐娜看起來突然因爲擁有乾淨的桌面而感到愧疚，「我們還必須重新貸款，按照現在的利率，等我們還完大概都要一百歲了吧……」

　　蜜雪兒一開始是用正常的音量說話，現在越說越大聲，語氣也越來越急，好像她一開口就停不下來了一樣。

　　「更糟的是，我覺得如果我專心做一件事，那其他事就都會失敗，因爲我根本就不可能做完我待辦清單上的所有事……就像我無時無刻都在趕進度，就像我不知道爲什麼從頭開始，而其他人的人生都上軌道了。」

　　她猛然伸出手臂，激動地比著桌邊所有人。「我是說，看看妳們這些美麗的女士！妳們都又瘦又美，掌控著自己的人生……然後再看看我！」

　　她現在淚水盈眶。

　　「我老公失業，小孩跟動物一樣，房子像個垃圾場，湯姆出社會的時候我都已經快要六十歲了……而且不要說哭了，我甚至無法一笑置之，因爲我一大笑就會漏尿！」

　　大家因爲這波爆發全都有點傻眼，陷入沉默，接著……

　　「妳確定妳不來一杯紅酒嗎？」費歐娜問。

　　蜜雪兒馬上破涕爲笑，「妳這傢伙！不要害我笑。」她大叫，然後露出驚恐的表情，「看吧！我才剛跟妳們說完而已！」

　　「過來啦妳。」我靠向前給她一個擁抱，安娜貝爾則遞了張衛生紙給她，我們全都圍在她身旁安慰她，揉揉她的背。

　　「那妳一定要聽聽這個podcast，」荷莉說，「我辦公室有個女生狂推……」

「謝啦，」蜜雪兒吸吸鼻子，擤了一下，「但我現在真的不需要任何人告訴我應該要覺得感恩、惜福、開心什麼的，這會讓我覺得很糟。」她搖搖頭，做了個鬼臉，「我那天讀到一篇東西，說我應該要覺得幸福，我心想是哦，好啊，等你有個尖叫的嬰兒跟一團亂的房子，還因為他媽的洗碗機跟老公大吵的時候再來說什麼幸福啊……」

她因為看見費歐娜擔憂的表情停了下來。「沒事啦，我們和好了，他保證會先洗過。」

「不是，這正是妳會愛上那個podcast的理由，」荷莉堅持，「那就是在講這些。」

我們全都轉身看著她。

「那個節目是關於人生就不是你想像中的那樣，還有我們全都在這個不存在的完美生活中苦苦掙扎的壓力……我是說，我們在社群軟體上看得到沒錯，但這不是真的。」她搖搖頭，「這超好笑的，又很真實，某些段落我都會聽到噴笑，說真的，這跟我的人生**有夠像**。」

荷莉從包包裡掏出手機。

「事實上，我上皮拉提斯課的幾個女生也有提到，」現在換費歐娜說，「她們講到什麼四十幾歲的時候就是發現你開始有一點蝴蝶袖的時候……」

「根本**就是**在說我嘛。」蜜雪兒大笑，甩甩一隻手臂彷彿要證明一樣。

我在桌尾看著這一切展開，覺得自己動彈不得。不，一定不可能，她們不可能是在說我的podcast，這一定是巧合吧。

「等等，我有下載下來在跑步機上聽，但我只有聽了前幾分鐘手機就沒電了……」荷莉大力輸入她的密碼，按下播放。

嗨！歡迎收聽《四十我就廢》podcast，本節目是專為所有曾懷疑過自己他媽的怎麼會落到這步田地，還有為什麼人生總不如想像那般發展的女子所開設。

夭壽哦，我不敢相信，真的**是**我的podcast。

荷莉把音量調大，我邊聽邊覺得不可置信又尷尬，我**聽起來**真的就像那樣嗎？我希望我沒有用那個奇怪的講電話腔調，超糟的，聽起來一點都不像我。我聽著我的聲音充滿廚房，並望向每個人的表情，等她們發現這是我，但她們全都專注在荷莉的手機上，這真是超級超現實。

……曾檢視自己的人生，並發現這一切都不在人生計畫內的人，還有所有曾覺得自己漏接了一球、錯過一次機會，並在身旁所有人都在做無麩質布朗尼時……

「噢，對，妳說的對，這**就是**我。」蜜雪兒開心大叫。
「還無麩質布朗尼勒！」費歐娜哼了一聲，趕緊用手遮住嘴巴。

但超現實的不只是聽著這個，還有荷莉、費歐娜、蜜雪兒的反應，她們沒發現是我在講話，沒發現這是我的聲音，而且她們不只是在聽而已，她們也很認同。

……只是某個在充滿完美Instagram帳號的世界中，掙扎著想認同自己一團亂的生活，並覺得自己有點像個廢柴的人而已，更糟的是，還是個四十幾歲的廢柴。我只是某個讀到勵志小語只會覺得焦慮，而不覺得受到鼓舞的人；我也不想試著達成什麼新目標，或設下更多挑戰，因為人生本身就已充滿挑戰了。而且我也不會感到 #感恩知足跟 #人生勝利，大多時候

只覺得 # 不知道自己他媽的在搞什麼還有 # 我能上網 google 嗎？

「我昨天還 google 怎麼找自己家的鑰匙呢！」

「這根本就是我！我也不知道自己他媽的到底在搞什麼。」

「我們不是都這麼覺得嗎？」

「所以這表示我是個廢柴囉？」

「沒有人是廢柴，如果妳有用心聽，這就是她在說的重點。」荷莉在吵雜聲中大聲解釋，「只是有時候別人會讓我們這樣覺得而已。」

「我就是個廢柴。」安娜貝爾說，喝了一大口紅酒。

……是關於爛事發生時究竟發生了什麼事，並且依然可以一笑置之，有關誠實和實話實說，也和友情、愛、失望有關。和各種不會得到答案的大哉問有關，也與當你覺得自己已經差不多完蛋了，卻仍能重新開始有關……

「對，又在說我了。」蜜雪兒點頭如搗蒜，「我以為我現在應該已經問完所有問題了，但正好相反，我現在晚上就只是躺在床上，無法入睡，擔心著所有事……」

「但真的有人有答案嗎？」費歐娜大喊，「我小時候以為我父母知道所有答案，二十幾歲的時候則是斬釘截鐵覺得**我**知道所有答案，現在隨著我越來越老，我發覺根本**沒有人**知道答案。大家都只是在假裝！好像沒有人知道他們自己在幹嘛，看看那些政客就知道……」

「幹，」荷莉抱怨，「我們真的有需要知道答案嗎？」

……覺得自己不夠好、困惑、孤單、害怕，還有在最

不可能的地方找到希望和快樂，以及為什麼再多的名
人食譜和磨碎的酪梨都救不了你……

「我講認真的，我覺得我們應該去做那件 T 恤！」荷莉熱情
地說，同時斟滿酒杯。

「運動影片比酪梨還糟，」費歐娜抱怨，「不會讓我有動力，
只會讓我因為沒有每天做棒式自責。」

「但妳有做皮拉提斯啊！」蜜雪兒大叫。

「只有大概一週做一次，我每天都會換上緊身褲**想要**做皮拉
提斯，但大多數時候我都只會去 Waitrose 超市而已。」

**因為覺得自己是個廢柴並不代表你就是個魯蛇，而是
因為其他人讓你這麼覺得，這些想法是來自想要符合
所有成功標準，並達成所有目標……還有你失敗時會
發生什麼事的壓力和恐慌。尤其是當你發現自己在同
溫層之外的時候，因為從某種程度上來說，在你人生
的某個層面上，當身旁所有人看似都很成功時，你很
容易就會覺得自己是個人生失敗組。**

「托兒所的其他媽媽嚇死我了！」荷莉大吼，「妳們知道
的，其中一個媽媽去年手繪了所有聖誕卡，**而且**她還是某間大
公司的 CEO 欸。」

「但妳就跟神力女超人一樣啊……」

「不，我才不是！我去年甚至根本就沒**寄**聖誕卡。」

「我是個糟糕的女兒，」蜜雪兒也坦承，「我姐總是去探望我
爸媽，尤其是爸現在得了關節炎，但我已經幾百年沒回去看過
他們了。」

「我受邀參加大學同學會，」費歐娜自爆，「但我在臉書搜尋

後發現，我這屆的其他人都變成系主任了，或是在進行重要的研究計畫……我認識的某個女生甚至出了好幾本希臘神話暢銷書！」

「結果妳有去嗎？」

「沒有，」費歐娜搖搖頭，「他們都有夠成功，太可怕了。」

「我看著那些產後三個月就恢復比基尼身材的名人媽媽時，心裡也是這麼想的。」蜜雪兒承認，「這不會鼓勵我，只會帶來反效果。」

「素顏自拍更糟糕，」荷莉抱怨，「那些她們剛起床還躺在床上的照片，我希望我剛起床時看起來也像那樣。」

「沒有**半個人**剛起床時看起來會像那樣。」桌子另一頭有個聲音大聲說，我們全都轉頭看見安娜貝爾揮舞著酒杯，「相信我，我絕對知道，那叫作『濾鏡』，女士們。」

#　　　#　　　#

我全程都靜靜傾聽，保持沉默。我整個有點傻眼，直到此刻以前，我從來沒想過我的朋友們可能也和我擁有類似的感受。她們的人生不是一團混亂，她們也沒有搞砸或轉錯彎，她們擁有超棒的丈夫、可愛的孩子、有隱藏式暖氣的美麗房子（費歐娜的廚房真的不是常態）。她們不可能害怕又困惑，並覺得自己不知為何是個失敗，覺得人生跟她們想像的不一樣，而且半數時間都不知道自己到底在幹嘛。

她們有可能這樣嗎？

「她聽起來很像妳耶，妮兒。」

我猛然回神發現安娜貝爾正盯著我看，老實說，我很訝異竟然花了這麼久時間才發現。

「才不像，妮兒的腔調更重。」荷莉搖搖頭，表示反對。

Podcast還在播，但我口乾舌燥，心臟在胸口怦怦狂跳，我突然毫無來由感到緊張，於是喝了一口紅酒，用力吞下。

「呃，其實呢……」

我抬起頭迎上費歐娜的目光，出現停頓，真相大白時費歐娜的表情像被揍了一拳一樣。

「我的天啊，真的是妳！」

荷莉皺起眉頭，醉到搞不清楚狀況。「誰啊？**妮兒嗎？**」

所有人全都猛然轉過身面向我，手上拿著酒杯：費歐娜、蜜雪兒、荷莉、安娜貝爾，四雙眼睛都瞪著我，五雙啦，如果你再加上安娜貝爾的法國鬥牛犬梅寶的話，牠也在瞪我。

「沒錯，就是我。」我點點頭，發出緊張的笑聲。

漫長的停頓，然後……

「我的天啊！妮兒！妳錄了一個podcast？什麼時候？怎麼錄的？妳這聰明的女孩！妳怎麼沒告訴我們呢？我可以參一腳嗎？」

她們的反應充滿讚嘆、興奮、開心，而且各種問題就像水壩洩洪一樣朝我襲來，又快又猛。

「是幾個月前……」我的聲音越來越小，思緒回到我待在爸媽家舊房間的那個時候，還有我對人生的所有挫折跟絕望。我當時覺得自己非常格格不入，也非常孤單。

只不過，其實這段時間我一直都並不孤單。

「我以為我是唯一這麼覺得的人。」我坦承。

「**妳耶？**」蜜雪兒滿臉狐疑盯著我，「但妳怎麼可能覺得自己是個廢柴？妳超棒的啊，妮兒！我看著妳時，看到的是一個聰明、有才華、善良的人。」

她現在對著我笑，我覺得我幾乎都快哭出來了。

「而且妳還可以住在紐約，」她繼續說，「我一直都很想去住紐約！妳還去過世界各地耶……我還記得之前我困在家裡幫佛萊迪餵母奶，妳人在印尼那次，我超忌妒的……」

「是沒錯，但我沒有妳有的東西。」我抗議，看著熟睡的湯姆。

「可是妳骨盆還很有力啊！」她回嗆，我忍不住笑了出來，「還有自由！千萬不要低估這點，我之後還要再看四年《粉紅豬小妹》，表現好的話可能三年吧。」

「而且妳永遠都不需要去軟墊遊戲區。」荷莉做了個鬼臉。

「那是什麼？」

「妳不會想要知道的，」費歐娜想到就瑟瑟發抖，「就像人肉培養皿。」但我們之間交換的眼神，讓我發覺我不是唯一白以為了解其他人人生的人。

「妳甚至還開了自己的店！」

「然後就失敗了，」我提醒她們，「我所有錢都賠光了。」

「那又怎樣？一堆生意都失敗了啊。」蜜雪兒安慰我。

「錢不是萬能的，」費歐娜搖搖頭，「我認識很多有錢人，相信我，很多人都很悲慘。」

「而且妳也從來沒有遷就錯誤的男人，」荷莉邊大喊邊搖晃酒杯，紅酒都從杯緣濺了出來，「妳談感情時從來沒有妥協，最後也沒有置身不幸的婚姻，每天都在吵架。」

我們全都轉過去看著荷莉。

「亞當是錯誤的男人？」蜜雪兒問，全桌頓時陷入沉默。

荷莉似乎發覺自己大聲說出來了，遲疑了一下，接著……

「好一段時間都很糟了，」她坦承，「我甚至想不起來我們上次做愛是什麼時候……」

「天啊，誰想得起來呢？」費歐娜安慰她，「大衛下班回家

的時候總是已經累到不行，而且我通常也早就睡了。」

「是沒錯，但不只這個，我甚至不覺得我們還**喜歡**對方，」荷莉的表情似乎快崩潰了，「我去參加鐵人三項的唯一理由只是想試著控制一下自己的人生而已……這樣我就不需要坐在家裡忍受糟糕的氣氛。」

「但你們倆以前那麼要好的啊。」蜜雪兒靜靜說。

「我知道，」她點點頭，「但事情變了，我們在某個地方迷失了……亞當說他想要另一個寶寶，這樣奧莉薇亞就不會是獨生女，但這只是讓我更難離開而已，對吧？」

她一個接著一個望著我們。

「我知道這讓我變成一個爛人，就連有這種想法也是，也知道這會讓我女兒失去擁有手足的機會……」她停下來，搖了搖頭，並把杯子裡剩下的酒一飲而盡，「但我真他媽的很害怕又很困惑，我不知道自己是怎麼惹上這團混亂的，也不知道之後要怎麼辦才好……」

我伸出手捏捏她的手。

「妳不是個爛人，妳只是普通人而已。」

荷莉抹掉一滴落下她臉頰的眼淚，勇敢地笑了笑，並點點頭，但我知道我沒有說服她。

「有時候我和克萊門汀一起去餵鴨子時，我會看著池塘裡的鴨子，然後覺得我們跟牠們沒什麼兩樣。」

安娜貝爾開口，這整段時間她都靜靜傾聽，沒有說太多話，但她現在開始說話。

「我們從水面上優雅滑過，但我們的腳卻在水下瘋狂拍動，試著讓自己不要沉下去。」

我不需要看我的朋友們，就知道我們都認同這個比喻，說真的，我就是隻他媽的鴨子。

404

　　「妳們知道要發妳們在網路上看到的那張泳裝照，我要自拍幾張嗎？」她繼續說，「二十八張，我算過了，真的很累人。」

　　她把玩著手指上的巨大鑽戒，鑽戒和迪斯可舞廳的電火球一樣閃閃發光。

　　「我想要所有事情都很完美，我以為如果我可以對外面的世界呈現這個形象，那在家裡也會一樣。我可以看著我在社群軟體上的人生，然後假裝這**就是**我的人生。」她聳聳嬌小的肩膀。

　　「但這全都是狗屁，所有炫耀一切有多完美的快樂家庭照？」她輕蔑地哼了一聲，「克萊夫在上他的秘書，我女兒渴求關注到去霸凌別人，而我呢？」她搖搖頭，「我在吃抗憂鬱藥物，還在進行另一輪節食，我發誓我大概從一九九八年開始就一直都很餓。」

　　安娜貝爾最後坦承時，我發現今晚真是個不平凡的夜晚。隨著大家一一自爆，我不覺得有人能比荷莉還慘，但這只是證明了，似乎對我們所有人來說，人生都並不總是一帆風順。而我學到的教訓是，就算人生不如你預期般發展，那也不代表你搞砸了。因為**現實**人生就是混亂又複雜，爛事總是會發生，沒有一體適用的方法，扔掉各種濾鏡、標籤、勵志小語後，我們全都跟其他人一樣害怕又困惑，我們都只是過著自己的人生，很可能沒辦法滿足所有成功標準，在Instagram上看起來也不夠完美，但那也沒關係。

　　「而且藜麥杯子蛋糕真的超難吃的，對吧？」

　　安娜貝爾掃視我們大家，我們全都看看彼此，然後緩緩點點頭。

　　「認真超難吃的。」費歐娜替所有人承認。

　　「來，妳需要吃一個這個。」蜜雪兒從包包拿出一盒她最愛的巧克力小點，「我本來想留著晚點吃，但妳看起來比我還更需

要。」她把包裝撕開，遞給安娜貝爾。

　　安娜貝爾看著小點，一臉不確定，然後拿了一個。我們看著她剝掉錫箔包裝，咬了一口，並在她咀嚼餅乾基底和沾滿巧克力的棉花糖時等待，接著她抬起頭迎上我們的目光，露出大大的笑容。

　　巧克力沾得她的牙齒到處都是。

　　「再拿兩個。」蜜雪兒下令。

我要感恩的有：

一、我們的四十幾歲和之後，因爲我們人生的這個時期是改變和蛻變的時間，事情的結束和開始並不是都能欣然接受或按照計畫，但最後仍能帶我們踏上不同的新道路，雖然可怕，卻也一樣美好＊。

二、理解我們能夠一起面對。

三、費歐娜，她後來跟我說我的手臂很美，我還是可以繼續穿細肩帶背心，她這麼說眞的人很好，但就像我先前說的，她的視力越來越不好了。

四、找到我的那群人。

＊至少我他媽的希望是這樣。

十一月

＃生死攸關

我的自白

　　我的朋友們對我 podcast 的反應讓我十分訝異，她們在費歐娜的餐桌上聽完第一集後已經過了幾天，也下載了剩下的集數，並傳給我各種訊息和笑臉符號，說她們有多麼喜歡，還有某些**非常**有趣的「今日打扮」照片。

　　結果我也發現我不是唯一有超能力的人，費歐娜的是「超屌讀心術」，蜜雪兒的是「影分身之術」，荷莉的則是「一笑置之」，如果你問我，我會說這是最棒的超能力。

　　還要補充一點，我剛看完上一集的收聽人數，然後發生了某件不可思議的事，人數又往上跳了一萬二！所以我現在有將近**一萬五千個**聽眾了，說真的，趕快捏醒我吧。

　　不過最棒的反應還是來自蟋蟀。

＃　　　＃　　　＃

　　「那真是太好了，妮兒，我真是以妳為榮。」

　　我到她家幫忙她打包搬家，我們在客廳，四周放滿泡泡紙。

　　「謝謝妳。」她的稱讚對我來說意義重大，「妳知道的，這全都是因為妳，我那時正在聽妳推薦的那個 podcast，所以才想到可以自己來錄一個。」

　　「嗯，聽起來超讚的！」她開心地說，邊包起一個花瓶，「那我可以當個八十廢柴嗎？丈夫過世、沒有孫子、在橋牌俱樂部還是個社會邊緣人。」

　　「妳可以當榮譽會員！」我笑了笑，「不如讓我來採訪妳如

409

何？」

「終於出名啦！」她笑容滿面，「我覺得這會成為其中一種病毒。」

「什麼病毒？」

「就是在全世界散播的那種啊。」

我皺起眉頭，想說她到底是在說什麼東西，接著露出微笑，「噢，妳是說像病毒式瘋傳那樣。」

她點點頭，「對，那樣也是。」

我要感恩的有：

一、我所有超讚的新聽眾，他們讓我比以往都更了解我並不孤單。

二、我得到的所有超棒回應。

三、這週登上了十大 podcast 排行榜。

四、我和蟋蟀的訪問，獲得了有史以來最高的下載次數，她在裡面揭露她的超能力是「年紀大卻仍對人生充滿期待」，她將這歸因於接受所有事物，除了加入保守派娘子軍之外啦。

篝火之夜

　　每當來到十一月五號，蓋伊・福克斯就必須要負很大的責任。不，我不是在說他想炸毀國會大廈的陰謀，我說的是他為這個國家每個寵物主人帶來一個地獄般的夜晚。如果有一個字會引發所有寵物和牠們主人的恐懼，那絕對非「煙火」莫屬。

　　別誤會，我跟其他人一樣都**超愛**煙火，但你看見的是爆炸的火箭和傾瀉的旋轉煙火，我們寵物主人看見的則是試著躲在沙發後面的受驚動物。

　　或者，以亞瑟的例子來說，是擠到我的書桌下面，還蓋著一條海灘毛巾。

　　愛德華又跟「幾個朋友」出去，我猜這就是第三次約會的暗號吧，不過我沒問就是了。他傳訊息問我能不能回家照顧亞瑟時，我不能直接回他：「可以啊，你要去打炮嗎？」而且老實說，我也不確定我想不想知道。

　　所以我關掉所有燈，從樓上的窗戶欣賞煙火，凝視著屋頂上方炸出的各式耀眼色彩，還有在漆黑天空中飛躍迴旋的流星。我覺得自己像在看一場芭蕾舞表演，真的很魔幻，是那種你會想跟另一個人分享的事物。

　　噢，幹他媽的。

　　我拿起手機，至少我還可以在 Instagram 上分享。

　　接下來我花了好幾分鐘拍下一堆模糊的煙火照片，最後宣布放棄。放下手機，只用雙眼欣賞。

　　我不確定我一個人在黑暗中站了多久，但感覺起來是一段很長的時間。

我要感恩的有：

一、其他人的失焦照，讓我學到了寶貴的一課，那就是世界上沒有什麼事情比看其他人拍的煙火照片還要更無聊了*。

*雖然聽別人說夢話可能很接近第二名啦，抱歉囉，愛德華。

緊急來電

　　週二晚上，我的手機響起，我躺在床上，才剛熄燈。很可能是麗莎，她和蒂亞很順利，應該會想聊天，但我實在太累了，明天再回電給她好了。我傾身把手機關成靜音，然後看見螢幕上浮出的號碼不是麗莎，是老媽的手機。

　　現在是晚上十一點零四分。

　　她從來不會在這個時間打來，我閃過擔憂。

　　「媽？」

　　「妮兒……」她一聽見我的聲音就開始爆哭，整個人歇斯底里。

　　「媽，妳還好嗎？發生什麼事了？」恐懼掐住我的喉嚨。

　　「是妳爸……出了嚴重的車禍……」

　　我可以聽見背景吵雜的聲音。

　　「媽？」

　　「警察來了，他搭直升機去醫院……」她的聲音在劇烈抽泣下彷彿溺斃，「他們說很嚴重……」

　　更多聲音，恐慌的感覺襲來。

　　「媽，我聽不到妳……」

　　「妮兒，我必須掛了……我到醫院再打給妳。」

不保證

爸在搭直升機前往醫院途中死掉。他出現心臟停止，心跳停止了整整六分鐘，他們想辦法電擊他，把他帶回來。整整六分鐘，當我坐在遠在四百八十公里外的床上，把膝蓋縮到胸前抱著，心急如焚等待媽打回來告訴我更多消息時，我爸正式宣告死亡。

我的思緒從來沒有這麼清晰過。

#　　　#　　　#

我搭第一班火車離開倫敦，爸轉到總醫院進行急救手術，掃描顯示各種傷勢：一條腿骨折、肋骨斷裂、一顆肺刺穿、脾臟破裂、內出血、嚴重頭部傷勢。

我跟媽說我會盡快趕到，還有一切都會沒事的，這麼說不只是為了她，也是為了自己，但我可以感覺到她緊抓著我的保證，就像嚇壞的孩子抓著他們的媽媽。我打給我弟，但他手機關機，我的留言也轉進語音信箱，我換成打給娜塔莉，也是一樣，我一直試著聯絡他們，坐我對面的女人一直瞪我，我發覺自己坐的是寧靜車廂。

我模模糊糊記得我打給愛德華，告訴他發生了什麼事，他問我他可以幫上什麼忙，我說沒有，然後開始哭。剛剛一直瞪我的女人遞給我一張衛生紙，並試著安慰我，我發現車廂裡的人都在看我。

我不在乎，恐懼讓我忘了一切。

＃　　　＃　　　＃

　　這感覺就像是世界上最長的一趟火車旅程，我們經過灰撲
撲的城市和蕭瑟的鄉間，我心不在焉地望著葉子掉光的枯樹，
瘦骨嶙峋的樹枝指向灰濛濛的天空，雨滴潑濺在車窗上。我看
著這一切，卻也沒看見任何東西。我的思緒飄到別處，一連串
問題和恐懼快速掠過，直到像開太多程式的電腦一樣當機。

　　接著我終於到站坐上一台計程車，抵達醫院，衝過走道組
成的迷宮找到媽。她坐在等候區，是個穿著多季大衣的駝背矮
小人影，雙手交疊放在大腿上，雙眼因為大哭又紅又腫，她看
到我時跳了起來。

　　「噢，妮兒。」她一直重複說著這句話，並緊緊抓住我。

　　「一切都會沒事的，媽，」我堅定地告訴她，「一切都會沒事
的。」

　　我從來沒看過她這麼害怕或這麼無助，她總是這麼克制，
但她現在在我面前崩潰。我緊緊抱著她，我從還是小女孩的時
候就沒有像這樣抱過她了，但現在我們的角色突然互換，而我
知道我必須當堅強的那個。她需要我，我不可以崩潰。

＃　　　＃　　　＃

　　意外發生時爸正從橄欖球俱樂部開車回家，他去慶祝某個
朋友的生日。「約翰，記得嗎？他們在議會是同事。」媽本來也
要去的，但她有點感冒，「我堅持要他自己去，我告訴他就去
吧，」她在抽泣之間解釋，「全都是我的錯，要是他沒有出門，
這一切就永遠不會發生。」

　　當時下著大雨，根據警方的報告，能見度很差，對向車道

有台卡車失去控制，撞上中央分隔島，引發連環車禍，爸卡在荒原路華裡面，必須靠消防員把他救出來，某個救護人員在路邊爲他進行急救，止住他內傷的出血。要是沒有這麼做，他很可能當場死亡，並不是所有人都這麼好運，有幾個人過世了。爸屬於幸運的一員。

#　　#　　#

一名護理師帶我們到一間小辦公室裡，向我們介紹負責爲爸急救的外科醫生雷諾斯醫生，他告訴我們爸剛離開手術室，手術很順利，但他還沒脫離險境。媽再次開始哭，我不知道聽到這個消息是要鬆了口氣、覺得害怕，還是兩者都是。醫生向我們解釋爸的傷勢，給我們看不同的掃描和 X 光片，讓我們知道發生了什麼事。

撞擊的力道導致內出血，他輸了兩次血，並進行手術修補破裂的脾臟和遭到刺穿的肺。荒原路華沒有配備安全氣囊，造成他的頭部傷勢，因爲他直接撞上擋風玻璃。他們爲他進行人工昏迷，以減少腫脹，並降低腦部出現潛在不可逆損傷的機率。他右腿很可能是因撞上煞車造成的骨折也已經固定，直到他的狀況穩定到可以轉診至骨科，他之後會需要再進行手術打入鋼板和鋼釘，前提是他順利撐過接下來這幾天。

這是很難接受的消息。雷諾斯醫生很嚴肅，但冷靜又語帶保證，他使用的語言就事論事，充滿我以前常在電視上聽見的專業醫學術語，而不像在現實生活中形容我爸。他一定已經跟好幾百個把他們整個世界寄託在他身上的擔心親屬講過好幾次了，我邊聽邊點頭，覺得詭異的抽離，並掙扎著想吸收所有資訊，我覺得自己也還處在震驚之中。

　　媽什麼也沒說，但看著我尋求放心，她似乎很茫然，身體在大衣下方越縮越小。醫生在講解風險和併發症的時候，我捏捏她的手，並詢問我想得出來的所有問題。

　　他說完後，我們都站起身來握握手。

　　「我們什麼時候可以看他？」媽終於開口問。

　　「很快，他已經轉到加護病房，會舒舒服服的，麻煩妳們在等候室稍等一下，我會請護理師協助妳們。」

　　我們離開他的辦公室，我跟媽說我要去一下洗手間，我再到等候室找她，她一從防火門消失，我便迅速往回走。

　　我敲門時雷諾斯醫生還待在辦公室裡。

　　「我必須單獨和你談談。」我邊說邊關上門，接著停頓了一下，思考該怎麼說才好，然後決定直說，「他會沒事嗎？你可以老實跟我說。」

　　他坐在辦公桌旁，我注意到所有日常細節：他身後那扇窗戶的百葉窗歪歪斜斜、一個盆栽（是真的還是塑膠的？我分不出來）、桌上放著一個銀色相框，照片中是兩個年幼的孩子，他自己也身為人父。

　　「令尊的情況雖然嚴重，但很穩定，接下來四十八小時是關鍵，到時候我們就會知道更多資訊。」

　　「他會死掉嗎？」

　　我大聲說出來，這是自從媽昨晚打給我之後一直在我腦海中徘徊不去的恐懼。

　　他回答前我的心臟撲通狂跳。

　　「我們會為病患盡全力，」他迎上我的目光，我暗自希望他會告訴我事實，「但是像這麼嚴重的傷勢，一切都不保證。」

我要感恩的有：

一、<u>他還活著、他還活著、他還活著</u>。

伊薇‧蘿絲

時間在醫院裡慢了下來，外頭的日常生活飛速流逝，時鐘上的指針從你上一次查看以來一下就過了好幾個小時，但在這些牆壁之間，時間滯慢淤塞，感覺像過了一小時，其實只過了五分鐘，就跟《駭客任務》裡演的一樣，但完全沒有那麼好玩。

我熟知的人生停止存在，上百萬件瑣事縮水成一間人造燈光照明的等候室，空間感覺又小又令人窒息，一間陰鬱的食堂是我痛苦等待的唯一慰藉。

護理師帶我們去加護病房探望爸幾分鐘。我以為我準備好了，但看見你愛的人身上插滿連接到機器和儀器的管子，全身千瘡百孔，這種事情永遠都不可能準備好。爸一直都是個顯眼的人，但穿著病患袍看來蒼白又了無生氣，這點讓我最為痛心，他就這麼靜止不動，這麼的安靜，我們能聽見的只有各種機器規律的嗶嗶聲。

他的身體接著無數條管子，臉上蓋著一個氧氣面罩。我看向媽，她已經坐在床邊，握著爸的手，我也照做，但他的手上貼滿點滴管線，好幾根手指上都夾著夾子，我很怕亂碰他會做錯什麼事。所以我就只是坐在他身旁，看著他的胸口起起伏伏，聽著媽溫柔呢喃，用力吞下威脅著要浮出我喉頭的哽咽。

並且一次又一次告訴自己我必須堅強，他一定會活下來的，還有這一切都沒有發生。

但是確實發生了。

#　　　#　　　#

　　理查終於回電，我們也得知他為什麼沒接電話。娜塔莉昨晚分娩，但他們放棄原本精心準備的居家生育計畫，最後決定送她去醫院。他們的女兒今天下午終於順利出生，「體重三千六百八十五克，一切都很完美」，不過匆忙間他把手機忘在家裡了。

　　他跟娜塔莉借手機打到爸媽家，要告訴他們這個好消息，他們有孫女了！但沒有人回應，他沒有背他們的手機號碼，不過他也沒有多想，直到他回家沖澡拿手機，才收到我們的所有訊息。

　　「我馬上過去。」理查說，仍因爸出意外的消息相當震驚。

　　「不，你和娜塔莉還有寶寶待在一起。」媽堅持，「她們需要你。」

　　「但我必須過去才行……」

　　「這裡沒有你可以幫上忙的地方，親愛的。」

　　我聽不見我弟說了什麼，一會兒後媽把手機遞給我，「他想跟妳說話。」

　　「姐，告訴我，到底發生什麼事了？」他心急如焚地問。

　　我用力吞了口口水，「他的傷勢很嚴重，」我學醫生的說辭，「他們幫他進行人工昏迷，我們能做的只有等待。」

　　一陣沉默。

　　「理查？」我走離媽身邊幾步，「理查，你還好嗎？」

　　他大力吸了吸鼻子，聲音都啞了，「他撐得過去嗎，姐？」

　　大姐照顧著弟弟，一如往常。我遲疑了，他不能到這裡來，他的第一順位是娜塔莉和新生兒，他必須保護他們，就像我必須保護他一樣，就像我一直以來做的一樣。

　　「可以。」我說，壓下我的恐懼，然後更為堅定。「可以，他撐得過去。」

我要感恩的有：

一、伊薇・蘿絲・史蒂芬斯，生於十一月七日下午五點十
　　分，體重三千六百八十五克。

二、有生命的地方，就有希望。

靈魂的黑夜

　　時間很晚了，正常的訪客時間幾百年前就已經結束，但我們獲准待久一點。「特殊情況」，我想護理師是這麼說的，我現在記不起來了，事物開始變得模糊，同時卻也變得劇烈，人生宛如套上一層夢境般的濾鏡。

　　我們獲准待在病患的休息室，媽在一張椅子上睡著了，但我清醒到不行。我環顧燈光朦朧的房間，這裡除了我們倆之外空無一人，角落有台電視，不過是靜音的，正在播放某部老電影，是一部我不認得的黑白默片。我躺回沙發，強迫目光聚焦在螢幕上，任何能夠讓我脫離腦中思緒死胡同的事物都好。

　　媽抽動了一下，我望向她，她的臉靠在她用來充當臨時枕頭的大衣上。她看起來精疲力盡，探望完爸之後，她沒有提到他的傷勢，而是選擇開始碎念錯過今天本來應該要來修理鍋爐的技工，還有她忘了幫爸取消牙醫預約。

　　我一直告訴她這沒什麼，用不著擔心，這不重要，但接著我發覺她就是需要去擔心那些事，這是她面對的方式，能讓她不要擔心真正發生的事。

　　門打開來，走進一名穿著病患袍的女病患，我看著她輕手輕腳朝我走來，一邊推著一台移動式氧氣機。她看起來就像個食屍鬼，臉色蒼白、雙眼凹陷，即便穿著寬鬆的袍子，我也能看出她非常、非常瘦。

　　我露出溫暖的笑容。「嗨。」

　　她遲疑地看著我，接著回以微笑，「我沒在這裡見過妳呢。」插著呼吸管的她聲音粗啞。

「是啊。」我搖搖頭,「是我爸,他出了車禍,今早入院。」

「噢,親愛的。」她在我身旁坐下,近看我能看見她突出的顴骨和汙濁的雙眼。「這年頭大家都開太快了……不是我在說……」她補上一句。

「對啊。」我再次搖頭,停頓了一下,「妳在這裡待很久了嗎?」這是次奇怪的閒聊,我們是兩個素昧平生的陌生人,但情況卻又如此親密。

她點點頭,「六週了,是我的肺。」

「我很抱歉。」

「沒事的,親愛的。」她露出微笑,和我保證,我發覺她正試著照顧我的感受,「我以前就住院過了,但這次……」她聳聳骨瘦如柴的肩膀,接著抬頭看著電視螢幕,「噢,我以前超愛這些巴士比·柏克萊電影的!」她像少女般表情一亮,比著那些歌舞女郎,「我以前會和保母一起看。」

我們都盯著螢幕,看著歌舞女郎排成萬花筒般千變萬化的隊伍,以完美的和諧踢腳、揮手、露出微笑,有那麼一會兒,時間似乎靜止了,我們的思緒遠離痛苦的現實,被好萊塢的魔法吸了進去。

「嗯,我該走了,親愛的。」她終於開口,從沙發上起身,「希望妳爸沒事。」

「妳也是。」我擠出微笑。

她把病人袍的腰帶在細瘦的腰部繫好,給了我一個意味深長的眼神。我們都知道她一定不會沒事的。

#　　#　　#

後來我跑去廁所,洗洗手,把水潑到臉上,看著自己在鏡

中的倒影，我大概老了一百歲吧。我挖出一整天都沒拿出來的
手機，地獄眼一閃而逝，你愛的人躺在加護病房可是個減少螢
幕時間的好方法呢。

　　有幾通來自愛德華的未接來電，但他沒有在語音信箱留
言。我看看手錶，現在打回去給他太晚了，他應該已經在睡了。

　　我突然很想跟某個人講話，我不能跟媽說，也不能跟理查
說，每個人都依賴我，但我又能依靠誰呢？我只希望有個人可
以抱抱我，某個人可以告訴我一切都會沒事。

　　噢，天啊，我好想念伊森。

　　這感覺就像潮水般向我襲來，我已經好幾個月沒想到他
了，一開始是刻意的，但他現在又瞬間出現在我腦海裡，我突
然好想聽聽他的聲音。

　　我在理智可以阻止我之前撥通了他的號碼，號碼根本早已
刻在我心底。

　　我聽著電話響，心臟怦怦狂跳，我正準備掛斷。

　　「妮兒？」

　　他熟悉的聲音在黑暗中響起。

　　「對，是我。」

　　效果立刻出現，我闔上眼睛，用力閉起眼皮，但眼淚早已
從我臉頰滾滾而下。

　　「嘿……」出現停頓，「發生什麼事了？」

　　「是爸，他出了嚴重車禍，我人在醫院。」這就像打開了閘
門一樣，「噢，伊森，我好害怕接下來會發生的事……」

　　「一切都會沒事的。」他馬上要我放心。

　　「但你怎麼知道？」我一直在硬撐著我的身體，想要趕走震
驚，但我現在發覺自己正不由自主發著抖。

　　「因為不管發生什麼事，都會沒事的，妳也會沒事的。」

我的牙齒開始打顫，但不是因為寒冷，而是因為恐懼。

「我做不到。」我用力咬緊下巴，試圖阻止。

「妳弟在那嗎？」伊森也試著轉移我升起的恐慌。

「不在……」我停下來，我不想告訴他寶寶的事，不是現在，「對不起……我不應該打給你的。」

「我很高興妳打了。」

「我就只是……」但我沒辦法說完，我不知道我到底是在想什麼。

「他會撐過去的，妳懂的，妳爸是個鬥士，還記得我們第一次見面時他的樣子嗎？我超怕的。」

一段回憶從恐慌之中浮現。媽和爸飛來美國看我，我們一起出去吃晚餐，爸肯定問了伊森上百個問題，比較像是在審問，而不是去吃壽司。

「而且他有妳在身邊陪他，這是件了不起的事。」

我默默聽他說，把手機壓在耳朵上，希望他跟我說些好事。

「我一直想起妳，妳知道的……我很想念妳……」

我抹掉一滴流下臉頰的眼淚，想起了我們之間發生的事，也想起那個麗莎看到和他在一起的女孩，從前的一切好像都很重要，但現在全都感覺好微不足道。

「妳離開後我搬去舊金山，現在是一間新餐廳的主廚，我可以設計整份菜單。我做了妳愛的煙花女義大利麵，加橄欖、酸豆、西洋芹。」

於是我又回到過去，那段只有伊森和我的時光。

「很棒啊……」

「但總之……」他停下來，「我不是故意要說我的事，妳媽怎麼樣呢？」

有那麼幾分鐘我身在別的地方，遠離這一切。

「她還好……」

我有千言萬語想跟他說，但我不知道該怎麼開口。

「伊森，我……」

「妮兒，抱歉，等我一下。」我在電話另一端聽見模糊的聲音，「是送貨的，我人在餐廳，現在還很早，但我們等下有個大型午餐派對……妳剛剛要說什麼？」

但時機眨眼即逝，不管我剛才想說什麼，都已經在我能夠抓住之前從我指縫間溜走了。

「噢，沒什麼啦……」

「聽著，我真的很抱歉，但我必須掛了……」

「嗯，我也是，媽會開始擔心的。」

「請幫我問候她，告訴她我有想到她……還有妳爸也是……」

「我會的。」我現在回到自動導航模式。

「妳要堅強，我明天再打給妳。」

我知道他不會打，但無所謂。

「掰，伊森。」

「掰，妮兒。」

我掛掉電話。

#　　　#　　　#

之後我回到廁所外頭的走廊上，我必須回去病患的休息室，媽可能醒了，她會疑惑我跑去哪了，但首先我需要獨處幾分鐘，我不知道我打給伊森到底在期待什麼，但這讓我覺得前所未有的孤單。

我開始走，推開防火門，腦中沒有任何方向，直到我看

見醫院教堂的標示，門是開著的，我停在外頭。這輩子就這麼一次，我希望自己有宗教信仰，這樣我就可以跪下來向上帝禱告，尋求某種慰藉。我腦海深處還記得在學校集會時的主禱文，就像我也記得爸發現我必須背誦主禱文時的反應。「她長大之後可以決定自己要相信什麼，」他粗魯地跟校長說，「你不可以替她決定。」

我把鼻涕吸回去，因為這段回憶露出微笑，媽聽到時嚇死了，他們在家長會時會怎麼說啊？但爸相信我會為自己著想，他信任我，就算連我自己都不相信自己，他也總是相信我。

我在小教堂門口轉過身，疲憊地靠著牆壁，我想起爸，他是怎麼從我出生的那天起，便成為唯一永遠都陪在我身邊的男人，從不讓我失望，無條件愛我，就算在少不了吵架、大叫、甩門的青春期也是。

男友來來去去，未婚夫也一樣，但爸不會，他一直都保護著我，即便是從遠處，只要他還活著，我身上就不可能發生壞事，因為他就是那張永遠都能接住我的網子，我無法想像沒有他的世界。

我蹲坐在地，把頭埋進雙手，一聲如同受傷動物的哀號迴盪在寂靜的走廊中，我想是有人在痛哭。

接著我發現那個人就是我。

隔天早上

我們在清晨時分終於離開醫院。媽已經待了超過二十四小時，醫生建議我搭計程車帶她回家休息一下。把爸丟下很難熬，但更難熬的是回到空蕩蕩的家。他不在家感覺非常怪，就像家裡有個部分消失了，**這就是如果他再也回不了家的感覺**，我在我和媽雙雙精疲力盡、一到家直接躺到床上時心想。

#　　　#　　　#

我們啟程再度回到醫院時天甚至都還沒亮。他們剛打來說爸晚上情況又惡化了，我們必須在場。這次我開媽的車，我們一路無語，車頭燈照出路上的反光標誌。醫生告訴我們要做好心理準備，但像這樣的事情你到底是要怎麼準備？

媽坐在我旁邊的副駕駛座上，雙手擺在大腿，摸著她的婚戒。我們準備停進停車場時恐懼突然湧上我胸口，因為時間還太早，停車場幾乎全空，我朝入口開去。我試著堅強一點，但事實是我從來沒有這麼害怕過，我只想轉身逃跑，但我沒辦法，我必須離開這輛車，走進那間醫院，面對在前方等待我們的事。

我抓緊方向盤，轉進停車場，就這麼一次，整個空間空蕩蕩的，除了我們只有另一台車。

「嗯，我們到了。」我對媽說，直起身子並把引擎熄火。

就是現在了，我心臟撲通狂跳，伸手推開車門，一陣刺骨強風吹進車內。

「妮兒！」

有人在叫我，我猛然轉身，就在這個時候看見他向我走來。

「愛德華？」

我一臉不可置信在晨曦下盯著他。

「你在這裡做什麼？」

他看起來一塌糊塗，就像昨晚睡在車上一樣。

「我一有空就趕來了。」

我差點因為鬆了口氣哭了出來，我這輩子從來沒有因為見到某個人這麼感激過。

「但是……你怎麼來的？」

「我連夜開車過來，我很擔心，因為妳沒消沒息。」

我心亂如麻。「但你怎麼知道要到哪裡找我們？」

「妳在火車上有告訴我醫院的名字，記得嗎？」

但我不記得，我完全不記得那趟火車上的任何事。

「結果你就這樣跑來了？」

「對啊，」他點點頭，「我就這樣跑來了。」

在那一刻，我知道我會因為他這麼做而愛他一輩子，不是那種浪漫的愛，是愛這個字所具備的真正深刻意義，我甚至沒有拜託他，他就為了我連夜開車趕來這裡。所以我在人生中最需要依靠某個人的時刻可以依靠他，在我最絕望的時候，當我以為我孤身一人，他卻來了，在這裡等著我。

如果這不是真愛，那我不知道什麼才是了。

#　　　#　　　#

我們和雷諾斯醫生見面，他告訴我們之前沒發現的傷口引發更多內出血，爸需要進行緊急手術，媽簽了同意書，接下

來三小時我們都在走廊上焦急踱步，邊喝很爛的咖啡。但這次不一樣，愛德華在這，而他是我和媽依靠的對象，他不用說什麼，他完全不需要，只要人在這裡就夠了。

手術後爸又回到加護病房，雷諾斯醫生表情嚴肅但可以說是「帶著謹慎的樂觀」，我感到一絲微光照進過去兩天吞噬我們的無邊黑暗中。我們獲准可以探望爸，愛德華在外面等，媽輕撫爸的頭髮，我則告訴他他一定會好起來的。

我不知道他聽不聽得到我說話，但為了以防萬一，我還是跟他說了他最愛的笑話，講的是有個男子在酒吧裡還有會說話的花生。爸超愛這個笑話，我每次見到他他都會要我講，雖然他已經聽過一百萬次了。但這一次，當我說出笑點時，卻沒有任何笑聲，只有機器在一片寂靜中發出的嗶嗶聲，有那麼一會兒，我就這麼凝視著他，眨回威脅著要潰堤的淚水，接著傾身向前，在他耳邊低語：

「你一定要好起來，爸，不然還有誰會捧場我的笑話呢？」

茶和餅乾

「吃點東西吧。」

我們回到家，我和愛德華坐在客廳，媽則端著放了茶和餅乾的托盤出現，先前我跟她介紹愛德華時她一頭霧水。我的房東？一路開這麼遠來看我？我猜她是擔心我是不是遲交房租或什麼的，但在我解釋愛德華是我的朋友，他是來幫忙我們的之後，她便堅持要他一起回家。

也不是說愛德華會大力推辭之類的，他沒刮鬍子，眼睛下方掛著重重的眼袋，看來確實迫切需要媽的沙發。

「所以，你要留下來過週末嗎？」媽正在問，遞給他一杯茶，我注意到她拿出得體的杯子和碟子，而不是我們通常拿來喝茶，上面有搞笑標語的馬克杯。

「我確定他必須要回去……」我快速打斷她。

「事實上，我不用。」他說，邊謝謝媽，媽現在正在拿巧克力餅乾給他，當然是KitKat的。「我回去開車的時候把亞瑟留給蘇菲和男孩們了……蘇菲是我前妻，」他補充，讓媽了解情況，「呃，很快就會是啦。」

媽盯著我，我在扶手椅裡扭了扭身子，低調行事不是媽的強項，愛德華也注意到了，但他假裝沒有，現在我知道《傲慢與偏見》女主角伊莉莎白·班奈特的感受了。

「可是她不是過敏？」我問。

「我想她週末可以搞定幾個噴嚏的。」他回答，接著轉向媽，「老實說，我覺得她應該對我比較過敏。」

媽因為他的玩笑大笑，這是好幾天以來我第一次看到她露

431

出笑容。

「嗯，我們很歡迎你留下來，我可以整理一下理查的房間，他們星期一才會回來……」

我弟稍早打來說他週末之後要和娜塔莉跟新生兒一起開車上來，我一直都有跟他更新事情的進展，得知爸的最新情況後，他跟我們一樣都鬆了口氣。

「嗯，從倫敦開來還蠻遠的，我以前從來沒有來過湖區。」愛德華正在說，一邊看著我。

我拿起另一塊巧克力餅乾，「好，那就這麼決定了。」

> 我要感恩的有：
> 一、我現在有好多事要感恩，但如果要說生死交關的時刻真的教會了我什麼，那就是他媽的別在乎你吃了幾塊 KitKat巧克力＊。

＊如果你好奇的話，我吃了四塊。

週末

　　在自己長大的小鎮當觀光客是件有趣的事，我帶愛德華參觀了這區，帶他去看所有知名景點，包括華茲華斯的小屋、碧雅翠斯．波特的家、格拉斯米爾著名的薑餅店。

　　「哇，這東西還真好吃。」他吃完最後一塊後表示，他本來還嗆我一直吹噓這是世界上最棒的薑餅店，但他現在完全買單。「誰知道呢？」他邊說邊走回店裡再買更多。

　　還真的是沒人知道。

　　誰知道我早上下樓泡咖啡時，會發現愛德華坐在廚房的凳子上，用我的拋棄式刮鬍刀刮好鬍子，邊吃吐司邊跟我媽「卡蘿」愜意聊天，好像他已經認識她一輩子了一樣。

　　誰知道他剛好穿得下爸的雨衣，我們在冷死人的雨中去爬斯卡菲爾峰，並在山頂共享一瓶熱茶，還讓我懷疑起為什麼我從來都不知道全身淋得溼答答可以這麼好玩。

　　誰知道我從小長大，而且一直渴望逃離的地方，現在感覺起來竟然這麼不一樣，當愛德華讚嘆起我能在這麼漂亮的地方長大是多麼幸運，我也驕傲地點頭同意。

　　誰知道這麼多事情可以在短短幾天內就全都改變。

　　該回醫院去的時候，愛德華堅持由他開車，我內心的女性主義者試圖反抗，但媽似乎很放心由愛德華開車，所以我屈服了。另外，老實說，愛德華的車也比媽的老福特Fiesta好上太多了，尤其是當我發現座位上有暖氣時。說真的，當外面氣溫只有兩度，我超級樂意放棄我的女性主義原則。

　　第二趟到醫院後，我們一樣來到雷諾斯醫生的辦公室，他

說他們已經成功讓爸脫離人工昏迷狀態，所有跡象看起來都很棒。他已經轉到一般病房，我們想去看看他嗎？

我讓媽先去，他們可能是我的父母沒錯，但他們一開始也是一對年輕戀人，而他們需要一點時間獨處。我進去時她正輕撫著他的手，臉上充滿不常出現的喜悅，這是來自非常真實的恐懼，因為想到你可能會失去你在這個世界上最珍貴的東西，來自瞥向深淵，卻再次安全。

我不會推薦這種方式，但這他媽真的會讓你了解人生中最重要的到底是什麼。

「嗨，爸。」我過去在他額頭上啄了一下，他身邊圍繞著「早日康復」卡片，加上伊森寄來的一大籃水果。

「妮兒，親愛的。」他看見我時熱淚盈眶，讓我馬上也情緒上來。

「你感覺怎麼樣？」

「就像剛去跑了十趟回來，」他擠出一個無力的笑容，「我才剛在和妳媽說，我完全想不起來任何事發當時的事……」

「沒關係的，你讓我們每個人都快嚇死了。」

爸呻吟，「你們都沒有太擔心吧，有嗎？」

「一點點啦，」我微笑，捏捏他的手，他也捏回來，我從來沒這麼感激過，「至少這次不是你在擔心我了。」

他的目光迎上我，我們交換了一個眼神，我覺得我會永生難忘。

「那妳呢，卡蘿？」

他看著媽。

「噢，我沒事，」她很快和他保證，「妮兒一直在照顧我。」她從病床另一側看著我，「要是她不在，我不可能撐得過來。」

「我們是個好團隊，」我微笑，而在那一刻，我發覺不管我

們之間曾經有什麼隔閡，一切都已雨過天晴。

爸看起來再愉快不過了。

「我兩個親愛的女孩……」

「現在有三個了。」媽糾正他。

「所以我什麼時候才會看到我孫女呢？」他問，媽一定已經跟他說過所有伊薇的事了。

「他們週一會過來，愛德華離開之後。」

「誰是愛德華？」

媽花了這麼久才提到他我實在有點訝異，但比起覺得她很煩，我反而忍不住露出微笑。

「我的室友。」我和爸解釋。

「他開車載我們來這裡，他的車好棒，菲利普，座位有暖氣什麼的。」

「嗯，那他現在在哪呢？」

「他在外面等。」

爸一臉震驚，「這可憐的傢伙大老遠從倫敦開車過來，妳們竟然讓他在外面等？趕快邀他進來啊！」

「你確定嗎？醫生有交代我們不能讓你太累……」即便我嘴巴上在抗議，我心裡知道拒絕也是徒勞。

#　　　#　　　#

我在某張塑膠椅上發現愛德華，他正在讀一張有關中風的傳單。

「我爸想見你……你介意嗎？你不需要待太久，只要打個招呼就好了……我覺得他只是好奇……」

看到愛德華和我爸見面很好笑，而且還是在這種情況下。

435

愛德華彬彬有禮又親切，一副看起來就像來自上私立學校的中產階級；爸則是搞笑、粗魯、不拘小節，還講了一個老實說我不忍在此重複的糟糕暖氣座位笑話。但讓我意外的是，他們其實相處得頗為融洽。

之後我們開車回家時，我把副駕駛座讓給媽，自己坐到後座，凝視著窗外。現在想想，我不知道我剛才幹嘛訝異，愛德華和我爸表面上看來可能大相逕庭，但他們其實很像，因為當我最需要他們的時候，他們都沒有讓我失望過。

\#　　　\#　　　\#

現在爸的情況好轉起來，我開始對那天早上我在停車場看見愛德華時的反應覺得有點尷尬，就是那種你太脆弱，不小心揭露太多自我時的反應。

「如果我那時有點太情緒化的話，我很抱歉。」我週日下午時告訴他。

他再幾個小時就要開車回倫敦，我們在我弟的房間拆床單，我跟他說他走了之後我再處理就好，但他堅持要自己來。

「別傻了，」他皺起眉頭，拆掉一個枕頭套，我則靠在我弟的舊書桌旁，「妳有情緒很棒啊。」

「是嗎？」

他把注意力轉到羽絨被套上，開始試著把套子從被子上拆下來。「比起像我這樣情感極度壓抑的公學男生，當然是。」他說，接著在我迎上他的目光，發現他是在開玩笑之後露出微笑。

嗯，也算是吧。

「我也壓抑了某些事。」我靜靜說。

他一臉好奇盯著我看，彷彿不太相信我說的是真話，然後

436

緩緩點頭。「那或許從現在開始我們應該有話直說，不管我們到底在想什麼。」

「就算我因為溫度控制器開關想要殺了你嗎？」

「就算妳因為溫度控制器開關想要殺了我。」他點點頭。

「好吧，你贏了。」

「很好。」他手肘伸進華麗的棉花布料中，對上我的視線，然後我們都笑了。「那現在妳是要坐在那邊看，還是起來幫我弄一下這個羽絨被套，或是要怎樣？」

妮兒姑姑

　　所以我今天終於見到我姪女，老實說，事前我很緊張，不知道會有什麼感受。我為理查和娜塔莉感到開心，但我擔心會為自己覺得難過，因而當娜塔莉把這個小傢伙交給我時，我已經做好內心五味雜陳的準備。

　　直到她眼睛眨也不眨，抬頭直直盯著我看，我才發覺有一種感受我還沒準備好面對。

　　「抱著妳剛出生的姪女感覺如何啊？」我弟問。

　　我的目光移不開她。

　　「愛，」我回答，「感覺像愛。」

喘息空間

意外發生後已經過了三個星期，爸每天都有進步。等他恢復得夠強壯，馬上能夠轉出加護病房之後，他就動了手術，在骨折的腓骨和脛骨打入鋼釘。今天他要出院了，真是個奇蹟，當我回想起最初那七十二小時，我完全想不到會有這麼一天。

老媽的姐姐瓦萊蒂阿姨要來住在我們家，她以前是執業護理師，現在退休搬去西班牙，這次特別飛過來幫忙照顧爸。

「並他媽的把我逼瘋。」我們去醫院接他時爸抱怨。

「瓦萊蒂會幫上很大的忙，」媽堅決地說，我推著爸的輪椅來到停車場，「她知道怎麼換衣服跟所有事。」

「她才不會換我的衣服……」

「菲利普……」媽的聲音提高。

醫生警告我們，病患在頭部受傷後時常會出現憂鬱和情緒低落的狀況，還有爸可能要花一點時間才能恢復成以前的自己。

「現在，爸，如果你扶著拐杖，我就可以幫你進去車子裡。」我打斷他們。

「她超他媽愛發號施令的，妳自己也說過。」爸繼續說，邊把自己移到副駕駛座，才可以把打著石膏的腿伸直，「跟妳姐處一個星期，我就會希望自己還在昏迷。」

媽正爬進後座，聽到這句話倒抽了一口氣。

「菲利普！你不准給我拿這個開玩笑！這沒什麼好笑的！」

她用力甩上車門，我開始倒車離開停車場，但我看向後照鏡時，聽見爸在偷笑，也發現媽在微笑，我覺得我們不需要太擔心事情不會回歸正軌。

#　　#　　#

因為爸發生的所有事，我失去了時間感。等我現在浮出水面發現已經十一月底了，離聖誕節不到四週，或是像我一直被提醒的：「只剩二十五個血拼日囉！」

更糟的是，昨天我到鎮上幫媽跑腿時，發現所有商店都已經掛起裝飾了。接著在開車回家途中，我打開車上的電台，竟然聽見瑪麗亞·凱莉朝我狂轟猛炸，於是我大叫：「太快了！太快了！」並馬上把音樂關掉。

我喜歡聖誕節，而且我其實也很愛那首歌，但是各位鄉親啊，我們可不可以至少等到十二月一號呢？

（答案當然是充滿節慶氛圍的：「閃邊去，當然不可以。」）

但是或許只有我還沒準備好吧，倫敦已經正式點亮所有聖誕節燈飾，所以我明天就會看到。我訂好回去的票了，感覺正是時候，雖然朋友們傳了各種訊息來幫我加油打氣，但我還是很想念他們，而且也準備好回去了，彷彿我已經離開了一輩子。

待在坎布里亞的荒野之中有個好處，就是給了我時間和空間可以專心完成蒙蒂的劇本。在下午三點就會天黑的冷死人十一月，實在沒有太多其他事情可以做，而且相信我，瓦萊蒂阿姨逼瘋的可不只有爸一個人而已，這是個把自己關在房間裡完成許多編輯的好理由。

蟋蟀很期待讀到劇本，我離開時她傳了很多溫暖的訊息給我，並不斷告訴我她已經等不及我回去了。「不只是因為我等不及讀到新劇本，並和妳更新迷你圖書館計畫的進展，也是因為妳到時候就可以看看我把新公寓布置成怎麼樣了。」

我也有伊森的消息。我在醫院打給他過幾天之後，收到一封他的電子郵件，問我爸怎麼樣，內容雖然短，卻很友善，是

那種你不希望讀的人有多餘聯想的電子郵件，花上二十分鐘細心寫成的幾行字。但我蠻感謝他願意保持聯絡，所以我回了封類似的信，簡短又友善，告訴他爸正在好轉，並謝謝他寄水果籃來。

曇花一現的一點聯繫，從那之後我就沒再聽到他的消息了。

但這也沒什麼，我這個月情緒大起大落，我們差點失去爸，我愛上了我的姪女，在發生這麼多事之後，我希望一切可以回到平穩的狀態，不要再有生死交關的時刻，不要再有震驚，不要再搞事。

我要感恩的有：

一、健保，還有每個救了爸一命的超讚醫生和護理師，他
　　們也救了一個家庭。

二、老媽，我終於跟她說我跟伊森怎麼了之後，她只說她
　　從來沒為我感到這麼驕傲過，還有更好的事還在後頭
　　等著呢。

三、麗莎一直傳來的搞笑貓貓影片，主角是她和蒂亞從
　　她們那邊的收容中心領養來的薑黃色公貓，又大隻又
　　胖。

四、我的降噪耳機，因為爸說的是對的：瓦萊蒂阿姨的嗓
　　音真的比號角還大聲。

五、比我自己一直以來想像得還要堅強。

六、無聊，我覺得這真的被嚴重低估了。

收件人：潘妮洛普·史蒂芬斯
主旨：關於妳爸

　　嗨妮兒：

　　很高興聽到妳爸出院了，真是太好了！妳一定鬆了口氣，我就說他是個鬥士吧！

　　總之我有件事要跟妳說：我下週似乎會去倫敦一趟，我餐廳的老闆要在那邊開一間分店，派我去監督廚房和菜單，他們讓我在蘇活區的某間飯店住個幾天。妳想見個面嗎？能見到妳一定很好。

　　伊森

十二月

#事情全都像聖誕樹燈飾一樣纏成一團了

聖誕喝一杯

嗶、嗶、嗶、嗶……

柯芬園地鐵站人滿為患，電梯門滑開後，迎接我的是人山人海，觀光客、上班族、看劇族、跑趴仔……彷彿全世界都來這裡了。

我擠進他們之間，身後的人龍推著我走，經過票閘，來到夜晚寒冷的空氣中，有個鋼鼓樂團在演奏〈聖誕鈴聲〉，讓節慶氛圍染上一股加勒比海氣息。我有點想停下來聽一下，不過看看錶後便改變主意，最好還是不要，我不想遲到。

我轉身走過鵝卵石路面，在啞劇藝術家和喝醉的跑趴仔之間蜿蜒前進，我再次確認輸入到 Google 地圖裡的地址，如果我下個路口左轉，那應該就會在右側不遠處才對……

我走過人行道時呼出的氣息形成迷你雲朵，我喜歡走快點，但我今晚穿著高跟鞋，而我穿高跟鞋不太會走路。費歐娜可以穿十二公分半的細高跟鞋跑一百公尺，但我不行，我會步履蹣跚、搖搖晃晃，腳踝**永遠**處在扭到的邊緣。不過，為了看起來又高又瘦，這只是小小的代價，而今晚我看起來又高又瘦非常重要。

真可惜高跟鞋不會同時讓我看起來更年輕，但三個中兩個也已經不錯啦。

我看見飯店出現在我眼前。我正要走進入口，但先停下來在巨大的玻璃門上檢查一下我的倒影，順順頭髮，脫下冬季大衣，整理襯衫，補點唇蜜，然後再度抹開。

我是來跟伊森見面的。

　　我不確定我幹嘛同意，我跟費歐娜說這是因為我很好奇，跟麗莎說我想要一個結束，跟蟋蟀說反正只是喝一杯。

　　我沒跟任何人說的是，我也想看看我是不是還愛著他。

　　噢，妮兒。

　　對，我知道。

#　　　#　　　#

　　他已經坐在吧台，我在他發現我前先看見他，而有那麼幾秒，我有機會可以觀察他，他的黑髮剪短了，穿著一件白襯衫，看起來非比尋常的帥氣。他在家裡總是只穿T恤，他的膚色和我們這些蒼白的倫敦人相比，也又黑又健康到荒唐的地步。他一手拿著啤酒，邊看著手機邊用拇指揉揉下巴，他專心的時候總是會這樣。

　　再次見到他實在是很怪，我本來要和這個男人共度餘生的，他是如此熟悉，卻又像是看著一個陌生人。

　　「嘿。」他在我靠近時抬起頭，露出微笑，笑容蔓延到眼睛周圍，他眼珠的顏色非常深，近乎黑色，我以前覺得我可以永遠看著這雙眼睛。

　　我的胃一陣翻攪，「嗨。」我回以微笑。

　　「很高興妳來了。」

　　「嗯，我可不能不來……畢竟你在同一座城市。」

　　「妳看起來很美。」

　　「謝啦，你也是，很帥氣。」我比著他的襯衫。

　　「噢，我開完會直接過來的……來吧，妳先坐著。」

　　他拉出身旁的高腳凳，我滑進座位。

　　「最近如何啊？」

446

「嗯，不錯啊。」

噢，彬彬有禮和前任閒聊的快樂，你上次見到他們時你還雙眼紅腫、鼻涕橫流、心碎不已，彷彿我們正在分手的破碎邊緣翩翩起舞，擔心我們會滑倒，然後不小心撞上其中一片碎片流血致死。

「你呢？」

「也還不錯……謝啦。」

但這就是成年人在做的事，對吧？我們會閃躲、避開、控制自己的感受，我們不是受情緒擺布的荷爾蒙爆衝青少年（雖然以我的例子來說，荷爾蒙還是有發揮一些作用啦），我們現在已經夠老，知道自己該怎麼表現，不要說出所有心裡話，還有第三杯馬丁尼下肚後一定不會有什麼好話。

不過當然，說得到跟做得到完完全全是兩碼子事。

#　　#　　#

「喝一樣的嗎？」

「有什麼不行的。」

一小時後，我們移動到雅座，我跟他說了老爸意外的所有事，他則跟我說了新工作的所有細節，我們問候了彼此家人的健康，更新了各自朋友的近況，照理說喝一杯應該就此結束，我應該站起身，穿上大衣，然後說再見，這樣我九點半前就會在家了。

「還記得我們以前在葛萊史皮那喝的那種荔枝馬丁尼嗎？」

「噢，天啊，當然記得，史上最好喝的馬丁尼！」

但是我們沒有朝地鐵站走，反倒走下回憶大道，而且我已經喝兩杯了，我要了一杯水。

「幾個星期前我回城時有去，老闆比利有問起妳。」

「那你跟他說什麼？」

「我說妳離開我了。」

我抬眼迎上他的目光。

「我說我搞砸了，我說我弄丟了這輩子發生在我身上最棒的東西⋯⋯」

我讓他的話懸在半空中。

「我想跟他說『她很好』就夠了吧。」我最後這麼說。

伊森盯著我，接著我們都開始笑，**就是這個**，這就是我們擁有的，這就是我們第一次在那間酒吧相遇後，我打給他的理由。

「對不起，妮兒。」

「我也是。」

而就像這樣，我對他擁有的所有憤怒，所有像鐵絲網一樣包圍著我們的失落、受傷、矛盾，似乎都消失了，剩下的就只有我們兩個。

他的視線從來沒有離開過我，而他問我的時候，感覺就像早已注定。

「回家吧，妮兒。」

病毒式瘋傳

發生了一件超扯的事：我的podcast病毒式瘋傳，或者用蟋蟀的話說，我成了其中一種病毒。

事實上，來到十二月，兩者都是。我突然爆紅，**而且**還中了一種超兇的感冒病毒，把我變成一坨會走路的細菌和鼻涕。

我又抽了另一張衛生紙，擤擤鼻子，試著不要毀掉我的妝。

「已經快一個星期了，所以我應該不會傳染給別人。」我對幫我化妝的女孩道歉，她正拿著一瓶髮膠對著我。

我登上了一本雜誌。我耶！登上雜誌！我知道，我自己也難以置信，但我現在就在東區的某間工作室拍照，準備和我的訪問一起。妝髮全上，工作就是這樣，背景有音樂，還有個攝影師，甚至有個造型師拿了一大排衣服來，我們一件一件挑，一件一件試穿。

本日打扮：一件超貴設計師洋裝，由我登上的浮誇雜誌的造型師提供。

我的意思是，說真的，你在跟我開玩笑嗎？

但事實上沒有人在跟我開玩笑，這一切真的發生了，而我應該要酷一點，不要一直對所有人露出興奮的微笑，但去他的，我就是忍不住。

「所以妳是從哪邊想到這個主意的呢？」二十幾歲的專欄作家稍早開開心心地問我。

「我想是發現自己破產、單身、四十幾歲，還睡在我爸媽家舊房間的那一刻吧。」我回答，看著她的表情明顯黯淡了下來。

因為問題就在這：我想對大多數人來說，這應該都還是個可

怕的景象，或至少是某種版本。但事實上，我來這裡就是要告訴你並不是真的如此，因為這不是終點，恰恰相反，這可能只是剛開始而已。

＃　　　＃　　　＃

在老爸幾乎致命的車禍後，我回到人世，發現信箱幾乎爆滿，我終於認真看完所有電子郵件後，發現除了房仲和LinkedIn的信之外，還有幾封是來自雜誌和其他刊物的訪談邀請。一開始我以為這是某種奇怪的騙局，直到我去看我podcast的後台數據，然後發現多了好幾萬次新下載。

超不可思議的，大家在推特上討論我的podcast，還出現在一些部落格上，我甚至有我自己的標記，就連我媽都有在聽（鄭重聲明，她說她蠻喜歡的，但我們可不可以少講一點髒話）！我開始回覆這些電子郵件之後，一切就像滾雪球一樣。自從回到倫敦，我已經完成好幾個訪問，去上過電台，甚至有一個美妝大品牌和我接洽要贊助我（顯然他們可以協助我改善我又皺又垂的地方）。

我個人是不太相信有東西可以幫我啦，而且我也不會收錢業配我不相信的東西，不過如果現在換成某間咖啡公司，那情況就不一樣了，有很多日子咖啡都是我起床的動力，或者來個更棒的，如果是那些罐裝琴通寧的廠商來找我呢？畢竟我認真覺得，今年稍早有一段時間我這條命基本上是那些琴通寧救回來的，沒錯，我完全可以相信琴通寧。

但我這是扯遠了，不過如果有天我可以收錢做我愛的事，那一定會很棒，因為我真的很喜歡錄我的podcast，也愛我所有的聽眾，也很樂意繼續做下去，越做越大、越做越好。因為如

果一開始只是我想實話實說、不吐不快，才開始這個節目，結果卻引發了其他人的共鳴，他們跟我一樣覺得自己不夠好又不知道何去何從，而要是透過某種微小的方式，這個節目讓他們知道自己並不孤單，有我在這裡聽他們說，因而幫上了忙，那麼這就是最棒的獎勵了。

鏡子周圍裝飾著燈泡，就像你總是會在好萊塢電影裡看到的那種，我看著我的倒影，好好笑，我幾乎認不出這個上了全妝，髮型還特別設計過的自己。大家說的眼睛業障重都是真的，我現在也幾乎認不出我的人生。我以前總覺得人生看起來應該要是某個樣子，完全不知道在前方等著我的是這所有事，我還一直擔心下一秒就會有個人跑來告訴我他們搞錯了，其實不是要邀我。

「OK，都好了。」化妝師露出微笑。

「超級感謝妳！」

但那還沒有發生，所以我也要來參一腳啦。

「再噴最後一下就好。」

我憋氣，她開始噴，前提是我沒先在這一大坨髮膠裡窒息。

我要感恩的有：

一、所有四十（或是三十幾、五十幾、你想幾就幾）廢柴們，持續下載、收聽、發部落格、發推特、發文。

二、老爸最近回醫院檢查得到的好消息。

三、沙迪克請我開設自己的專欄，主題是四十廢柴的感受。

四、現在的人生，我完全沒預料到。

五、這一切。

新的開始

「所以妳覺得如何？」

「很不一樣。」

「妳不喜歡。」

「不是，我喜歡，只是⋯⋯」我搜尋合適的詞彙，但似乎沒有夠公道的，「有點⋯⋯**狂**。」

蟋蟀的表情和她的聖誕樹一樣亮，彷彿我剛給了她最大的恭維，「太感謝妳了，妮兒，妳這麼說真是人太好了。」

週三晚上，我們站在她客廳的入口，研究她新公寓剛漆好的牆面，深黑色的陰影遮蔽了遠方的牆面和壁爐的煙囪，凸顯出白色的大理石壁爐與緋紅色的天鵝絨沙發，天花板則是漆成亮晶晶的紅銅色。

這不是你會期待一個八十幾歲的人重新裝潢的公寓，不過蟋蟀也不是一般的八十幾歲老人就是了。

「我想要和舊房子完全不一樣的感覺。」

「嗯，很顯然是。」

「再來點酒？」

「好的，麻煩妳。」

她拿起我當成喬遷禮物帶來的香檳，倒滿我們的酒杯，我本來有想過帶氣泡酒，因為就算有了劇本額外的收入，我還是買不太起香檳，但人生就是有某些時刻只有香檳才適合，而這就是其中之一。我為我的朋友還有她展開人生新篇章的勇氣感到超級驕傲，必須用凱歌香檳好好慶祝才行。

「我想蒙蒂也會很贊同的。」她說，我們舒服地窩在沙發上。

452

「妳是說油漆還是香檳？」

「都是，」她微笑，啜了一口冰涼的泡沫，「噢，我有跟妳說克里斯多夫對演出他的新劇本興奮到不行嗎？」

「大概說過那麼五六次而已吧。」我露齒一笑，她大笑起來。

克里斯多夫是名備受尊崇的劇場導演，也是蒙蒂認識最久的朋友暨同事之一，蟋蟀幾天前把我改好的劇本寄給他，不到幾個小時他就打電話來「跪求」她讓他負責這齣劇的選角，我覺得蟋蟀說「跪求」可能有點太浮誇了，不過這仍然是令人激動的消息，更別說我可是鬆了一大口氣。

自從蟋蟀請我編輯蒙蒂的劇本以來，我都一直很擔心我無法勝任這個工作，因為第三幕基本上只是一大團凌亂的筆記，我本來以為這會是場徹頭徹尾的災難。讓蟋蟀失望是一回事，特別是她還對我這麼有信心，但我當然也不想因為沒辦法讓這份劇本好好發揮，破壞蒙蒂身為劇作家的名聲，更別說讓自己大出糗一波了。

但除了來自克里斯多夫的少數幾處修改建議外，他對成果還頗為興奮，這讓我發覺我低估了自己。我覺得很多人都會這樣，就像老爸差點死掉的時候，我也發現我比自己以為的還要堅強很多，可惜的是我花了這麼久才了解這回事。

「他想先搞定資金，這樣他就可以在新年時開始選角。」

「哇，太棒了吧！」

「對吧？」她的臉龐充滿活力，但接著思緒便飄到別處，笑容也消失了。「噢，我真的很希望蒙蒂可以在這裡一起見證這一切。」

她終於說出口，雖然香檳讓她心情好了一點，但我知道她每天都會想這件事想十幾遍，多數時候就這樣度過，我以前就知道了，但自從我們差點失去老爸以來，蟋蟀的失去就讓我更

有共鳴。

「妳知道的，我本來擔心我離開舊家以後會有什麼感受，」她承認，視線現在落到我身上，「搬家公司的卡車離開後，我走過所有空房間，想起我和蒙蒂剛搬進來時是怎麼也一起走過這些空房間……而且那感覺不像已經過了三十年或更久……感覺就像在一眨眼之間而已……」

我看著她的手指抓緊酒杯杯腳，光線照耀著嘶嘶浮上表面的泡沫。

「房仲在外面等，我把鑰匙交給他，坐進計程車……車子載著我離開時，我其實覺得還不錯，而且我一直都覺得還不錯，就連我自己在這間公寓過夜的第一晚也是，我一直在等悲傷的浪潮席捲我，但是……沒有……什麼都沒有。」她微微聳了聳肩，「我以為這是因為我太忙了，要和議會開會討論新的迷你圖書館計畫，還有蒙蒂的劇本，我沒有時間去難過……」

有那麼一會兒，她的話似乎懸在空中，她則細細思索。

「接著幾天後我去買了棵聖誕樹，我本來不想花太多心思的，畢竟只有我一個人，似乎太大費周章了……但蒙蒂很愛聖誕節，特別是裝飾聖誕樹。」

她現在露出微笑，是那種當你想起從前好笑的事時，會出現的憐愛微笑。

「他會花一整晚精心擺放那些小東西和燈泡，而且每次擺好後都會往後站，檢查加欣賞自己的成果……」

「妳沒有幫忙嗎？」

蟋蟀裝出一臉驚駭，「天啊，當然沒有，他從來不准我碰，有一次我犯下致命錯誤，掛了幾條彩帶上去……」

她模仿蒙蒂驚恐的表情，我爆出大笑。

「總之，像我剛說的，我買了棵聖誕樹。」

我們雙雙看著一百八十公分高的聖誕樹，上面掛著各種裝飾，燈泡閃閃發光。

「這是棵很美的樹。」我興奮地說。

蟋蟀把頭歪向一旁，彷彿在評估，「我下定決心要把這棵樹變成最完美的，我想要讓蒙蒂覺得驕傲……」她停下來，我發現她熱淚盈眶。

「所以我先從燈飾開始，跟他教我的一樣，但是全都纏在一起……我越想解開，就纏得越亂……我怎麼樣就是解不開……」她哽咽了起來，「然後我對他很生氣，因為他丟下我自己一個人處理這些他媽的全部纏成一團的聖誕樹燈飾……」

一滴眼淚流出，從她臉頰滑下。

「接著我開始大哭，滿心挫折，而我一開始哭就停不下來了……不是因為這些蠢燈，而是因為他不在了，我卻還在這。事情不應該是這樣的，這不在我們的計畫裡。」

她用力吸吸鼻子，揉揉臉頰，不試著說點話安慰她真的很難，但我不想因此冒犯她，因為沒有任何事可以安慰她，也沒有辦法可以讓情況改善，而我不想假裝有什麼辦法，這是在羞辱她。

「真他媽爛爆了。」我說。

因為這就是事實，她的傷慟需要受到正視，而身為朋友，我能做的也只有這樣。

「真他媽爛爆了。」她點點頭。

我可能沒有失去丈夫，但我知道失去和被迫從頭開始是怎麼回事。

「到一月就一年了。」

蟋蟀在說的是蒙蒂過世的事，但她提到日期，讓我想起這一年對我自己來說的重要性，我搬進愛德華的公寓真的已經快

要一整年了嗎？自從我坐在床上，身旁圍繞著行李箱，對自己發誓到了明年的這個時候，我一定要徹底翻轉我的人生，真的已經一年了嗎？

「大家說的是真的：人生確實會繼續過，快樂也確實會回來，而且常常是在最意想不到的地方，」她繼續說，「但你永遠無法**熬過**失去某個人，你只是會應付得越來越好而已。」

我比向聖誕樹，「可是妳最後還是把結解開了啊。」我說，想到其中的象徵意義。

「我他媽才沒有，」她哼了一聲，對我綻開笑容，「我把那鬼東西整個扔了，買了一串新的。」

我要感恩的有：

一、克里斯多夫對我完成劇本的反應，還有我們剛收到的興奮消息，簡直不可置信，他已經搞定資金，可以開始製作，而且還有個知名演員要來為主角試鏡。

二、我和蟋蟀的友情為我的人生帶來的快樂，意想不到。

三、她沒有問我去跟伊森喝一杯的事。

我從蟋蟀身上學到的事

- 不要讓完美成為美好之敵。
- 勇於承擔風險。
- 等到你八十幾歲時，四十幾歲其實很年輕。
- 這段時光便是你美好的舊日時光。
- 多數人都很好，只是搞事的通常是壞人而已。
- 如果鞋子在店裡試穿時不舒服，那就永遠不會舒服。
- 有關錢的事，只要往後想六個月就可以了：再多你就會恐慌，再少你就會買下那件你永遠不會穿的洋裝。
- 一個人面對違停罰單、踩到狗屎、火車延誤、死掉蜜蜂的方式可以讓你了解很多有關他們的事，同樣的道理也可以適用在超市推車上。
- 要當什麼都可以，但永遠都要很狂。
- 找到你的那群人。
- 永遠不要加入保守派娘子軍。
- 有些東西是永遠解不開的。
- 不要太擔心其他人喜不喜歡你，喜歡自己才是更重要的事。
- 帽子永遠不嫌多。
- 喝完那瓶紅酒就對了。
- 友情就是親情。
- 橡膠手套和決心可以搞定所有事*。
- 你會後悔買那些又大又重的耳環。

*如果不行的話，還有龍舌蘭。

- 你永遠都不會真的搞清楚自己在做什麼，所以就去做吧。
- 最棒的抗老化祕密就是停止照鏡子。
- 記得幫你愛的人拍影片。
- 沒有人死於脂肪或皺紋。
- 你永遠無法擁有一本書，你只是暫時先負責保管，直到交給下一個人。
- 同一個故事，各自解讀。
- 對所有事都說好，除非是單口相聲。
- 女人是不會老的。
- 感謝每個人，包括收銀員、公車司機、幫你煮咖啡的咖啡師。
- 那些殺不死你的會讓你更堅強。
- 外頭的視野也很好。
- 多花五分鐘（特別是在解開聖誕節燈飾時）。
- 永遠都買比較大的尺寸。
- 人生有很多樣貌。
- 那些乳霜都沒屁用（最好直接買頂帽子）。
- 冒險沒有年齡限制。
- 你沒有太老，一切也沒有太遲，還有沒錯，你做得到的。

聖誕卡

我離開美國，搬回英國，是因為我的感情分崩離析，因為我需要重新出發，因為我的簽證到期，生意還失敗，因為我分手了很心碎，因為我受夠內心一片灰暗，外頭卻是藍天和陽光，因為我想念我的家人和朋友，因為我受不了留下來並一再想起我失去的所有事。

也因為我不知道該做什麼，還有英國的茶比較好喝。

以上原因都是真的，但我應該要再補充一點，**還有因為聖誕卡**。

就算是在最好的情況下，聖誕節也並不好過，特別是你還發現自己單身的時候，更糟的是，**四十幾歲又單身**。大家永遠告訴我們聖誕節是個家庭節日，所以如果你還沒想辦法幫自己生出一個家庭，跟一間把家人放進去的漂亮房子（加上一棵裝飾華麗的聖誕樹），那麼你就有機會覺得自己有點像是個廢柴。

只是為了確定這點，你的朋友們還會寄聖誕卡向你證明。

不像英國人和他們通用的各種樣板聖誕卡，美國人的傳統是寄充滿個人風格的卡片，正面還要貼上微笑的家庭照，有點像是我們的王室那樣，只是他們牙齒露更多出來。

而這些照片都很美，真的是，不管是專業拍攝的黑白照，或是在海灘上戴著聖誕帽用手機拍，孩子們看起來永遠都很可愛，你的朋友們看起來也很開心，而當你閱讀卡片中的近況更新，告訴你他們那年過得如何，孩子們在學校的表現，得到什麼成就，你會覺得家人有多麼為他們和那些成就感到驕傲。

接著你會把卡片放到壁爐架上，然後再幫自己倒另一杯琴

酒。

　　對，我是說真的。

　　事實上，我真的很認真。

　　因為去年十二月一切分崩離析時，這些都太痛苦了。第一張卡片一寄來，我就知道我不可能坐在那拆開剩下那些，於是跑去找麗莎，我喜歡看到我朋友們過著開心的生活，但他們的家庭照只是強調了我沒有的東西。我看著那些卡片，看見的是未來的幽魂，那個我原先以為會是我的，現在卻失去的未來。

　　總之，不管怎樣，今年回到英國，我就不用擔心了，卡片上全是亮晶晶的馴鹿和插著胡蘿蔔鼻子雪人的搞笑圖案，我從門口的墊子上拿了幾張起來，走到廚房，把卡片拆開。這張一定是荷莉和亞當寄的，一看就知道是亞當的幽默感，我翻開卡片，裡面是荷莉的手寫字跡，但她也一起簽了亞當的名字，他們顯然已經開始婚姻諮商。我上星期才剛收到她的訊息，說這是好幾年來他們第一次好好講話，我希望他們成功了。

　　我把卡片黏在架子上，旁邊是老媽和老爸卡片的森林雪景，他們一如往常用的是英國國民信託的卡片，有些事情就是不會改變，我今年對此再感激不過了。

　　不過看來要擺脫某張特定的聖誕卡，一趟橫越大西洋的班機可能還不夠，我看著信封，認出上面的字跡。這張是來自某個在休士頓的朋友，老實說，他們比較算是伊森的朋友，他跟夫妻中的老公一起上大學，我某年感恩節晚餐見過他們那麼一次，但他們總是會寄貼滿家庭照片，裡面寫著各種小孩近況的卡片來。

　　幾個月前，妻子還寫電子郵件來問我新地址，這樣她才能寄卡片。我試著委婉拒絕，告訴她沒關係，不用擔心，省點郵資，可是她堅持，我又試了一次，告訴她我不確定是會回家和

爸媽一起過節還是待在倫敦，但她反而問了兩邊的地址。「我確定卡片最後還是會寄到妳手上的。」她興高采烈地回覆。

但我不想要你他媽的聖誕卡寄到我手上啊！我本來想這麼回，全部大寫，跟她一樣興高采烈，但這會讓我變成一個難搞人。她只是想表達善意，用她開心的消息轟炸我而已，畢竟，這是聖誕節啊，要對大家都很友善什麼的。

所以我當然回了她兩邊的地址，並說我等不及要收到她的卡片了，假期愉快！

卡片正面是一張他們全家穿著同款聖誕毛衣的照片，連狗也是，還有那是隻兔子嗎？我露出微笑，然後把卡片黏在以前屬於愛德華姨婆的大花瓶後面。

「有我的嗎？」

我聽見前門打開，圍著圍巾、戴著毛帽的愛德華出現在廚房裡，他手上拿著一杯外帶飲料和一張瑜伽墊，看起來就像早上六點起床去上熱瑜伽的人才會有的樣子。

不，別笑他，這很健康。

「是聖誕卡，來，有一張是給你的。」我遞給他一個信封。

「謝啦。」

我把注意力轉到咖啡壺上。

「嗯，我收過更棒的卡片。」

「再怎麼樣都好過穿著同款聖誕毛衣的那種吧。」我邊大笑邊磨咖啡豆。

「嗯……呃，這不太像聖誕節快樂，比較像是離婚快樂。」

「蛤？」

我轉過身看見他拿著一張紙，而不是卡片。

「這是我的離婚判決。」

「噢，幹……我是說，哇。」

我不知道對一個剛收到離婚最終判決的人該說些什麼。

「只是還是比穿著同款聖誕毛衣的卡片還好啦。」

不過我非常確定並沒有。

「是啊。」他點點頭，表情卻無法捉摸。

「你還好嗎？這是件好事吧，不是嗎？」

「嗯，我不確定妳會形容離婚是件好事，尤其是牽涉到小孩時。」

「對不起，我意思不是……」我覺得自己神經很大條，要被罵了，有夠蠢。

「不，妳說的對。」他看見我的表情後迅速回答，「這是對的事，我為我們倆覺得高興，」他露出微笑，但我不確定是為了誰，「現在我們可以自由展開新生活了，好好繼續過日子。」

「對啊。」我點頭，懷疑他是不是在說和他約會的那個女生，我本來想問，但有什麼阻止了我。

「所以妳聖誕節打算怎麼過呢？」

而我們現在已經改變話題了。

「跟我父母……」

「當然了。」他點點頭。

「我弟和他老婆要帶寶寶來，真的會是全家團圓，我也要邀我朋友蟋蟀一起。」

「我之後一定要來認識一下妳這個朋友蟋蟀。」他說，邊把有機燕麥粥倒進平底鍋，並加進燕麥奶。

愛德華真的該辦個Instagram帳號。

「是啊，」我微笑，「一定要的。」而我現在在想是不是也該邀請愛德華，我不想要他自己一個人過聖誕節。

「我要帶男孩們去滑雪。」

「噢，一定會很好玩，」我熱情地說，「你可以和男孩們相處

一下很棒。」

「是啊，還有他們的iPhone。」他微笑。

幸好我沒開口邀他，問他要不要睡我爸媽的沙發，不然一定會很尷尬，他八成是會去某個高級五星級景點過。

「蘇菲要和她男友出去。」

「哇，還真快。」

「其實沒有很快，我們已經分手很久了。」他翻攪著平底鍋，沒有看我，「我們兩個都浪費太多時間了，人生苦短。」

愛德華現在抬頭盯著我，我們交換了一個眼神，自從回到倫敦後，我們都沒有提到在醫院發生的事，我幾乎不怎麼遇得到他，我很忙，而他也出去忙聖誕節工作的事。但現在看著他，我們什麼都不必說，**他當時就在那裡**，就像有什麼擦不掉的馬克筆塗在我身上某個隱藏的地方，其他人都看不見，只有他看得見。

我想起伊森，也想起那次在我弟的舊房間，愛德華說從現在起我們應該有話直說，我看著在我身旁的他，就只距離幾公分，並想起我想跟他說的所有事，我必須說的那些事。

「妳的咖啡滾了……」

「噢，對耶……謝啦。」

但我還是什麼都沒說。

我要感恩的有：

一、轉角的影印店，我做了自己的聖誕卡，正面貼的是我跟蟋蟀的自拍照，是這個夏天在西班牙海灘拍的，我們那時都已經幾杯內格羅尼下肚，我穿著比基尼笑得跟瘋子一樣。卡片內容寫了些我今年的近況，包括我podcast的消息、劇本、學校趣味競賽大失敗，還有一些亞瑟的可愛照片，跟一則訊息，祝大家聖誕超快樂，還有超棒、超混亂、超耀眼、不用濾鏡的新年大快樂。

二、來自休士頓朋友的消息，說大家都開心又健康，包括兔子也是，雖然我不確定有需要和我更新小吉米學習坐著大便的進度啦，但聽到他終於成功還是頗開心。上吧吉米！假期愉快！

三、愛德華。

科學怪人和沒藥

　　如果你沒有小孩，那在聖誕節很容易就會覺得自己是個人生失敗組，所以費歐娜邀我去看伊姿在學校的耶穌誕生劇演出時，我實在超開心的。新上任的女校長顯然正在推動性別中性政策，而耶穌誕生劇也要反映這點，所以伊姿演的是其中一名智者，路卡斯則是扮天使。

　　這和我一九七○代上學時政治不正確的風氣非常不一樣，當時只有金髮藍眼的孩子可以演天使，所以我和我最好的朋友薩米娜只能降級去演「旅人」，我不記得太多事，只記得服裝穿起來很癢，老媽說我整場戲都在挖鼻子。我當然不像理查，他幾年後演的是主角約瑟，而且演得超好，簡直是把大家都釘在座位上。

　　事實上，如果按照《聖經》的脈絡思考，我實在不應該這麼講才對。

　　總之無論如何，我都很期待這次去看劇，當我走進巨大的禮堂時，氣氛感覺再聖誕節不過了。孩子們裝飾了整個空間，繽紛的紙花圈從拱形天花板上垂下，還展示著聖誕節勞作，一大棵掛滿彩帶和紙星星的聖誕樹就在鋼琴旁邊，滿顯眼的。

　　「妳看起來好美，我喜歡這件洋裝！」

　　費歐娜大力擺動雙手朝我走來，並拍了我一下。

　　「eBay上買的，只要十鎊而已，妳看起來也很美！」

　　我認真的，費歐娜看起來正爆，但不只是這樣……生氣蓬勃才是正確的形容詞。

　　「我看起來就像個自從開始新工作後已經好幾個星期沒睡的

女人，因爲我腦裡想的就只有工作。」

「噢，哇，工作如何啊？」

她忍不住露出微笑。

「眞他媽超讚，我幾年前早就該去找工作了。」

「那太好了，我很開心。」

「我懂，對吧？我之前還那麼擔心，但結果不能再更好了，而且不只是我，既然我現在去工作了，大衛也減少他的工時，所以他就可以在孩子們還沒睡前回家，花更多時間陪他們。」

「看吧，」我說，「我就知道一切都會很好的。」

「妳才不知道勒，」她大笑，「但我很謝謝妳告訴我應該去做。」

「隨時聽候差遣。」我也微笑。

我們去找座位，並遇到安娜貝爾。

「嗨。」她微笑，穿了件白套裝的她一如往常完美。

只有安娜貝爾可以穿這樣，如果換成是我，白套裝兩分鐘內就會沾滿咖啡漬和狗毛。

「嘿。」我也回以微笑，我們親吻彼此的雙頰，費歐娜開始聊些學校的事，包括食堂禁用塑膠、耶穌誕生劇會用一台無人機拍某些空中鏡頭、克萊門汀要演瑪利亞（又稱「主角」，安娜貝爾一直這樣叫）。也有聊到克萊夫，他搬出去了，租房子在附近，他把房子留給安娜貝爾，已經交了個新女友，但是比起難過和沮喪，安娜貝爾似乎比較覺得鬆了口氣，而且全身而退，一切一如既往。

話雖如此，卽便她頭髮還是吹得筆直，嘴唇和指甲也都塗上應景的聖誕紅色，她的光芒彷彿還是消退了一點。

「妳知道的，我有聽妳的podcast。」她對我說，費歐娜趕在表演開始前衝去上廁所。

466

我鼓起勇氣。

「幹他媽的星期一。」

「不好意思？」

「妳在講回顧星期四和回想星期五，我想告訴妳我完全擁抱幹他媽的星期一這個概念。」

我微笑，「我喜歡。」

「我也是。」她露齒一笑，然後轉身找到她在前排的座位。

當然囉。

#　　　#　　　#

至於耶穌誕生劇本身，完全就是該有的那樣，嬰兒耶穌的頭掉下來滾到舞台下，其中一個天使尿濕褲子，克萊門汀演的瑪利亞超棒，無疑接下來好些年都會一直流傳下去，但她確實和我當年犯下同樣的錯誤，從頭到尾都一直在挖鼻子。劇謝幕時無人機撞進了天鵝絨簾幕，必須讓其中一名爸爸出手拯救，結果那是個離婚的爸爸，還讓女校長和他一起纏進上述的簾幕時滿臉通紅。

身為超級驕傲的教母，我可以聲明伊姿和路卡斯表現都超棒，這是當然的囉，我特別喜歡伊姿不小心念錯乳香，最後把科學怪人當成禮物送給嬰兒耶穌。

還有唱〈平安夜〉時我哭了一下，完全不意外。

我要感恩的有：

一、我超讚的教女伊姿，讓我一直開懷大笑，滿心驕傲，而且她獨唱時我還怕我的心臟會跳出來。

二、我的新髮型、挑染、超美的洋裝，因為我撞見強尼，他也來看外甥奧立佛演耶穌誕生劇。

三、他跟我說我看起來很正，並問我過得如何時，我的絕妙回應*、+。

四、我可以在腦中重新進行對話，並在第二次時表現更好的能力。

五、安娜貝爾，她後來在熱紅酒攤提到其實是強尼想把她，不是她在勾搭強尼，因此更證明了他搞神隱是幫了我一個大忙，＃幸運脫逃＃不需要證據。

---

*因為我當然沒有想到什麼絕妙回應，事實上我想到的是根本不要理他，管他絕不絕妙，但我們只是交換了幾句禮貌的客套話，然後我就找藉口去廁所，而到了廁所我當然想到一堆我本來可以回他的絕妙回應，只不過已經為時已晚了。
+但誰在乎啊，因為更重要的是，我看到他時一點感覺都沒有，或許除了有點不太爽之外啦，而且還發現他在穿高腰老媽牛仔褲。

聖誕節前的惡夢

又稱聖誕節購物。

為了支持當地產業，我決定不要用網購，而是勇敢走上主街，結果根本是一團亂。商店充滿亮片和疲憊的顧客，溫度大概有一百度吧，所以我在各家商店進進出出，想辦法把我購物清單上的**任何一樣東西**勾起來時，永遠一直在穿脫大衣。

不過還是有些優點，如果你在家裡網購，就沒辦法享受節慶氛圍了，對吧？只是老實說，我在當地百貨公司的走道間也沒有感受到多少就是了，但我確實有遇上不少一臉擔憂的男子，因為聽見店員低聲告訴他們香氛蠟燭已經賣完了。

我很同情他們，雖然我也不是太好過，但說到聖誕禮物該買什麼，老公和男友似乎比我還更難熬，我在樓上發現別人家的老公正在看一組平底鍋，就知道外面某處一定有個失望透頂的老婆。沒有任何女人，不管她們有多實際，會想在聖誕節早晨起床看見一個包著包裝紙的平底鍋，我記得有人以前總是說禮物應該要包得小巧玲瓏才對，應該是麗莎。

我悄悄來到他身邊，指引他去Le Creuset的專櫃，嗯，如果真的要送鍋子，那也要是很貴的鍋子吧。

每年我都盡可能發揮創意挑選聖誕禮物，不像理查，他總是送禮券，而且似乎還總能這樣蒙混過去。可能只有我這樣吧，但我總是忍不住認為禮券應該是走投無路了。去年我送給全家那種DNA檢定，我本來覺得超酷的，直到我讀到一篇文章，說的是那些發現自己做完大吃一驚的人，不是什麼「百分之十的伊比利半島血統」，更多的是「我媽和郵差搞外遇，他是我

的生父」。

　　於是我有點猶豫。「妳認眞的嗎？」我弟在我跟他講這件事時指著我們的鼻子笑我，「姐，我是不覺得我們需要擔心DNA啦。」無可否認我們倆都遺傳了家族裡所謂的「史蒂芬斯鼻」，而他認爲我們不需要檢定就能證明這點。

　　不過檢定當然眞的證明了，還加上我媽有百分之一尼安德塔人血統的事實，害我爸之後一直狂嗆她。

　　然而，今年的情況比較難一點，老媽和老爸想要什麼東西就會馬上去買，我也絞盡腦汁思考到底要買什麼給我的教子佛萊迪，這年頭的十歲小男孩喜歡些什麼啊？除了恐嚇保母之外，而且我也不確定你可以找到輕微版的，另外，我也找不到我購物清單上的其他所有東西。

　　我在想他們是不是有賣禮劵？

> 我要感恩的有：
> 一、Amazon Prime。
> 二、單身，至少這樣就可以少買一份禮物。

聖誕夜

　　我租了台車，開車北上去我父母家，副駕駛座是蟋蟀，亞瑟則是坐在後座，這樣似乎比趕火車更簡單（也更便宜）。我們跟著收音機上的聖誕歌合唱，遇上塞車，還吃了太多休息站賣的塑膠包裝食物，愛德華一定會殺了我。

　　我們終於下了交流道，並在黃昏降臨時開過某些我最愛的湖區景點，正好來得及在我們蜿蜒穿過蕨類和苔蘚組成的拼貼時，看見最後一絲光線照耀著溫德米爾湖以及沼地的色彩。天氣預報會下雪，但現在暫時只是又濕又冷而已，石板煙囪飄出尖尖的煙霧。

　　在加州時聖誕節感覺永遠不像聖誕節，一開始我很喜歡其中的新奇感，在海灘上度過聖誕夜、在條紋毛巾上做日光浴、聖誕節去吃壽司，但新奇感迅速消失，很快我就開始花大錢飛回家過節。

　　第一次時伊森跟我一起回來，他說想要我們待在一塊，一定會很有趣。老媽各種大驚小怪，老爸帶他去酒吧，理查則多買了票帶他去看球賽，他似乎蠻喜歡的，只要他不是在發抖、想辦法收到4G訊號（這裡是荒郊野外的鄉下，老實說你手機有訊號就算走運了），就是試著想買到豆漿香料奶茶。

　　這不是他的錯，我們說的可能是同一種語言（雖然他發現要了解當地人說的話十分困難），但你只要試圖跟一個茫然的美國人解釋我們英國超奇怪的童話劇傳統，你就會知道我們之間有多麼不同，我覺得那些興趣很快就會消失。

　　噢，不，想得美呢！

　　總之，那次是第一次，也是最後一次，伊森再也沒來過。從那時起我們聖誕節就分開過，他和家人待在加州，我則在這裡，除了去年之外，當時我一個人在公寓打包我剩下的東西。但今年我們都會在大西洋的這一側跨年，倫敦的餐廳計劃要舉辦一個大型活動，他要幫忙籌備，過幾天就要再飛回來……

　　「噢，這還眞可愛呢？」蟋蟀在我轉進車道時驚呼，屋子裝飾著亮晶晶的燈飾，老媽已經走到窗邊揮手，我們停下來時我輕輕按了一聲喇叭，亞瑟開始吠，老爸撐著拐杖出現，並打開一扇窗戶，我接著聽見電視的聲音還有老媽大喊不要讓冷風吹進來。

　　聖誕節到了！我們回家啦。

我要感恩的有：
一、老媽的百香果甜派。
二、貝禮詩奶酒。
三、卡路里在聖誕節不算數。

聖誕節

聖誕節在貝禮詩奶酒和史帝爾頓起司組成的迷霧中度過，一如往常，老媽拒絕坐下，大多數時間都待在廚房裡，指揮一首由熱騰騰油鍋演奏的交響曲，我們其他人則進進出出，伸出援手並幫自己倒更多貝禮詩奶酒。另一方面，老爸大多數時間則是坐在沙發，一腳翹在咖啡几上，並且在每次有人要過的時候像倫敦塔橋那樣舉上舉下。

伊薇想當然是節目主角，她還只有幾個星期大，便獲得六名成人的所有關注。我都不知道這根本不可能會膩，盯著她小小的手指、讚嘆她那些好笑的表情，這總會讓我們全停下手邊在做的事，聚在她身旁邊看邊驚呼、講她遺傳了誰的耳朵，或她的紅頭髮是哪來的。

「一定是來自娜塔莉那邊啦。」理查信誓旦旦地說，直到老媽翻出一張照片，是我們的祖母在青少女時期留著一頭紅褐色長髮。

「但我印象中她總是一頭捲捲的金髮啊。」他震驚表示。

「噢，那是假髮。」爸插話，「她說她一直很希望自己是金髮。」

「去奶奶那邊。」娜塔莉微笑，餵完伊薇母奶後親了她一下，再把她交給理查去換尿布。

我從來沒看過他比換髒尿布的時候還開心，理查盡責地帶著伊薇，她則直接吐在他肩膀上，噴得整個新襯衫到處都是，但他就只是大笑，我喜歡我這個新弟弟。

按照我們家的傳統，我們在早上交換禮物，中午前就爆

473

吃完所有烈酒巧克力，並及時坐下來吃聖誕大餐，邊聽女王演講。就算額外的成員瓦萊蒂阿姨已經飛回西班牙，今年餐桌還是頗擠，因為我們還多了兩個人：蟋蟀和娜塔莉，當然還有伊薇寶寶，加上亞瑟，牠在桌子底下卡住所有人的腳，但拒絕出來，以防有塊好吃的火雞肉不小心掉到地上。

老媽終於同意坐下來，老爸負責切肉，理查向新舊家庭成員敬酒，我看著蟋蟀神遊到某處，然後也舉杯向蒙蒂致敬，我們家不搞什麼情感豐沛的演說，但我們都了解蟋蟀的失去，老媽把烤馬鈴薯遞給她，蟋蟀露出感激的微笑。除了遞給他們烤馬鈴薯之外，你還能為第一次沒有愛人陪在身邊過聖誕節的人做什麼呢？

晚餐後，我們打開 Terry's 的橘子巧克力，我打 FaceTime 給麗莎，她回德州奧斯汀和家人一起過聖誕，蒂亞也和她一起回去。我知道麗莎因為要向家人介紹她的新女友很緊張，但她有過的所有擔憂都不存在。

「我沒辦法把她和媽弄出廚房，」她笑容滿面，「而且法蘭克叔叔真的是完全愛上她了……也不是說我怪他啦。」

看見我的朋友這麼放鬆又開心真的很棒，自從我們認識彼此以來，她的感情總是充滿問題和誤解，但和蒂亞交往後一切都變了。「沒什麼好說的，就是很自在，」我們傳 WhatsApp 時她總是這麼說，「我們真的很無聊。」接著她會大笑，我就知道她是在開玩笑。但說真的，我覺得這就是我們這麼多人都搞錯的事，誤把一段自在的關係**當成**無聊，要一直搞事才叫刺激，但事實上應該是恰恰相反才對。

媽在扶手椅上打瞌睡，我開始洗碗盤並擺到洗碗機上，邊洗邊想到現在沒有愛德華來告訴我刀子要擺哪裡了，我愛怎麼擺就怎麼擺。不過有趣的是，我發現自己還是想要按照他的方

式擺,然後驚覺他影響了我,而且不只是在這件事上。

接著老爸大叫:「看外頭!」因為開始下雪了,又大又蓬鬆的雪花在燈柱旁盤旋飛舞,並往外飄過下方的煙囪管帽和山谷。

「看,伊薇,這是妳的第一場雪。」理查輕聲說。

隨著我們聚在窗邊,我覺得這就是人生真實的時刻,不需要事先計劃的微小時刻,也不需要拍照或按讚,這才是真正重要的時刻。

我要感恩的有:

一、襪子,年輕人絕對不會這樣想,但我現在已經來到一個覺得不存在無聊禮物的年紀,因此證明,如果需要證明的話,變老永遠都有好處,而且襪子也永遠不嫌多。

二、老媽,因為老實說她**就是聖誕節**。

三、伊薇,我們全都輪流抱她,而且蟋蟀竟然還蠻喜歡的,她後來坦承雖然她從來都不想要小孩,但她還蠻想當祖母的:「因為你可以把他們還回去。」

四、費歐娜送我的聖誕禮物,她給了蜜雪兒、荷莉、我各一件胸口處橫寫著「四十廢柴」的T恤。

五、英雄所見略同,還有費歐娜穿著我送給她聖誕禮物的照片:一件在她的大奶上寫著「幹他的酪梨」的T恤。

六、家人,應該重新定義為簡單的「你愛的人」就好。

七、到下一個聖誕節前還有三百六十五個購物日。

拆禮物日

基本上跟昨天差不多，只是吃了更多史帝爾頓起司。

之間的日子

　　十二月二十八日，我開車載蟋蟀和亞瑟一起回倫敦，經歷湖區的雪魔法之後，倫敦看起來有點灰暗、潮濕、一如往常，但也沒關係，我有很多事要做。

　　愛德華去滑雪還沒回來，所以我把握機會好好大掃除了一波，你一年內可以累積多少東西實在是很驚人，我搬進他公寓時只有幾個行李箱和幾本書，但按照這個速度，我搬出去的時候可能會需要一台搬家卡車。

　　我找到一疊舊照片，是真的實體照片，我和伊森剛認識時拍的，他的班機明天落地，我們約了要吃晚餐。

　　我的思緒往未來飄去，但我再次回到現實，就像我剛說的，我有很多事要做，新年新開始什麼的。

收件者：伊森．德盧卡
主旨：我們

親愛的伊森：

你告訴我花點時間想想，所以我好好想過了，老實說，自從我們幾週前見面後，我都沒有在想什麼別的事。當你告訴我你還愛我，想要我們再試看看時，我一開始以為我的答案會很明顯。這麼久以來，我想要的都只有你、我、我們兩人的未來，而且過去這一年我都很想念你，有好一段時間我也只想聽見你這麼說。

但事情是會改變的，我也變了，而我沒辦法變回去，我不再是以前的那個我了，我也不想要。我很高興我們終於有機會可以聊聊所有事，我們好久以前就該這麼做了，要是我們都對彼此誠實，在我們失去寶寶之前，我們之間就不太對勁了，那只是催化劑。

我花了點時間寫信，因為我想確定我做的是正確的決定，但事實是永遠都只有一個決定而已，我不會回去，伊森。那裡已經不是我的家了，我的人生在這裡，但千萬不要懷疑我曾經很愛很愛你，而且我永遠不會忘記我們度過的美好時光跟你的煙花女義大利麵☺。

很抱歉我不能和你去吃晚餐，但似乎沒有什麼意義了，我覺得我們已經說完所有能說的事了。

我希望你能過得好，好好照顧自己。

妮兒

接著，我這輩子第一次沒有重讀我寫了什麼，就按下送出。

收件者：潘妮洛普·史蒂芬斯
回覆：普林斯頓大道二號公寓的出價

親愛的史蒂芬斯小姐：

我很高興在此通知妳，普林斯頓大道二號公寓的屋主已經接受了妳的出價。他們目前不在，新年後才會回來，但想要通知妳他們很開心，並保證會盡快完成出售事宜。我們辦公室目前也要休息到一月二日，但我想在寄出正式的售屋合約，供妳的律師開始審閱前，先通知妳這個好消息。

祝一切順利，新年大快樂！

馬庫斯·布蘭普頓
布蘭普敦與普羅克多房地產仲介，銷售經理

跨年夜

我不敢相信，我們怎麼又要跨年啦？

今天是跨年夜，雖然四十幾歲有很多挑戰，今晚卻是其中一個好處。我年輕一點時，總是覺得很有壓力，一定要出門找到最棒的派對大玩特玩，簡直就是一百倍的錯失恐懼症，但現在那些日子已經是久遠的回憶了，我現在奉行錯過就是爽，只要待在家裡找部好電影配瓶紅酒就一樣開心，事實上還是超興奮呢。

只不過，今年有人邀我去參加派對！

「嗯，其實也不太算是派對啦。」我向蟋蟀解釋，我們正站在她家附近熟食店的起司櫃台前，「就是我的朋友麥克斯和蜜雪兒要煮咖哩，邀大家過去這樣。」

「聽起來是個超完美的跨年夜，」她停下來盯著一塊熟成布利起司，「我可以試吃一小塊看看嗎？」她問店員。

「這款是來自羅亞爾河谷的三倍脂肪。」店員遞給她一小塊。

蟋蟀看起來非常喜歡，「太讚了，來一塊這個，謝謝。」

「那麼今晚邀請妳的這名女士是誰呢？」

在我們走去熟食店的路上，蟋蟀都在跟我說一個她受邀參加的跨年夜晚餐派對，還有「大家總是會帶甜的東西去，但我覺得一塊好的熟成起司也可以讓你了解一個人」。

「她是我樓上的鄰居，跟我一樣是寡婦。」

「哇，那真是太棒了……呃，妳知道我意思啦。」我迅速補充，但她已經爆笑出聲。

「我們似乎有蠻多共通點的，」她點點頭，「噢，我也可以來

點那種好吃的榲桲果凍嗎？」她跟店員說。

「還有誰要去呢？」

「我不確定，我猜她有很多朋友，她比我還年輕一點。」她掏出信用卡，「她確實有提到她邀了一名去年喪妻的男士，她覺得我們也會有很多共通點，他以前是個演員。」

我們交換了一個眼神。

「我沒興趣，我單身很開心。」

「這可不好說。」

她做了個鬼臉，「我可不想看某個老男人穿著內褲。」

店員遞給她包好的食物和一張發票。

「太好了，謝謝你。」

「可是蒙蒂也是個穿著內褲的老男人啊。」我在我們離開熟食店時指出。

「是沒錯，」她點點頭，然後露出微笑，「但他可是我的老男人。」

#　　#　　#

我邀請了愛德華，他下午剛滑完雪回來，今晚沒有任何計畫。「我本來也想待在家煮個咖哩的呢。」他說，完全沒提到他在約會的那個女生。

「完美，那就是我們今晚要做的事。」我回答，所以他跑去沖澡。

我們也帶著亞瑟一起去，我們不能把牠自己丟在家，因為煙火的關係，而且沒有牠的話算什麼慶祝呢，蜜雪兒保證會把貓關在臥房。

「一定會很好玩的，」她興高采烈地表示，「而且這代表我們

終於全都可以見見妳這個神秘的房東了。」

「這下我壓力大了。」愛德華在我們敲蜜雪兒家的門時說，他做了拿手的包餡橄欖，看起來反常的不自在。

「才不會勒。」我咧嘴一笑，戴著主廚帽、穿著圍裙的麥克斯來幫我們開門。

「哈囉！快進來，快進來，我可不希望你們凍死在外頭，」他招手要我們進去，「不像某人，對吧？」他大笑，朝愛德華眨眨眼，我則超級後悔告訴他溫度控制器開關大戰的事。

其他人已經到了，費歐娜和大衛把小孩留給保母帶，荷莉跟亞當也找到人幫他們帶小孩，「今晚是約會夜，」她告訴我，我給她一個擁抱，「諮商師說想起我們一開始喜歡對方哪些地方非常重要。」

「那有用嗎？」

她看著亞當，亞當正在和佛萊迪講話，佛萊迪給他看某個手機上的東西。

「我想是吧，」她盯著他，表情流露愛意，「我不覺得我還想殺他了。」

「好消息，妮兒！」

麥克斯打斷我們，他衝過來倒滿我們兩個的酒杯，又回到爐子邊，爐子上有兩大鍋好吃的東西正在冒泡，「公寓的事，蜜雪兒跟我說了，做得好。」

「噢，謝謝。」我回以微笑。

「所以你要沒房客了，感覺如何啊？」大衛看著愛德華問，愛德華正跟蜜雪兒暢聊某種新出的環保尿布。

我先前跟他說屋主接受了我的出價，他為我再開心不過了。

「嗯，我可不會想念暖氣帳單。」他現在對著我笑，我也回以微笑。

「你們這些男人可不可以都去住在一起啊，拜託哦。」剛上完廁所的費歐娜提議，「說真的，他跟大衛一個樣，讓他們一起發抖吧。」

「親愛的，只因為妳有潮紅，不代表我們全都有啊。」大衛說，費歐娜親暱地打了他一下。

「但你一定會想念她的。」費歐娜為我說話。

「對啊，」愛德華點點頭，「亞瑟也會的。」

「公寓只離一站公車而已，」我迅速回答，「我們還是可以去散步，你去上班時我也可以幫忙照顧牠啊。」

「我覺得我跟亞當需要從妳這邊學幾招。」荷莉笑著說，亞當抬起頭。

「噢，我不知道耶，我們有處得這麼不好嗎，有嗎？」

我看著他們兩個對彼此微笑。

「嗯，我覺得超棒的，」蜜雪兒說，「妳最好辦個盛大搬家趴，並邀請我們所有人去。」

「我覺得你們應該擠不下啦。」

「妳總會找到辦法的，就像誰想得到我們六個人擠得進這間小房子呢？」

「小房子大生活，」麥克斯大喊，邊揮舞著一根沾滿扁豆糊的木湯匙，「不過如果我得到我現在去面試的這個新工作，我們就可以有一間不**那麼小**的屋子了。」

「你現在面試幾次了？」大衛問。

「六次，還剩一次就結束了。」

「我約會都沒約這麼多次就訂婚了。」愛德華說，接著皺起眉頭，「雖然事實上，這應該不是個好比喻，因為我現在離婚了。」

「那麼，你有在跟誰約會嗎？」費歐娜見縫插針問。

　　死定了，我盯著她，但她堅決死都不看我，愛德華和我剛剛一起走進來時，她給了我**一個眼神**，接著在逮到機會和我獨處時，便質問我怎麼從沒提過他那麼帥。

　　「沒有耶。」他搖搖頭。

　　我一陣震驚，**沒有？**費歐娜盯著我，使出她的**大瞪眼**，她總是以為這樣很低調，沒有人會注意到，但所有人當然每次都注意到了。

　　「我以為妮兒有說你去約會……或什麼的。」

　　我突然忙著幫麥克斯弄飯。

　　「噢，我和幾個朋友去吃晚餐，」愛德華微笑，「他們試著幫我湊對……」

　　我看得出來他試圖想帶過，但費歐娜可沒這麼好唬。

　　「那麼，結果怎麼樣了？」

　　碗，我們需要碗。

　　「她非常正，但不是我的菜……我應該也不是她的菜，我覺得啦。」

　　所以這就是了，沒有別的女生存在。

　　「噢，我不知道，你感覺蠻迷人的啊……」

　　「食物好了，」我大聲打斷他們，「誰想來點印度烤餅？」

　　　　　　　　　＃　　　＃　　　＃

　　印度食物超級讚，麥克斯廚藝超好，我們吃了鷹嘴豆咖哩和好吃的辣味扁豆糊，吃肉的人則是可以選香料咖哩雞，還有那些你可以用剩下的印度烤餅去沾的好吃酸辣醬、醃檸檬、優格醬，就算你覺得自己已經不可能再吃得下了。

　　之後我們收拾好餐桌，麥克斯播起他的跨年夜歌單，大

家隨著王子的歌聲翩翩起舞，並且第一百萬次懷疑像他這麼有才華的人竟然過世了，我們還說大衛‧鮑伊、湯姆‧佩蒂、喬治‧麥可也是，孩子們於是問我們是在說誰，然後盯著我們，彷彿我們是糊塗老人一樣，因為我想我們就是吧，糊塗老人。

接著我們全擠進客廳，打開電視看裘斯‧荷蘭主持的《民謠音樂秀》，等待在議會大廈施放的跨年煙火轉播，而現在我們開始跨年倒數：二十、十九、十八⋯⋯

只是亞當在錯誤的時間倒數，所以其實是：三、二、一。

此刻我們全在彼此親吻、擁抱、互祝新年快樂，電視螢幕裡的煙火在大笨鐘上方爆開，亞當雙手環抱著荷莉，費歐娜和大衛一起跌到沙發上，酒都灑了出來，麥克斯消失到廚房裡拿衣服，並再醒另一瓶酒，蜜雪兒則是又幫自己倒了一杯龍舌蘭。

而愛德華正在吻我，我不禁懷疑我們怎麼等了這麼久。

元旦

清晨

我不確定我們最後離開時幾點了，但我們甚至都沒有試著叫計程車，而是和亞瑟沿著河邊一起走回去。兩人仍然又醉又暈，直到一會兒後我們雙雙陷入沉默。愛德華想牽我的手，我便牽起他的手，就像這是全世界最自然的事，我們就這麼手牽著手繼續走，只有靴子踩在拖船路上還有河水拍岸的聲音。

能在某個人身上找到舒適的沉默是件難得的事，這讓我想起老爸，我稍早有打給他祝他和老媽新年快樂。先前有那麼一刻我擔心我永遠都沒辦法再這麼做，那晚我在醫院的小教堂外崩潰時，我以為我就要失去他了。我永遠不會忘記，我身處那麼黑暗的所在，但是彷彿光線終於照進來了一樣，如此耀眼地照耀在生命中重要的事物上。也就是真正純粹的愛，你會願意為對方做任何事，而且永遠、永遠不會想要放手。

就是這樣，其他事情都不重要。

然後隔天早上我在停車場看見愛德華時，就像打開了某個開關，有什麼事情改變了。

還是說改變的其實是我呢？

因為我看見的不是愛德華，而是這個善良、美好、無私、英俊的男子，我知道我永遠都不想離開他了。而且我發覺正當你以為自己已經搞清楚所有事之後，其實你甚至都還沒開始呢。

過去這十二個月發生了好多事，我也學到了好多，尤其是不知道答案也沒關係。我在最意想不到之處找到友誼和喜悅，並發現我從不知道自己擁有的力量，還有我知道永遠不會讓我

486

失望的幽默感。我發覺自己並不孤單，我仍然不知道自己在幹什麼，但是猜猜怎麼著？其他人也都不知道。

而且我戀愛了。

但不只是在停車場裡而已，而是愛上我的人生，雖然不是我想像中或計劃好的，卻是一直在那裡等著我的，等到我願意勇敢接受，我混亂、不夠好、完全不完美的人生。

「愛德華，你還記得我們那時候說應該永遠都對彼此有話直說嗎……」

我停下腳步，放開他的手，我們面對彼此。

「我知道了，妳討厭我的包餡橄欖。」

「才不是……」我開始抗議，接著爆笑出聲，「嗯，是很難吃沒錯啦。我的意思是，我喜歡吃橄欖，但裡面包著**花生醬**欸？」

「這是特製料理。」

「誰的特製料理？」我問，他也開始大笑。

「好啦，那如果不是跟橄欖有關的話……？」

他挑起一邊眉毛，我不知道是因為夜晚冰冷的空氣或是我即將要說的話，但我覺得自己忽然清醒了起來，我的指甲緊緊掐進手心，胸口感覺就像要因為過去這幾週埋在心裡的所有事爆炸。

「我想我愛你。」

就這樣，我說出來了，因為我體悟到的是真正純粹的愛，就是你能想像最浪漫的那種愛了。

愛德華盯著我，表情難以捉摸。我等著他的反應，噢，天啊，有話直說到底是誰提的鬼主意？

「嗯，那還真幸運，因為我覺得自從妳走進我廚房的那一刻，我就愛上妳了。」

震驚，鬆了口氣，喜悅，接著是暴怒。

「那你還說要有話直說？」我憤慨大喊。

「呃，這樣看起來會有點怪吧，妳不覺得嗎？我不確定如果我跟妳說妳還會想租房子。」

「也是啦。」我綻開微笑。

「那麼……」

「那麼……」

我們交換了一個眼神。

「現在要怎麼樣呢？」他靜靜問。

大家總是在說快樂結局，但我覺得應該是快樂開始才對。當前方開展的是全新的一年時，誰還會想講結局？而這是充滿無限可能性、美好新機會、各種決定和擔心、一大堆愛等著你去探索的一年。

還有一個四十幾歲，依然且走且看的廢柴。

「我也不知道耶。」我承認，接著他露出微笑，把我拉向他。

然後他再次吻了我，這次是好好地吻。

本年度感恩清單（修訂版）

我要感恩的有：

一、我可愛的丈夫，他每天都會用鮮花和驚人的性愛告訴
我他有多愛我。
我親愛的朋友們、可以幫自己買花、還有和愛德華的
美好性愛，等我們沒那麼疲憊，而且把溫度控制器調
到二十度之後。

二、依偎著我們的小小奇蹟，她的存在會告訴驕傲的祖父
母，她媽可不是什麼終於用光時間的四十幾歲廢柴。
依偎著我的姪女，她的存在讓驕傲的妮兒姑姑了解，
失去只是人生的一部分，愛是永恆的，以及沒人知道
未來會發生什麼事，但不管怎麼樣，她都會好好的。

三、一個步步高升的成功職涯，提供成就感和六位數的年
薪，我會把錢花在我在雜誌上看到的美麗衣物，而不
是花好幾個小時在eBay上尋找比較便宜的替代品。
我podcast所有超棒的聽眾、蒙蒂的劇本夏天要在西
區首演、我在蟋蟀展開的蒙蒂迷你圖書館計畫中扮演
的角色、我新的報紙專欄。這不是我以前覺得的步步
高升職涯，而是由各種我愛的不同事物組成，能帶給
我成就感，加起來也能付我的房貸，並讓我可以繼續
在eBay上買東西，因為說真的，誰要花錢買那些貴

到發瘋的設計師商品啊？

四、一個值得發在Pinterest上的家，可以為我所有朋友舉辦許多超棒的成年人晚餐派對，他們會為我對室內裝潢的絕佳品味，還有變出美味營養食物的能力感到驚嘆，並開玩笑稱我為「家事女神」。

我的小公寓，我計劃等我終於拿到鑰匙之後，要邀請我所有朋友來開趴把這裡擠爆，他們會為我的二手商店和IKEA家具混搭驚呼，一邊在膝蓋上吃外賣，因為我永遠不會變成家事女神，而且這就是上帝創造戶戶送外送平台的原因。

五、一種充滿力量和平靜的感受，來自穿著我全新的Lululemon行頭做瑜伽，並且知道我終於得到我應得的，不會孤身一人穿著報紙鞋死去。

一種充滿力量和平靜的感受，來自了解你永遠不會搞懂自己到底他媽在幹嘛，但重新開始永遠不會為時已晚。因為只有等到你準備好放棄追求你以為你會過著的那種人生時，你才能過上早就應該屬於你的人生（＊、＋）。

＊而這種人生不包含瑜伽。
＋不過確實包含愛德華啦，他告訴我不要再擔心什麼報紙鞋了，因為我永遠可以跟他借防水長筒靴來穿。

訃聞：四十廢柴

努力和身為四十廢柴的感受對抗，打了一場漫長又英勇的戰役後，妮兒‧史蒂芬斯不幸過世，史蒂芬斯小姐說話從不假掰，熱愛琴通寧和起司球，她是個從來沒搞懂自己他媽到底在幹什麼，或是自己是怎麼落到這步田地的女子。

她還是個年輕女孩時，人生似乎充滿可能性，她從曼徹斯特大學取得英國文學榮譽學士學位後，便到某知名出版社任職，並迅速升為童書部門的資深編輯顧問，也讓她得以搬到五光十色的紐約市居住。

不過即便她的職涯相當成功，愛情卻似乎拋棄了她，直到她偶然間遇見成功的大廚伊森‧德盧卡。她當時正一路朝即將四十歲的恐慌直直衝去，後來便訂婚並搬到加州，這看似是快樂結局的保證，只可惜，失敗的生意、巨大的透支、破碎的婚約讓這一切結束。史蒂芬斯小姐搬回英國，但她在清理這團名為她人生的混亂時，無法獲得任何貸款、做好任何瑜伽姿勢、找不到任何快樂，於是只好寄人籬下、有點蝴蝶袖、天天對著iPhone爆哭。

她曾說過，自己的人生可以簡單用三個字概括：吃、滑、哭。

妮兒‧史蒂芬斯從未結婚、膝下無子、九〇年代也沒把握機會買房，因此人生很大一部分可說過得跌跌撞撞，不像她所有結婚生子的朋友，她歷經了多段感情和一連串糟糕的線上約會，這為她的podcast節目提供了素材，但也導致她覺得自己很失敗。

然而，這名四十多歲女子擁有決心和一笑置之的能力，而在她人生的最後一年中，她

也結交到新朋友，並找到通往意想不到快樂的新道路。由於她覺得事情沒有按照她的計畫發展、時間快沒了、過著一個和她所有朋友都不同的人生（或說那些社群軟體上描繪的人生）、身體和二十幾歲時也不再相同，於是她開始錄製《四十我就廢》這個podcast節目，後來大受歡迎。

此外，由她編輯、近期上演的蒙蒂・威廉森獲獎劇作，還有她共同創辦的蒙蒂迷你圖書館計畫大獲成功，也讓這名四十廢柴似乎不再是個廢柴。事實上，隨著她沉浸在擁有自己房子的喜悅中，並為她超棒的新公寓挑抱枕，她也同時找到了許久以前便拋棄她的事物：真正純粹的愛，對象是某環保軟體公司的創辦人愛德華・路易斯，他形容妮兒為「一道閃耀的光芒，實際上也是，因為她從來不關燈」。

即便她花了一整年努力扭轉局面，這名四十廢柴最後並非死於失敗，而是死於愛上自己的人生，根據她在病榻上所言，這是一個直到她勇敢接受之後，才發現自己擁有的人生。

另外，雖然這個新人生在她近期出現的許多雜誌訪談中看似頗為成功，實際上仍然是一團亂、不夠好、很複雜，在她的最新一集podcast中，史蒂芬斯坦承無疑還是有很多時候，她會覺得自己搞砸了、失敗了，她會轉個彎就撞上恐懼，她會看著鏡子想著真他媽的，因為人生就是很難。

就如在她嚥下最後一口氣前，來探望她的摯友蟋蟀所說：「四十廢柴已死，四十廢柴萬歲！」

妮兒・史蒂芬斯身後留下驕傲的父母卡蘿和菲利普、煩人的弟弟理查、超可愛的姪女伊薇，還有她對這個名為人生的瘋狂事物擁有的幽默感*。

*更正啟示：本訃聞付印前，已確認這名廢柴事實上並未如先前報導所述過世，而是過著她最棒的四十廢柴人生，謹此向所有讀者誠摯致歉。

誌謝

　　大大感謝我超讚又超有才華的編輯 Trisha Jackson 和 Pan Macmillan 出版社超棒的團隊，他們從一開始就**完全懂**妮兒和她的故事，我實在非常感謝所有人的熱情和努力，我的書找到一個這麼美好的家，我真是高興得不得了。

　　出一本書需要動員一整個村莊的人，我要在此特別感謝 Sara Lloyd、Stuart Dwyer、Hannah Corbett、Leanne Williams、Sarah Arratoon、Natalie Young，還有版權團隊的 Jon Mitchell、Anna Alexander、Emma Winter，另外也要大大感謝 Jayne Osborne 提供的所有寶貴協助以及 Mel Four 繪製了這麼美的封面。

　　一如往常，非常、非常感謝我的版權經紀人 Stephanie Cabot，我不敢相信自從我第一次走進她的辦公室，到現在已經過了二十年，而我永遠感激她的忠實、鼓勵、智慧。也要感謝紐約 The Gernert Agency 版權公司的 Ellen Goodson Coughtry、Will Roberts、所有人。

　　特別感謝我的朋友、同為作家的 Chris Manby 在我最需要的時候不斷給我鼓勵。

　　也要謝謝伊莉莎白·吉兒伯特同意我使用她美好的文字當成這本小說的題辭。

　　當作家是個奇妙的工作，要從你的想像力中創造出角色和故事，還要勇於期待其他人也會享受。致我在世界各地的所有讀者，我要謝謝你們每一個人，是因為你們，我才能從事這個我從小夢想的工作，你們一定不知道我收到你們所有超棒的訊

息時，有多麼開心。

　　最後，謝謝我摯愛的AC，他一直愛著我、支持我、總是相信我，也謝謝每天給我鼓勵和鼓舞的我媽和我姐，跟我放在書桌上爲我加油的我爸照片，還有我其他的家人。我打從心底深深感謝你們，要是沒有你們，我永遠不可能完成這一切。

我要感恩的還有：

* : 我眞的要燒柴火的壁爐跟威士忌，讓我撐過弓著身子寫作的一整個冬天。

* : 終於不會再吃抱枕的 Elton，牠是一個作家能夠擁有的最棒狗狗夥伴。

* : 這一切。

New Black 022

四十我就廢
Confessions of a Forty-Something F**k up

作　　者　亞莉珊卓・波特（Alexandra Potter）
譯　　者　楊詠翔

堡壘文化有限公司
總 編 輯　簡欣彥
副總編輯　簡伯儒
責任編輯　張詠翔
行銷企劃　曾羽彤
封面／內頁設計　mollychang.cagw
內頁排版　家思排版工作室
文字校對　魏秋稠

出版　堡壘文化有限公司
發行　遠足文化事業股份有限公司（讀書共和國出版集團）
地址　231新北市新店區民權路108-3號8樓
電話　02-22181417
Email　service@bookrep.com.tw
郵撥帳號　19504465 遠足文化事業股份有限公司
客服專線　0800-221-029
網址　http://www.bookrep.com.tw
法律顧問　華洋法律事務所　蘇文生律師
印製　呈靖彩印有限公司
初版1刷　2023年10月
定價　650元
ISBN　　978-626-7240-92-2
EISBN　　9786267375037 (EPUB)
EISBN　　9786267375006 (PDF)

First published 2020 by Macmillan, an imprint of Pan Macmillan, a division of Macmillan Publisher International Limited
Copyright © Alexandra Potter 2020

國家圖書館出版品預行編目（CIP）資料

四十我就廢 / 亞莉珊卓・波特（Alexandra Potter）作；楊詠翔譯. -- 初版. -- 新北市：堡壘文化有限公司出版：遠足文化事業股份有限公司發行，2023.10
　面；　公分. --（New Black；9）
譯自：Confessions of a fortysomething f**k up
ISBN 978-626-7240-92-2（平裝）

1.

800.15　　　　　　　　　　112004425